Auf Eis gelegt

Ein Cornwall-Krimi von
Rebecca Michéle

Das für dieses Buch eingesetzte Papier ist ein Produkt
aus nachhaltiger Forstwirtschaft.

1. Auflage 2021

© Dryas Verlag
Herausgeber: Dryas Verlag, Hamburg

Alle Rechte vorbehalten. Kein Teil des Werkes darf in irgendeiner Form
ohne schriftliche Genehmigung des Verlages reproduziert oder unter
Verwendung elektronischer Systeme vervielfältigt oder verbreitet
werden.

Herstellung: Dryas Verlag, Hamburg
Lektorat: Ilse Wagner, München
Korrektorat: Andreas Barth, Oldenburg
Umschlaggestaltung: © Guter Punkt, München (www.guter-punkt.de)
Satz: Dryas Verlag, Hamburg
Gesetzt aus der Aldus Nova Pro
Gedruckt in Deutschland

Bibliografische Information der Deutschen Bibliothek:
Die Deutsche Bibliothek verzeichnet diese Publikation in der Deutschen
Nationalbibliografie, detaillierte bibliografische Daten sind im Internet
über http://dnb.ddb.de abrufbar
Der Dryas Verlag ist ein Imprint der Bedey & Thoms Media GmbH,
Hermannstal 119k, 22119 Hamburg.

ISBN 978-3-948483-70-8
www.dryas.de

EINS

Higher Barton Romantic Hotel, Cornwall
an einem frühsommerlichen Montagabend im Mai

Er leerte das Glas in einem Zug. Scharf rann ihm die goldgelbe Flüssigkeit durch die Kehle, und sogleich schenkte er sich ein weiteres Mal ein – bereits der fünfte Whisky an diesem Abend. An regelmäßigen Alkoholgenuss gewöhnt, beeinträchtigte dies seine Konzentration nicht, im Gegenteil, bei dem öden Bürokram brauchte er eine kleine Aufmunterung.

Mit einem verhaltenen Seufzer wandte er sich den Zahlenkolonnen auf dem Computerbildschirm zu. Am nächsten Tag musste er der Zentrale die Bilanz mailen, diese Nacht würde er wohl durcharbeiten müssen. Erneut trank er einen Schluck. In der Hotelbar kostete ein Glas des feinen Single Malt die Gäste acht Pfund. Aufgrund seiner Beziehungen zu der Destillerie – und da er eine größere Menge geordert hatte – war es ihm gelungen, für das flüssige Gold einen Sonderpreis auszuhandeln, sodass er beim Verkauf gut verdienen würde.

Er gab die Additionsformel in einer Zahlenkolonne ein, da nahm er ein Geräusch wahr. Es kam von außerhalb des Büros und hörte sich an, als würde Holz gehackt, und dann fiel etwas klirrend zu Boden. Unwillig runzelte er die Stirn. Wer geisterte um zwei Uhr in der Nacht im Haus herum? Jemand vom Personal oder von den seltsamen Gästen, die hier nichts zu suchen hatten? Ein erneutes Klirren ...

»Verdammt noch mal«, fluchte er, schob die PC-Tastatur zur Seite und stand auf. Einen Moment dachte er an Einbrecher und dass es besser wäre, die Polizei zu informieren. Wenn aber jemand vom Personal zu nachtschlafender Zeit sein Unwesen trieb, würde er sich bis auf die Knochen blamieren. Er stand auf und griff haltsuchend nach der Schreibtischkante. Der Whisky machte sich nun doch bemerkbar. Er schlich zur Tür, öffnete sie einen Spalt und spähte in die düstere Eingangshalle, in der nur das nächtliche Notlicht brannte. Hier war alles ruhig. Überzeugt, sich geirrt zu haben, wollte er die Tür wieder schließen, als er kurz einen Lichtschein unter dem Türspalt zur Küche bemerkte. Das konnten nur Einbrecher sein, denn niemand vom Personal hätte einen Grund gehabt, mit einer Taschenlampe durch die Wirtschaftsräume zu geistern. Entschlossen straffte er die Schultern, schüttelte den Kopf, um den Alkoholnebel zu vertreiben, durchquerte die Halle, stieß die Tür rechts neben der Treppe auf und betätigte den Lichtschalter. Sofort wurde der lange, schmale Gang in gleißendes Licht getaucht.

»Wer ist da?«, rief er. »Was haben Sie mitten in der Nacht hier zu suchen?«

Keine Antwort. Langsam ging er weiter, die mahnende Stimme in seinem Kopf, besser die Polizei zu informieren, wurde lauter. Wenn ein Einbrecher sein Unwesen trieb, gab es für ihn keinen Grund, den Helden zu spielen. Nach wenigen Metern knirschten unter seinen Schuhsohlen Scherben. Auf dem Fliesenboden musste ein Teller zerbrochen sein, das war vermutlich das Geräusch, das er gehört hatte.

»Was ist eigentlich los? Kommen Sie raus und sagen Sie mir, was Sie hier treiben!«

Das Licht erlosch, um ihn herum war es nun stockdunkel.

»Verdammt …«, rief er, dann traf ihn etwas Hartes, Schweres am Hinterkopf. Einmal, zweimal, erst beim dritten Mal sackte er in die Knie. In der Dunkelheit konnte er nichts sehen, hörte aber direkt hinter sich jemanden schwer atmen.

Er öffnete den Mund, um nach Hilfe zu rufen, da traf ihn der nächste Schlag. Er spürte noch, wie seine Kopfhaut aufplatzte und das Blut über seine Stirn rann, dann schwanden ihm die Sinne.

ZWEI

Edinburgh, Schottland,
zwei Wochen zuvor

Kaltes Wasser umspülte ihre Beine, feiner Sand kitzelte ihre Zehen, warmer Wind zerzauste ihre Haare. Es war ein herrlicher Tag am Stand, sie fühlte sich frei und entspannt wie schon lange nicht mehr.

I can't get no satisfaction.

Der Klingelton ihres Handys ließ Sandra auffahren. Sie brauchte einen Moment, um zu erfassen, dass sie geträumt hatte. Es war ein sehr realer Traum gewesen, noch jetzt glaubte sie, den Geruch nach Salz und Tang in der Nase zu haben. Sie angelte nach ihrem Mobiltelefon und nuschelte:

»Wer stört um diese Zeit?«

»Sandra, hier ist deine Mum. Hast du etwa noch geschlafen?«

Mit einem Auge schielte Sandra zur Uhr, war sofort hellwach und sprang aus dem Bett.

»Scheiße, schon so spät!«, rief sie und wurde von ihrer Mutter sogleich zurechtgewiesen, eine solche Ausdrucksweise gefälligst zu unterlassen.

»Hast du deinen Wecker nicht gehört?«, fragte Mrs Flemming vorwurfsvoll.

»Sieht ganz danach aus, Mum. Wenn du nicht angerufen hättest … Ich muss mich jetzt beeilen, ausgerechnet heute habe ich verschlafen.«

»Was ist denn heute?«, fragte Mrs Flemming.

Sandra seufzte verhalten und erwiderte, während sie mit einer Hand den Wasserkocher einschaltete: »Heute wird bekannt gegeben, wem die Leitung des neuen Hotels in Südengland übertragen wird. Ich hab dir davon erzählt, Mum, mindestens drei Mal, und auch, wie wichtig mir dieser Job ist.« Ein leiser Vorwurf lag in ihrer Stimme.

»Ach, Kind, du willst doch nicht wirklich aus Schottland fort?« Sandra hörte den ihr bestens bekannten, weinerlichen Unterton. »So allein im Ausland …»

»Mum, ich bin schon lange erwachsen, und Cornwall liegt ebenso wie Schottland in Großbritannien«, unterbrach Sandra sie. »Es ist für mich eine große Chance, ich könnte endlich beweisen, dass ich zu mehr in der Lage bin, als immer nur in der zweiten Reihe zu stehen. Sei mir nicht böse, Mum, aber ich muss jetzt wirklich los.«

»Am Wochenende kommst du aber nach Hause, oder?«

»Am Wochenende?«

Mrs Flemming seufzte und antwortete: »Du hast Großtante Elsies achtzigsten Geburtstag doch nicht etwa vergessen, Kind?«

Das hatte Sandra tatsächlich, sie sagte aber schnell: »Natürlich nicht, Mum! Bereits vor Wochen habe ich mir dieses Wochenende als freie Tage in den Dienstplan eintragen lassen. Ich lege jetzt auf, wir sprechen am Wochenende, ja? Drück mir bitte die Daumen, dass ich den Job bekomme.«

Ohne eine Antwort ihrer Mutter abzuwarten, beendete

Sandra das Telefonat. Sie wusste nicht, warum sie den Wecker überhört hatte, den sie gestern Abend extra eine halbe Stunde früher gestellt hatte. Jetzt blieb ihr nur Zeit für eine Katzenwäsche. Das schulterlange, dunkle Haar band sie zu einem Pferdeschwanz, als Make-up mussten eine getönte Tagescreme, Wimperntusche und Lipgloss reichen. Dabei hing von der Besprechung, die für heute Morgen anberaumt war, so viel für sie ab.

Die Tasse in der einen Hand, schlüpfte Sandra in bequeme Sneakers, trank hastig den Kaffee, zog ihre Steppjacke an und verließ im Laufschritt ihre Einzimmerwohnung in dem mehrstöckigen, schmucklosen Mietshaus am Viewcraigs Gardens. Hier waren die Wohnungen günstig, und von ihrem Zimmer aus hatte sie einen schönen Blick auf den Holyrood Park und auf Arthur's Seat. Als sie nach draußen trat, wickelte sie die Jacke fester um sich. Es nieselte, und der Ostwind ging ihr durch Mark und Bein. In diesem Jahr kam der Frühling spät nach Schottland. Auf den Bergen in den Highlands lag immer noch Schnee, dabei war es schon Anfang Mai. Sandra zog sich die Kapuze ihrer Steppjacke über den Kopf, öffnete das Schloss an ihrem Fahrrad, das in einer dafür vorgesehenen Garage stand, und machte sich auf den Weg. Sie besaß kein Auto. Lebte man in Edinburgh, stand man mit einem Auto ohnehin nur im Stau, und Parkplätze waren rar und schier unbezahlbar. Mit dem Fahrrad oder dem Bus war Sandra in der Regel schneller am Ziel, und wenn sie in den Norden zu ihren Eltern fuhr, nahm sie den Zug.

Sandra Flemming, dreiunddreißig Jahre alt, lebte seit drei Jahren in der schottischen Hauptstadt. Zum Leidwesen ihrer Eltern, die es begrüßt hätten, wenn Sandra nach ihrer Ausbildung in Glasgow und Aufenthalten in Frankreich und der Schweiz ins heimatliche Dufftown am Rand der Grampian Mountains zurückgekommen wäre. Sandra hatte sich aber nicht im Ausland und in den besten Hotels Europas ausbilden lassen, um dann in einem kleinen Bed & Breakfast irgendwo auf dem Land zu versauern. Vor drei Jahren hatte die Hotelkette *SSG* ihr die Chance geboten, als Hotel-Account-Manager einzusteigen. In dieser Position war Sandra für die Kontakte zwischen dem Hotel und den Reiseveranstaltern verantwortlich. Eine interessante und verantwortungsvolle Aufgabe, aber Sandra wollte weiter nach oben kommen. Ihr Ziel war es, als Managerin eigenständig ein Hotel zu leiten. SSG stand für *Stay and Sleep Gorgeous*, dem Slogan der Kette. Neben dem Stammhaus in Edinburgh besaß das Unternehmen Landhotels in Inverness, Pitlochry, Oban und Fort Williams. Seit einigen Jahren wurde auch nach England expandiert, und die Geschäftsleitung eröffnete Häuser in York und in Brighton. Vor einigen Monaten hatte die Zentrale ein ehemaliges Herrenhaus in der Grafschaft Cornwall im Südwesten der britischen Insel erworben und es zu einem Hotel umbauen lassen. Sandra hatte sich für den öffentlich ausgeschriebenen Posten der Managerin in diesem Haus beworben, da sie der Meinung war, es sei an der Zeit, ihr eine solch verantwortungsvolle Aufgabe zu übertragen. Zuvor hatte sie sich nie für Cornwall interessiert, inzwischen wusste sie jedoch, dass man nicht von einer Grafschaft, sondern richtigerweise vom Herzogtum Cornwall sprach, denn Prinz Charles war der Herzog von Cornwall. Im Fernsehen hatte Sandra Berichte über die Gegend gesehen und war von den hohen, schroffen Klippen und der lieblichen Landschaft beeindruckt. Ihre Mutter jedoch hatte versucht, Sandra eine solch gravierende Veränderung auszureden, als sie vor ein paar Wochen bei einem Besuch der Eltern von der Bewerbung erzählt hatte.

»Kind, wir wissen nicht, wie es mit unserem Land weitergehen wird«, hatte Mrs Flemming im Hinblick auf den anstehenden Brexit gesagt. »Wenn die May« – damit meinte sie die britische Premierministerin – »das wirklich durchzieht, wird es bei uns zu einem neuen Referendum kommen, und Schottland könnte sich von Großbritannien lösen. Ob wir aber in die EU aufgenommen werden, steht in den Sternen. Was soll in diesem Fall aus Schottland werden? Und du wirst vielleicht aus England ausgewiesen, was willst du dann machen?«

»Mum, jetzt übertreibst du wirklich!«, hatte Sandra gerufen und mit Mühe ein Lachen unterdrückt. Ihre Mutter neigte zu Schwarzmalerei und Melodramatik. Als Sandra im Rahmen ihrer Ausbildung in der Schweiz gewesen war, hatte Mrs Flemming befürchtet, ihre Tochter könnte in eine Gletscherspalte stürzen. »Auch wenn es zu einer Trennung kommen sollte, werden Schotten nicht automatisch und unverzüglich aus England rausgeworfen«, fuhr Sandra fort.

»Wart es ab, Kind, es kommen schwere Zeiten auf uns zu!«

Sandra hatte nur wortlos genickt. Die aktuelle politische Lage ihres Landes interessierte Sandra durchaus, und auch sie erkannte die Gefahr negativer Veränderungen, die eine Spaltung der britischen Insel mit sich bringen könnte, wollte sich aber ihre Chance, Karriere zu machen, nicht verderben lassen. Ihre Referenzen waren ausgezeichnet, sie wurde von den Kollegen, dem Personal und den Gästen im Stammhaus geschätzt, und die Geschäftsleitung konnte gar nicht anders, als ihr die Leitung des neuen Hotels in Cornwall zu übertragen. Im Rahmen des heutigen Team-Meetings, das jeden Monat einberufen wurde, wollte Alastair Henderson, der Vorstandsvorsitzende von *SSG*, höchstpersönlich verkünden, wer der neue Manager werden würde.

Sandra trat kräftig in die Pedale. Der Regen schlug ihr ins Gesicht, und sie musste dem Gegenwind trotzen. Als sie ihr Ziel in George Street in der New Town erreicht hatte, waren ihre Hose und die Schuhe durchnässt. Zwei Stufen auf einmal nehmend, hastete sie die Treppen hinauf. Im dritten Stock wurde sie von Maureen, der Sekretärin der Geschäftsleitung, erwartet.

»Sie sind spät dran«, mahnte die ältere Frau missbilligend. »Alle sind bereits im Sitzungszimmer, Mr Henderson ist vor wenigen Minuten eingetroffen.«

»Ich hab verschlafen«, antwortete Sandra, zog sich die Jacke aus, streifte die feuchten Sneakers von den Füßen und angelte nach einem Paar Pumps mit halbhohen Absätzen, die sie unter ihrem Schreibtisch deponiert hatte.

»Für einen Kaffee ist keine Zeit mehr?«

Maureen schüttelte den Kopf. »Wir trinken nach der Besprechung eine Tasse zusammen. Allerdings …« Sie hielt Sandra am Ärmel fest, als diese aus dem Büro eilen wollte. »Sie sollten Ihre Bluse richtig herum anziehen.«

Sandra sah an sich herunter und grinste. In der Hektik hatte sie die rostbraune Bluse auf links angezogen. Schnell zog Sandra die Bluse aus und sagte: »Maureen, was sollte ich bloß ohne Sie machen?«

In dem Moment, als Sandra im BH dastand, öffnete sich die Tür und einer der jungen Auszubildenden schaute herein. »Oh!«, stammelte er und errötete. »Ich … äh … also …«

»Na, du wirst doch schon mal eine Frau in Unterwäsche gesehen haben«, rief Sandra und knöpfte sich die Bluse zu. »Komm rein, ich bin eh gleich weg.«

Maureen hob die Hände, drückte beide Daumen und sagte: »Toi, toi, toi, Sandra! Ich bin sicher, Sie bekommen den Job!«

Ich auch, dachte Sandra, strich sich noch mal übers Haar, straffte die Schultern, atmete tief durch und öffnete die mit dunkelgrünem Leder bezogene Tür des Besprechungsraums. Sie war tatsächlich die Letzte, neun Augenpaare richteten sich auf sie.

»Ah, Ms Flemming beehrt uns nun auch mit ihrer Anwesenheit, und wir können endlich anfangen«, spöttelte ein grauhaariger Mann mit stahlblauen Augen.

»Lassen Sie es gut sein, Mr Garvey, es ist erst eine Minute vor neun«, erwiderte Alastair Henderson und nickte Sandra aufmunternd zu. »Ms Flemming ist also durchaus pünktlich.«

»Nur reichlich derangiert, wahrscheinlich hat sie mal wieder verschlafen«, erwiderte der Grauhaarige so laut, dass es alle hören konnten.

Garvey ignorierend, setzte sich Sandra auf den letzten freien Platz an dem ovalen Tisch. Hendersons Freundlichkeit gab ihrer Hoffnung Nahrung.

»Vor Ihnen liegt eine Mappe mit der Bilanz des letzten Quartals«, eröffnete Mr Henderson die Besprechung. »Sie ersehen daraus, dass unsere Häuser weiterhin schwarze Zahlen schreiben, was unter anderem auch dem derzeitigen schwachen Kurs des britischen Pfundes zuzuschreiben ist. Seit letztem Sommer können wir einen deutlichen Anstieg von Übernachtungen aus dem europäischen Ausland verzeichnen.«

Sandra überflog die Aufstellungen flüchtig. Obwohl sie sich in ihrem Aufgabenbereich auch mit den Finanzen beschäftigen musste, lag ihr der Umgang mit Zahlen nicht besonders, der direkte Kontakt mit den Gästen sagte Sandra mehr zu. In einem monotonen Tonfall analysierte Mr Henderson minutenlang die Bilanzen. Der Raum war überheizt, und die eine Tasse Kaffee hatte Sandras Lebensgeister nicht geweckt. Sie musste sich bemühen, die Augen offen zu halten.

»Ms Flemming, sind Sie noch bei uns?«

Sandra zuckte zusammen. »Wie? Was?«

»Du bist eingepennt«, raunte Garvey ihr zu. Ihm war deutlich anzusehen, wie er die Situation genoss.

»Finden Sie meine Ausführungen derart langweilig, dass Sie es vorziehen, ein Nickerchen zu halten, Ms Flemming?«, fragte Alastair Henderson, die Augenbrauen hochgezogen.

»Nein, natürlich nicht, verzeihen Sie, Mr Henderson«, erwiderte Sandra hastig. »Es ist in diesem Zimmer nur sehr stickig.«

»Ms Flemming hat recht, ich werde ein Fenster öffnen.«

Ein Mitarbeiter kam Sandra zu Hilfe. Er stand auf, und gleich darauf strömte kühle, frische Luft in den Raum. Sandra war die Situation furchtbar peinlich. Wahrlich kein guter Start in ihre neue Position.

»Dann kommen wir jetzt zu unserem neuen Projekt: dem Higher Barton Romantic Hotel in Cornwall, Südengland«, fuhr Alastair Henderson fort. Sandras Müdigkeit verflog schlagartig, sie setzte sich aufrecht hin. »In der Mappe finden Sie alles Wissenswerte über dieses Haus«, fuhr Mr Henderson fort. »Die Umbauarbeiten sind abgeschlossen, von der Zentrale wurde eine Rezeptionistin, die über Erfahrung in anderen Häusern im Süden verfügt, eingestellt. Sie befindet sich bereits in Higher Barton. Eliza Dexter, so ihr Name, hat das übrige Personal vor Ort ausgesucht und unter Vertrag genommen, es spricht nichts gegen eine offizielle Eröffnung am Sonntag in zwei Wochen. Was uns jetzt noch fehlt, ist die Geschäftsleitung für dieses Haus.« Er machte eine Kunstpause, rückte die Brille zurecht und sah in die Runde. Die Spannung war mit den Händen zu greifen. »Der Vorstand hat alle Bewerbungen ausgiebig geprüft und ist einstimmig zu einem Entschluss gekommen«, fuhr Mr Henderson fort, um erneut abzubrechen und einen Schluck Wasser zu trinken. Offenbar machte es ihm Freude, die Anwesenden auf die Folter zu spannen. Sandras Herz schlug schneller, ihre Handflächen wurden feucht. An ihrer Bewerbung gab es keinen Makel. Seit Jahren bewies sie, dass sie ehrgeizig und arbeitswillig war, den Job über ihr Privatleben stellte, Überstunden nicht scheute und gut mit Menschen umgehen konnte. Außerdem war ihr auch noch nie ein gravierender Fehler unterlaufen.

»Ich freue mich, Ihnen mitteilen zu können, dass der Vorstand das Management des Higher Barton Romantic Hotels Mr Harris Garvey übertragen hat.« Damit ließ Alastair Henderson die Bombe endlich platzen.

Bewegungslos verharrte Sandra auf dem Stuhl. Keine Regung in ihrem Gesicht verriet ihre grenzenlose Enttäuschung. Wie die Kollegen und Kolleginnen klopfte auch sie mit den Fingerknöcheln beifällig auf die Tischplatte. Garvey nahm die Glückwünsche mit einem wohlwollenden, zugleich triumphierenden Lächeln zur Kenntnis.

Er hat es gewusst, dachte Sandra. Er hat es wahrscheinlich von Anfang an gewusst, dass er der Manager des neuen Hotels in Cornwall werden wird. Sandra hätte ihm diese Heimlichtuerei am liebsten vorgeworfen, sie beherrschte sich aber, denn jede negative Nachricht beinhaltete auch etwas Positives. Garvey würde nach Cornwall gehen, weit fort von Edinburgh, und sie musste nicht länger mit ihm zusammenarbeiten. Hoffentlich würde er nie wieder nach Schottland zurückkehren, und sie, Sandra, könnte ihre Chance beim nächsten Mal in einem anderen Hotel bekommen.

Mr Henderson beendete die Besprechung. Auf dem Weg zur Tür rief er jedoch: »Ms Flemming, bitte bleiben Sie noch einen Moment, ich habe etwas mit Ihnen zu besprechen.«

Mit Henderson allein sagte Sandra: »Ich bitte um Verzeihung, dass ich vorhin den Eindruck erweckte, ich würde schlafen, aber …«

»Deswegen möchte ich nicht mit Ihnen sprechen, Ms Flemming.« Henderson winkte ab. »Auch nicht darüber, dass Mr Garvey recht hatte, als er meinte, Sie sehen heute etwas – wie nannte er es doch gleich? – derangiert aus.«

»Ich habe verschlafen«, gab Sandra zu und wirkte zerknirscht. »Es tut mir wirklich sehr leid, es wird nicht mehr vorkommen, Mr Henderson.«

Er ging auf ihre Entschuldigung nicht ein und forderte Sandra auf, sich wieder zu setzen. Sie zog einen Stuhl heran, ein flaues Gefühl im Magen. Warum sah der Vorstandsvorsitzende sie so ernst an? Sollte sie vielleicht entlassen werden? Erwartete sie anstelle der erhofften Beförderung eine Abmahnung oder gar die Kündigung? Nur, weil sie ein Mal unaufmerksam gewesen war? Da sie Alastair Henderson lediglich von den regelmäßigen Besprechungen kannte und noch nie ein persönliches Wort mit ihm gewechselt hatte, konnte sie ihn weder einschätzen noch in seiner Mimik lesen.

»Ms Flemming, ich wollte allein mit Ihnen sprechen, da ich Ihnen einen Vorschlag unterbreiten möchte und Sie im

Beisein der anderen nicht unter Druck setzen wollte. Ich muss Sie aber bitten, Ihre Entscheidung unverzüglich zu treffen.«

»Was für einen Vorschlag, Mr Henderson?«, fragte Sandra gespannt und auch erleichtert. Das klang nicht nach einer Kündigung.

»Mr Garvey wird, wie Sie eben erfahren haben, die Leitung des Hotels in Cornwall übernehmen», fuhr Mr Henderson fort. »Er erschien dem Vorstand unter allen Bewerbern als die beste Wahl, da Mr Garvey über eine langjährige Erfahrung verfügt. In finanziellen Angelegenheiten ist er ein Genie, er bringt sich mit innovativen und auch umsetzbaren Ideen ein, daher traut der Vorstand ihm zu, ein neues Haus in kurzer Zeit zum Erfolg zu führen. Unsere Firma hat in das Hotel eine Menge Geld investiert, es muss sich also baldmöglichst amortisieren. Allerdings eilt Mr Garvey der Ruf voraus, manchmal etwas ... nun ja, nennen wir es barsch oder ruppig gegenüber anderen Menschen zu sein.«

Sandra nickte. Sie hatte keine Ahnung, worauf Henderson hinauswollte. Dass Harris Garvey nicht die Freundlichkeit in Person war, war allgemein bekannt. Diplomatisch erwiderte sie: »Als Manager wird er nicht viel Kontakt mit den Gästen haben, sondern das Haus im Hintergrund leiten.«

»Wir brauchen jedoch jemanden, der sich intensiv um die Belange der Gäste kümmert, das kann nicht allein der Rezeptionistin überlassen bleiben«, fuhr Alastair Henderson fort, ohne auf Sandras Bemerkung einzugehen. »Das Higher Barton Romantic Hotel erhielt diesen Namen, damit die Gäste dort Abstand vom Alltag gewinnen. Sie sollen während ihres Aufenthaltes rundum verwöhnt werden und immer wieder gern zurückkehren. Die Konkurrenz in Cornwall ist groß. Im Südwesten reiht sich ein Hotel an das andere, und unser Haus sowie die nächstgelegene Ortschaft befinden sich einige Meilen vom Meer entfernt. Also sind unsere Zielgruppe vielmehr Menschen, die Ruhe und ländliche Beschaulichkeit und nicht überfüllte Strände bevorzugen.«

Erneut nickte Sandra und erwiderte: »Leider bin ich mit der touristischen Situation in Cornwall nicht vertraut.«

»Dann sollten Sie das schleunigst nachholen, Ms Flemming.« Alastair Henderson lächelte wohlwollend und fuhr fort: »Sie werden Mr Garvey nach Cornwall begleiten und als Assistentin der Geschäftsleitung fungieren.«

»Was? Sie machen Witze!« Sandra fuhr von ihrem Stuhl hoch.

»Keinesfalls, Ms Flemming, bei Personalangelegenheiten pflege ich niemals zu scherzen«, erwiderte Henderson pikiert. »Ich dachte, Sie wollen unter allen Umständen in den Süden.«

»Verzeihen Sie«, murmelte Sandra verlegen. »Ihr Angebot kommt nur sehr überraschend. Mir war nicht bekannt, dass die Position einer Assistentin ebenfalls ausgeschrieben worden war.«

Henderson nickte verstehend. »Zuerst war es auch nicht vorgesehen, neben dem Manager eine weitere Person mit der Geschäftsleitung zu betrauen. Wie ich bereits sagte, möchten wir vor Ort jemanden haben, der sich intensiv um die Gäste und deren Zufriedenheit kümmert, und zwar über die Aufgaben der Rezeptionistin hinaus. Dass ein reibungsloser und perfekter Service das Aushängeschild eines jeden Hotels ist, brauche ich Ihnen nicht zu erklären, Ms Flemming. Da Sie sich als Managerin für das Haus beworben haben, denke ich, Sie werden meinen Vorschlag annehmen, sich in dieses Betätigungsfeld einarbeiten und weitere Erfahrungen sammeln. Mr Garvey wird nicht für immer in Cornwall bleiben. Er strebt nach der Leitung eines größeren Hauses, und dann ...«

Er ließ den Rest des Satzes unausgesprochen, und Sandra hatte die Anspielung verstanden. Wenn sie jetzt als Assistentin von Garvey arbeitete, stellte Henderson ihr in Aussicht, eines Tages das Management zu übernehmen. Ein verlockendes Angebot und mehr, als Sandra erwartet hatte, nachdem Garvey den von ihr begehrten Job bekommen hatte. Henderson bot ihr eine Chance, und der Spatz in der Hand war besser als die Taube auf dem Dach. Trotzdem sagte sie: »Darüber muss ich nachdenken, Mr Henderson.«

»Leider kann ich Ihnen keine Zeit geben, Ms Flemming«, erwiderte Henderson mit einem bedauernden Lächeln. »Mr Garvey reist in zwei Tagen nach Cornwall, und wir möchten, dass Sie ihn sofort begleiten. Aus ihrer Personalakte weiß ich, dass Sie ungebunden und damit flexibel sind. Man sagt, Sie seien eine Frau rascher Entschlüsse und verfügten über den nötigen Ehrgeiz und Biss, es ganz nach oben zu bringen.« Erwartungsvoll sah Henderson Sandra an.

Sandra holte tief Luft, dann antwortete sie entschlossen: »Ich danke Ihnen für das Angebot, Mr Henderson, und werde mich bemühen, Ihren Erwartungen gerecht zu werden.«

DREI

Sie waren im Morgengrauen aufgebrochen.

»Ich will die Strecke an einem Tag schaffen«, sagte Harris Garvey, und Sandra hatte sich seinem Wunsch zu fügen. Sie schlug zwar vor, von Edinburgh nach Newquay in Cornwall zu fliegen, Garvey hatte diese Empfehlung aber mit einer Handbewegung abgetan. »Dort unten muss ich mobil sein. Soll ich etwa aus eigener Tasche einen Mietwagen bezahlen?«

Diesem Argument konnte sich Sandra nicht verschließen, auch wenn sie mit Garvey nur selten einer Meinung war. Fürs Erste hatte sie lediglich das Notwendigste eingepackt. Sollte sie dauerhaft in Cornwall bleiben, würde sie ihre Wohnung in Edinburgh auflösen und sich ihre restlichen Sachen nachsenden lassen. Auch wenn Sandra fest entschlossen war, sich die Beförderung von Garvey nicht verderben zu lassen, im Moment konnte sie nicht einschätzen, wie sich ihre enge Zusammenarbeit gestalten würde.

Auf die Nachricht, Sandra werde seine persönliche Assistentin, hatte er mit einem süffisanten Lächeln und einer vielsagend hochgezogenen Augenbraue reagiert.

Sandras Mutter hatte aus ihrem Unwillen keinen Hehl gemacht.

21

»Natürlich freue ich mich für dich«, hatte Mrs Flemming gesagt, als Sandra sie noch am selben Tag telefonisch über die neue Entwicklung informiert hatte, »ich verstehe aber nicht, warum das alles so überstürzt sein muss, du hast den Urlaub schließlich bewilligt bekommen. Nach Elsies Geburtstag könntest du immer noch …«

»Lass es gut sein, Mum!«, bat Sandra. »Ich *muss* in zwei Tagen fahren, werde aber an Tante Elsie denken und sie an ihrem Ehrentag anrufen. Versprochen!«

Sandras Mutter hatte laut geseufzt, als läge alle Last der Welt auf ihren Schultern, ihr war jedoch klar, dass es ihr nicht gelingen würde, ihre Tochter umzustimmen.

»Tja, dann wünsche ich dir viel Glück«, sagte Mrs Flemming resigniert und gab zu: »Cornwall soll ja eines der schönsten Fleckchen auf der Insel sein. Ich hoffe, du kannst neben der Arbeit auch Land und Leute kennenlernen.«

»Ich gehe nicht nach Cornwall, um Urlaub zu machen, sondern um hart zu arbeiten«, erwiderte Sandra. »Nun muss ich mich beeilen, Mum, ich habe noch jede Menge zu organisieren.«

Auf der Autobahn zwischen Lancaster und Preston gerieten sie in einen meilenlangen Stau, durch den sie zwei Stunden Zeit verloren. Nachdem sie Birmingham passiert hatten und Harris Garvey auf der M 5 endlich den Blinker setzte und auf die Abfahrt zu einer Raststätte einbog, atmete Sandra erleichtert auf. Der Wagen war kaum zum Stehen gekommen, als sie schon heraussprang und zu den Waschräumen eilte. Nachdem sie zurückgekehrt war, reichte Harris ihr einen Pappbecher mit lauwarmem Kaffee und grinste.

»Na, wieder Platz für Nachschub in deiner Blase? Du trinkst den Kaffee immer noch ohne Zucker, aber mit viel Milch?«

Sandra nickte und nahm dankbar den Becher entgegen. Der Himmel hatte sich inzwischen zugezogen, der Geruch nach Regen lag in der Luft.

»Sollten wir nicht in der Nähe von Bristol übernachten?«, fragte sie. »Cornwall erreichen wir unmöglich noch bei Tageslicht.«

»Dann treffen wir eben später ein«, erwiderte Harris entschlossen. »Obwohl – ein Zimmer in einem kleinen romantischen Hotel auf dem Land, eine Flasche guten französischen Rotwein, etwas Musik und in alten Erinnerungen schwelgen« – er sah sie vielsagend an –, »das hätte durchaus seinen Reiz …«

»Ich denke, wir sollten weiterfahren«, sagte Sandra schnell und warf den halb vollen Becher in den Mülleimer. Wenn Garvey bloß nicht immer auf vergangene Zeiten anspielen würde!

Sandra war erst wenige Wochen im Edinburgher Hotel beschäftigt gewesen, als sie seinem Charme erlegen war. Wenn Harris Garvey eine Frau wollte, dann konnte er aufmerksam, interessiert und vor allen Dingen äußerst charmant sein. Er hatte ihr das Gefühl gegeben, für ihn die einzige Frau der Welt zu sein, hatte sie mit kleinen Aufmerksamkeiten und bewundernden Worten verwöhnt. Garvey war attraktiv, besaß exzellente Umgangsformen und eine beeindruckende Allgemeinbildung. Er lud Sandra in klassische Konzerte und in die Oper ein, aber auch zu Rockkonzerten; er besuchte mit ihr Ausstellungen alter Meister und zeitgenössischer Maler, und auch auf dem

Tanzparkett machte er eine gute Figur. Schnell begannen sie eine Affäre. In Sandras Leben war Garvey der erste Mann, mit dem sie sich vorstellen konnte, eine Familie zu gründen: zwei, drei Kinder, ein kleines Haus vor den Toren von Edinburgh … Für ihn hätte sie sogar ihre Träume von einer Karriere als Hotelmanagerin aufgegeben.

Nach vier Monaten war es vorbei. Von einem Tag auf den anderen hatte Garvey den Kontakt abgebrochen. Von Sandra zur Rede gestellt, hatte er nur gelacht und erklärt, sie habe doch nicht wirklich geglaubt, das mit ihnen könne etwas auf Dauer sein. Zwischen ihnen sei nur Sex gewesen, guter, leidenschaftlicher Sex, aber eben nicht mehr.

»Wir hatten unseren Spaß miteinander. Es gibt so viele Frauen auf der Welt, da binde ich mich nicht an eine einzige«, hatte er ihr mit einem zynischen Lächeln gesagt und ihr geraten, sich ebenfalls anderweitig umzusehen.

Sein Verhalten hatte Sandra zwar verletzt, sie hätte die Sache aber hinter sich lassen können, denn niemand stirbt an gebrochenem Herzen, und Enttäuschungen gehörten zum Leben dazu. Dann jedoch stellte sie fest, dass Garvey fast der ganzen Belegschaft von der *heißen und gierigen Granate in seinem Bett* erzählt und dabei nicht mit der Schilderung von intimen Details gespart hatte.

»Und jetzt glaubt dieses naive Dummchen, ich würde sie heiraten.«

Diese verächtlichen Worte hatte Sandra mit eigenen Ohren gehört, als sie überraschend in eine Besprechung hineingeplatzt war. Sie hatte Garvey keine Szene gemacht. Damit hätte sie nur ihm und allen anderen gezeigt, wie verletzt sie war. Mit hocherhobenem Kopf hatte sie die nächsten

Wochen durchgestanden, bis die Angelegenheit langsam in Vergessenheit geraten war. Eine Zeit lang hatte Sandra durchaus daran gedacht, zu kündigen, um Garvey nicht mehr täglich begegnen zu müssen, dann hätte er aber nur noch mehr triumphiert. Nein, sie würde sich nicht unterkriegen lassen! Meldeten sich in ihr Bedenken über die Zukunft, verdrängte Sandra diese. Wenn sie das gute Angebot der Position einer stellvertretenden Managerin ausgeschlagen hätte, um nicht mit Garvey zusammenarbeiten zu müssen, hätte er genau gewusst, warum Sandra sich eine solche Chance entgehen ließ. Sollte er es wagen, ihre künftige Zusammenarbeit durch Andeutungen auf die Vergangenheit zu belasten, würde sie ihm die Meinung sagen. Nur heute wollte sie keine weitere Diskussion. Vor ihnen lagen noch über zweihundert Meilen, und sie würden ihr Ziel wohl erst mitten in der Nacht erreichen.

Nach der kurzen Rast waren sie gerade wieder auf die M 5 aufgefahren, als bereits die nächste Baustelle und ein erneuter langer Stau sie erwarteten.

Es war dunkel, als sie die A 30, die Hauptverbindungsstraße zwischen Exeter in der Grafschaft Devon und Penzance in Cornwall, verließen und Harris Garvey den Anweisungen des Navigationssystems seines Wagens folgte, das sie über enge, gewundene Landstraßen in Richtung Südküste lotste. Inzwischen goss es wie aus Kübeln, die Scheibenwischer wurden der Wassermassen kaum Herr. Sie umfuhren das Städtchen Liskeard, dann wurde die Straße so schmal, dass keine zwei Autos aneinander vorbeifahren konnten. Trotz der späten Stunde kamen ihnen immer wieder Fahrzeuge entgegen, und Garvey musste mehrmals in eine Ausweichbucht zurückstoßen, was er jedes Mal mit einem kräftigen Fluch kommentierte.

»Sehr ländlich hier«, murrte er. »Ich hoffe, es ist eine Stadt in der Nähe, in der was los ist.«

»Gerade wegen der ländlichen Abgeschiedenheit wurde das alte Schloss von der Firma erworben«, erinnerte Sandra ihn an Mr Hendersons Worte. »Ich glaube, wenn die Sonne scheint, ist es hier ganz zauberhaft.«

Garvey brummelte vor sich hin. Seine Finger umklammerten das Lenkrad, angespannt starrte er durch den Regen auf die dunkle Straße. Plötzlich tauchten im Lichtkegel der Scheinwerfer direkt vor ihnen zwei Schatten auf.

»Vorsicht!«, rief Sandra, im selben Moment trat Garvey auch schon hart auf die Bremse. Der Wagen schlingerte und wäre beinahe in die übermannshohe Hecke, die die Straße säumte, geprallt, was fatal gewesen wäre, denn unter dem grünen Gebüsch verbarg sich eine massive Trockensteinmauer.

Zwei Personen liefen dem Wagen entgegen. Sandra erkannte im Scheinwerferlicht einen jungen Mann und eine junge Frau.

Garvey ließ die Seitenscheibe herunter, doch bevor er die beiden zurechtweisen konnte, rief der Mann: »So ein Glück, dass wir Sie hier treffen! Wären Sie so freundlich, uns in den nächsten Ort mitzunehmen?«

»Selbstverständlich«, sagte Sandra schnell, da sie befürchtete, Garvey würde die Bitte ablehnen und das Pärchen in dem strömenden Regen zurücklassen.

Die beiden zwängten sich in den Fond. Ihre Rucksäcke mussten sie auf den Schoß nehmen, denn im Kofferraum befand sich das Gepäck von Garvey und Sandra. Garvey runzelte die Stirn, als er die Piercings in ihren Gesichtern bemerkte, außerdem zierte ein buntes Tattoo die rechte Halsseite des Mannes.

Als sie losfuhren, sagte die Frau: »Das ist sehr freundlich von Ihnen. Wir sind in Pelynt aus dem Bus gestiegen, haben uns dann aber irgendwie im Dunkeln verlaufen. Dazu der Regen …«

»Haben Sie denn kein Smartphone, das Ihnen den richtigen Weg weisen kann?«, fragte Garvey unfreundlich. »Wo wollen Sie eigentlich hin?«

»Der Akku ist leer, wie es in solchen Situationen immer ist«, antwortete der junge Mann. »Ich bin übrigens Ben, und das ist meine Freundin Tanya. Wir studieren in Oxford und sind auf einem Trip durch den Süden.«

»Wo soll ich Sie absetzen?«, wiederholte Garvey. »Ich kann keinen großen Umweg machen, meine Kollegin und ich haben uns ohnehin verspätet.«

»Ein paar Minuten haben wir schon noch Zeit«, warf Sandra ein und drehte sich zu den beiden nach hinten um. »Allerdings kennen wir uns in der Gegend nicht aus, wenn Sie uns also sagen würden, wohin wir Sie fahren sollen?«

»Wir haben kein bestimmtes Ziel«, antwortete Ben, und seine Freundin ergänzte: »Sie kennen nicht zufällig ein kleines, nettes Hotel, in dem wir die nächsten Tage bleiben können? Oder zumindest heute Nacht, sonst spült uns der Regen noch weg.«

»Nee, Sie hörten doch gerade, dass wir hier fremd sind«, knurrte Garvey, Sandra erklärte jedoch: »Tatsächlich sind wir auf dem Weg zu einem Hotel. Ich denke, für eine Nacht …«

»Spinnst du?«, unterbrach Garvey sie scharf. »Higher Barton hat noch nicht geöffnet.«

»Ach was, eines der Gästezimmer wird schon so weit hergerichtet sein, dass jemand darin übernachten kann«, widersprach Sandra.

»Ich glaube kaum, dass das Personal über solch unangemeldete *Gäste*« – er betonte das Wort abfällig – »erfreut sein wird.«

»Wenn es zu große Umstände macht«, sagte Ben, »dann lassen Sie uns einfach im nächsten Dorf raus. Wir werden schon irgendwo einen Platz für diese Nacht finden.«

»Auf gar keinen Fall, Sie kommen mit uns!« Sandra bohrte einen Zeigefinger in Garveys Rippen. »Mein Kollege meint es nicht so. Wir sind nur müde, da wir seit dem frühen Morgen unterwegs sind.«

»Nach zweihundert Yards nach links abbiegen, dann haben Sie Ihr Ziel erreicht«, erklärte in diesem Moment die sonore Stimme des Navis und enthob Garvey einer Antwort. Durch ein an beiden Seiten mit hohen Steinpfeilern flankiertes Tor, dessen metallene Flügel offen standen, bog der Wagen in eine Auffahrt, die nach einer halben Meile an einem Kiesrondell vor einem beeindruckenden Gebäude mit zwei Voll- und einem Dachgeschoss endete. Im Licht der Scheinwerfer sah Sandra zum ersten Mal ihre neue Wirkungsstätte. Im Firmenprospekt und im Internet hatte sie Fotos gesehen, in Wirklichkeit – und selbst bei Dunkelheit – sah Higher Barton noch beeindruckender aus.

»Das ist ein Hotel?«, rief Ben überrascht. »Wow! Sieht echt stark aus, nicht wahr, Tanya? Ich wollte schon immer in einem richtigen Schloss wohnen.«

»Ich glaube kaum, dass ihr euch einen Aufenthalt hier leisten könnt«, erwiderte Harris Garvey, »davon abgesehen, dass das Hotel noch nicht geöffnet hat.«

»Wenn Kreditkarten akzeptiert werden, sollte das kein Problem sein«, antwortete Ben kühl.

»Lasst uns erst mal reingehen«, sagte Sandra beschwichtigend. »Es ist fast Mitternacht, und ich glaube, wir sehnen uns alle nach ein paar Stunden Schlaf.«

Im Haus war alles dunkel, die Tür verschlossen. Harris Garvey öffnete sie mit der mitgebrachten Chipkarte, tastete nach dem Lichtschalter, und dann standen sie in einer hell erleuchteten Halle. Das Pärchen stieß Ausrufe des Erstaunens aus, und auch Sandra war von der Größe der Halle beeindruckt: Mit Eichenholz getäfelte Wände, an der Decke dunkle Holzbalken, ein mannshoher gemauerter Kamin, darüber eine Rosette aus alten Handfeuerwaffen. Auch wenn alles vorhanden war, was in einer modernen Hotelhalle erwartet wurde – Sandra fühlte sich um ein paar Jahrhunderte in die Vergangenheit zurückversetzt. Einzig der Geruch nach frischer Farbe trübte diesen Eindruck.

Ihr Eintreffen war nicht unbemerkt geblieben. Eine Frau kam die geschwungene Treppe herunter und fragte: »Was ist hier los?« Sie war groß und hager, Ende vierzig, das glatte, helle Haar hatte sie zu einem Pferdeschwanz gebunden. »Wie kommen Sie ins Haus?«

»Ich nehme an, Sie sind Ms Dexter«, sagte Garvey und ging der Frau entgegen. »Ich bin Harris Garvey, Ihr Vorgesetzter, die Zentrale muss Ihnen mein Eintreffen mitgeteilt haben.«

Sandra knirschte verhalten mit den Zähnen, da Harris so tat, als wäre sie nicht vorhanden. Sie trat ebenfalls vor und sagte: »Entschuldigen Sie die späte Störung, Ms Dexter, leider standen wir stundenlang im Stau.«

Die wasserhellen Augen der Frau musterten Sandra abschätzend, und sie erwiderte: »Und Sie sind?«

»Sandra Flemming, die Assistentin von Mr Garvey.«

»Assistentin?« Unwillig runzelte Ms Dexter die Stirn. »Mir wurde keine Assistentin angekündigt.«

»Die Entscheidung fiel auch erst vor zwei Tagen«, antwortete Sandra. »Morgen werden wir in Ruhe über alles sprechen. Wenn Sie uns jetzt unsere Zimmer zeigen würden, wir sind sehr müde. Ach ja …» Mit einem Lächeln wandte Sandra sich an die beiden jungen Leute und dann wieder an Ms Dexter. »Gibt es ein Zimmer, das bewohnbar ist? Wir haben die ersten Gäste bereits mitgebracht.«

»Das ist sehr freundlich«, sagte Ben. »Wir wüssten sonst nicht, wo wir diese Nacht verbringen sollen.«

Den Blicken von Eliza Dexter war anzusehen, was sie von den Studenten in den nicht gerade sauberen Klamotten, mit den Tattoos und den Piercings hielt. Sie trat hinter den Tresen, nahm eine Zimmerkarte und sagte: »Ich verstehe zwar nur die Hälfte, aber Zimmer drei ist so weit gerichtet. Es ist im ersten Stock auf der rechten Seite. Ihr Raum, Mr Garvey, befindet sich im Dachgeschoss im Westflügel. Auf diesem Korridor weiter hinten gibt es noch ein freies Zimmer. Das können Sie nehmen, Ms Flemming, es ist aber nicht fertig, da ich, wie gesagt, über Ihr Kommen nicht informiert wurde.«

Ben schnappte sich die Karte mit der Nummer 3 und erklärte: »Machen Sie sich wegen uns keine Umstände, wir kommen zurecht.«

Seine Freundin und er schulterten die Rucksäcke und gingen die Treppe hinauf. Als sie außer Hörweite waren, sagte Harris Garvey: »Mir wurde gesagt, für den Manager stünde im Park ein Cottage bereit. Mir, als Chef, ist es nicht zuzumuten, zusammen mit den Angestellten auf einer Etage zu wohnen.«

Sandra bewunderte Eliza Dexter, die ruhig antwortete: »Mr Henderson hat offenbar vergessen, Ihnen mitzuteilen, dass die Renovierung des betreffenden Cottages noch nicht abgeschlossen ist. So lange werden Sie mit einem Zimmer hier im Haus vorliebnehmen müssen. Es steht Ihnen natürlich frei, im Garten ein Zelt aufzuschlagen, wenn Sie befürchten, durch unsere Anwesenheit auf demselben Korridor über Gebühr belästigt zu werden.«

Schnell drehte Sandra den Kopf zur Seite, damit Harris ihr Grinsen nicht bemerkte.

»Sie sollten daran denken, wen Sie vor sich haben, Ms Dexter«, zischte Harris, »und Ihre Zunge, die übrigens ebenso spitz wie Ihr Kinn ist, im Zaum halten. Gut, heute Nacht bin ich zu erschöpft, um weiter darüber zu diskutieren. Ich werde aber prüfen, inwieweit sich die Renovierung beschleunigen lässt, und von Ihnen, Ms Dexter, erwarte ich künftig mehr Respekt.«

»Jeder erhält den Respekt, den er verdient«, antwortete Eliza Dexter hochnäsig, und Garvey verschlug es tatsächlich die Sprache, als sie hinzufügte: »Mir ist das jetzt zu dumm, ich gehe wieder ins Bett und wünsche eine angenehme Nachtruhe. Vergessen Sie nicht, die Haustür von innen zu verriegeln, bevor Sie hinaufgehen.«

Ohne Garvey oder Sandra noch einen Blick zu schenken, lief Eliza die Treppe hinauf, aber Sandra hörte sie noch murmeln: »Unmöglich, einfach drei Personen mehr als erwartet. Wie soll ich unter solchen Umständen anständig arbeiten können?«

Als Sandra sah, wie Harris seine Hände zu Fäusten ballte,

flüsterte sie: »Bitte, lass uns die Zimmer suchen und dann endlich schlafen. Morgen werden wir uns um alles kümmern.«

Garvey zog nur verärgert eine Augenbraue hoch, ließ Sandra stehen und holte seine Sachen aus dem Wagen. Sandras Gepäck ließ er im Kofferraum, sodass sie noch mal in den Regen hinauslaufen musste, um ihren Trolley und die Reisetasche ins Haus zu bringen. Mühsam schleppte sie das Gepäck ins Dachgeschoss hinauf. Einen Aufzug gab es nicht, denn der entsprechende Umbau hätte den Charakter des Hauses zerstört.

Auf dem letzten Absatz hatte Garvey dann doch ein Einsehen und nahm Sandra die Tasche ab. »Ich will ja nicht, dass du zusammenklappst«, brummte er, »uns erwartet schließlich viel Arbeit, und ich möchte eine einsatzfähige Angestellte haben.«

Sandra verzichtete auf den Hinweis, dass sie nicht seine Angestellte, sondern seine Assistentin war. An der ersten Tür auf der rechten Seite in dem schmalen und niedrigen Korridor stand bereits Garveys Name an der Tür, gegenüber der von Eliza Dexter. Der letzte Raum links war noch unbewohnt. Sandra hatte keinen Blick für die Einrichtung. Vor Müdigkeit konnte sie sich kaum noch auf den Beinen halten und sehnte sich nach einem Bett. Bevor sie einschlief, dachte sie an Eliza Dexter und hoffte, die Frau würde sich gegenüber Harris kooperativer verhalten, sonst wäre Ärger vorprogrammiert.

VIER

Die Hotelküche war geräumig und mit allen modernen Geräten und vier Herden ausgestattet. Eine Tür führte direkt nach draußen in einen Innenhof, eine weitere zu den Lager- und Kühlräumen.

Eliza Dexter, gekleidet in ein graues Kostüm und in eine hochgeschlossene weiße Bluse, bereitete Tee und Kaffee zu, stellte aber nur einen Teller mit Toast, Butter und Marmelade auf den Tisch. Sandra trank erst einmal eine Tasse Kaffee, dann sah sie die Mitarbeiterin an.

»Unser nächtliches Erscheinen muss Sie erschreckt haben, Ms Dexter«, sagte sie freundlich. »Ich möchte mich nochmals entschuldigen. Wir hätten anrufen sollen, dass wir uns verspäten werden.«

»Ich verstehe nicht, warum Mr Henderson eine Assistentin der Geschäftsleitung nicht erwähnt hat«, erwiderte Eliza Dexter mit unverhohlener Missbilligung. »Ich hoffe, Sie haben Ihr Zimmer gefunden und sind damit zufrieden.«

»Es ist alles bestens«, versicherte Sandra. »Die Angestellten bewohnen alle das Dachgeschoss?«

»Diejenigen, die Zimmer im Haus haben, ja«, antwortete Eliza Dexter. »Das sind außer uns dreien noch der Koch und eine Küchenhilfe. Die Kellner und Zimmermädchen sind aus

33

der Gegend und wohnen zu Hause.« Eine steile Falte über der Nasenwurzel, fuhr sie fort: »Ich hoffe, Mr Garvey hat die Nacht überstanden, ohne größere Schäden davonzutragen, weil er in einem *einfachen* Zimmer nächtigen musste.«

»Ms Dexter, bitte«, lenkte Sandra ein, in diesem Moment betrat Harris jedoch die Küche.

»Ich habe Ihre Worte gehört, Eliza«, sagte er kühl, »und vor wenigen Minuten mit Mr Henderson telefoniert. Er hat mir zugesichert, dass das Cottage spätestens in zwei Wochen bezugsfertig sein wird.«

»Dann ist ja alles gut«, sagte Sandra schnell, sah zu Eliza und wollte ihr mit Blicken zu verstehen geben, die Angelegenheit auf sich beruhen zu lassen.«

Eliza Dexter schien zu verstehen, denn sie wechselte das Thema und fragte: »Was ist eigentlich mit diesen gepiercten Gestalten? Bleiben die länger im Haus?«

»Die Schnapsidee, diese beiden … Landstreicher« – Garvey warf Sandra einen verärgerten Blick zu – »aufzugabeln und hier einzuquartieren, stammt nicht von mir, das möchte ich klarstellen. Wir müssen sie so schnell wie möglich wieder loswerden, und die eine Nacht werden wir ihnen natürlich berechnen.«

»Harris, kannst du nicht ein Mal etwas Uneigennütziges tun?«, fragte Sandra. »Ein Mal über deinen Schatten springen und jemandem helfen, ohne dass gleich Dollarzeichen in deinen Augen blinken?«

»Ein Hotel ist keine Wohltätigkeitseinrichtung«, erwiderte Garvey kühl, »außerdem zielt unser Interesse auf eine andere Klientel ab. Wer weiß, ob die nicht sogar Drogen dabeihaben?«

»Jetzt übertreibst du wirklich …«

»Können wir nun über unsere Aufgaben sprechen?«, unterbrach Eliza Dexter, die Finger um ihre warme Tasse gelegt. Sie hatte noch nichts gegessen, während Garvey sich bereits die dritte Scheibe Toast, dick bestrichen mit Butter und Erdbeermarmelade, schmecken ließ.

Sandra sagte: »Es tut mir leid, dass Sie über die Entscheidung der Zentrale, eine Assistentin einzustellen, nicht informiert worden sind.«

»Sandra, kannst du endlich damit aufhören, dich ständig zu entschuldigen?«, fuhr Garvey sie an. »Ms Dexter ist unsere Angestellte, sie hat sich mit den Gegebenheiten abzufinden, und wir sind ihr keine Rechenschaft schuldig.« Er sah Eliza Dexter an und fuhr fort: »Für das Betriebsklima ist es besser, wenn wir uns mit den Vornamen ansprechen. Ich bin Harris, und das ist Sandra. Um eines gleich klarzustellen: Ihr werdet miteinander auskommen, verstanden? Ich dulde keinen Zickenkrieg.«

Eliza Dexters Miene ließ nicht erkennen, was sie über Harris' Anweisung dachte. Sie tat Sandra ein wenig leid. Nicht nur, dass Eliza hager und ihre Figur mit wenig weiblichen Attributen ausgestattet war, sie hatte auch einen leichten Überbiss, vorstehende Schneidezähne und ein spitzes Kinn. Ihre Haarfarbe erinnerte an einen schmuddeligen Sandstrand, der Dutt und das graue Kostüm verliehen ihr das Erscheinungsbild einer missmutigen Gouvernante aus dem vorletzten Jahrhundert.

»Tatsächlich bin ich über Ihre Position überrascht, Ms Flemming … Sandra«, gab Eliza unumwunden zu. »Wie soll sich Ihre Tätigkeit gestalten? Was werden Ihre Aufgaben sein?«

Garvey ließ Sandra keine Chance, zu antworten, und sagte

rasch: »Sie ist meine persönliche Assistentin und in allen Belangen mir unterstellt. In erster Linie wird sich Sandra um das Wohl der Gäste kümmern und ein wachsames Auge auf das Personal haben.«

»Und wofür bin ich dann zuständig? In den Häusern, in den ich bisher tätig war, kümmerte sich die Rezeptionistin um die Belange der Gäste und ebenso um das Personal.« Eliza sah Harris herausfordernd an.

»Nun, ich denke, das ist klar. Sie, Eliza, sind die Concierge, oder vielmehr die Conciergerine, wie man Frauen in dieser Position wohl nennen muss.« Harris lachte, er war der Einzige, der diesen Scherz lustig fand, Elizas und Sandras Mienen blieben unbewegt. Er fuhr fort: »Allerdings sollten Sie eine weniger strenge Frisur tragen und sich auch flotter kleiden. In der Gegend gibt es sicher einen guten Friseur. Gegen Ihre Zähne lässt sich wohl nichts machen, oder? An der Rezeption sind Sie immerhin das Aushängeschild dieses Hauses.«

»Harris, bitte …«, warf Sandra peinlich berührt ein, und Eliza sagte, eine leichte Röte auf den Wangen: »Es tut mir leid, wenn mein Äußeres Ihrem persönlichen Geschmack nicht entspricht. Ich bin jedoch der Überzeugung, Freundlichkeit und Aufmerksamkeit wissen die Gäste mehr zu schätzen als ein hübsches Gesicht und ebenmäßige Zähne.« Ein Seitenblick, den man durchaus verächtlich nennen könnte, streifte Sandra.

Sandra seufzte verhalten. Das Gefühl von letzter Nacht, dass eine Zusammenarbeit mit Eliza nicht einfach werden würde, kehrte zurück. Sie war aber nicht nach Cornwall gekommen, um Freundschaften zu schließen, und schlussendlich zählte Eliza Dexters fachliche Kompetenz.

»Mit der Zeit wird sich alles einspielen, wir müssen uns

erst einmal kennenlernen«, sagte Sandra diplomatisch. »Die Eröffnung ist in wenigen Tagen, bis dahin gibt es noch viel zu tun. Berichten Sie mir bitte von dem restlichen Personal, Eliza. Die Leute haben Sie ausgewählt, nicht wahr?«

Eliza nickte. »Diesbezüglich wurde mir vom Vorstand freie Hand gelassen. Der Koch und die Küchenhilfe treffen im Laufe des Tages ein. Darüber hinaus habe ich drei Zimmermädchen, zwei Kellner und einen Barkeeper eingestellt. Dann gibt es noch ein Ehepaar, das ein Cottage im Park bewohnt.«

»Was sind das für Menschen«?, fragte Harris. »Sind sie ebenfalls im Hotelbetrieb tätig?«

Elizas Lippen wurden schmal, als sie erwiderte: »Der Mann ist handwerklich recht geschickt, und die Frau ist bereit, auszuhelfen, sollte Bedarf bestehen, zum Beispiel bei größeren Veranstaltungen oder wenn von den anderen jemand krank werden sollte. Die vorherige Besitzerin des Hauses bestand auf ein lebenslanges Wohnrecht für das Ehepaar, sonst hätte sie Higher Barton und die Ländereien nicht verkauft. Das Cottage mit einem kleinen Stück Land ist Eigentum des Ehepaars Penrose, gehört also nicht zum Hotel.«

Auch Sandra überraschte diese Mitteilung, die Mr Henderson im Vorfeld nicht erwähnt hatte, Garvey rief allerdings ärgerlich: »Na bravo, dann können wir diesen Teil des Parks also nicht nutzen. Ich werde mit den Leuten sprechen. Es wird wohl möglich sein, sie zum Umzug zu bewegen.«

»Das wage ich zu bezweifeln«, erwiderte Eliza, ein spöttisches Lächeln auf den Lippen. »Mrs Penrose weiß ganz genau, was sie will und was ihre Rechte sind.«

»Wir werden sehen. Ich will auf jeden Fall noch heute eine Liste mit den Namen aller Angestellten«, forderte Harris, »und jetzt führen Sie uns durch das Haus.«

Kannst du nicht *bitte* sagen?, lag es Sandra auf der Zunge. Zum ersten Mal zweifelte sie daran, ob es richtig gewesen war, das Angebot anzunehmen und künftig eng mit Harris zusammenzuarbeiten.

Garvey verließ als Erster die Küche, und Sandra raunte Eliza zu: »Er meint es nicht so. Wenn man ihn erst näher kennt, weiß man, wie man mit ihm umgehen muss.«

»Ich hab Sie nicht um Ihre Meinung gebeten«, antwortete Eliza mit einem hochmütigen Blick und ließ die Flügel der Schwingtür hinter sich zufallen, ohne auf Sandra Rücksicht zu nehmen.

Das Herrenhaus Higher Barton, erbaut in der Mitte des 16. Jahrhunderts, war über vierhundertfünfzig Jahre im Besitz derselben Familie gewesen. Erst die vorletzte Eigentümerin, Lady Abigail Tremaine, hatte das Anwesen einer Cousine übereignet, da sie keine Nachkommen und ihren Wohnsitz inzwischen dauerhaft in Südfrankreich hatte. Diese Verwandte hatte nicht selbst hier gelebt, sondern das Haus für Veranstaltungen und Feste vermietet und für diesen Zweck einige der über dreißig Räume als Gästezimmer umgestaltet. Nun hatte die ältere Dame England ebenfalls verlassen und Higher Barton der Hotelkette *Sleep und Stay Gorgeous* verkauft. Obwohl zahlreiche Generationen das Haus immer wieder umgebaut hatten, war der ursprüngliche Charakter eines herrschaftlichen Anwesens aus Zeiten Königin Elisabeth I. erhalten geblieben: Zu Ehren der jungfräulichen Königin zeigten die Grundmauern die Form eines E. Die große Halle war über die Jahrhunderte nahezu unverändert geblieben, und die meisten Fensterscheiben waren auch heute noch in Blei gefasst. In Ermangelung eines

Kellers wurden im 19. Jahrhundert an der Ostseite weitläufige Wirtschaftsräume angebaut, die inzwischen den Anforderungen eines modernen Hotelbetriebs angepasst worden waren.

»Wir haben zwölf Standardgästezimmer«, erklärte Eliza Dexter während des Rundgangs durch das Haus. »Zusätzlich ein Hochzeitszimmer und zwei Suiten. Selbstverständlich sind alle Räume mit eigenen Bädern ausgestattet.« Sie waren im Westflügel im ersten Stock angelangt. Eliza öffnete die Tür am Ende des Korridors und ließ Harris und Sandra vor sich eintreten. »Das ist das Hochzeitszimmer.«

Der mittelgroße Raum wurde von einem Himmelbett mit roséfarbenen Vorhängen beherrscht. Die Farbe spiegelte sich in den duftigen Gardinen, dem Teppich und den Bezügen der Sitzgruppe wider. In einem Alkoven stand ein Sekretär aus georgianischer Zeit mit einem bequemen Sessel, auch der verzierte Kleiderschrank stammte aus vergangenen Zeiten und glänzte in poliertem Mahagoni.

»Ein wunderschönes Zimmer«, sagte Sandra und trat ans Fenster. Ihr Blick schweifte über den Park hinweg und über hügelige Wiesen mit weißen Schafen. Kein Strommast oder ein anderes Merkmal des 21. Jahrhunderts störte das harmonische Bild. Sandra dachte unwillkürlich, dass dieser Ausblick seit hundert Jahren unverändert geblieben war.

»Es heißt, in diesem Zimmer hätte es früher gespukt.«

»Wie bitte?« Sandra drehte sich zu Eliza um.

Harris lachte laut. »Das ist ein interessanter Aspekt«, sagte er. »Was wäre ein englisches Landhaus ohne eigenes Gespenst, gerade hier in Cornwall. Das wird von den Gästen sogar erwartet.«

»Woher kommt ein solches Gerücht?«, fragte Sandra.

Eliza zuckte die Schultern und antwortete: »Angeblich sind in diesem Zimmer mehrmals Menschen eingemauert worden.« Sie deutete auf den reizenden Alkoven. »Dahinter fand man erst vor ein paar Jahren eine Leiche. Überhaupt haben in diesem Haus schon einige Personen ihr Leben lassen müssen, nicht alle auf natürliche Art. Ich habe die Informationen von dem Ehepaar Penrose, das über die Geschichte des Herrenhauses bestens Bescheid weiß.«

»Das müssen wir vermarkten!« Zufrieden rieb sich Harris die Hände. »Wir könnten Gespensterabende veranstalten, so richtig gruselig, vielleicht auch Séancen anbieten. Sandra, lass dir etwas Entsprechendes einfallen.«

»Das wäre doch sehr makaber.«

Sandra konnte seine Begeisterung nicht teilen. Sie glaubte weder an Geister noch an sonstige übernatürliche Phänomene, in jedem Gerücht steckte jedoch ein Körnchen Wahrheit. Sie beschloss, so bald wie möglich mit Mrs Penrose zu sprechen, um mehr zu erfahren.

»Ich halte die Idee für gut und auch für einfach umsetzbar«, erwiderte Garvey herablassend. »Wir werden den Gedanken weiterverfolgen.«

»Aber ich bin für das Wohl der Gäste verantwortlich!« So leicht wollte Sandra nicht klein beigeben. »Ich kann mir nicht vorstellen, dass der Vorstand aus einem Romantikhotel ein Gespensterschloss machen möchte.«

»Tja, meine Liebe, *ich* bin der Manager, und du bist meine Angestellte, die meine Anweisungen nicht infrage stellen wird.«

Eliza Dexter verfolgte den Wortwechsel mit versteinerter Miene, und Sandra wusste, dass sie von ihr keine Hilfe zu erwarten hatte.

Sie setzten ihren Rundgang fort. Alle Gästezimmer waren vorbereitet, die Betten bezogen, in den Fliesen in den Bädern konnte man sich spiegeln. Auf dem Treppenabsatz zum zweiten Stock begegneten ihnen Ben und Tanya. Im Tageslicht glitzerten deren Piercings, und Sandra sah, dass Tanya einen silbernen Ring in der Zungenspitze trug.

»Endlich ausgeschlafen?«, blaffte Harris. »Frühstück gibt es keines, da müsst ihr schon in den nächsten Ort.«

Ben ließ sich nicht einschüchtern und erwiderte freundlich: »Wir sind Ihnen sehr dankbar, die Nacht hier verbringen zu dürfen. Es ist ein tolles Haus, und das Zimmer ist mega.«

»Genau, so gut habe ich lange nicht mehr geschlafen«, ergänzte Tanya. »Daher wollten wir Sie fragen, ob wir ein Weilchen hierbleiben könnten.«

»Wir sind noch nicht auf Gäste eingestellt«, erwiderte Eliza Dexter, und Harris kam erneut auf das Finanzielle zu sprechen: »Selbst wenn, ich glaube kaum, dass ihr euch das leisten könnt.«

Gelassen zog Ben eine goldene Kreditkarte aus der Gesäßtasche seiner Jeans und hielt sie Harris vor die Nase.

»Sie können die Karte gern einlesen. Ich versichere Ihnen, sie ist gedeckt, und wegen des Frühstücks machen Sie sich keine Sorgen. Wir verhungern schon nicht.«

»Äh, Harris ...« Sandra zupfte ihn am Ärmel und raunte ihm zu: »Es ist vielleicht eine gute Idee, sie hier wohnen zu lassen, sozusagen als Testgäste. Sie könnten uns sagen, was noch verbesserungswürdig ist.«

Tanya hatte Sandras Worte gehört und rief: »Das ist ein toller Vorschlag! Wir haben Zeit, keine Verpflichtungen und wollten etwa eine Woche in Cornwall bleiben.«

»Arbeit habt ihr wohl keine?«, fragte Eliza Dexter skeptisch.

»Derzeit sind keine wichtigen Vorlesungen oder Klausuren«, antwortete Ben, »und ein paar Tage in einer anderen Umgebung machen bei dem Stress den Kopf frei.«

»Also, ich hab nichts dagegen«, stimmte Eliza zu Sandras Überraschung zu. »Wie Mr Garvey aber sagte, müssen Sie sich um Ihre Mahlzeiten selbst kümmern, da die Küche erst ab der offiziellen Eröffnung den Betrieb aufnehmen wird.«

Harris war anzumerken, wie wenig er von dieser Idee hielt, er gab sich aber geschlagen.

»Bezahlen müsst ihr trotzdem«, erklärte er bissig.

»Sie sind ein Schatz!«, rief Tanya überschwänglich und zwinkerte Sandra zu. »Wir erkunden heute die Gegend. Ist es weit bis zum Strand?«

»Das Meer ist ein paar Meilen südlich«, antwortete Eliza. »Die Fischerdörfer Polperro und West Looe haben jedoch keine Strände, die nächste Möglichkeit zum Baden gibt es in Seaton oder Downderry. Vorn an der Straße fährt jede Stunde ein Bus in diese Richtung.«

»Danke, wir werden uns schon zurechtfinden«, erwiderte Ben, und die beiden liefen unbeschwert die Treppe hinunter.

»Sie sind doch sehr nett«, sagte Sandra, als sie außer Hörweite waren.

»*Du* wirst das dem Vorstand erklären«, erwiderte Harris, und zu Eliza gewandt, forderte er: »Informieren Sie die Angestellten, heute Nachmittag um fünf Uhr will ich alle versammelt haben, um sie kennenzulernen und Einzelheiten zu besprechen.«

Um zwei Uhr traf der Koch ein. Da Harris auf dem Grundstück unterwegs und Eliza mit Büroarbeit beschäftigt war, empfing Sandra ihn. Edouard Peintré war Anfang fünfzig und reichte Sandra nur bis zu den Schultern. Seine geringe Körpergröße machte er durch einen beachtlichen Bauchumfang wett. Ein gutes Zeichen, dachte Sandra, denn bei einem mageren Koch könnte man zweifeln, ob ihm sein eigenes Essen schmeckte.

»Wo ist die Küche?«, fragte er ohne Umschweife, »und wo mein Zimmer?« Er sprach mit einem leichten französischen Akzent.

»Die Räume der Angestellten befinden sich im Dachgeschoss«, erwiderte Sandra, »die Wirtschaftsräume gleich hinter der Rezeption. Ich werde Ihnen alles zeigen, Mr Peintré.«

»Ich bevorzuge, mit Monsieur angesprochen zu werden.«

»Selbstverständlich, Monsieur Peintré.« Diesen kleinen Wunsch würde Sandra ihm gern erfüllen. »Sie kommen aus Frankreich?«

»Ich bin Belgier!«

Stolz warf er sich in die Brust. Sandra fühlte sich an die Beschreibungen der literarischen Figur Hercule Poirot von Agatha Christie erinnert, der bei jeder Gelegenheit betonte, kein Franzose zu sein.

In der Küche angekommen, stellte Edouard Peintré eines sofort klar: »Die Küche ist mein Revier, hier lasse ich mir von nichts und niemandem reinreden. Sie wollen einen Spitzenkoch, und ich bin der Beste, den Sie für den Hungerlohn, der hier bezahlt wird, bekommen werden, aber Sie lassen mich selbstständig meine Arbeit tun. Verstanden?«

»In der Küche sind Sie der Chef, Monsieur«, erwiderte Sandra. »Die Speisepläne sprechen Sie bitte mit Ms Dexter ab, die …«

»Noch eine Frau?«, fiel er ihr ins Wort. »Muss ich mir etwa von Weibern was sagen lassen? Frauen verstehen nichts vom Kochen, maximal von einfacher Hausmannskost, die Haute Cuisine wurde jedoch nicht von Frauen erfunden.«

Sandra verkniff sich die Bemerkung, dass es jede Menge Sterneköchinnen gab.

»Es wird Sie beruhigen, zu erfahren, dass es sich bei dem Hotelmanager Mr Garvey um einen Mann handelt«, erwiderte sie kühl. »Die Angelegenheiten des Restaurants fallen allerdings nicht in seinen Aufgabenbereich, sondern unterstehen Ms Dexter und mir.»

»Garvey?«, wiederholte der Koch und zog eine Augenbraue hoch.

Sandra nickte. »Mr Harris Garvey war, wie auch ich, bisher in Schottland tätig.« Täuschte sie sich, oder verdunkelte sich plötzlich Peintrés Blick?

»Kennen Sie ihn?«, fragte sie.

»Woher sollte ich ihn kennen?«, erwiderte Peintré barsch, wirkte auf Sandra aber nervös. Da Eliza in diesem Moment nach ihr rief, ließ sie den Koch allein, damit er sich mit den Gerätschaften in der Küche vertraut machen konnte.

Pünktlich um fünf Uhr hatten sich alle im Aufenthaltsraum des Personals eingefunden. In der ehemaligen Speisekammer des Herrenhauses befanden sich nun die Wandschränke für die Angestellten; in diesem Raum konnten sie sich auch in den Pausen aufhalten. Eliza hatte Tee und Kaffee gekocht und eine Schachtel mit Ingwerkeksen bereitgestellt. Sandra sah in acht, zum Teil fragende und erwartungsvolle Augenpaare.

Harris ergriff das Wort, wobei er zuerst sich selbst vorstellte und Sandra und Eliza nur kurz erwähnte. Dann forderte er die Angestellten auf, sich vorzustellen. Sandra hörte konzentriert zu, sie würde allerdings ein paar Tage brauchen, die Gesichter den Namen zuordnen zu können. Ins Auge stach ihr eine untersetzte Frau etwa Mitte vierzig mit dem Namen Olivia Pool. Sie war als Küchenhilfe eingestellt worden, unterstand damit in erster Linie dem Koch. Olivia Pool hielt den Blick gesenkt, die Hände im Schoß gefaltet, und wenn sie sprach, dann so leise, dass man Mühe hatte, sie zu verstehen. Als sie den Raum betreten hatte, war Sandra aufgefallen, dass Olivia Pool das linke Bein nachzog. Auf Sandra machte Olivia einen ruhigen, beinahe schon verschüchterten Eindruck. Eine Frau, der das Leben wohl nicht immer wohlgesinnt gewesen war, vermutete Sandra. Das Privatleben der Angestellten hatte sie aber nicht zu interessieren, solange diese ihre Arbeit ordentlich verrichteten, pünktlich und zuverlässig waren.

Die Zimmermädchen hießen Sophie, Imogen und Holly, die beiden Kellner Harry und Lucas, der Barkeeper David. Die Nachnamen brauchte Sandra sich vorerst nicht zu merken, da sie jeden mit dem Vornamen ansprechen würde. Alle verfügten über Erfahrung in der Gastronomie und versicherten, ihr Bestes zu geben, damit sich die Gäste im Higher Barton Romantic Hotel wohlfühlten. Auf Sandra machten die Zimmermädchen einen zuverlässigen Eindruck, die Kellner und der Barkeeper schienen freundlich und aufgeschlossen zu sein.

»Am Sonntag nächster Woche findet das Eröffnungsevent statt«, erklärte Harris. »Ich erwarte, dass bis dahin alles picobello in Ordnung ist. Seit drei Monaten sind in den wichtigsten Zeitungen im ganzen Land Annoncen geschaltet, und ich habe festgestellt, dass unser Haus sich bereits zahlreicher Buchungen erfreut. Erstklassiger Service steht an oberster Stelle. Der Gast ist König, seinen Wünschen ist Folge zu leisten, ohne Wenn und Aber.«

»Es ist unser Bestreben, es den Gästen so gemütlich und angenehm wie möglich zu machen«, führte Sandra Harris' Anweisungen fort. »Wer hier seinen Urlaub verbringt, der sucht Ruhe und Erholung, fern des Massentourismus der Küstenstädte, und das historische Flair des Hauses muss neben dem modernen Komfort stets spürbar sein.«

»Ich hab dir nicht das Wort erteilt«, zischte Harris ihr zu, doch Sandra ignorierte seine Bemerkung und fuhr fort: »Wir sind ein Team, jeder von uns ist das Glied einer Kette, die nur gemeinsam stark sein kann. Wenn Probleme auftauchen oder Sie Sorgen haben, dann wenden Sie sich bitte an Eliza Dexter oder an mich. Wir werden immer ein Ohr für Ihre Anliegen haben, auch sind wir offen für Verbesserungsvorschläge und Anregungen.«

Harris zog grimmig die Augenbrauen zusammen. Seiner Ansicht nach hatte das Personal zu funktionieren und seinen Anweisungen zu folgen. Etwas, das er Sandra auch deutlich zu verstehen gab, als die Besprechung beendet war und sie allein waren.

»Du wirst dich künftig zuerst mit mir besprechen, bevor du solche Äußerungen von dir gibst!«, herrschte er sie an. »Wenn die Leute Probleme haben, sollen sie zu einem Psychoklempner gehen, hier machen alle ihre Arbeit, für die sie bezahlt werden.« Seine folgenden Worte sagte er mit einem Unterton, als spräche er zu einem unmündigen Kind: »Mit Mitgefühl kommt man heutzutage nicht weiter, und Angestellte sind Untergebene, die wissen müssen, wer das Sagen hat.«

»In einer freundschaftlichen Atmosphäre wird aber mehr Leistung erbracht«, gab Sandra zu bedenken. »Das ist wissenschaftlich erwiesen.«

»So ein Schwachsinn!«, rief Harris genervt. »Wir sind nicht hier, um Freundschaften zu schließen, sondern um das Haus nach oben zu bringen. Hast du eine Ahnung, was der Ankauf und der Umbau gekostet haben? Nein, das dachte ich mir, daher lass dir gesagt sein: Higher Barton muss für die kommenden zwei bis drei Jahre bis unters Dach belegt sein, um schwarze Zahlen zu schreiben. Henderson hat nicht umsonst den Besten mit dem Management betraut, und ich weiß ganz genau, wie ich vorzugehen habe.«

»Deine Selbstherrlichkeit ist manchmal kaum zu ertragen«, entfuhr es Sandra. »Du meinst, du bist der Schönste, der Beste und hast alle Weisheit der Welt in dir vereint. Soll ich dir mal etwas sagen, Harris Garvey?« Sie stemmte die Hände in die Seiten, ihre Augen funkelten. »Mr Henderson hat mich dir als Assistentin an die Seite gestellt, weil er weiß, wie wenig du dich um andere Menschen scherst. Du siehst in jedem Gast nur die Scheine, die er hinblättert, ich hingegen erkenne, was die Leute erwarten, wie wir ihnen etwas Gutes tun können. Kümmern wir uns also jeweils um das, was wir am besten können: du um die Bilanzen, überlass die Gäste aber bitte meiner Zuständigkeit!«

Zunächst wirkte Harris verblüfft, dann klatschte er in die Hände und grinste.

»Weißt du eigentlich, wie hübsch du bist, wenn du dich aufregst?«

»Was?«

Er nickte, und Sandra konnte nicht verhindern, dass er eine ihrer Haarsträhnen um seinen Finger wickelte. Erstaun-

47

lich sanft sagte er: »Da uns das Schicksal nun wieder zusammengeführt hat, sollten wir den Spaß bei der Sache nicht vergessen. Wir hatten doch schon mal eine tolle Zeit, das kannst du nicht leugnen, Sandra.« Er beugte sich vor, sein Mund näherte sich ihren Lippen. Sie versuchte, zurückzuweichen, er hielt sie aber an der Schulter fest. »Komm, Sandra, du willst es doch auch! Ich hab nicht vergessen, wie dein Körper auf meine Zärtlichkeiten reagierte. Kein Mann hat dir jemals solche Freuden bereiten können. In den letzten Monaten hast du versucht, es zu verbergen, aber ich weiß genau, dass ich nur an deine Tür zu klopfen brauche und du dann bereitwillig deine Bettdecke zurückschlägst.«

Seine leicht geöffneten Lippen näherten sich den ihren. Sandra wich zurück und verabreichte ihm eine so kräftige Ohrfeige, dass ihre Handfläche brannte. Sie verabscheute Gewalt, in diesem Moment sah sie jedoch rot.

»Und wenn du der letzte Mann auf dieser Erde wärst, Harris Garvey, ich würde dich nicht mal mehr mit der Kneifzange anfassen! Du bist der übelste Macho, dem ich je begegnet bin, und ich schäme mich in Grund und Boden, auf dich hereingefallen zu sein.«

Sandras Wangen glühten, vor Zorn zitterte sie am ganzen Körper. Sie ärgerte sich, derart die Beherrschung verloren und ihn geohrfeigt zu haben, denn Garvey genoss es, wie sie sich echauffierte, er genoss es, Sandra zu provozieren und zu erniedrigen. Sandras vier Finger zeichneten sich auf seiner Wange zwar rot ab, seine blauen Augen funkelten jedoch hell, und er sagte mit einem überheblichen Lächeln: »Du solltest vorsichtiger sein, wie du dich deinem Vorgesetzten gegenüber verhältst, Sandra. Ich kenne deinen Ehrgeiz genau und weiß, dass du auf die Position der Managerin spekulierst. Ich werde nicht ewig in der Provinz versauern, auf mich warten größere Aufgaben, dann gehört Higher Barton dir. Ein Wort von mir zum Vorstand jedoch ...« Vielsagend hob er eine Augenbraue. »Du solltest mit mir kooperieren. In allen Bereichen. Natürlich steht es dir frei, deine Kündigung einzureichen, wie dein Arbeitszeugnis dann jedoch aussehen wird ...« Sein Lächeln hatte nun etwas Diabolisches.

»Du riesengroßes Arschloch!«, entfuhr es Sandra. »Ich wünschte, du würdest in der Hölle schmoren!« Sie stürmte zur Tür, riss sie auf und prallte gegen Eliza Dexter, die direkt davorstand. »Gehen Sie mir bloß aus dem Weg!«

Sandra kümmerte es nicht, ob die Frau absichtlich gelauscht und was sie gehört hatte. Nie zuvor hatte sie derart die Beherrschung verloren. Harris Garvey würde sie allerdings nicht zermürben! Jetzt erst recht nicht! Sie würde nicht klein beigeben und zulassen, dass er ihre Karriere zerstörte.

FÜNF

Lower Barton war eine reizende kleine Ortschaft, in deren Zentrum die Zeit stehen geblieben zu sein schien. Früher hatte das Dorf zum Besitz von Higher Barton gehört, und die Bewohner waren als Pächter direkt der Herrschaft unterstellt gewesen. Der Großteil der Häuser in der Fore Street stammte noch aus dem späten Mittelalter, die Markthalle und die Grundmauern der Kirche aus dem 13. Jahrhundert. Im Bürgerkrieg war Lower Barton königstreu geblieben, und in dem beschaulichen Marktflecken hatten sich dramatische Szenen abgespielt, auf die die Einwohner heute stolz zurückblickten und anlässlich dieser Ereignisse jedes Jahr ein Festival abhielten. Dies alles hatte Sandra Flemming aus dem Internet erfahren. Als sie sich auf den Weg machte, um für die anstehende Eröffnungsfeier einiges zu erledigen, war sie auf Lower Barton gespannt. Sie nahm den Bus, der im Stundentakt die Haltestelle in der Nähe der Hoteleinfahrt anfuhr, musste sich von Eliza Dexter aber die Frage anhören: »Wie wollen Sie ohne Führerschein und eigenen Wagen in dieser Gegend zurechtkommen? Ich spiele ganz bestimmt nicht Ihren Chauffeur!« Sandra tat so, als hätte sie die spitze Bemerkung nicht gehört. Es gab keinen Grund, sich gegenüber Eliza Dexter zu rechtfertigen.

Sie schlenderte durch die Straßen des Ortes. Es gab zahlreiche kleine Läden mit einem Warenangebot für alle Bedürfnisse, in denen die Kunden noch persönlich bedient wurden und sich nicht in der Anonymität großer Einkaufszentren verloren.

Die Fleischerei Roberts, direkt gegenüber dem Touristeninformationszentrum, war die einzige Metzgerei in Lower Barton. Eliza hatte bei der Inhaberin die Fleisch- und Wurstwaren für die Eröffnungsfeier bestellt und die Fleischerei Sandra empfohlen. Bei den Gästen kam es immer gut an, wenn auf der Speisekarte lokale Produkte standen.

Eine altmodische Türglocke bimmelte, als Sandra den Verkaufsraum betrat. Angenehme Kühle schlug ihr entgegen, und vier Augenpaare musterten sie interessiert. In einem kleinen Ort wie Lower Barton fiel jedes neue Gesicht sofort auf.

»Guten Tag«, grüßte Sandra freundlich in die Runde und sagte dann zu der untersetzten, älteren Frau mit den rosigen Wangen, die hinter der Theke stand: »Mein Name ist Sandra Flemming, ich komme vom Higher Barton Romantic Hotel. Bedienen Sie bitte erst Ihre Kunden, Mrs Roberts, ich habe Zeit.«

»Ach ja, das neue Hotel«, sagte eine Kundin in mittleren Jahren. »Wann ist denn die Eröffnung?«

»Am kommenden Sonntag«, erwiderte Sandra. »Es wird einen Empfang im Garten geben, zu dem alle herzlich eingeladen sind.«

»Als ob Lower Barton ein weiteres Hotel bräuchte«, bemerkte eine junge Frau und zog die Mundwinkel nach unten. »Mit dem Three Feathers sind wir bestens ausgekommen.«

Von Eliza wusste Sandra, dass das *Three Feathers* bisher das einzige Hotel der Gegend gewesen war. Es verfügte aber nur über vier Gästezimmer und bot einen wesentlich geringeren Komfort als Higher Barton. Sandra sah sich nicht als Konkurrentin, die Klientel in ihrem Haus würde eine andere sein als die Gäste, die das Hotel im Ort aufsuchten.

Nachdem die Kunden bedient worden waren und das Geschäft verlassen hatten, sagte Mrs Roberts: »Nehmen Sie Charlie ihre Worte nicht krumm, Ms Flemming. Sie ist im Three Feathers als Bedienung angestellt und fürchtet wegen der Konkurrenz um ihren Job. Charlie braucht die Arbeit, da sie ihre kleine Tochter allein großziehen muss. Ihr Freund hat sie nämlich sitzenlassen, nachdem Charlie schwanger geworden war, und er zahlt auch nicht für die Kleine. Und Eltern oder sonst jemanden, der sie unterstützen kann, hat das Mädchen keine, deswegen ...«

»Danke, Mrs Roberts, das Privatleben anderer interessiert mich nicht.« Sandra hob beide Hände. »Wenn wir nun bitte die Details der Waren, die wir für das Büfett benötigen, besprechen könnten.«

»Ich dachte nur, Sie sollten Bescheid wissen, weil einige hier im Ort von dem Hotel gar nicht begeistert sind.« Die Metzgerin schien entschlossen, Sandra gleich über das nächste Gerede zu informieren: »War ein ganz schöner Aufruhr, als wir hörten, dass aus Higher Barton ein Hotel werden soll. Na ja, vorher wurden die Räumlichkeiten und Zimmer immer mal wieder vermietet, aber so ein richtiges Hotel mit allem Drum und Dran ist schließlich was ganz anderes. In dem Herrenhaus ist ja schon so viel passiert. Davon wissen Sie vielleicht gar nichts, aber ich könnte Ihnen Sachen erzählen,

bei denen Ihnen die Haare zu Berge stehen, Ms Flemming!«
Mit einem vielsagenden Gesichtsausdruck holte Mrs Roberts
Luft, um fortzufahren.

Sandra nutzte die Chance, deren Mitteilungsdrang zu
stoppen, und sagte: »Wenn Sie auf die vergangenen Todes-
fälle anspielen, dann seien Sie versichert, dass die Geschäftsleitung darüber informiert ist. Wenden wir uns jetzt bitte
der Bestellung zu, wenn es Ihnen recht ist, Mrs Roberts.«

Eine Stunde später trat Sandra wieder auf die Straße und
atmete tief durch, ihr schwirrte der Kopf vom Redefluss der
Metzgerin. Nie zuvor hatte sie eine derart geschwätzige
Person wie diese Mrs Roberts getroffen. Die Besprechung
der Lieferung hätte in der Hälfte der Zeit erledigt werden
können, wenn die Frau nicht immer wieder abgeschweift
wäre und Sandra irgendwelchen Klatsch berichtet hätte.
Wer gerade geheiratet, wer ein Kind bekommen, aber auch,
wer sich von wem getrennt hatte, und immer wieder brachte
sie die Vorfälle auf Higher Barton ins Spiel und äußerte
ihre Bedenken, ob Gäste sich in einem Haus, wo Menschen
gestorben waren und Gespenster umgingen, wirklich wohl-
fühlen können.

Das Geschäft mochte vielleicht die einzige Metzgerei in
Lower Barton sein und gute Qualität anbieten, Sandra wollte
dennoch überlegen, ob sie nicht einen anderen Lieferanten
beauftragen konnte, jemanden, der sich auf das Geschäft-
liche beschränkte und nicht die Tratschtante der Gegend
war.

Ihre nächsten Wege führten Sandra in die Bäckerei, in
der sie mit dem Bäcker schnell einig wurde, und zu dem
Getränkegroßhandel gegenüber dem Supermarkt *Morrisons*.
Nachdem sie auch hier die Lieferung für die Eröffnungsfeier

53

besprochen hatte, kaufte sie sich eine Dose Cola. Beim Verlassen des Ladens zog sie den Verschluss auf, setzte die Dose an die Lippen und trank durstig, als sie plötzlich von hinten angerempelt wurde. Ein Schwall dunkler, klebriger Flüssigkeit schwappte auf ihre helle Seidenbluse.

»Oje, das tut mir leid!«

Sandra fuhr herum und sah in ein Paar grüne Augen, in denen aufrichtiges Bedauern lag.

»Können Sie nicht aufpassen, wohin Sie gehen?«, fauchte sie.

Der Mann, er war offensichtlich ein paar Jahre jünger als sie, wurde feuerrot. Seine Wangen nahmen dieselbe Farbe wie seine kurzen Haare an, die leicht abstehenden Ohren verfärbten sich rosa. Bekleidet war er mit einer dunklen Hose, einem weißen Hemd mit Krawatte und einem hellen Sakko. Bestimmt ein Bürohengst, dachte Sandra, auf jeden Fall einer, der den ganzen Tag am Schreibtisch verbringt.

»Ich habe Sie nicht gesehen«, sagte er bedauernd. »Es tut mir wirklich leid, und selbstverständlich komme ich für die Kosten der Reinigung auf.«

Sandra winkte ab. »Ich werde die Bluse einweichen, wahrscheinlich ist es gar nicht so schlimm.« Sie bedauerte ihre heftige Reaktion, es war doch etwas übertrieben, wegen ein paar Colaflecken ein Drama zu veranstalten.

Unsicher trat er von einem Fuß auf den anderen und erwiderte: »Nun denn ... also ... ich arbeite dort drüben.« Er deutete auf das vierstöckige Gebäude am anderen Ende des Parkplatzes. »Wenn Sie einen Regressanspruch ...«

»Ich sagte doch, es ist in Ordnung«, fiel Sandra ihm ins Wort. »Passen Sie das nächste Mal einfach besser auf, wenn sie sich unter Menschen bewegen.« Ihr Blick schweifte zu seinen Händen. »Wenigstens scheinen Sie nicht auf Ihr Handy gestarrt zu haben.«

Er grinste und erwiderte: »Ich habe durchaus ein Smartphone, lasse es in meiner Mittagspause aber auf dem Schreibtisch liegen. Ein paar Minuten Ruhe pro Tag müssen sein.«

Ein Banker oder Versicherungsmakler, dachte Sandra, zuckte mit den Schultern und ließ den rothaarigen Fremden stehen. Sie war zu dem Mann unfreundlicher gewesen, als es eigentlich ihre Art war, aber das anstrengende Gespräch mit Mrs Roberts zehrte immer noch an ihren Nerven. Dabei schien er recht sympathisch zu sein, und wohl auch schüchtern, da er so sehr errötet war. Wenig später verschwendete Sandra an den Fremden keinen Gedanken mehr, sie würde ihn ohnehin niemals wiedersehen.

Zurück auf Higher Barton, ging Sandra durch den Park zu dem Cottage, in dem das von Eliza erwähnte Ehepaar lebte. Sie wollte die beiden kennenlernen und herausfinden, was es mit dieser seltsamen Vereinbarung auf sich hatte, die ihnen ein lebenslanges Wohnrecht bescherte. Das Cottage war mittelgroß, mit Sprossenfenstern, bleiverglasten Fensterscheiben und einem schiefergedeckten Dach. Als Sandra in Ermangelung einer Klingel den Türklopfer in Form eines Fisches betätigte, rief eine Frau: »Kommen Sie herein, es ist offen.«

Durch die niedrige Tür trat Sandra direkt in einen Wohnraum mit einem offenen Kamin an der Stirnseite und einer Decke mit dunkel gebeizten Balken. Eine Frau, etwa Ende fünfzig, bekleidet mit Jeans, einem T-Shirt und einer blau karierten Schürze, blickte ihr freundlich entgegen.

»Mrs Penrose?«, fragte Sandra. »Mein Name ist Sandra Flemming, ich bin vom Hotel und möchte mich Ihnen vorstellen.«

»Ach ja?« Emma Penroses Lächeln schwand schlagartig. »Ihrem Chef habe ich bereits alles gesagt, was es zu sagen gibt, und mein Mann teilt meine Meinung. Es ist zwecklos, uns umzustimmen zu versuchen.«

»Meinem Chef?«

Emma Penrose nickte. »Mister Garvey, er ist doch der Hotelmanager, nicht wahr?«

»Harris … Mr Garvey hat Sie bereits aufgesucht?«, fragte Sandra erstaunt.

»Er ist vor etwa einer Stunde wieder gegangen, und wenn Sie meinen, uns weichkochen zu können, so lassen Sie sich gesagt sein, dass mein Mann und ich hier nicht fortziehen werden. Wir kennen unsere Rechte.«

Harris hat wirklich keine Zeit verschwendet, dachte Sandra und sagte laut: »Aus diesem Grund suche ich Sie nicht auf, Mrs Penrose, das ist die Angelegenheit von Mr Garvey, dessen Meinung ich durchaus nicht teile, das kann ich Ihnen versichern. Ich wollte Sie kennenlernen, da wir jetzt Nachbarn sind.«

Emma Penrose musterte Sandra prüfend, machte dann aber eine einladende Handbewegung. »Eben habe ich einen Apfelkuchen aus dem Ofen gezogen. Trinken Sie eine Tasse Tee mit mir? Dabei spricht es sich gleich besser.«

Sandra wäre ein Cappuccino zwar lieber gewesen, sie bezweifelte jedoch, dass die Frau eine entsprechende Kaffeemaschine besaß, daher sagte sie mit einem Lächeln: »Sehr gern, Mrs Penrose.«

»Nennen Sie mich Emma, das tun alle.«

Einige Minuten später saßen sie sich an dem Küchentisch mit der rot karierten Decke gegenüber. Aus Höflichkeit hatte sich Sandra ein Stück des gedeckten Apfelkuchens geben lassen, obwohl sie nur selten Süßigkeiten aß, um ihr Gewicht zu halten. Nach dem ersten Bissen wusste sie allerdings, dass sie nie zuvor einen so leckeren Kuchen gegessen hatte. Nicht einmal die Backkünste ihrer Mutter konnten mit diesem Apfelkuchen mithalten.

»Schmeckt es Ihnen?«, fragte Emma und zwinkerte Sandra zu. »Miss Mabel hat diesen Kuchen auch immer geliebt und nie ein Stück davon abgelehnt.«

»Miss Mabel?«, wiederholte Sandra und hoffte, sich von Emma Penrose nicht auch noch Klatsch über irgendwelche Leute anhören zu müssen.

»Die frühere Besitzerin von Higher Barton«, antwortete Emma. »Eine sehr feine Dame.«

»Warum hat sie das Haus verkauft?«, fragte Sandra nun doch interessiert, denn in Emmas Worten lag ein wehmütiger Unterton. »Ist sie erkrankt und musste in ein Pflegeheim ziehen?«

»Gott behüte, nein!« Nun lachte Emma wieder. »Miss Mabel hält sich derzeit in Indien auf, und ich denke, es geht ihr bestens. Sie sind aber gewiss nicht gekommen, um mit mir über Ihnen unbekannte Personen zu sprechen.«

Erleichtert atmete Sandra auf. »Ms Dexter berichtete mir, Sie und Ihr Mann wären bereit, im Hotel auszuhelfen, daher möchte ich Sie fragen, ob ich bei der Eröffnung Ihre helfenden Hände in Anspruch nehmen darf.«

»Was ist mit dem Thema, dass wir unser Cottage verkaufen sollen?«, fragte Emma statt einer Antwort. »Mr Garvey unterbreitete uns ein lächerliches Angebot, und ich wiederhole: Mein Mann und ich werden unter keinen Umständen von hier fortziehen! Der Park ist schließlich weitläufig genug, um einen anderen Standort für eine Spa- und Wellness-Oase zu finden.«

Sandra verbarg ihre Überraschung. Harris plante einen Neubau? Natürlich wäre eine Wellnessabteilung eine ideale Ergänzung, bei so einer Entscheidung hatte sie aber auch noch ein Wörtchen mitzureden. Und Emma hatte vollkommen recht: Es bestand keine Notwendigkeit, ausgerechnet an der Stelle, wo das Ehepaar Penrose ein lebenslanges Wohnrecht hatte, zu bauen.

»Ich kann Sie beruhigen, Emma, Sie können hier wohnen bleiben, solange Sie möchten«, versicherte Sandra ernst. »Mr Garvey schießt manchmal übers Ziel hinaus, ich jedoch bin die stellvertretende Managerin, und der Vorstand der Hotelkette hat schlussendlich das letzte Wort.«

»Nun denn …« Emma blieb skeptisch. »Gestatten Sie mir aber die Bemerkung, dass ich Mr Garvey für einen äußerst unangenehmen Menschen halte. Er ist egoistisch, hat dort, wo sich bei anderen Menschen das Herz befindet, einen Geldschrank sitzen und ist wohl daran gewöhnt, seine Vorstellungen unter allen Umständen durchzusetzen.«

Sandra hätte Harris Garvey nicht treffender beschreiben können. Sie war erstaunt, dass Emma Penrose ihn nach nur einer Begegnung derart gut einschätzen konnte.

»Dann darf ich auf Ihre Unterstützung am Eröffnungstag hoffen?«, fragte sie. »Vielleicht könnte Ihr Mann beim Aufstellen der Zelte behilflich sein?«

»Ich werde mit ihm sprechen«, antwortete Emma, lächelte und griff zum Messer: »Noch ein Stück Kuchen, Sandra?«

Dazu sagte Sandra nicht Nein und beschloss, das Dinner

ausfallen zu lassen. So verging eine angenehme halbe Stunde, dann war es für Sandra Zeit, ins Hotel zurückzukehren. Gerade als sie das gemütliche Cottage verlassen wollte, traf sie an der Tür auf einen mittelgroßen, kräftigen Mann.

»Hoppla, nicht so stürmisch, junge Dame«, sagte er, dann schob er seine Brille zurecht, und sein Blick verdunkelte sich. »Sind Sie auch vom Hotel drüben? Wenn Sie gekommen sind, um meine Frau rumzukriegen, das Cottage zu verkaufen, so können Sie gleich wieder verschwinden!«

»George, bitte, zügle dich!« Emma stellte sich neben Sandra und legte eine Hand auf den Arm ihres Ehemannes. »Sandra hat nur einen freundlichen Vorstellungsbesuch gemacht.«

»Guten Tag, Mr Penrose«, sagte Sandra. »Ich sagte Emma bereits, dass sich die Pläne von Mr Garvey nicht mit meinen Vorstellungen decken.«

»Sandra … Emma …« Mürrisch zogen sich seine Mundwinkel nach unten. »Seid ihr schon so weit? Nun denn, wie auch immer: Sie können gewiss sein, *Sandra*« – er betonte ihren Namen, als wäre er etwas Unangenehmes – »wir werden weder verkaufen noch von hier weggehen. Ich kenne unsere Rechte, sagen Sie das diesem aufgeblasenen Gockel von Manager.«

»Ich werde es Harris Garvey ausrichten«, murmelte Sandra, drängte sich an George Penrose vorbei und atmete tief durch. Harris war erst wenige Tage in Cornwall, und schon hatte er bereits mehrere Personen gegen sich aufgebracht. Wahrlich kein guter Start.

Edouard Peintré war zwar nicht groß, strahlte aber eine bemerkenswerte Souveränität aus, sodass Sandra sich neben ihm klein vorkam.

»Eines möchte ich klarstellen«, sagte er, »in der Küche bin ich der Chef. Ich bestimme, was in die Pfannen und Töpfe kommt, und es obliegt meiner Entscheidung, welche Gewürze ich verwende und wie ich die Teller anrichte.«

»Gewiss doch, Mr P...«

»Ich sagte bereits, dass ich die Anrede Monsieur bevorzuge«, schnitt der Koch Sandra ungeduldig das Wort ab und sah sie hochmütig an. »Schließlich habe ich mit euch Engländern nichts zu tun.«

Sie nickte und ließ seine Überheblichkeit an sich abprallen.

»Es wäre mir trotzdem recht, wenn wir die Speisekarten gemeinsam abstimmen würden.« Sandra kam damit auf den Anlass zurück, weshalb sie den Koch aufgesucht hatte. »Ms Dexter sagte mir, Sie wären nicht bereit, mit ihr zu sprechen.«

»Aus gutem Grund«, murrte der Koch. »Die Frau verlangt tatsächlich, ich solle Fish and Chips zubereiten! Fish and Chips!«, rief er aufgebracht. »Ich? Dafür habe ich nicht zwei Sterne erhalten.«

»Bitte, beruhigen Sie sich, Monsieur.« Sandra sprach leise, aber bestimmt. »Ich verstehe, dass dieses traditionelle englische Gericht Ihre Kreativität unterfordert, aber manche Gäste möchten neben einer Gourmetküche auch etwas Bodenständiges. Ich denke, wir können einen Kompromiss finden, mit dem wir beide zufrieden sein werden, nicht wahr, Monsieur Peintré?«

Er runzelte zwar die Stirn, murmelte dann aber: »Von mir aus, Sie werden schon sehen, was die Leute bevorzugen.«

»Ich vertraue Ihren Fähigkeiten«, fuhr Sandra schmeichelnd fort, »wir sollten jetzt jedoch die Speisen für die erste Woche nach der Eröffnung planen, damit wir die Zutaten rechtzeitig bestellen können.«

»Olivia wird sich darum kümmern«, erwiderte Peintré und winkte die Küchenhilfe heran. Bisher war Olivia Pool, den Kopf gesenkt, abwartend an der Seite gestanden und hatte kein Wort gesprochen.

»Selbstverständlich, Monsieur«, sagte sie nun mit ihrer leisen, hohen Stimme, die an ein kleines Mädchen erinnerte, dabei war ihre Figur gedrungen, und sie machte einen kräftigen Eindruck.

Monsieur Peintré warf sich selbstgefällig in die Brust. »Weibsleute haben an meinen Töpfen nichts zu suchen«, betonte er erneut. »Entweder lassen Sie mich meine Arbeit machen, Ms Flemming, oder ich suche mir einen anderen Wirkungskreis. Spitzenköche sind rar.«

Am liebsten hätte Sandra erwidert, sie lasse sich nicht erpressen, im Moment jedoch wollte sie mit dem Koch nicht länger diskutieren und abwarten, wie sich Peintrés weiteres Verhalten gestaltete.

»Wenn Sie so gut sind, wie Sie behaupten, Monsieur, dann frage ich mich, warum …« Das wollte Sandra aber doch noch anmerken.

»Wollen Sie mir etwa unterstellen, ich übertreibe?« Erneut schnitt er Sandra das Wort ab, in seinen dunklen Augen stand unverkennbar Zorn. »Ich habe schon für gekrönte Häupter gekocht und könnte jede Stellung haben, die ich nur will.«

Sandra reagierte lediglich mit einem süß-säuerlichen Lächeln und verließ die Küche. Sie hörte noch, wie der Koch Olivia Pool anraunzte: »Was gibt es da zu glotzen? Gehen Sie

61

an Ihre Arbeit, die Mehl- und Getreidelieferungen müssen ordentlich in die Speisekammer geräumt werden, aber so, dass ich es später auch wiederfinde.«

In der Eingangshalle traf Sandra auf Eliza Dexter.

»Ärger?« Sie deutete Sandras Gesichtsausdruck richtig.

Sandra hatte den Eindruck, Eliza würde sich diebisch freuen, wenn sie genau das bestätigte.

»Haben Sie Edouard Peintré eingestellt, Eliza?«

Eliza nickte. »Von allen Bewerbungen hatte er die aussagekräftigsten Referenzen und als Einziger zwei Michelinsterne.«

Die hat er sicher nicht für gute Manieren bekommen, dachte Sandra und sagte laut: »Ich frage mich, was einen solchen Spitzenkoch ausgerechnet in die Provinz verschlägt. Wenn er wirklich so gut ist, wie er behauptet, dann stünden ihm doch die ersten Häuser im Land offen.«

»Vielleicht wegen der guten Luft?«, erwiderte Eliza spöttisch.

»Na ja, es ist die Aufgabe einer Assistentin der Geschäftsleitung, auch mit schwierigen Charakteren zurechtzukommen. Sie haben darin sicher Erfahrung, nicht wahr? Sonst hätten Sie diesen Job wohl nicht bekommen.«

Eliza erwartete keine Antwort, drehte sich um und ließ Sandra stehen.

Am nächsten Tag kam Sandra kaum dazu, Luft zu holen. Bis zur Eröffnung hatte sie noch tausend Dinge zu erledigen: Die Speisekarte für die erste Woche musste geschrieben und vervielfältigt werden, die Lieferungen der Gästehandtücher und Kosmetikartikel, die in jedem Badezimmer bereitliegen sollten, waren noch nicht eingetroffen, die Dienst- und Putzpläne für die Zimmermädchen mussten erstellt und die

Cocktailangebote der Hotelbar besprochen werden. Zwar hatte jeder seine Aufgaben, Sandra wollte jedoch alles genau kontrollieren. Es fiel ihr schwer, den anderen zu vertrauen, denn sie wusste: Harris wartete nur darauf, dass sie einen Fehler machte oder etwas übersah, und würde sie das spüren lassen. Er selbst hatte ebenfalls ein wachsames Auge auf alles, beschäftigte sich aber in erster Linie mit den finanziellen Angelegenheiten, in die er Sandra keinen Einblick erlaubte.

»Du bist meine Assistentin und tust, was ich dir sage.« Das machte er ihr bei jeder passenden und auch unpassenden Gelegenheit klar und verbarg nicht, dass er die Situation genoss.

Am Montagabend saßen Harris Garvey und Sandra im Büro hinter der Rezeption. Großzügig schenkte er sich ein Glas Whisky ein.

»Auch einen?«, fragte er.

»Du weißt, dass ich während der Arbeit niemals Alkohol trinke, Harris.«

»Solltest du aber, dann wärst du nicht so verkrampft.«

»Ich bin nicht verkrampft«, erwiderte Sandra kühl. »Ich sehe nur den Berg Arbeit, der bis zum Wochenende noch vor uns liegt.«

»Das schaffen wir mit links.« Lapidar winkte Harris ab. »Es ist mir gelungen, mit dem Weinlieferanten einen neuen Rabatt auszuhandeln, er gewährt uns nun fünfzehn Prozent. Zuerst wollte er sich querstellen, ich konnte ihn aber überzeugen, dass es genügend Lieferanten gibt, die sich die Finger danach lecken, mit uns ins Geschäft zu kommen.«

»Du denkst, du bekommst immer alles, nicht wahr, Harris?«, fragte Sandra. »Wann hättest du mir gesagt, dass du einen Wellnessbereich planst und diesen ausgerechnet dort bauen willst, wo das Ehepaar Penrose wohnt?«

»Wenn du mit denen gesprochen hast, weißt du, wie die zu der Sache stehen. Aber glaube mir, Sanny, die werden ihre Meinung schon noch ändern. Letzten Endes ist alles eine Frage des Geldes, und die Leute machen mir nicht den Eindruck, als wären sie auf Rosen gebettet.«

Sandra hasste es, wenn er sie Sanny nannte. Als sie noch ein Paar gewesen waren, hatte sie Harris in einem intimen Moment dummerweise verraten, dass ihre Mutter sie als Kind so genannt hatte.

»Was ist mit dem Fleisch?« Er wechselte das Thema.

»Das ist alles geregelt. Die Metzgerin, Mrs Roberts, wird die Bestellung am Tag vor der Eröffnung liefern. Die Frau ist recht anstrengend. Binnen einer Stunde hat sie mir die Lebensgeschichten fast aller Personen im Ort erzählt.«

Harris grinste. »Das ist auf dem Land eben so.« Er griff zur Flasche und schenkte sein Glas erneut voll, trank einen Schluck, dann klopfte er mit den Fingerknöcheln auf eine Akte vor sich auf dem Schreibtisch. »Ich werde den vorläufigen Haushaltsplan für den kommenden Monat heute Nacht fertigstellen und morgen Vormittag an die Zentrale mailen. Es sieht alles gut aus, und Alastair Henderson kann zufrieden mit mir sein.«

»Klar, ich trage dazu natürlich nichts bei«, bemerkte Sandra zynisch, was ihr aber nur einen weiteren spöttischen Blick von Harris einbrachte.

»Du kümmerst dich um die Auszahlung der Gehälter«, fuhr Harris fort. »Ich werde dir das Geld und die entsprechenden Unterlagen morgen Vormittag aushändigen.«

»In bar?«, rief Sandra verwundert. »Warum werden

die Löhne nicht auf die Konten des Personals überwiesen?«

Harris erwiderte mit einem überheblichen Lächeln: »Wenn die Leute Cash in den Händen halten, arbeiten sie gleich doppelt so gut, daher habe ich mich für Barauszahlungen entschieden, das Geld vom Firmenkonto abgehoben und im Safe deponiert.«

Fassungslos schüttelte Sandra den Kopf. »Das ist doch vollkommen unüblich, Harris! Weiß Mr Henderson davon?«

Harris stützte sich mit den Händen auf den Schreibtisch, erhob sich halb aus dem Stuhl und taxierte Sandra.

»Hast du, liebe Sanny, immer noch nicht kapiert, wer hier der Chef ist? Henderson ist weit weg, es ist ihm gleichgültig, wie ich das Haus führe, Hauptsache, wir schreiben so bald wie möglich schwarze Zahlen. Morgen früh werde ich dir zehntausend Pfund aushändigen, und ich erwarte eine genaue Auflistung der Auszahlung und die eigenhändigen Unterschriften mit Datum eines jeden Angestellten, auch von dir selbst.«

»Das brauchst du mir nicht extra zu sagen, ich weiß sehr wohl, wie man die Buchführung macht«, murmelte Sandra und dachte: Es ist dann aber auch nicht meine Angelegenheit, wenn es mit dem Vorstand Probleme gibt.

»Ich hoffe, wir verstehen uns.« Nervös trommelte Harris mit den Fingerspitzen auf die Schreibtischplatte. »Wenn du jetzt gehen würdest? Ich habe noch jede Menge zu tun. Und ich rate dir, meine Entscheidungen nicht immer infrage zu stellen. Ein Wort von mir zu Henderson, und du findest dich in einem drittklassigen Hotel auf einer der Hebrideninseln wieder.«

Sandra lag noch allerhand auf der Zunge, was sie Harris sagen wollte. Wenn er jedoch in dieser Stimmung war, würde sie nur einen weiteren Streit heraufbeschwören. Vielleicht hatte sie doch einen Fehler gemacht, nach Cornwall mitzukommen, denn auf Dauer würde die Zusammenarbeit mit Harris nicht funktionieren.

SECHS

Higher Barton Romantic Hotel, Cornwall
am folgenden Morgen

»Sie sind weg.«

Eliza Dexter stürmte ins Zimmer. Sandra, die gerade im Bademantel aus dem Bad kam, um die feuchten Haare ein Handtuch geschlungen, zog hörbar die Luft ein und sagte: »Haben Sie schon mal was von Anklopfen gehört?«

»Tun Sie mal nicht so schamhaft, ich guck Ihnen schon nichts weg«, erwiderte Eliza ungeduldig. »Ich dachte, Sie wollen es wissen, bevor ich Harris informiere.«

»Wovon sprechen Sie? Wer ist weg?«

»Na, die beiden jungen Leute, die mit den Tätowierungen und dem Metallzeug im Gesicht«, erwiderte Eliza in einem Tonfall, als wäre Sandra begriffsstutzig. »Ich ging eben an deren Zimmer vorbei, sah, dass die Tür offen war, und schaute hinein. Ihre Sachen sind verschwunden und die Betten unberührt. Sie müssen irgendwann heute Nacht abgehauen sein.«

Sandra rubbelte sich die Haare und erwiderte: »Das ist sehr unhöflich. Ich hätte erwartet, dass sie sich verabschieden, nachdem wir sie hier aufgenommen haben, obwohl das Hotel noch nicht eröffnet ist. Warum regt Sie das so auf,

Eliza? Haben die beiden etwa das Zimmer verwüstet oder etwas gestohlen?«

»Nein, das nicht.« Eliza zog die Unterlippe zwischen die Zähne und senkte den Kopf. »Es ist nur …«

»Ja?«

»Der junge Mann hat mir zwar seine Kreditkarte gezeigt, aber …«

»Sie haben diese nicht eingelesen!« Scharf zog Sandra die Luft ein.

»Es war so ein Durcheinander, ich dachte, das hätte Zeit, bis sie wieder abreisen. Außerdem haben wir die beiden in den letzten Tagen gar nicht bemerkt.« Eliza versuchte, sich zu verteidigen. »Oder wann haben Sie sie zum letzten Mal gesehen, Sandra?«

»Gestern, gegen Abend«, erinnerte sich Sandra. »Dieser Ben sagte mir, sie wollten nach Bodmin in einen Club.«

»Was sollen wir jetzt machen?«

»Wissen wir mehr über sie als nur die Vornamen?«, fragte Sandra, und Elizas betretener Gesichtsausdruck sprach Bände. »Das ist zwar ärgerlich«, fuhr sie fort, »aber kein Weltuntergang. Sie haben ein paar Nächte hier verbracht, nichts gegessen, und wir müssen nur das Zimmer putzen und die Betten frisch beziehen.«

»Was wird Harris dazu sagen?«, fragte Eliza.

»Ich werde es ihm mitteilen«, antwortete Sandra und konnte sich seine Reaktion lebhaft vorstellen. »Ist er schon unten?«

Eliza schüttelte den Kopf. »Ich habe ihn heute noch nicht gesehen.«

Nachdem Eliza gegangen war, zog Sandra sich an, föhnte sich die Haare, legte ein leichtes Make-up auf und suchte

Harris' Zimmer auf. Sie klopfte und rief seinen Namen, es blieb aber alles ruhig. Sie drehte am Knauf, die Tür war jedoch verschlossen. Er wird doch nicht die ganze Nacht durchgearbeitet haben und im Büro eingeschlafen sein, dachte sie und lief die Treppe hinunter. Im Arbeitszimmer schlug ihr abgestandene und nach Alkohol riechende Luft entgegen. Auf dem Schreibtisch stand ein noch halb volles Glas Whisky, der Laptop war aufgeklappt und eingeschaltet, der Bildschirm jedoch schwarz. Von Harris keine Spur. Sandra wollte den Raum gerade wieder verlassen – sie nahm an, er wäre irgendwo im Haus oder auf dem Grundstück unterwegs –, als sie das zurückgeklappte Bild an der Wand bemerkte. Hinter der Holztäfelung befand sich ein geöffneter Safe. Sandra hatte nicht gewusst, dass es in diesem Raum einen Safe gab. Für die Wertsachen der Gäste stand ein Tresor hinter der Rezeption zur Verfügung, und sie war davon ausgegangen, dass das Bargeld, von dem Harris gesprochen hatte, dort deponiert worden war. Sie schaute in den Safe, fand aber nur belanglose Schriftstücke. Waren die von Harris genannten zehntausend Pfund für die Gehaltszahlungen hier drinnen gewesen? Wenn ja, warum hatte Harris ihn offen stehen lassen, und wo war das Geld? Sie lehnte die Tür des Safes an, klappte das Bild darüber, dann machte sie sich auf den Weg, Harris zu suchen.

Als Erstes fiel Sandra auf, dass der Wagen von Harris nicht mehr auf dem Parkplatz rechts neben dem Haus stand. Sie wählte seine Nummer, er hatte sein Handy jedoch ausgeschaltet. Daraufhin öffnete sie den Tresor hinter der Rezeption und fand diesen leer vor. Dann bat sie Eliza, mit dem Generalschlüssel Harris' Zimmer zu öffnen.

»Ich weiß wirklich nicht …«, sagte Eliza zögerlich.

»Machen Sie schon«, befahl Sandra. »Ich trage die Verantwortung.«

Auch hier von Harris keine Spur. Sandras Verdacht bestätigte sich, als sie den Schrank kontrollierte. Es fehlten nicht nur sein Trolley, sondern auch seine Kleidung und die Hygieneartikel im Bad.

»Er ist abgehauen!« Sandra ließ sich auf das Bett sinken und sah Eliza fassungslos an. »Er hat sich mit dem Geld aus dem Staub gemacht! Gestern Abend hätte ich etwas ahnen müssen, denn die ganze Sache war sehr seltsam.«

»Gestern Abend? Und von welchem Geld sprechen Sie?«

Nervös strich sich Sandra eine Haarsträhne hinters Ohr und berichtete Eliza, dass Harris das Geld für die Gehälter in bar im Haus gehabt hatte und dass sie diese heute Vormittag hätte auszahlen sollen.

Elizas ohnehin schmale Lippen wurden zu einem Strich, und sie presste hervor: »Und jetzt?«

»Werde ich Mr Henderson anrufen. Er wird entscheiden, was zu tun ist.«

Die Anweisung von Alastair Henderson war eindeutig: »Keine Polizei! Sie können es sich nicht erlauben, unmittelbar vor der Eröffnung die Polizei im Haus zu haben.«

»Wollen Sie Garvey damit einfach durchkommen lassen?«, rief Sandra empört. »Überhaupt, dass er eigenmächtig das Geld vom Firmenkonto abgehoben und …«

»Nun beruhigen Sie sich wieder, Ms Flemming«, wies Henderson sie scharf zurecht. »Selbstverständlich werden wir diese« – er zögerte – »unglückliche Entwicklung verfolgen. Im Moment ist es jedoch wichtig, Ruhe zu bewahren.

Wer ist über Mr Garveys Verschwinden und über das fehlende Geld informiert?«

»Nur Ms Dexter, die Rezeptionistin, und ich.«

»Dabei muss es auch bleiben«, wies Henderson Sandra an. »Sagen Sie dem Personal, Mr Garvey wurde an einen anderen Arbeitsplatz berufen, und die Gehälter werden den Betreffenden in den nächsten Tagen auf deren Konten überwiesen.«

»Bei allem Respekt, Mr Henderson, es handelt sich um Diebstahl, und vielleicht sitzt Garvey bereits in einem Flugzeug und hat das Land verlassen.« Verhalten knirschte Sandra mit den Zähnen. Es konnte doch nicht sein, dass der Vorstand Harris ungeschoren davonkommen ließ!

»Ich sagte, wir werden uns um Harris Garvey kümmern«, erwiderte Henderson bestimmt. »Im Moment ist es von größter Wichtigkeit, das Hotel nicht in kriminelle Machenschaften zu verstricken. Ich bitte Sie, das zu respektieren.«

»Selbstverständlich, Mr Henderson«, murmelte Sandra.

»Noch etwas, Ms Flemming«, fuhr Henderson freundlicher fort, »bis die Sache geklärt ist, übernehmen Sie die Verantwortung auf Higher Barton.«

»Ich?« Sandra holte tief Luft.

»Ja, wer denn sonst?«, erwiderte Mr Henderson ungeduldig. »Als Assistentin der Geschäftsleitung sollte das wohl kein Problem für Sie sein, oder trauen Sie es sich etwa nicht zu, die Eröffnung reibungslos über die Bühne zu bringen?«

»Natürlich kann ich das«, antwortete Sandra überzeugt. Sie konnte nicht verhindern, dass ihr Puls sich beschleunigte. »Ich werde mich um alles kümmern, Sie werden zufrieden sein.«

»Das hoffe ich, und denken Sie daran: Das Verschwinden von Mr Garvey bleibt vorerst unter uns, ja? Da wir davon auszugehen haben, dass es für sein Handeln keine logische Erklärung gibt und Garvey folglich nicht mehr für unser Unternehmen tätig sein wird, werden Sie, Ms Flemming, zur Managerin ernannt.«

Sandras Herz klopfte nun so laut, dass sie befürchtete, Henderson könne es am anderen Ende der Leitung hören. In diesem Moment wünschte sie Harris Garvey auf die andere Seite der Welt und konnte eine gewisse Genugtuung, dass endlich sein wahrer Charakter zum Vorschein gekommen war, nicht leugnen. Zum ersten Mal hatte Harris etwas getan, wofür Sandra ihm dankbar war.

Eliza Dexter zeigte sich über die Entscheidung von Alastair Henderson überrascht.

»Es ist schon ein seltsamer Zufall, dass heute Nacht nicht nur Harris, sondern auch die beiden jungen Leute verschwunden sind.«

»Zumindest brauchen Sie sich wegen Ihres Fehlers vor Harris nicht mehr zu rechtfertigen«, erwiderte Sandra. »Lassen Sie uns jetzt an die Arbeit gehen.«

Eliza verschränkte die Arme vor der Brust und musterte Sandra, die Stirn gerunzelt. »Nun sind Sie die Chefin, Sandra, ergo kommt Ihnen das Verschwinden von Harris sehr gelegen, nicht wahr?«

Sie hatte den Nagel auf den Kopf getroffen. Sandra antwortete kühl: »Sie können versichert sein, Eliza, dass ich es mir anders gewünscht hätte, aber wenn Sie schon fragen: Mein Bedauern, dass Harris uns im Stich gelassen hat, hält sich in Grenzen, und ja, ich freue mich, die Leitung übertragen bekommen zu haben. Jetzt bitte ich Sie, sich um die Speisekarte für die erste Woche zu kümmern und diese entsprechend mit Monsieur Peintré abzusprechen. Er ist bereit, sich Ihnen gegenüber kooperativ zu zeigen.«

Eliza nickte ausdruckslos, wandte sich an der Tür aber noch mal zu Sandra um und fragte: »Von den anderen soll wirklich keiner etwas von dieser Sache erfahren? Sie verlangen, dass ich die Angestellten anlüge?«

»So lautet die Anweisung des Vorstandes«, antwortete Sandra gereizt. »Wenn Sie mich jetzt bitte meine Arbeit machen lassen?«

»Das werde ich auf keinen Fall zubereiten!« Mit einer Handbewegung fegte Edouard Peintré die Zettel mit den Menüvorschlägen vom Tisch. »Fleischpasteten! Das ist eine Beleidigung für den Gaumen!«

»Unsere Gäste sollen auch handfeste Hausmannskost angeboten bekommen«, erwiderte Eliza mühsam beherrscht. »Sie als Ausländer wissen vielleicht nicht, dass eine Cornish Pasty das Nationalgericht Cornwalls ist, und Fish and Chips …«

»Ich bin aus dem Ausland gekommen, um euch Barbaren ein wenig Esskultur beizubringen«, fiel Peintré ihr ins Wort. »Roastbeef! Yorkshire Pudding! Steak- und Nierenpastete! Allein beim Lesen dieser Ausdrücke dreht sich mir der Magen um. Ich werde das nicht auf die Speisekarte nehmen«, wiederholte er entschlossen.

»Das müssen Sie Ms Flemming mitteilen«, erwiderte Eliza kühl. »Sie hat mit Ihnen gesprochen und meinte, Sie wären bereit, Kompromisse einzugehen.«

»Kompromisse durchaus, aber nicht eine komplett englische Küche in einem Gourmetrestaurant, das dieses Haus aufbauen will.«

Eliza seufzte verhalten, da der Koch nicht ganz unrecht hatte. Fish & Chips, Pasties, Steak- und Nieren-Pastete gab es an jeder Ecke, den Gästen sollte wirklich eine erlesenere Speisekarte geboten werden.

»Mit Ms Flemming bin ich wahrlich nicht immer einer Meinung«, sagte Eliza, »wir werden den Gästen aber auch die Speisen anbieten, die sie gewohnt sind. Vielleicht zwei oder drei bekannte Gerichte, dann haben Sie, Mr Peintré, genügend Spielraum für Ihre Kreationen, und bei den Nachspeisen haben Sie völlig freie Hand.«

»Sie verlangen von mir, den Gaumen unserer Gäste erst mit Fisch in fettiger Panade und mit in Essig getunkten Chips zu traktieren, um dann zu erwarten, sie könnten ein Zartbittersoufflé zu schätzen wissen? Außerdem bestehe ich auf der Anrede Monsieur, wie oft soll ich das noch betonen? Ich bin kein Engländer und danke Gott auf Knien dafür.«

Eliza zählte innerlich bis fünf, bevor sie mühsam beherrscht antwortete: »Wenn Sie ein Problem mit unserer Arbeitsweise haben, dann sagen Sie es bitte gleich. Noch ist Zeit, sich nach jemand anderem umzusehen.«

»Sie wollen mich rauswerfen?«, rief er aufgebracht, sein dunkler Oberlippenbart zitterte. »Das können Sie nicht, dazu haben Sie keine Befugnis.«

»Ms Dexter vielleicht nicht, ich durchaus!« Von den Streithähnen unbemerkt, hatte Sandra die Küche betreten. Auf dem Korridor hatte sie die erregten Stimmen gehört und den Rest des Gespräches mitbekommen. »So weit wollen wir es aber nicht kommen lassen, nicht wahr, Monsieur Peintré, nicht wahr, Eliza?«

»Bitte, ich kann gern gehen.« Trotzig verschränkte der Koch die Arme vor der Brust und sah Sandra herausfordernd an. »Sehen Sie doch zu, wo Sie so schnell einen Koch herbekommen, der meinen Kenntnissen auch nur annähernd das Wasser reichen kann. Ich glaube, Sie haben gerade andere Sorgen, jetzt, nachdem Mr Garvey uns verlassen hat.« Verständnislos schüttelte er den Kopf. »Mir erscheint das eine seltsame Firmenpolitik, den Manager wenige Tage vor der Eröffnung auf einen anderen Posten zu berufen.«

Sandra und Eliza tauschten verstohlen einen Blick, und Sandra sagte: »Ich habe alles im Griff, wäre Ihnen aber dankbar, wenn Sie etwas mehr Kooperation zeigen würden. Für die erste Woche wird die Speisekarte wie von mir vorgeschlagen umgesetzt. Dann sehen wir, welche Gäste wir beherbergen, und können die Speisen entsprechend anpassen. Zu ausgefallen oder exotisch sollte das Angebot jedoch nicht sein.«

»Die französische Küche ist nicht exotisch, sondern als einzige auf der Welt genießbar«, kommentierte Peintré überheblich. »Aber was verstehen Frauen schon davon?«

Schnell legte Sandra Eliza eine Hand auf den Arm, als diese aufbegehren wollte. Der Koch hatte recht: Wenn er das Hotel ebenfalls verlassen würde, hätten sie wirklich ein Problem, daher war Sandra entschlossen, sich mit ihm zu arrangieren – zumindest vorerst. Sie nickte Peintré kühl zu und forderte Eliza mit einem Blick auf, die Küche zu verlassen.

»Was stehst du herum und glotzt blöd?«, herrschte Peintré die Küchenhilfe an. »Hast du nichts zu tun?«

Olivia Pool senkte den Kopf und murmelte: »Tatsächlich gibt es im Moment keine Arbeit, Monsieur. Ich wollte Sie gerade fragen, was ich als Nächstes machen soll.«

Edouard Peintré musste eingestehen, dass nichts mehr vorbereitet werden musste. Seine Aufgabe bestand nun darin, eine Liste der benötigten Zutaten für die ersten Tage zusammenzustellen, damit diese rechtzeitig besorgt werden konnten. Dabei störte ihn die Küchenhilfe, daher herrschte er Olivia Pool an: »Du kannst die Kühlschränke putzen.«

»Das habe ich erst gestern getan«, antwortete Olivia leise.

»Dann machst du es eben noch einmal, Herrgott! Sauberkeit ist das A und O in einer Küche, oder willst du, dass sich die Gäste gleich am ersten Tag eine Salmonelleninfektion zuziehen?«

Olivia nickte wortlos, schüttelte dann den Kopf und ging in den Hauswirtschaftsraum, um Eimer und Putzlappen zu holen. Die Kühlschränke waren noch leer, Krankheitskeime konnten sich wohl kaum innerhalb von vierundzwanzig Stunden darin festsetzen. In den letzten Tagen hatte sie jedoch festgestellt, dass es besser war, Monsieur Peintré nicht zu widersprechen. Sie brauchte diesen Job. In ihrem Alter war es schwierig, überhaupt eine Anstellung zu bekommen, selbst als Küchenhilfen wurden Jüngere bevorzugt. Daher würde sie schweigen und alles tun, was von ihr verlangt wurde.

Ein köstlicher Duft nach frisch gebackenem Brot und kornischen Pasteten schlug Sandra entgegen, als sie die Bäckerei betrat. Die Auslage bot noch allerhand mehr Köstlichkeiten, beim Anblick der mit Buttercreme gefüllten Biskuittörtchen und der saftigen Muffins mit dicken, schwarzen Kirschen lief ihr das Wasser im Mund zusammen. Als sie an der Reihe war, bestellte sie jedoch lediglich einen Cappuccino. Sie balancierte die Tasse auf die Terrasse hinter der Bäckerei, wo schon andere Gäste saßen. Einige ließen sich ein reichhaltiges Frühstück schmecken, das hier ebenfalls angeboten wurde. Sandras Magen knurrte vernehmlich, schnell trank sie von ihrem Kaffee und leckte sich den Milchschaum von den Lippen. Die Luft war noch kühl, es war auch erst sieben Uhr, und die Bäckerei im Ortszentrum von Polperro war der einzige Laden, der um diese Zeit geöffnet hatte und frischen Kaffee anbot.

Sandra war heute so früh aufgestanden, um sich persönlich einen Eindruck von dem Fischmarkt in Polperro zu verschaffen. Jeden Morgen zwischen fünf und sechs Uhr kamen die Boote mit ihrem Fang in den kleinen Hafen, und die Kunden konnten an Ort und Stelle einkaufen. Harris hatte mit dem Betreiber der Fischhalle einen Vertrag zur Belieferung des Hotels geschlossen, Sandra wollte sich von der Qualität aber selbst überzeugen und war nicht enttäuscht worden. Frischeren Fisch und frischere Meeresfrüchte zu beziehen war unmöglich, und die vereinbarten Konditionen waren akzeptabel. Nicht gerade günstig, aber Qualität hatte eben ihren Preis.

Früher war Polperro ein geschäftiger Fischereihafen gewesen, noch vor wenigen Jahrzehnten hatte das Meer die Einwohner ernährt. Heute aber fuhren nur noch vereinzelte Fischerboote Nacht für Nacht hinaus, und deren Fang konnte lediglich in der lokalen Gastronomie und bei privaten Kunden verkauft werden. Für die Touristen, die vor allem in den Sommermonaten wie Heuschrecken über das beschauliche Dorf mit seinen verwinkelten Gässchen und den uralten, weiß getünchten Cottages herfielen, boten einige Fischer Rundfahrten mit ihren Booten an und ließen sich das auch gut bezahlen. Die Einwohner Polperros lebten mittlerweile zu über neunzig Prozent vom Tourismus. Am frühen Morgen jedoch war es noch ruhig. Tief atmete Sandra die würzige

Luft ein, eine Mischung aus Salz, Tang und Torf, versetzt mit dem Rauch aus ein paar vereinzelten Kaminen. Die Terrasse der Bäckerei grenzte an einen freien Platz mit gemütlichen Sitzbänken, schräg gegenüber lockte eine bunt angestrichene Galionsfigur in das Restaurant *Nelsons*, wenige Meter weiter floss der Bach Pol, der dem Dorf seinen Namen gegeben hatte, unter einer Brücke ins Hafenbecken hinunter.

»Darf es noch etwas sein?«, fragte die freundliche Bedienung. »Noch einen Cappuccino und vielleicht etwas Süßes dazu?«

Ein »Nein, danke« lag Sandra bereits auf der Zunge, dann überlegte sie es sich anders. Ein Mal konnte sie sich schon etwas leisten, ohne gleich zuzunehmen, also bestellte sie einen weiteren Cappuccino und ein Krabben-Kresse-Sandwich. Die Krabben seien heute Morgen erst gefangen und gepult worden, versicherte die Bedienung ihr, und Sandra hatte keinen Grund, daran zu zweifeln. Am liebsten hätte sie den Vormittag in dieser zauberhaften Ortschaft verbummelt, wäre durch die zahlreichen Galerien, kunsthandwerklichen Geschäfte und auch Souvenirläden geschlendert, doch dafür fehlte ihr die Zeit. Morgen, am Sonntag, würde das *Higher Barton Romantic Hotel* offiziell eröffnet werden. Im Park wurden Zelte aufgebaut, da alle Leute aus der Umgebung eingeladen waren, sich ein Bild von dem neuen Hotel zu machen, und Sandra hoffte auf großen Andrang. Der Ortsvorsteher von Lower Barton sollte eine Ansprache halten, und Sandra musste die Feier mit ein paar offiziellen Worten eröffnen. Seit zwei Tagen feilte sie an ihrer Rede, war aber noch nicht zufrieden mit ihren Worten. Sie sprach ungern vor vielen Leuten, das war eine Sache, die sie nur zu gern Harris überlassen hätte. Sie würde aber auch diese Herausforderung meistern,

Hauptsache war, dass sich die Gäste wohlfühlten und dass ausreichend zu essen und zu trinken angeboten wurde. Wenn Petrus ein Einsehen hatte und die Sonne scheinen ließ, war das ohnehin die halbe Miete.

Sandra schob die leere Tasse zur Seite und seufzte. So gern sie noch länger in der Sonne gesessen und das Erwachen des Ortes verfolgt hätte – die Arbeit rief und würde sich nicht von allein erledigen. In diesem Moment sah sie Eliza Dexter vorn auf der Straße vorbeigehen. Sie war jedoch nicht allein, sondern hatte sich bei einem Mann eingehängt, mit dem sie offenbar sehr vertraut war. Der Mann war älter als Eliza, hochgewachsen und schlank und mit dem markanten, eckigen Kinn und den grauen Schläfen durchaus attraktiv. Sandra lächelte still in sich hinein. Sie hatte die spröde Eliza wohl unterschätzt. Da die Rezeptionistin sie nicht bemerkt hatte, wollte Sandra sie nicht ansprechen, um sie nicht in Verlegenheit zu bringen.

Gerade, als Sandra die Bäckerei betrat, um durch den Hauptausgang hinauszugehen, hörte sie Eliza laut rufen: »Das kannst du nicht machen! Ich werde es zu verhindern wissen!«

Sandra sah, wie Elizas Gesicht sich hochrot verfärbte und zu einer wütenden Grimasse verzerrte. Der Mann schaute sie grimmig an, seine Lippen bewegten sich, er sprach aber zu leise, als dass Sandra seine Antwort hätte verstehen können. Dann griff er nach Elizas Arm, aber sie schlug seine Hand verärgert weg.

»Wenn du versuchst, in meine Entscheidung einzugreifen, dann …« Nun erhob auch der Mann seine Stimme, seine Augen verengten sich zu Schlitzen.

»Willst du mir etwa drohen?«, rief Eliza.

»Das ist keine Drohung, sondern ein Versprechen! Halte dich aus meinen Angelegenheiten heraus!«

»Das wirst du bereuen!«, rief Eliza. »Bitter bereuen!«

Dann ließ sie den Mann stehen und lief so schnell, als wäre der Teufel persönlich hinter ihr her, um die Ecke in die Lansallos Street, die direkt zum Hafen führte. Der Mann starrte ihr nach. Sandra sah, wie seine Finger sich hektisch öffneten und schlossen. Sein zorniger Gesichtsausdruck sprach Bände. Sandra fühlte sich zwar peinlich berührt, ungewollt Zeugin dieses Streites geworden zu sein, fragte sich jedoch, welches Geheimnis Eliza Dexter verbarg. Solange es keine negativen Auswirkungen auf Elizas Arbeit hatte, konnte es ihr aber gleichgültig sein.

SIEBEN

Zur selben Zeit, als Sandra Elizas Auseinandersetzung mit dem Mann beobachtete, kontrollierte Mrs Roberts konzentriert drei Kisten aus rotem Plastik, hob jede einzelne Abdeckung hoch, betrachtete zufrieden das verpackte Fleisch und überprüfte, ob die Lüftungsschlitze geöffnet waren. Auf den wenigen Meilen nach Higher Barton würde das Fleisch zwar nicht auswässern, sie wollte die Ware aber in allerbester Qualität abliefern. Zufrieden rieb sie sich die Hände. Von diesem Auftrag hing sehr viel für sie ab. Eliza Dexter hatte ihr zwar versichert, sie dürfe das Hotel beliefern, ein entsprechender Vertrag war aber noch nicht unterzeichnet worden. Mrs Roberts vermutete, die stellvertretende Managerin Sandra Flemming wolle ihr Angebot zunächst testen und erst dann eine verbindliche Entscheidung treffen. Ihr Fleisch war zwar von ausgezeichneter Qualität, mit den Dumpingpreisen des Supermarktes konnte sie jedoch nicht konkurrieren.

»Wer weiß, woher die ihr Fleisch beziehen, weil es so billig ist«, murmelte Mrs Roberts.

Für sie war es selbstverständlich, ihre Produkte ausschließlich von Farmen in Cornwall und Devon zu beziehen. Leider waren immer weniger Leute bereit, für gute Produkte

81

auch entsprechend zu bezahlen. Die Metzgerei stand zwar nicht vor dem Konkurs, Mrs Roberts konnte aber den Vertrag mit dem Hotel mehr als gut gebrauchen. Nun, sie würde jetzt nach Higher Barton fahren und Rind-, Schweine-, Lamm- und Geflügelfleisch abliefern, an dem niemand auch nur das Geringste auszusetzen haben würde.

»Du passt auf den Laden auf«, wies sie einen schlaksigen Jungen an, der ihr beim Verpacken der Waren geholfen hatte und den Verkauf betreute, solange sie unterwegs war.

Er nickte, ein Strahlen breitete sich auf seinem runden Gesicht aus. Ben war achtzehn Jahre alt und ein lieber und freundlicher Junge, der Sohn von Nachbarn. Sie kannte Ben seit seiner Geburt, und man konnte Mrs Roberts viel nach- sagen, eines war sie nicht: intolerant. Als es immer deut- licher wurde, dass Ben anders als andere Kinder war, war Mrs Roberts nicht entsetzt, sondern überraschend mitfüh- lend gewesen.

»Die Medizin nennt es heute Trisomie 21«, hatte ihre Nach- barin erklärt. »Es ist nicht heilbar, wir lieben unseren Jungen deswegen sogar noch mehr, als wäre er gesund geboren wor- den.«

Manche Leute, besonders ältere, gingen Ben aus dem Weg, manchmal fiel auch der abwertende Ausdruck »Mongolis- mus«. Wenn Mrs Roberts dies hörte, wies sie den Sprecher darauf hin, dass eine solche Bemerkung unschön und abfällig war.

Bis Ende des letzten Jahres war Ben auf eine Schule in Plymouth gegangen, auf der er seinen Veranlagungen ent- sprechend gefördert worden war. Nun lebte er wieder zu Hause, und Mrs Roberts wusste, wie schwer es für den Jun- gen war, eine Ausbildungs- oder Arbeitsstelle zu finden. Sie benötigte zwar keine feste Hilfskraft in der Metzgerei, es machte Ben aber glücklich, stundenweise mitzuarbeiten. Zu den Kunden war er stets höflich und aufmerksam, er konnte gut rechnen und die Kasse bedienen, und es machte ihm sogar Spaß, zu putzen. Auf Kunden, die angewidert das Gesicht verzogen, wenn sie auf Ben trafen, konnte Mrs Roberts getrost verzichten. Sie liebte den Jungen wie ein eigenes Kind, das ihr verwehrt geblieben war.

Eine fröhliche Melodie pfeifend, lenkte Mrs Roberts den Lieferwagen durch die schmalen Straßen von Lower Barton, verließ den Ort in östlicher Richtung und bog nach zwei Meilen nach links ab. Nun verengte sich die Straße, sodass die Zweige der Hecken die Karosserie des Wagens an beiden Seiten streiften. Wenn man in Cornwall lebte, durfte man nicht zimperlich sein, was Kratzer betraf. Verließ man die Hauptstraßen, waren die Wege von dicht bewachsenen, hohen Trockenmauern gesäumt. Das Gestrüpp, häufig Brombeerhecken, war ein Paradies für Kleintiere und diente Vögeln als Nistplätze.

Nach etwa fünfzehn Minuten parkte sie direkt auf dem Kiesrondell vor dem Eingang des Hotels. Bisher war sie selten in dem alten Herrenhaus gewesen – mit der ehemaligen Besitzerin hatte Mrs Roberts nicht gerade eine überschwängliche Freundschaft verbunden –, sie erkannte jedoch, dass sich das Gebäude kaum verändert hatte. Rechts neben dem Haus war ein Gebäude errichtet worden, Männer schleppten Tische und Stühle heran, ein Mädchen polierte die Fensterscheiben im Erdgeschoss. Mrs Roberts hielt einen vorbeieilenden Mann an und sagte: »Ich habe eine Lieferung für die Küche.«

Der Mann zuckte mit den Schultern. »Da müssen Sie mit dem Koch sprechen, ich bin nur einer der Handwerker.« Er deutete auf den Lieferwagen. »Hier können Sie aber nicht stehen bleiben, wir müssen gleich mit der Bühne durch, um diese aufzubauen.«

Ein anderer Mann hatte das Gespräch mit angehört und sagte zu Mrs Roberts: »Fahren Sie auf der linken Seite hinters Haus, dort ist der Lieferanteneingang, und fragen Sie nach Monsieur Peintré, das ist unser Koch.«

Mrs Roberts dankte, setzte sich wieder in ihren Wagen und fuhr zu dem besagten Eingang. Die Tür stand offen, aber weit und breit war kein Mensch zu sehen. Sie trat in den schmalen Korridor und rief: »Hallo? Ist hier jemand? Ich bringe die Fleischlieferung.«

Sie erhielt keine Antwort, die Wirtschaftsräume schienen verwaist zu sein. Da sie noch nie in diesem Teil des Hauses gewesen war, öffnete Mrs Roberts neugierig eine Tür nach der anderen. Eine solche Gelegenheit würde sich ihr nicht mehr so schnell bieten. Sie fand die typischen Räume eines Hotelbetriebes vor: ein Büro, einen Aufenthaltsraum für das Personal, Lagerräume, in denen sich Kisten mit Mehl, Zucker, Reis, Nudeln und alles, was keine Kühlung benötigte, stapelten, daneben das Lager mit antialkoholischen Getränken. Schließlich gelangte sie in die Küche. Sie sah sich in der modernen Arbeitsstätte, ausgestattet mit einer hochwertigen und blitzenden Einrichtung, um: Je zwei Herde, jeweils mit Gas- und Elektroanschluss, bildeten den Mittelpunkt, daneben ein großes Spülbecken, zwei Industriegeschirrspüler; Schränke mit Töpfen und Pfannen säumten die Wände, und Kisten mit Gemüse und Obst standen auf den Ablageflächen.

Erneut rief Mrs Roberts: »Hallo!« Nachdem ihr auch dieses Mal niemand antwortete, seufzte sie. Das Fleisch in ihrem Wagen war zwar gekühlt, doch die Sonne schien warm, daher musste sie die Waren so schnell wie möglich ins Kühlhaus bringen.

»Na prima, dann muss ich alles allein reinschleppen«, murrte Mrs Roberts, denn sie hatte gehofft, die schweren Kisten würden ihr von einem starken Mann abgenommen werden. Sie öffnete eine Tür in der Küche, die aber lediglich in einen zweiten ungekühlten Lagerraum führte, erst bei der nächsten Tür wurde sie fündig. Unwillkürlich erschauerte sie in ihrer kurzärmligen Bluse. Auf hohen, langen Regalen aus Aluminium standen und lagen Milchprodukte und die Sorten von Obst und Gemüse, die gekühlt gelagert werden mussten. Am anderen Ende des Raums befand sich eine weitere Tür. Mrs Roberts erkannte an deren Aussehen und Verriegelung, dass sie endlich ihr Ziel erreicht hatte. Der Kühlraum in ihrer Metzgerei verfügte über eine ähnliche Tür aus Edelstahl.

Sie kehrte durch den Wirrwarr der Räume und Gänge nach draußen zu ihrem Wagen zurück und hob die erste Kiste heraus. Leider war auch hier niemand zu sehen, den sie um Hilfe hätte bitten können. Keuchend schleppte sie die Kiste zum Kühlraum, öffnete diesen und stand endlich im Fleischlager. Sie steuerte auf die große Gefriertruhe zu, denn nicht alles Fleisch wurde frisch benötigt. Da sie niemanden fragen konnte, war es wohl das Beste, alles einzufrieren, sollte sich der Koch doch darum kümmern und das, was er benötigte, wieder auftauen. Es war schließlich nicht ihre Schuld, dass kein Verantwortlicher zu finden war.

Der Deckel der Truhe klemmte, Mrs Roberts musste mit

beiden Händen kräftig am Griff ziehen, bis der Deckel nach oben schwang. Sie schaute in die Truhe – und direkt in die weit aufgerissenen Augen eines ihr unbekannten Mannes. Sein Gesicht war von rostbraunen Eiskristallen überzogen. Mrs Roberts hatte Harris Garvey gefunden.

Eine Stunde später wimmelte es auf dem Gelände von Einsatzfahrzeugen und Polizisten. Die Angestellten hielten sich in der Lounge auf, zwei uniformierte Beamte waren in unmittelbarer Nähe, und Sandra wurde das Gefühl nicht los, von diesen bewacht zu werden. Niemand sprach ein Wort, bei allen saß der Schock tief. Sandra fiel es schwer, ihre Gedanken zu ordnen. Im Moment überragte die Gewissheit, dass in *ihrem* Hotel eine Leiche in der Tiefkühltruhe lag, alle anderen Überlegungen. Dass es sich dabei um Harris Garvey handelte, verdrängte sie, so surreal erschien ihr die ganze Situation.

Die Spurensicherung hatte den Küchenbereich weiträumig abgesperrt, der forensische Pathologe war noch vor Ort, und es gab keinerlei Informationen. Die Aufbauarbeiten für die morgige Feier waren unterbrochen und allen war untersagt worden, das Gelände zu verlassen, bevor sie vernommen worden waren. Also blieb ihnen nichts anderes übrig, als abzuwarten. Im Moment unterhielt sich ein Beamter im Büro mit Mrs Roberts und ließ sich von der Metzgerin schildern, wie sie die Leiche gefunden hatte.

»Wurde auch das Geld gefunden?«, raunte Eliza Sandra zu.

»Wie bitte?«

Eliza zuckte die Schultern. »Jetzt ist wohl klar, dass Harris nicht mit dem Geld abgehauen ist. Er hat sich bestimmt nicht freiwillig in die Truhe gelegt, daher hat vermutlich derjenige, der ihn umgebracht hat, das Geld mitgenommen.«

»Umgebracht«, murmelte Sandra, und es lief ihr eiskalt über den Rücken.

Sichtlich verstört kam Mrs Roberts aus dem Büro. Immer wieder schüttelte sie den Kopf und murmelte: »Das darf nicht wahr sein! Das gibt's doch gar nicht! Schon wieder ein Toter in diesem Haus, hört das denn nie auf?«

Sandra, die von den früheren Todesfällen auf Higher Barton wusste, suchte nach beruhigenden Worten, da forderte ein Beamter sie jedoch auf: »Ms Flemming, der Chiefinspector möchte mit Ihnen sprechen.«

»Bitte, nehmen Sie Platz, Ms Flemming.«

Sandra stutzte. Zuerst erkannte sie die Stimme, dann sah sie in ein schmales Gesicht, umrahmt von feuerroten Haaren, und in grüne Augen.

»Ach herrje, Sie?«, entfuhr es ihr. »Sie sind bei der Polizei?«

»DCI Bourke vom Revier in Lower Barton, ja«, bestätigte er und lächelte, errötete zu Sandras Erleichterung aber nicht wieder. »Ich hoffe, Sie konnten Ihre Bluse reinigen?«

Verlegen murmelte Sandra: »Es tut mir leid, ich war sehr unfreundlich zu Ihnen, Inspector.«

Er winkte ab, sein Gesichtsausdruck wurde ernst. »Leider ist unser Wiedersehen unerfreulich, Ms Flemming. Sie sind die Direktorin« Sandra nickte, froh über den Themenwechsel, und Christopher Bourke fuhr fort: »Bitte schildern Sie, was heute Vormittag vorgefallen ist.«

»Nun, also, ja …« Sandra holte tief Luft, sie musste sich

erst kurz sammeln, bevor sie berichten konnte: »Gegen zehn Uhr kam ich hierher zurück ...«

»Zurück von wo?«, unterbrach Bourke sie.

»Ich war in Polperro, um mit dem Fischhändler Details zu besprechen. Bevor Sie fragen, Inspector, ich habe keinen Führerschein und bin mit dem Bus gefahren, der an der Straße vorn hält.« Er nickte schweigend. »Ich ging also auf das Haus zu, als Mrs Roberts, das ist die Metzgerin aus dem Ort ...«

»Mrs Roberts ist mir bekannt, Ms Flemming.«

»Ach so, ja, also dann ... Die Frau kam von links hinter dem Haus hervor, rannte, als wäre der Teufel persönlich hinter ihr her, und schrie um Hilfe. Als sie mich sah, klammerte sie sich an meinen Arm und stammelte etwas von einem Mann im Kühlhaus, so richtig habe ich ihre Worte nicht verstanden. Zuerst dachte ich, sie redet Unsinn, dann aber zog Mrs Roberts mich hinter sich her durch die Küche in den Kühlraum. Und dort ...« Sandra schluckte schwer und wischte sich mit dem Handrücken Schweißperlen von der Stirn. »Es war furchtbar, Inspector, einfach schrecklich.«

»Haben Sie etwas angerührt?«

»Natürlich nicht. Auch wenn ich nur wenig Zeit habe, um fernzuschauen, weiß ich doch, dass an einem Tatort nichts angefasst oder gar verändert werden darf.«

»Ob es sich bei dem Fundort der Leiche auch um den Tatort handelt, ist noch nicht geklärt«, warf Bourke ein. »Sie kennen den Toten?«

»Er ist mein Vorgesetzter.« Sandra seufzte und korrigierte: »Er war mein Chef. Sein Name ist ... war Harris Garvey. Vor zwei Wochen kamen wir zusammen aus Schottland nach Cornwall, um das Hotel zu leiten.«

»War Mr Garvey verheiratet?« Sandra schüttelte den Kopf. »Gibt es Angehörige? Eltern, Geschwister?«

Sandra überlegte einen Moment, bevor sie antwortete: »Er erwähnte mal eine Schwester, aber ich glaube, zwischen ihnen gibt es seit Jahren keinen Kontakt.«

»Ist Ihnen deren Name bekannt, vielleicht auch, wo sie zu erreichen ist?«

»Tut mir leid, nein.« Sandra hob bedauernd die Hände. »Harris, ich meine Mr Garvey, und ich sprachen kaum über Privates.« Nicht mehr, dachte Sandra, aber das, was sie und Harris einmal verbunden hatte, würde sie dem rothaarigen Chiefinspector sicher nicht auf die Nase binden.

»Wann haben Sie Mr Garvey das letzte Mal gesehen, Ms Flemming?«

Hörbar stieß Sandra die Luft aus und antwortete: »Na vorhin, in der Kühltruhe ...«

»Ms Flemming, bitte!« Bourke sah sie streng an. »Sie wissen ganz genau, was ich meine.«

Sie lächelte gezwungen. »Das war vor fünf Tagen.«

»Vor fünf Tagen?«

Sandra nickte. »Ja, am Montagabend, hier in diesem Büro. Mr Garvey hat an den Bilanzen gearbeitet.«

Bourke runzelte die Stirn und fragte: »Sie sagen, Sie hätten Ihren Chef tagelang nicht gesehen, obwohl Sie beide in diesem Haus wohnen und unmittelbar vor der Eröffnung sicher jede Menge Arbeit haben?«

Unbehaglich rutschte Sandra auf dem Stuhl herum. Alastair Henderson hatte sie angewiesen, Harris' Verschwinden nicht publik zu machen, jetzt aber war er tot, und alles sprach dafür, dass er das Haus niemals verlassen hatte. Der

Polizei gegenüber durfte sie die Wahrheit daher nicht verschweigen.

»Mr Garvey war seit Dienstagmorgen verschwunden.«

»Was meinen Sie mit ›verschwunden‹?«

»Er war weg, ebenso sein Auto und all seine Sachen«, erklärte Sandra. »Wir dachten, er wäre abgehauen.«

»Wir?« Ungeduldig trommelte Bourke mit den Fingerspitzen auf die Tischplatte. »Lassen Sie sich doch nicht jedes Wort aus der Nase ziehen, Ms Flemming!«

»Entschuldigen Sie, Inspector, aber die ganze Angelegenheit ist ziemlich unangenehm.«

Er lächelte spöttisch und sagte: »Ein Mord ist immer unangenehm, oder kennen Sie das etwa anders?«

»Mit einem Mord bin ich noch nie konfrontiert worden«, erwiderte Sandra empört. »Ich bin auch nicht daran gewöhnt, von der Polizei vernommen zu werden.«

»Das spricht für Sie «, antwortete Bourke mit dem Anflug eines Lächelns. »Außerdem handelt es sich hier lediglich um eine Zeugenbefragung. Schildern Sie jetzt bitte, warum Sie davon ausgegangen sind, das Opfer habe freiwillig das Haus verlassen?«

»Naja, die Sache war so …« Sandra gab sich einen Ruck und berichtete von dem offenen Safe, Garveys Bemerkung, er hätte die Gehälter vom Geschäftskonto in bar abgehoben, was ihr seltsam vorgekommen war, und dass das Geld am anderen Morgen – ebenso wie Garvey – verschwunden war. »Eliza Dexter und ich dachten, er habe sich das Geld unter den Nagel gerissen und sei auf und davon.«

Bourke musterte sie skeptisch und fragte: »So, wie Sie das sagen, klingt es, als hätte Sie ein derartiges Verhalten seitens Garveys nicht überrascht. Wie lange kannten Sie und das Opfer sich?«

»Seit knapp drei Jahren. Ich fing damals im selben Hotel wie Harris Garvey an.«

»Sie mochten ihn nicht sonderlich?«

»Wie kommen Sie auf einen solchen Gedanken?«, brauste Sandra auf, in ihrem Magen drückte es unangenehm. Dieser rothaarige Polizist schien ihr direkt in die Seele zu sehen. Auf den ersten Blick wirkte er etwas unbeholfen, in Wahrheit war Christopher Bourke offenbar ein hochintelligenter Mensch, der auf Zwischentöne achtete und sie richtig zu deuten wusste.

»Mr Garvey hatte eine ... spezielle Art«, fuhr sie ausweichend fort. »Er war sehr materialistisch eingestellt, in erster Linie drehte sich bei ihm alles ums Geld, und er wollte hoch hinaus. Ja, Inspector Bourke, es überraschte mich nicht besonders, dass er mit dem Geld verschwunden war.«

»Nun, ich denke, ich kann mit ziemlicher Gewissheit behaupten, dass das Opfer in dieser Nacht das Haus nicht verlassen hat«, erwiderte Bourke. »Der genaue Todeszeitpunkt steht aber noch nicht fest, diesen zu bestimmen ist schwierig, wenn eine Leiche tiefgefroren wurde.«

Sandra nickte. »Der Täter hat Garveys Wagen und seine Kleidung verschwinden lassen, um vorzutäuschen, dass Garvey abgehauen ist, und er hat auch das Geld mitgenommen. Glauben Sie, Garvey hat einen Einbrecher überrascht und wurde von diesem getötet?«

»Das ist nicht auszuschließen«, murmelte Bourke, dessen Gedanken in die gleiche Richtung gingen. Er stellte Sandra die nächste Frage: »Warum haben Sie keine Anzeige erstattet, wenn Sie davon ausgingen, Ihr Chef habe das Geld unterschlagen?«

»Ich habe unseren Vorgesetzten in Schottland informiert, dieser wollte keine große Sache daraus machen, sondern selbst Erkundigungen einziehen«, erklärte Sandra die Gegebenheiten. »So kurz vor der Eröffnung können wir uns einen solchen Skandal nicht leisten.« Sie seufzte und sah Bourke offen an. »Aber jetzt ist der Wirbel viel größer, und heute Nachmittag treffen die ersten Gäste ein. Was soll ich denn bloß machen?«

Bourke ging auf diese Frage nicht ein. »Wer wusste außer Ihnen und Ms Dexter noch vom Verschwinden des Opfers?«

»Niemand sonst, Sir. Mr Henderson – das ist der Vorstandsvorsitzende der Hotelkette – wies mich an, den anderen zu sagen, Mr Garvey sei kurzfristig an einen anderen Arbeitsplatz berufen worden.«

»Hm …« Bourke runzelte die Stirn, dann stellte er fest: »Daraufhin haben Sie, Ms Flemming, die Leitung des Hotels übernommen, nicht wahr? Folglich profitieren Sie am meisten von Garveys Verschwinden, außerdem waren Sie auch über das Bargeld im Safe informiert.«

Sandra zuckte zusammen, ihre Augen weiteten sich.

»Was wollen Sie andeuten, Inspector?« Fassungslos starrte sie Bourke an. »Ich habe Harris nichts getan, ich kann nicht einmal eine Spinne töten, auch wenn ich diese Biester nun wirklich nicht leiden kann.«

Es war Bourke nicht anzusehen, was er von Sandras Bemerkung hielt, als er sagte: »Das wäre im Moment alles, Ms Flemming. Ich muss Sie aber bitten, die Gegend nicht zu verlassen …«

»Natürlich nicht!«, unterbrach Sandra ihn aufgebracht.

»Morgen ist die Eröffnung, und in der Küche wimmelt es von Polizei! Wann werden Ihre Leute fertig sein, damit der Koch mit den Vorbereitungen beginnen kann?«

»Damit wird es heute nichts werden«, antwortete Bourke. »Es handelt sich um einen Tatort. Bevor nicht alle Spuren gesichert sind, betritt niemand den Küchentrakt.«

»Aber …«

»Bitte, Ms Flemming, es liegt doch auch in Ihrem Interesse, dass dieser Fall so schnell wie möglich aufgeklärt wird, nicht wahr? Daher lassen Sie uns unsere Arbeit tun. Ich bin sicher, dass Sie für Ihre Gäste eine Lösung finden werden.«

Für einen Moment schloss Sandra die Augen und atmete tief durch. Was sollte sie jetzt machen? Die Reservierungen stornieren und die Leute wieder wegschicken? Von der Geschäftsleitung konnte sie keine Hilfe erwarten. Das war ihre Angelegenheit – und die Chance, zu beweisen, dass sie nicht nur gut, sondern hervorragend in ihrem Job war. Eine professionelle Hotelmanagerin musste mit dieser außergewöhnlichen Situation zurechtkommen und dafür sorgen, dass die Gäste ihre Buchungen nicht unverzüglich stornierten und sich trotz des schrecklichen Vorfalls wohlfühlten.

Mit einer Handbewegung gab Bourke Sandra zu verstehen, dass ihr Gespräch beendet war. Er bat sie aber noch: »Schicken Sie bitte Ihre Mitarbeiterin herein, diese Ms Dexter, und Sie halten sich zu meiner Verfügung.«

Sandras Hand lag bereits auf dem Türknauf, als sie sich noch mal umdrehte und sagte: »Vielleicht hat das alles auch mit diesen jungen Leuten zu tun? Die verschwanden in derselben Nacht wie Harris Garvey.«

»Welche jungen Leute?« Überrascht runzelte Bourke die Stirn. »Sie haben sie bisher nicht erwähnt, Ms Flemming.«

In knappen Sätzen berichtete Sandra dem Inspector von dem Paar, das sie unterwegs aufgelesen und dem sie großzügigerweise ein Zimmer zur Verfügung gestellt hatten.

»Und Sie wissen nicht mehr als deren Vornamen?«, fragte Bourke verblüfft, und Sandra musste diese Frage mit einem zähneknirschenden »Ja« bestätigen.

»Ich werde veranlassen, dass ein Phantombild erstellt wird. Sie und Ms Dexter können die beiden sicher beschreiben, nicht wahr? Wir müssen sie unbedingt finden, denn es könnte sich um wichtige Zeugen handeln.«

Dann war Sandra entlassen, und der Inspector bat Eliza Dexter in das Büro. Beim Vorbeigehen raunte Sandra ihr zu: »Ich musste ihm alles über Harris' Verschwinden sagen, ebenfalls über die Studenten.«

Eliza sah sie nur an, die Lippen zusammengepresst, dann schloss sich die Tür hinter ihr.

ACHT

»Das ist alles, was ich bisher über das Opfer in Erfahrung bringen konnte, Sir.«

»Danke, Constable.« DCI Christopher Bourke nahm von seiner Kollegin eine schmale Mappe entgegen. »Ich sehe mir die Unterlagen heute Abend noch an, aber bevor wir nicht erste Ergebnisse aus der Gerichtsmedizin vorliegen haben, kommen wir nicht weiter. Von der Spurensicherung gibt es wohl noch keinen Bericht?«

»Nein, Sir, aber die Rechtsmedizin meint, das Opfer wäre mit einem welligen, metallenen Gegenstand niedergeschlagen worden.«

»Machen Sie Feierabend, Constable«, sagte DCI Bourke mit einem angedeuteten Lächeln. »Heute können wir ohnehin nichts mehr ausrichten.«

»Danke, Sir. Ihnen noch einen schönen Abend.«

Bourke sah ihr nach, als sie das Büro verließ. Vor drei Monaten war Constable May Finchmere aus Dorset nach Lower Barton versetzt worden, um ihm helfend zur Seite zu stehen. Christopher Bourke war froh, eine weitere Mitarbeiterin erhalten zu haben. Seit dem letzten Jahr wurden immer mehr Polizeiposten im Land aufgelöst und deren Arbeit von zentralen Stellen übernommen. Das bedeutete aber auch, dass die Leute manchmal eine Stunde oder länger warten mussten, bis ein Beamter vor Ort sein konnte. Lower Barton war ein kleiner Ort, in dem eigentlich nie etwas geschah – so die Ansicht der Verwaltung in Exeter. Ha! Bourke lachte laut auf. Seit er vor acht Jahren als Detective Sergeant hier seine Stelle angetreten hatte, hatten er und der damalige DCI etliche Mordfälle und auch andere Verbrechen aufklären müssen. Dann war sein Vorgesetzer nach Exeter versetzt und er zum DCI befördert worden. Ein DS als Mitarbeiter wurde Bourke jedoch nicht bewilligt, es mussten Kosten eingespart werden. Erst als das Revier in Looe ebenfalls aufgelöst wurde – in Polperro gab es schon seit Jahren keine eigene Polizeidienststelle mehr –, war Bourkes Antrag auf einen Constable stattgegeben worden, ein zusätzlicher Sergeant wurde nach wie vor abgelehnt. Seit seiner Beförderung war die Leiche im Hotel das erste Tötungsdelikt, für deren Aufklärung er allein verantwortlich war, und er wollte den Täter so schnell wie möglich ausfindig machen.

May Finchmere war Mitte zwanzig und hatte in ihrer Heimatstadt Dorchester in der Grafschaft Dorset erste Erfahrungen gesammelt. Sie war kompetent, fleißig und ehrgeizig, aber auch absolut humorlos. Bisher hatte Bourke sie noch nie richtig lachen sehen, im Gegenteil. Ihre Mundwinkel waren meistens nach unten gezogen, und Bourke hatte es aufgegeben, zu versuchen, sie zum Lachen zu bringen.

In den letzten Monaten hatten sie nicht viel zu tun gehabt: ein paar kleinere Verkehrsunfälle, zwei Einbrüche in Häuser, Ladendiebstähle und eine Massenschlägerei während der Übertragung eines Fußballspiels im *Sailor's Rest*, dem einzigen Pub des Ortes. Nun jedoch lag ein sehr ernster Fall vor. Am Auffindungsort der Leiche hatte der Rechtsmediziner zwar nur eine vage Aussage gemacht und sich noch nicht auf einen Mord festlegen wollen, der Tote hatte sich aber wohl kaum selbst den Schädel eingeschlagen und sich dann in die Kühltruhe gelegt.

Bourke klappte die Akte auf und las die Informationen, die May Finchmere über das Opfer zusammengestellt hatte:

Harris Garvey, vor zwei Monaten fünfzig Jahre alt geworden, geboren und aufgewachsen in Newtonmore am Rand der schottischen Highlands, Ausbildung zum Hotelfachmann, diverse Arbeitsstellen in Großbritannien und im europäischen Ausland und seit drei Jahren bei der Hotelkette *Sleep and Stay Gorgeous* angestellt. Garvey war ledig, kinderlos und hatte außer einer Schwester keine weiteren Angehörigen. Leider waren von der Schwester keine Kontaktdaten vermerkt. Polizeilich war Garvey nicht in Erscheinung getreten.

Nicht viel, dachte Christopher Bourke. Auf den ersten Blick ein unbescholtener Bürger. Er tendierte immer mehr zu der Annahme, dass der Manager das Opfer eines Einbrechers geworden war. Wahrscheinlich hatte Garvey diesen überrascht. Der offen stehende Safe und das fehlende Geld sprachen für diese These. Auch das junge Pärchen durfte er nicht außer Acht lassen. Bourke schien es ein seltsamer Zufall zu sein, dass die beiden in einem Hotel, das offiziell noch nicht eröffnet war, Unterschlupf gesucht und ausgerechnet in der Nacht, in der Garvey wahrscheinlich getötet worden war, sang- und klanglos verschwunden waren. Morgen würde er mit Sandra Flemming und Eliza Dexter nach Truro fahren, um nach deren Angaben ein Phantombild anfertigen zu lassen. Sein Revier war zu klein, um über die dafür erforderliche

Software zu verfügen. Selbst wenn die Studenten mit dem Mord nichts zu tun hatten, konnten sie wichtige Zeugen sein, die vielleicht etwas beobachtet hatten. Oder sie waren selbst zu Opfern geworden.

Christopher Bourke wischte sich mit dem Handrücken über die Augen. Bloß nicht noch weitere Opfer, dachte er und hoffte, die jungen Leute bald ausfindig zu machen – lebend und unversehrt. Er las die Vernehmungen der anderen Angestellten, die May Finchmere durchgeführt hatte: Der Koch Peintré hatte ausgesagt, er sei in seinem Zimmer unter dem Dach gewesen, um ein Rezeptbuch zu holen, als Mrs Roberts eintraf. Das konnte zwar von niemandem bestätigt werden, ein Alibi für den heutigen Nachmittag war aber ohnehin nicht notwendig. Die Küchenhilfe hatte zusammen mit den Kellnern die Sektbar aufgebaut, und die Zimmermädchen hatten die Gästezimmer ein letztes Mal kontrolliert. Constable Finchmere hatte alle auch danach gefragt, wo sie sich in der Nacht, in der Garvey aller Wahrscheinlichkeit nach getötet worden war, aufgehalten hatten. Hier gab es eine übereinstimmende Aussage von denjenigen, die ihre Zimmer im Hotel hatten: Sie hatten alle geschlafen und weder etwas gesehen noch gehört, und die Kellner und Zimmermädchen hatten nicht im Hotel übernachtet. Die Zugangskarten ermöglichten allerdings allen, das Hotel ungehindert zu betreten und auch wieder zu verlassen. Somit konnte also niemand, der mit dem Hotel zu tun hatte, aus dem Kreis der Verdächtigen ausgeschlossen werden.

Bourke seufzte und legte die Unterlagen zur Seite. Er musste abwarten, was die Spurensicherung herausfinden würde. Laut Sandra Flemming war das Haus nachts abgeschlossen und konnte nur mit der entsprechenden Zimmerkarte, die zugleich die Haustür öffnete, betreten werden. Allerdings gab es keine Alarmanlage. Wenn es sich um einen Einbruch handelte, dann mussten Spuren an den Türen oder Fenstern zu finden sein. Die Kollegen und Kolleginnen von der Zentrale in Truro würden wohl noch die halbe Nacht in Higher Barton beschäftigt sein.

Es war bereits dunkel, als der Chiefinspector das Revier verließ und sich auf den Heimweg machte. Er wohnte in einem kleinen Haus am südlichen Ortsrand und ging zu Fuß. Sein Job erforderte es, täglich viele Stunden am Schreibtisch zuzubringen, aus diesem Grund benutzte Bourke nur dann seinen Wagen, wenn er Lower Barton verlassen musste. Sein Weg führte ihn durch die Ortsmitte, vorbei an dem Pub. In dem länglichen, gedrungenen Haus aus weiß getünchten, dicken Mauern und kleinen Sprossenfenstern befand sich bereits seit dem 17. Jahrhundert ein Wirtshaus. Früher hatte es auch einen Pferdestall, einen Kutschenunterstand und Gästezimmer für die Reisenden gegeben. Noch vor nicht ganz hundert Jahren hatte Lower Barton an der direkten Route zwischen Saltash im Osten und Bodmin im Westen gelegen. Dann war weiter nördlich die Hauptstraße A 38 gebaut worden, und es waren weniger Gäste nach Lower Barton gekommen. Die Touristen zog es in die verwinkelten Fischerdörfer an der Südküste, die Wanderer, die Cornwall auf dem South West Coast Path umrundeten, machten sich selten die Mühe, sechs Meilen ins Landesinnere zu gehen, um den verschlafenen, kleinen Ort aufzusuchen. Trotzdem war Christopher Bourke nicht überrascht gewesen, als er im letzten Sommer erfahren hatte, dass das einstige Herrenhaus Higher Barton zu einem Hotel umgebaut werden würde, denn viele Menschen suchten bewusst abseits des Trubels Ruhe und Erholung.

Aus der geöffneten Tür des Pubs drangen laute Stimmen. Spontan entschloss Christopher Bourke, sich ein Pint zu genehmigen. Er hatte Dienstschluss, und zu Hause wartete niemand auf ihn.

Die Tür war so niedrig, dass er den Kopf einziehen musste, obwohl er mit einem Meter achtzig nicht außergewöhnlich groß war. Im Innenraum des Pubs war der Charme aus längst vergangenen Zeiten erhalten geblieben: Der Gastraum erstreckte sich über vier verwinkelte, kleine Räume, die mit offenen Stützbalken voneinander abgetrennt waren, die Wände waren weiß getüncht und mit gerahmten Fotografien aus der Zeit vor dem Ersten Weltkrieg geschmückt; die niedrige Decke war rußgeschwärzt, denn auf der linken Seite befand sich ein offener Kamin, in dem an kalten Tagen ein heimeliges Feuer brannte.

Alle Plätze waren besetzt, einige Männer standen an der Bar. Bourke bestellte sich ein Pint Tribute, ein lokales kornisches Bier, das in St. Austell gebraut wurde und das frisch gezapft am besten schmeckte. Der Wirt nickte ihm freundlich zu, auch drei weitere Männer grüßten ihn.

Christopher Bourke trank durstig von seinem Bier, da hörte er von der anderen Seite der Bar, verborgen hinter einem Stützbalken, eine Frauenstimme.

»Ich kann euch sagen, es war ein schrecklicher Anblick!« Bourke horchte auf, denn die Stimme kannte er. »Das viele Blut in seinem Gesicht war gefroren, und seine toten Augen starrten mich an, als flehten sie um Hilfe. Nie zuvor habe ich etwas derart Furchtbares erleben müssen, und ich werde wohl noch jahrelang unter Albträumen leiden.«

Es handelte sich um Mrs Roberts, die diese theatralische Rede hielt, und etwa ein Dutzend Männer und Frauen verfolgten gebannt den Bericht der Metzgerin.

»Ich wusste von Anfang an, dass mit dem Hotel etwas nicht stimmt«, rief eine ältere Frau, die Bourke als Inhaberin des Tabakwarenladens in der High Street identifizierte. »Fremde Leute in Higher Barton, zudem noch Ausländer! Da musste früher oder später etwas geschehen!«

»Der Tote soll aber aus Schottland stammen«, warf Mrs Roberts ein.

»Sag ich doch: Ausländer!«, sagte die Ladenbesitzerin grimmig. »Und diese andere, die jetzt wohl das Sagen haben wird, ist auch aus dem Norden, und dann haben sie noch einen Koch aus Übersee.«

»Genau! Als ob wir hier in Cornwall nicht genügend Leute für solche Arbeiten hätten!« Diese Bemerkung kam von einem noch recht jungen Mann.

»Ich bin ganz Ihrer Meinung«, mischte sich nun der Wirt ein. »Immer mehr junge Leute wandern aus Cornwall ab, weil sie hier keine Jobs bekommen, und dann holen sie Fremde ins Land.«

»Fehlt nur noch, dass sich künftig auch Polenpack ansiedelt, so wie in fast ganz England, und uns die Arbeit wegnimmt«, sagte der junge Mann und unterstrich seine Worte mit einem kräftigen Faustschlag auf den Tresen.

Hatte Christopher Bourke sich bisher zurückgehalten, war es nun an der Zeit einzuschreiten. Entschlossen trat er zu der Gruppe und sagte: »Ich muss Sie bitten, solch menschenverachtende Reden zu unterlassen.«

Der junge Mann erwiderte kühl: »Man wird ja wohl noch die Wahrheit sagen dürfen, Inspector. Zum Glück hat die Abstimmung gezeigt, dass wir Engländer die Ausländer nicht länger dulden wollen, und wenn wir endlich aus diesem lächerlichen Verein, der sich EU nennt, raus sind, wird es wieder Jobs für alle geben.«

»Genau!«, bekräftigte ein anderer nuschelnd, der dem Bier schon reichlich zugesprochen hatte.

»Seien Sie vorsichtig mit ihren rechtsradikalen Äußerungen«, wiederholte Christopher Bourke.

Die Männer grinsten aber nur respektlos.

»Noch leben wir in einem freien Land, in dem jeder sagen kann, was er will.«

Bourke schüttelte den Kopf, Mrs Roberts ersparte ihm jedoch eine Antwort. Sie sah sich nicht mehr im Mittelpunkt der Aufmerksamkeit und rief laut: »Mit Eliza gibt es noch eine Einheimische in dem Haus. Sie ist ebenso entsetzt wie ich, schließlich findet man nicht jeden Tag eine Leiche, noch dazu derart brutal ermordet.«

»Mrs Roberts, auf ein Wort unter vier Augen bitte«, forderte Bourke die Frau auf.

»Warum? Ich habe doch gar nichts gesagt …«

»Gehen wir einen Moment nach draußen«, beharrte Bourke, und der Metzgerin blieb nichts anderes übrig, als dem Chiefinspector zu folgen.

Vor der Tür sagte sie: »Also, ich habe nichts gegen die Polen oder so etwas gesagt, Inspector, und die Bemerkung, die Schotten wären Ausländer, war doch nur Spaß. In Schottland werden wir Engländer ja auch gern als Fremde bezeichnet, daher …«

»Sie erwähnten, Eliza wäre eine Einheimische«, unterbrach Bourke sie. »Meinen Sie Ms Eliza Dexter, die Rezeptionistin?« Mrs Roberts nickte erleichtert. »Nun ja, ich wollte damit nur sagen, dass Eliza, die immerhin aus Cornwall stammt und die Menschen hier kennt, die Chefin hätte werden sollen, anstatt zwei Fremde, die mit den Gegebenheiten nicht vertraut sind.«

»Sie und Ms Dexter kennen sich näher?«

»Ach, wie man sich eben so kennt«, erwiderte Mrs Roberts ausweichend. »Vor ein paar Wochen ist sie hierhergekommen, um das Personelle auf Higher Barton zu regeln, da war sie immer wieder mal in meinem Laden, und wir kamen ins Plaudern.«

»Sie erwähnten, Ms Dexter machte sich Hoffnungen auf die Leitung von Higher Barton?«, fragte Bourke weiter. Mrs Roberts war in einer redseligen Stimmung, zu der sicher auch das eine oder andere Glas Wein beigetragen hatte. »Natürlich, Eliza Dexter hat zuvor in mehreren Hotels in Cornwall gearbeitet und kennt schließlich die hiesigen Verhältnisse. Als sie sich für die Stellung bewarb, dachte sie, sie würde etwas mehr Verantwortung erhalten, als nur hinter der Rezeption zu stehen.«

»Dann war Ms Dexter wenig begeistert, als plötzlich zwei Fremde, wie Sie es nennen, ihr vor die Nase gesetzt wurden?«, hakte Bourke nach.

»Inspector, worauf wollen Sie hinaus?« Mrs Roberts stemmte die Hände in die Hüften und sah Bourke entrüstet an. »Verdächtigen Sie etwa Eliza? Das ist Unsinn, die Frau kann keiner Fliege etwas zuleide tun. Wenn Sie den Mörder unter den Leuten des Hotels suchen, dann nehmen Sie lieber diese Flemming unter die Lupe.« Bedeutungsvoll schwieg sie, und Bourke sprang auch sofort darauf an, indem er fragte, was sie bezüglich Sandra Flemming andeuten wollte. »Erst vor wenigen Tagen erzählte Eliza mir, dass Sandra Flemming und ihr Chef, also der, den ich tot in der Kühltruhe gefunden habe, einen heftigen Streit miteinander gehabt hatten, bei dem es sogar zu Handgreiflichkeiten gekommen sein soll. Dieser Garvey habe ihr gedroht, sie würde ihren Job verlieren, wenn sie nicht täte, was er wollte. Durchaus ein Motiv, jemanden auszuschalten. Meinen Sie nicht auch, Inspector?« Erwartungsvoll sah Mrs Roberts Bourke an. Seine Miene blieb ausdruckslos, als er antwortete: »Sie können jetzt wieder zu Ihren Bekannten zurückkehren, Mrs Roberts, ich wünsche Ihnen eine gute Nacht.«

Er ging und ließ die enttäuschte Metzgerin zurück. Dabei fragte er sich, ob Mrs Roberts Aussage der Wahrheit entsprach oder ob sie sich mal wieder etwas ausgedacht hatte. Das wäre schließlich nicht das erste Mal, denn Eliza Dexter hatte bei ihrer ersten Vernehmung im Hotel den Streit zwischen Sandra Flemming und dem Opfer nicht erwähnt.

Schweigend saßen Sandra Flemming und Eliza Dexter im Fond des Wagens, den Bourke über die A 390 nach Truro lenkte. In Erinnerung an das, was er gestern Abend von Mrs Roberts erfahren hatte, warf er immer wieder einen Blick in den Rückspiegel. Es war offensichtlich, dass die beiden Frauen sich nicht sonderlich mochten, vielleicht standen sie aber auch noch unter Schock. Im Büro des Polizeireviers in der Lemon Street in Truro wurde erst Sandra Flemming, danach Eliza Dexter gebeten, dem zuständigen Beamten eine detaillierte Beschreibung der Personen zu geben, die sich Ben und Tanya nannten. Als sie fertig waren, mussten sie auf dem Korridor warten, und Bourke sah sich die Bilder an. Sie ähnelten sich stark, ein Zeichen, dass sich die Frauen in diesem Punkt einig waren. Bourke bat um elektronische Übermittlung der Bilder und wollte bei seinem Vorgesetzten nachfragen, ob er das Paar zur Fahndung ausschreiben konnte.

»Ich habe noch etwa eine Stunde hier zu tun«, sagte Bourke zu Sandra und Eliza. »Vielleicht möchten Sie in der Zwischenzeit einen Tee trinken, oder Sie sehen sich in der Stadt um.«

»Ich würde mir gern die Kathedrale anschauen«, antwortete Sandra, Eliza erklärte jedoch, sie würde lieber hier warten.

Es war das erste Mal, dass Sandra in Truro war. Mit Ausnahme der alten Coinage Hall aus dem 15. Jahrhundert war die Innenstadt nicht besonders ansprechend, und selbst in diesem Gebäude befanden sich heute ein Schnellrestaurant, ein Tea Room und ein Antiquitätengeschäft, sodass von dem spätmittelalterlichem Charme nur noch die Fassade zeugte. Die mächtige Kathedrale, das Wahrzeichen Truros, deren zwei spitze Kirchtürme weithin sichtbar waren, war erst Ende des 19. Jahrhunderts erbaut worden, vermittelte aber mit ihrem neugotischen Baustil einen viel älteren Eindruck. Obwohl Sandra Kirchen nur dann aufsuchte, wenn sie entweder zu einer Hochzeit, Taufe oder einer Beerdigung eingeladen war, setzte sie sich in eine Bank und dachte an Harris Garvey. In der Kommunikation mit Gott war sie nicht geübt, trotzdem sprach sie ein Gebet für ihn. Gleichzeitig schämte sie sich dafür, dass sie ein gewisses Gefühl der Erleichterung empfand. Noch gestern am Spätnachmittag hatte Sandra Alastair Henderson über die Geschehnisse informiert. Er hatte sich zwar betroffen gezeigt, der Vorstand hatte jedoch keine Zeit verloren, und heute Morgen war Sandra offiziell zur Managerin des Higher Barton

Romantic Hotels ernannt worden. Sie war am Ziel ihrer Wünsche angekommen. Der bittere Beigeschmack, dass sie das nur erreicht hatte, weil Harris umgebracht worden war, blieb.

DCI Bourke fuhr die beiden Frauen nach Higher Barton zurück. Während Sandra sofort ins Haus eilte, um die verlorenen Stunden wieder hereinzuholen, unterhielt sich Eliza Dexter noch mit dem Chiefinspector. Die Spurensicherung hatte ihre Arbeit noch in der Nacht beendet, so konnte Monsieur Peintré über seine Küche wieder frei verfügen, der Kühlraum blieb jedoch vorerst versiegelt, und Peintré musste sich mit dem kleinen Kühlschrank in der Küche begnügen. Sie alle mussten improvisieren. Es war eine außergewöhnliche Situation für Sandra, und sie war fest entschlossen, die Lage zu meistern.

Der Empfang im Hotel am späten Nachmittag war öffentlich, und wesentlich mehr Personen als erwartet drängten sich in dem weitläufigen Garten und in der Hotelhalle. Der Mord hatte sich in der Umgebung wie ein Lauffeuer herumgesprochen, so zog es nicht nur Hotelgäste, sondern auch zahlreiche Schaulustige nach Higher Barton, die einfach mal einen Blick auf einen Tatort werfen wollten. Der eine oder andere fragte Sandra sogar, ob er den Kühlraum sehen dürfte – die Handykamera bereits gezückt.

Morbides Volk, dachte Sandra, behielt aber ihr geschäftsmäßig-freundliches Lächeln bei und erklärte, dass das unmöglich war.

»Abgesehen davon, dass die Polizei diesen Bereich noch nicht freigegeben hat, dürfen allein schon aus hygienischen

Gründen keine Fremden in die Küchenräume. Die diesbezüglichen Gesetze sind sehr streng. Das werden Sie sicher verstehen, nicht wahr?«

»Wie Sie so ruhig bleiben können, ist mir unverständlich«, zischte Eliza Dexter Sandra zu. »Überhaupt scheint der Tod des Chefs Sie nicht besonders traurig zu stimmen.«

»Das Leben geht weiter«, erwiderte Sandra, »und wir haben unseren Job zu machen, Eliza. Ich sehe gerade, dass die Gläser der Herrschaften dort drüben leer sind. Kümmern Sie sich bitte darum, und dann schauen Sie nach dem kalten Büfett.«

Elizas Blick ließ keinen Zweifel daran, dass sie sich ärgerte, von Sandra derart herumkommandiert zu werden, ihr blieb aber nichts anderes übrig, als deren Anweisungen Folge zu leisten.

Um achtzehn Uhr traf der Ortsvorsteher von Lower Barton nebst Gattin ein, begleitet von Mitgliedern des Stadtrates. Edouard Peintré hatte ein reichhaltiges kaltes Büfett zubereitet, die Kellner offerierten Wein, Champagner und Cocktails, und Sandras Herz klopfte schneller, als sie vor die Anwesenden trat und zu ihrer Rede ansetzte.

»Ladies und Gentlemen, liebe Gäste, es ist mir eine große Freude, Sie im Namen von Sleep und Stay Gorgeous in diesem Haus begrüßen zu dürfen.« Sie wartete den verhaltenen Applaus ab und fuhr fort: »Das Higher Barton Romantic Hotel ist das jüngste Kind einer in ganz Großbritannien äußerst erfolgreichen Hotelkette, deren erklärtes Ziel es ist, den Gästen einen angenehmen Aufenthalt in einer exklusiven, gemütlichen Atmosphäre zu bieten. Sie sollen sich hier wie zuhause fühlen, daher sind mein Team und ich bemüht, Ihren Aufenthalt unvergesslich zu machen und Ihre Wünsche zu erfüllen, sofern es in unserer Macht steht.« Sandra machte eine Pause, sah in die Runde, holte tief Luft und fuhr fort: »Leider wird unsere heutige Eröffnungsfeier von unschönen Ereignissen überschattet. Ich ... wir alle sind fassungslos und entsetzt, aber die Polizei unternimmt alles, um dieses abscheuliche Verbrechen so schnell wie möglich aufzuklären. Auch wenn heute ein Tag zum feiern ist - ich bitte um eine Minute des Schweigens in Gedenken an meinen Kollegen Harris Garvey.«

Sandra faltete die Hände und senkte den Kopf, die Anwesenden taten es ihr gleich. Die wenigsten hatten Harris Garvey persönlich gekannt, wenn ein Mensch jedoch auf eine so brutale Art aus dem Leben gerissen wird, gebührte ihm das Mitgefühl aller. Nach etwa einer Minute ergriff Sandra wieder das Mikrofon, lächelte geschäftsmäßig und sagte: »Nun darf ich Ihnen unsere Mitarbeiter vorstellen.«

Einer nach dem anderen trat neben Sandra, Olivia Pool war jedoch nicht unter ihnen.

»Es ist nicht nötig, dass eine Hilfskraft derart in den Mittelpunkt gerückt wird«, hatte Peintré vor der Veranstaltung gesagt. »Außerdem muss jemand ein Auge auf die Küche haben.«

Für Sandra gehörte Olivia Pool zwar auch mit zum Team, in dem jeder seine Aufgabe hatte, heute wollte sie sich aber auf keine weitere Diskussion mit dem Koch einlassen.

Nach der Vorstellung trat der Ortsvorsteher hinter das Mikrofon. In salbungsvollen Worten erklärte er, wie stolz er auf dieses Hotel sei, wie wichtig eine solche Einrichtung in unmittelbarer Nähe von Lower Barton wäre, denn es würden neue Besucher in die Gegend kommen, von denen der Ort ebenfalls profitierte. Sandra hörte nur mit halbem Ohr zu, denn Chiefinspector Bourke hatte das Grundstück betreten. Abwartend blieb er im Hintergrund stehen, seinen Blick auf sie gerichtet. In seiner Begleitung befand sich eine große, etwas korpulente Frau in Uniform.

Nach etwa einer Stunde war der offizielle Teil vorüber, und die Gäste widmeten sich dem Büfett.

Sandra ging zu DCI Bourke und fragte: »Gibt es neue Erkenntnisse? Ich denke nicht, dass Sie gekommen sind, um sich den Bauch vollzuschlagen.« Sandra sah seine Begleiterin an und fragte: »Ich glaube, wir sind uns noch nicht vorgestellt worden, Ms …?«

»Constable Finchmere«, antwortete Christopher Bourke anstelle seiner Mitarbeiterin.

Diese musterte Sandra von oben herab – sie war einen guten Kopf größer –, zog vielsagend eine Augenbraue hoch und meinte: »Ich denke, wir werden in nächster Zukunft vermutlich häufiger miteinander zu tun haben.«

»Wie soll ich das verstehen?«, fragte Sandra, es war aber wieder der Chiefinspector, der antwortete: »Können wir uns irgendwo ungestört unterhalten?«

»Wir gehen am besten in mein Büro«, erwiderte Sandra.

»Finchmere, Sie warten hier«, sagte Bourke zu seiner Kollegin und folgte Sandra durch die Halle in das Büro. Mit Nachdruck schloss er die Tür hinter sich, als wolle er sicherstellen, von niemandem belauscht zu werden, dann räusperte er sich und sah Sandra ernst an.

»Was gibt es, Inspector? Bitte beeilen Sie sich, ich muss mich um die Gäste kümmern.«

»Vorhin habe ich den abschließenden Bericht aus der Rechtsmedizin erhalten«, sagte Bourke ernst. »Harris Garvey wurde mit einem metallenen Gegenstand niedergeschlagen. Allerdings starb das Opfer nicht durch den Schlag auf den Kopf, Ms Flemming.«

»Wie denn sonst?«

»Garvey war noch am Leben, als er in die Kühltruhe gelegt wurde«, erklärte Bourke mit belegter Stimme, »und ist erfroren. Wahrscheinlich erlangte er sogar das Bewusstsein wieder, was seine aufgerissenen Augen erklärt, und es fanden sich Kratzspuren an der Innenseite des Deckels und Hautabschürfungen an Garveys Fingerspitzen. Das lässt darauf schließen, dass er verzweifelt versucht hat, sich aus der Truhe zu befreien.«

»Was für eine schreckliche Vorstellung.« Unwillkürlich fröstelte Sandra.

Bourke nickte zustimmend. »Meine Leute haben es überprüft: Es ist unmöglich, die Truhe von innen zu öffnen.«

»Mein Gott!« Sandra sank auf einen Stuhl und schlang die Arme um ihren Oberkörper.

»Ms Flemming, Sie haben sich selbst für den Posten der Managerin dieses Hotels beworben und waren sehr enttäuscht, als dann Harris Garvey ernannt wurde«, sagte Bourke. »Da er nun tot ist, sind Sie in seine Position aufgerückt. Eine durchaus glückliche Fügung für Sie, nicht wahr?«

Sandra schnappte nach Luft und stieß hervor: »Woher wissen Sie das?«

»Ich hatte ein längeres Gespräch mit Ihrem Vorgesetzten in Edinburgh, einem gewissen Mr Alastair Henderson«, erklärte der DCI.

»Dann sollten Sie auch wissen, dass die Zentrale mir den Managerposten in Aussicht gestellt hat, weil vermutet wurde, dass Harris nicht lange hier in Cornwall bleiben würde«, konterte Sandra. »Aus diesem Grund begleitete ich ihn als Assistentin.«

»Vielleicht wollten Sie nicht so lange warten?« DCI Bourkes bohrender Blick ging Sandra durch und durch. Sachlich fuhr er fort: »Vor allem, da Ihr früherer Liebhaber Sie wie eine x-beliebige Angestellte herumkommandiert hat.«

»Das darf doch alles nicht wahr sein!« Nervös fuhr sich Sandra durch die Haare. »Wenn Sie damit andeuten wollen, dass ich …«

»Den Streit zwischen Ihnen und Garvey haben Sie ebenfalls verschwiegen«, fiel Bourke ihr ins Wort. »Dabei kam es sogar zu Handgreiflichkeiten Ihrerseits.«

»Das war Eliza, die alte Petze!«, zischte Sandra. »Ja, ich gebe zu, die Beherrschung verloren zu haben, deswegen bringe ich aber doch nicht gleich jemanden um!«

Christopher Bourke ging auf Sandras Empörung nicht ein. Ruhig fragte er: »Warum haben Sie das Opfer an dem besagten Abend geohrfeigt?«

»Das ist eine private Angelegenheit.«

»Ms Flemming, bei einer Mordermittlung ist nichts privat. Bitte beantworten Sie meine Frage.«

Am ganzen Körper zitternd, schüttelte Sandra den Kopf. Sie ahnte, in welche Richtung die Fragen des Chiefinspectors zielten, und sie konnte nicht leugnen, dass es besser gewesen wäre, dem DCI von Anfang an die Wahrheit über ihr Verhältnis zu Harris zu sagen. Hatte sie bei ihren ersten Begegnungen Bourke als eher unbeholfen eingeschätzt, so wusste sie nun, dass sie sich geirrt hatte.

»Was führte zu der Ohrfeige?«, wiederholte Bourke ernst.

»Er wollte mich küssen«, murmelte Sandra verlegen.

111

»Wollen Sie damit ausdrücken, Garvey habe versucht, Sie zu belästigen?«

»Ja, genau!« Sandra sprang auf, lief aufgeregt im Zimmer auf und ab und fuhr fort: »Harris und ich … also, wir … ja, wir hatten einmal eine Affäre. Diese war aber längst beendet und für mich erledigt. Harris wollte jedoch an die Vergangenheit anknüpfen und drohte, dass ich meinen Job verlieren könnte, wenn ich ihm nicht« – sie stockte, suchte nach den richtigen Worten – »zu Willen wäre. Da hätten auch Sie die Nerven verloren, Inspector.«

Nachdenklich kaute Bourke auf seiner Unterlippe, aus seiner Mimik war nicht abzulesen, was ihm durch den Kopf ging. Schließlich stellte er fest: »Keine erfreuliche Situation für Sie, nicht wahr?«

»Worauf wollen Sie hinaus?« Sandra musterte Bourke skeptisch. »Ich denke, es war ein Raubmord. Entweder überraschte er einen Einbrecher, oder es waren die Studenten, warum sonst sollten sie bei Nacht und Nebel verschwinden?«

»Bis wir das Paar gefunden und ihre Aussagen gehört und überprüft haben, spricht alles gegen Sie, Ms Flemming. Ich muss Sie bitten, mich aufs Revier zu begleiten, um Ihre erste Aussage zu korrigieren und weitere Fragen zu klären.«

»Bin ich etwa verhaftet?« Sandras Stimme überschlug sich beinahe, als sie rief: »Auch Eliza Dexter hoffte, hier die Chefin oder zumindest die Assistentin zu werden! Wenn Sie mich verdächtigen, dann treffen Ihre Vorwürfe ebenso gut auf Eliza zu.«

»Mir ist nicht bekannt, dass es zwischen Ms Dexter und dem Opfer zu Handgreiflichkeiten gekommen ist«, erwiderte Bourke bestimmt. »Sie, Ms Flemming scheinen jedoch über ein überschäumendes Temperament zu verfügen, das eine solche Tat durchaus begründen kann.«

»Das ist doch alles nicht wahr!« Sandra stöhnte. »Ich habe Harris nichts angetan, das schwöre ich bei allem, was mir heilig ist.«

»Sie werden verstehen, dass ich Grund habe, an Ihren Worten zu zweifeln, Ms Flemming.« DCI Bourke war nun durch und durch Polizeibeamter. Nicht unfreundlich, aber kühl und zurückhaltend. »Wenn Sie nun bitte mitkommen würden? Es liegt sicher in Ihrem Interesse, kein großes Aufheben zu machen.«

Sandra blieb nichts anderes übrig, als dem Chiefinspector zu folgen. In der Halle amüsierten sich die Gäste, aßen und tranken und bemerkten nicht, wie Sandra das Haus verließ. Draußen öffnete Constable Finchmere die hintere Tür des Polizeiwagens. Es hätte nicht viel gefehlt, und sie hätte Sandra wie eine Schwerverbrecherin in den Fond geschoben. Sandra spürte, dass hier etwas völlig aus dem Ruder lief, dem sie nicht Herr werden würde.

NEUN

Der Anwalt Alan Trengove war immer korrekt gekleidet
– ein Anzug mit Weste und Krawatte gehörte zu seinem
Erscheinungsbild ebenso wie das kurze, dunkelblonde, nach
hinten gegelte Haar und die randlose Brille. Auch bei Gericht in seiner dunklen Robe und der gepuderten Perücke
war Alan eine beeindruckende Erscheinung. Sein scharfer
Verstand, seine gute Kombinationsgabe und seine nicht selten spitze Zunge unterstrichen dies noch. Alan Trengove
war Rechtsanwalt, aber nicht irgendein Anwalt, sondern der
beste in Cornwall. Zu seinen Mandanten zählten vermögende
Geschäftsleute, Aristokraten und auch der eine oder andere
Künstler. Sooft es möglich war, spielte er zur Entspannung
Golf und Tennis und ritt auch manchmal aus, wenn er die
Zeit dafür fand. Außerdem hatte er im letzten Herbst geheiratet. Trotz seines Erfolges und des daraus resultierenden
Vermögens, war Alan Trengove weit davon entfernt, überheblich zu sein. Regelmäßig setzte er sich *pro bono* für die
Belange von Menschen ein, die sich eine Vertretung durch
ihn nicht leisten konnten. Für ihn war ausschlaggebend, von
der Unschuld eines Menschen überzeugt zu sein, dann war
das Honorar nebensächlich.

Alan musste den Kopf einziehen, um durch die Tür

in das Cottage zu treten. Emma Penrose, das Telefon am Ohr, gab ihm mit einer Geste zu verstehen, er möge sich setzen.

Er hörte sie sagen: »Ja, ich habe Mr Trengove heute Morgen angerufen, er ist soeben eingetroffen … Ich bin ganz Ihrer Meinung, Miss Mabel, und sicher, Mr Trengove wird sich um den Fall kümmern … Sie haben recht, es ist kaum zu fassen …«

Emma Penrose lauschte, reichte dann den Hörer an Alan weiter. »Sie möchte mit Ihnen sprechen.«

»Guten Tag, Mabel, wie geht es euch?«, fragte Alan. »Trinkt ihr genügend, bei dieser Hitze? Besonders Onkel Victor sollte …«

»Also wirklich, Alan«, unterbrach seine Gesprächspartnerin ihn mit einem hellen Lachen. »Du solltest wissen, dass ich auf Victor aufpasse, und um mich brauchst du dir keine Sorgen zu machen. Wie geht es deiner bezaubernden Frau?«

Alan Trengove erwiderte, er genieße das junge Eheglück, dann fragte er ernst: »Es war deine Idee, Emma möge mich wegen dieses … Vorfalls auf Higher Barton einschalten, nicht wahr? Du kannst es nicht lassen, Mabel.«

»Emma wird dir alles erklären, Alan. Ich muss jetzt zum Ende kommen, Victor wartet bereits beim Abendessen.«

Abendessen? Alan stutzte, denn es war gerade mal früher Nachmittag, dann lachte er jedoch. »Ach ja, die Zeitverschiebung, ich verstehe. Indien ist ja ein paar Stunden vor England. Grüß Onkel Victor bitte herzlich, genießt euren Aufenthalt und mach dir bloß keine Sorgen. Wir haben hier alles im Griff.«

Alan lächelte immer noch, als er Emma das Telefon reichte.

»Sie kann es einfach nicht lassen«, wiederholte er.

Emma nickte entschlossen. »Sie haben es aus der Zeitung erfahren, Miss Mabel hat mich daraufhin angerufen und gebeten, Sie, Mr Trengove, zu informieren. Sie konnte Sie heute Morgen nicht erreichen.«

Alan grinste frech. »Wenn Mabel mich um Hilfe bittet, konnte ich noch nie ablehnen. Von dem Mord habe ich natürlich gehört, weiß aber nicht, was ich ausrichten kann.«

»Während wir den Tee trinken, erzähle ich Ihnen alles. Ich habe Ihnen ein Thunfisch-Gurken-Sandwich mit viel Kresse gemacht, das essen Sie doch so gern, Mr Trengove.«

»Das ist überaus freundlich«, erwiderte Alan, machte es sich gemütlich und streckte seine langen Beine aus.

Aus der Küche holte Emma Penrose das bereits vorbereitete Tablett mit dem Tee und dem Sandwich. Während Alan aß und trank, berichtete sie ihm alles, was sie über den Mord an dem Hotelmanager wusste, und auch, dass Sandra Flemming vor vier Tagen unter dringendem Tatverdacht verhaftet worden war.

»Alan, Sie müssen sich um diesen Fall kümmern!«, schloss Emma eindringlich. »Miss Mabel hat recht: Die Polizei darf doch nicht jemanden so lange festhalten, wenn keine hieb- und stichfesten Beweise vorliegen, nicht wahr?«

Alan nickte zustimmend. »Es ist davon auszugehen, dass diese Sandra ...«

»Flemming«, half Emma ihm auf die Sprünge.

»... also, dass Chiefinspector Bourke, den wir beide nun wirklich gut kennen, berechtigte Gründe hat, Ms Flemming in Untersuchungshaft zu nehmen.«

»Ich glaube, sie ist unschuldig«, sagte Emma nachdenklich.

»Wie kommen Sie zu dieser Überzeugung? Sie sagten, Sie wären Ms Flemming nur ein paarmal begegnet.«

»Ich verlasse mich auf meine Menschenkenntnis«, antwortete Emma Penrose im Brustton der Überzeugung, »und Miss Mabel meint ebenfalls, dass an der Sache etwas nicht stimmen kann: Es wäre zu einfach.«

Lachend schüttelte Alan den Kopf und sagte: »Selbst über Tausende von Meilen hinweg schätzt unsere gute Mabel andere Menschen ein, auch wenn sie ihnen nie begegnet ist.«

»Was die Leute reden, dass Sandra und dieser Garvey Streit miteinander hatten und solches Zeug, interessiert mich nicht«, fuhr Emma entschieden fort. »Der Mann war sehr unfreundlich, er wollte uns aus unserem Haus vertreiben, obwohl Miss Mabel uns zugesichert hat, wir können bis ans Ende unserer Tage hier wohnen bleiben. Das war schließlich ein Teil des Kaufvertrages zwischen Miss Mabel und der Hotelkette.«

»Emma, Sie schweifen ab«, warf Alan ein. »Ich habe Sie gefragt, warum Sie von der Unschuld dieser Managerin überzeugt sind.«

»Das spüre ich einfach.« Emmas Augen blitzten. Sie stemmte die Hände auf den Küchentisch und beugte sich zu Alan vor. »Bitte, sehen Sie sich wenigstens die Akten an, Alan! Sandra Flemming kennt hier niemanden, nicht dass sie an einen falschen Verteidiger gerät.«

Alan seufzte, lächelte aber sogleich wieder und trank einen Schluck Tee.

»Ich werde erst mit Inspector Bourke, dann mit Ms Flemming sprechen. Ich gebe zu, der Fall interessiert mich, auch wenn mein Terminkalender randvoll ist.« Alan stand auf und reichte Emma die Hand. »Haben Sie der Polizei erzählt, dass das Opfer bestrebt war, Sie aus Ihrem Haus zu drängen?«

»Nein, warum hätten wir das tun sollen?«

»Weil dies ebenso ein Motiv sein könnte«, erwiderte Alan und lenkte sofort ein, als er Emmas Erschrecken bemerkte: »Nicht, dass ich nur einen Moment so etwas glauben könnte, aber mir scheint, es gibt mehrere Personen, denen das Opfer auf die Füße getreten ist. Aber wie gesagt, zuerst muss ich mit Sandra Flemming sprechen, vielleicht möchte sie gar nicht von mir vertreten werden.«

»Das kann ich mir nicht vorstellen, Alan«, erwiderte Emma und drückte fest seine Hand. »Ich danke Ihnen. Ich wusste, dass dieser Fall von Interesse für Sie sein wird.«

»Mr Trengove, ich hätte ahnen sollen, dass ein Verbrechen auf Higher Barton Sie unverzüglich auf den Plan ruft«, sagte DCI Bourke, als Constable Finchmere den Anwalt in sein Büro führte. »Selbst wenn Miss Mabel nicht mehr die Fäden zieht«, fügte er grinsend hinzu.

Alan lächelte und antwortete: »Na ja, ein wenig hat es tatsächlich mit Mabel zu tun. Sogar Tausende von Meilen entfernt kann sie es nicht lassen …« Er winkte ab und fuhr ernst fort: »Eine unschöne Sache, auch wenn mir bisher nur wenige Fakten bekannt sind.«

»Bitte, nehmen Sie Platz.« Bourke wies auf einen Stuhl und setzte sich wieder hinter seinen Schreibtisch.

Alan fragte: »Ich nehme nicht an, dass Sie mir mitteilen werden, welche Beweise zu der Verhaftung von Sandra Flemming geführt haben.«

Bedauernd hob Bourke die Hände und erwiderte: »Bei

allem Respekt, Mr Trengove, und trotz unserer langjährigen Bekanntschaft, aber ich darf Ihnen keine Interna mitteilen. Es sei denn, Ms Flemming erteilt Ihnen das Mandat.«

Alan nickte. Genau das hatte er vermutet, trotzdem fragte er weiter: »Soviel mir bekannt ist, gibt es weitere Tatverdächtige. Ein junges Paar, das auf der Durchreise Station im Hotel gemacht hat und exakt in der Nacht, in der der Mord geschah, spurlos verschwunden ist, ebenso wie ein nicht unerheblicher Geldbetrag.«

Bourke schüttelte den Kopf und grinste. »Nein, ich frage nicht, woher Sie diese Informationen haben, die ich aber weder bestätigen noch dementieren werde. Nur eines, Mr Trengove: Derzeit sprechen die Indizien gegen Sandra Flemming, und die Untersuchungshaft wurde von oben veranlasst.«

Alan seufzte, stand auf und sagte: »Ich werde mir erlauben, mit Ms Flemming zu sprechen und eventuell ihre Verteidigung zu übernehmen, sollte es zu einer Anklage kommen.«

»Das steht Ihnen frei, Mr Trengove.« Bourke begleitete den Anwalt zur Tür; bevor Alan das Büro verließ, sagte der DCI aber noch: »Sie können mir glauben, dass alle Fakten genau geprüft worden sind. Ich versuche, die Fehler meines früheren Vorgesetzten nicht zu wiederholen. Die Fahndung nach den Studenten läuft jedoch weiter, bisher gibt es aber keine Spur von ihnen.«

»Ich verstehe.« Alan nickte nachdenklich und fügte hinzu: »Außerdem müssen Sie der Öffentlichkeit einen Täter präsentieren, da passt Ms Flemming im Moment gut ins Konzept. Ich wünsche Ihnen noch einen schönen Tag, Inspector.«

Durch das Fenster sah Christopher Bourke dem Anwalt nach, als dieser in seinen Wagen stieg und davonfuhr. Vielleicht war die Verhaftung tatsächlich übereilt gewesen, die Staatsanwaltschaft hatte den Haftbeschluss jedoch mit der Begründung ausgestellt, es bestünde bei Sandra Flemming Fluchtgefahr. Alan Trengove hatte aber den Nagel auf den Kopf getroffen: Seine Vorgesetzten wollten unter allen Umständen einen Tatverdächtigen präsentieren. Ein Mord im beschaulichen Cornwall, dazu noch in einem Hotel und so kurz vor der Hauptreisezeit ... Die Presse saß ihnen im Nacken. Bourkes Anmerkung, er zöge die jungen Studenten durchaus ebenfalls in Betracht, waren keine leeren Worte gewesen. Wenn diese doch nur aufzufinden wären!

In diesem Moment war Christopher Bourke dankbar, dass Alan Trengove sich der Sache annehmen würde. Wenn es jemanden gelänge, Sandras Schuld oder Unschuld zu beweisen, dann diesem hervorragenden Anwalt.

Sandra staunte nicht schlecht, als ein ihr unbekannter Mann sie im Untersuchungsgefängnis aufsuchte, sich als Anwalt vorstellte und sich anbot, ihre Verteidigung zu übernehmen.

»Eine Verteidigung ist nicht nötig, denn ich habe nichts getan«, antwortete Sandra, »außerdem wurde mir bereits ein Pflichtverteidiger zur Verfügung gestellt.«

»Wie ist sein Name?«, fragte Alan.

»Ein Mr Swinbourne aus Plymouth.«

Alan nickte. »Ich kenne ihn.« Er ließ sich nicht anmerken, dass er diesen Kollegen für äußerst unfähig hielt, und sagte: »Emma Penrose ist der Ansicht, ich solle mich Ihres Falles annehmen.«

»Mrs Penrose?«, wiederholte Sandra überrascht. »Das ist sehr freundlich von ihr, ich verstehe aber nicht …«

»Die Penroses und ich kennen uns seit Jahren«, warf Alan ein. »Wurde denn schon ein Haftprüfungstermin anberaumt?«

»Ein was?«, fragte Sandra.

»Wurden Sie einem Richter vorgeführt, der eine Untersuchungshaft angeordnet hat?«, erläuterte Alan.

»Ja, ich glaube schon«, antwortete Sandra und nickte. »Vor drei Tagen, aber das ging alles so schnell, dass ich kaum verstanden habe, was es bedeutet.«

Alan schüttelte fassungslos den Kopf und rief verärgert: »Ich dachte mir, dass man Sie nicht ausführlich über Ihre Rechte aufgeklärt hat, Ms Flemming.«

»Der Anwalt sagte, es hätte alles seine Richtigkeit«, murmelte Sandra verwirrt, »und dass ich in Untersuchungshaft bleiben müsse, da ich die Hauptverdächtige bin. In solchen Dingen kenne ich mich nicht aus, Mr Trengove.«

Dieser Swinbourne sollte sich wahrlich besser auskennen, dachte Alan und beschloss, mit dem Kollegen bei Gelegenheit ein paar deutliche Worte zu wechseln. Laut sagte er: »Wenn Sie mir das Mandat erteilen, verspreche ich Ihnen, dass Sie spätestens morgen wieder auf freiem Fuß sein werden, Ms Flemming. Meines Erachtens sind die Indizien viel zu schwach, um Sie in Untersuchungshaft zu behalten, zumal es noch weitere Personen gibt, die in meinen Augen weit mehr verdächtig sind. Ich beantrage noch heute einen erneuten Termin beim Haftrichter.«

»Sie können mich hier wirklich rausholen?« In Sandras Augen trat ein Hoffnungsschimmer. »Ich war noch nie eingesperrt, es ist furchtbar.«

Alan nickte verständnisvoll und forderte Sandra auf: »Erzählen Sie bitte von Anfang an, damit ich einen ersten Eindruck erhalte. Dann entscheiden wir, wie wir vorgehen werden.«

Sandra berichtete alles, was sie wusste. Nach ihrer Verhaftung hatte nicht Chiefinspector Bourke das Verhör durchgeführt, sondern Constable Finchmere, die Sandra mit jedem Wort und jeder Geste vermittelte, dass sie ihr den Stempel »Mörderin« bereits auf die Stirn gedrückt hatte.

Als Sandra auf Ben und Tanya zu sprechen kam, beugte Alan sich interessiert vor und wollte alles ganz genau über die zwei Studenten erfahren.

»Ich könnte versuchen herauszufinden, wer Sie wegen des Streits mit dem Opfer derart belastet hat«, sagte er, als all seine Fragen beantwortet waren.

»Na, wer schon?«, erwiderte Sandra aufgeregt. »Natürlich Eliza Dexter! Vom ersten Tag an war ich ihr ein Dorn im Auge, und sie hat keinen Moment verstreichen lassen, mir zu verstehen zu geben, wie ungeeignet sie mich für diesen Job hält. Dann hat Eliza mitbekommen, dass Harris und ich« – sie zögerte – »na ja, dass wir Meinungsverschiedenheiten hatten, und phantasiert sich jetzt etwas zusammen. Dabei hat Eliza selbst ein Motiv, Harris umzubringen.«

»Das wäre?« Gespannt beugte Alan sich erneut vor.

»Harris hat ihr mehr als ein Mal zu verstehen gegeben, wie wenig attraktiv sie ist.« Sandra lächelte bitter. »Verletzter Stolz kann durchaus zu Kurzschlusshandlungen führen, Mr Trengove.«

»Ich werde mir diese Dame ansehen, das heißt, wenn ich Sie als Ihr Anwalt vertreten darf, Ms Flemming.«

Hilflos hob Sandra die Hände. »Ich fürchte, ich kann mir

Ihre Dienste nicht leisten, zumal ich jetzt wohl meinen Job verlieren werde. Selbst wenn sich meine Unschuld herausstellen sollte, ist es fraglich, ob die Firma mich weiter beschäftigt. Ein Makel bleibt doch immer haften.«

Alan nickte ihr beruhigend zu und erwiderte: »Über das Geld brauchen wir jetzt nicht zu sprechen. Ich habe durch unser Gespräch den Eindruck gewonnen, dass Sie unschuldig sind, und wenn Sie es erlauben, werde ich ein paar Erkundigungen einziehen.«

»Das würden Sie wirklich machen?« Überrascht sah Sandra den Anwalt an. »Sie kennen mich doch gar nicht, warum tun Sie das?«

Mit einem Lachen winkte Alan ab und sagte: »Ach, das hängt auch mit jemandem zusammen, der früher hier lebte und den Emma Penrose und ich sehr gut kennen. Wenn alles vorüber ist, erzähle ich Ihnen vielleicht von ihr, im Moment rate ich Ihnen, sich keine allzu großen Sorgen zu machen. Dieser Ben und seine Freundin haben ein viel stärkeres Motiv als Sie, Ms Flemming. Es wird mir gelingen, den Richter davon zu überzeugen.« Er streckte Sandra die Hand entgegen, und sie schlug ein.

»Ich weiß nicht, wie ich Ihnen danken soll, Mr Trengove«, sagte sie leise.

»Was machen Sie denn hier?«

»Ich wünsche Ihnen ebenfalls einen guten Tag, Eliza«, erwiderte Sandra und lächelte betont freundlich. »Aber keine Angst, ich werde Sie nicht von der Arbeit abhalten. Ich bin nur gekommen, um meine Sachen zu holen.«

Eliza Dexter kam hinter der Rezeption hervor und spähte durch das Fenster. »Wartet denn keine Polizei? Man hat Sie doch wohl nicht ganz allein hierherkommen lassen? Was, wenn Sie zu fliehen versuchen?«

Sandra ballte die Hände zu Fäusten und zählte in Gedanken langsam bis zehn. Diesen Rat hatte ihr ihre Großmutter gegeben. Und in Erinnerung daran gelang es ihr, beherrscht zu antworten: »Der Richter hat die Untersuchungshaft aufgehoben, deshalb konnte ich gehen. Allerdings darf ich die Gegend nicht verlassen, und Mr Henderson hat mir geraten, ein paar Tage Urlaub zu nehmen. Bis der Fall geklärt ist, werde ich nicht länger im Hotel wohnen.«

Sandra entging nicht der zufriedene Gesichtsausdruck von Eliza Dexter, da sie in Higher Barton nun selbstständig schalten und walten konnte. Mr Henderson hatte Sandra am Telefon ebenfalls mitgeteilt, dass die Leitung des Hotels bis auf Weiteres auf Eliza Dexter übertragen wurde.

»Sie müssen diese Entscheidung verstehen, Ms Flemming«, hatte Alastair Henderson zwar mit einem bedauernden Unterton, dennoch entschieden erklärt. »Solange Ihre Unschuld nicht zweifelsfrei erwiesen ist, was erst mit der Verhaftung des wahren Täters der Fall sein wird, ist es für unser Haus besser, wenn Sie sich von Higher Barton fernhalten. Die Sache hat in den britischen Zeitungen Schlagzeilen gemacht, daher müssen wir alles tun, um weiteren Schaden abzuwenden, schließlich haben wir unseren Gästen gegenüber eine Verantwortung.«

Seine Worte klangen logisch, und Sandra brachte für sein Verhalten auch ein gewisses Verständnis auf, trotzdem hatte die Suspendierung – denn nichts anderes waren *ein paar Tage Urlaub* – sie zutiefst verletzt. Eigentlich galt in diesem Land der Grundsatz, ein Mensch ist so lange als unschuldig anzusehen, bis dessen Schuld bewiesen ist, Mr Henderson hatte sein Urteil jedoch bereits gefällt. Wenn der Richter und Chiefinspector Bourke nicht verlangt hätten, dass sie Cornwall nicht verließ, wäre sie noch heute nach Schottland zurückgekehrt, um sich bei ihren Eltern zu vergraben. Andererseits war das aber auch keine Lösung und würde besonders ihre Mutter nur unnötig aufregen. Schlimm genug, dass die Flemmings aus der Zeitung erfahren mussten, dass ihre Tochter unter dringendem Tatverdacht festgenommen worden war. Es hatte Sandra ein über eine Stunde dauerndes Telefonat gekostet, ihre Mutter davon zu überzeugen, dass für sie keine Notwendigkeit bestand, nach Cornwall zu kommen.

»Sie können sich freuen«, sagte Sandra zu Eliza Dexter, »ab sofort sind Sie für alles verantwortlich, so lange, bis der Vorstand entschieden hat, wie es weitergehen wird.«

»Mr Henderson hat mich vorhin darüber informiert«, erwiderte Eliza kühl.

»Ich weiß genau, dass Sie der Polizei von dem Streit zwischen Harris und mir erzählt haben, aus dem der Chiefinspector nun ein Motiv konstruiert«, brach es aus Sandra nun doch heraus. »Die Wahrheit wird schlussendlich ans Licht kommen, und ich hoffe, dass Sie noch in den Spiegel sehen können, ohne dass Ihnen übel wird.«

»Ich habe nichts weiter als die Wahrheit gesagt«, entgegnete Eliza empört. »Der Polizei gegenüber darf man schließlich nichts verschweigen.«

»Vielleicht sollte ich dann der Polizei von dem Mann erzählen, mit dem Sie gestritten haben?«

Perplex sah Eliza sie an und stotterte: »Ich … keine Ahnung … ich weiß nicht, was Sie meinen.«

»Ich glaube, das wissen Sie sehr gut, Eliza. Ich habe Sie

und diesen Mann in Polperro gesehen, an dem Tag, an dem Garveys Leiche gefunden wurde.«

»Das hat mit dem Mord nichts zu tun«, sagte Eliza, wirkte aber ziemlich verunsichert.

»Tja, ebenso wenig wie die Auseinandersetzung zwischen Garvey und mir«, erwiderte Sandra. »Im Gegensatz zu Ihnen versuche ich jedoch nicht, Ihnen daraus einen Strick zu drehen. Warum lehnen Sie mich ab, Eliza?«

Eliza machte keinen Versuch, Sandras Worte zu entkräften, sie hob nur vielsagend eine Augenbraue.

Sandra seufzte und fragte: »Vielleicht möchten Sie mich in mein Zimmer begleiten und überwachen, dass ich nichts einpacke, das mir nicht gehört?«

»Ach, machen Sie doch, was Sie wollen.« Entschlossen drehte Eliza sich um und ließ Sandra stehen. Diese ging verärgert in ihr Zimmer hinauf und packte ihre Sachen. An der Tür sah sie sich noch einmal in dem Raum um. Sie war nach Cornwall gekommen, in der Hoffnung, hier heimisch zu werden, und hatte ihre Aufgaben voller Elan und Freude erledigt. Wahrscheinlich würde sie nicht mehr in das Hotel zurückkehren. Am besten war es, sofort mit dem Schreiben von Bewerbungen zu beginnen. Solange der Mörder von Harris aber nicht gefunden war, würde ihr ohnehin niemand eine neue Chance geben.

Das zweistöckige Cottage aus dem 18. Jahrhundert lag in der Talland Street, einer ruhigen Seitenstraße am nördlichen Rand von Lower Barton. Mit seinen zitronengelben Fensterläden und den bunten Vorhängen machte es einen gemütlichen Eindruck. Vor dem Haus blühten Rosenbüsche und lilafarbener Rhododendron, ein säuberlich geharkter Kiesweg führte zu der ebenfalls gelb gestrichenen Tür. Alan Trengove hatte Sandra dieses Bed & Breakfast empfohlen.

»Mrs Bowder ist Witwe und eine reizende, ältere Dame«, hatte Alan gesagt. »Die Zimmer haben einen angemessenen Preis, und das Frühstück soll hervorragend sein.«

In Ermangelung einer Klingel betätigte Sandra den metallenen Türklopfer in Form eines Delfins. Sie musste nicht lange warten, bis die Tür geöffnet wurde und sie Catherine Bowder gegenüberstand. Die Frau war etwa Mitte sechzig, ein bisschen pummelig, mit einem flotten, hellrot gefärbten Kurzhaarschnitt.

»Sie müssen Ms Flemming sein«, begrüßte sie Sandra freundlich. »Mr Trengove hat Sie mir bereits angekündigt. Bitte, kommen Sie herein, das Zimmer ist für Sie vorbereitet.«

»Dann wissen Sie, warum ich vorerst bei Ihnen wohnen muss?« Sandra hielt nichts davon, um den heißen Brei herumzureden.

Catherine Bowder nickte und musterte Sandra eindringlich.

»Ich vermiete Zimmer, davon lebe ich, seit mein Mann gestorben ist. Solange Sie sich anständig benehmen und Ihre Miete pünktlich bezahlen, ist es mir egal, was über Sie geredet wird, ich halte generell nichts von Gerüchten. Im Augenblick sind Sie mein einziger Gast, Ms Flemming.«

»Ich danke Ihnen.«

Catherine Bowder winkte ab und fuhr fort: »Ich zeige Ihnen Ihr Zimmer, es ist im ersten Stock gleich links. Frühstück gibt es zwischen sieben und zehn Uhr, sonntags erst ab acht. Haben Sie besondere Wünsche für Ihr Frühstück?

Glutenfrei? Oder leiden Sie an einer Lactose-Unverträglich-keit?«

»Äh … nein, nicht, dass ich wüsste«, antwortete Sandra verwirrt. Mrs Bowder lächelte und fragte weiter: »Ernähren Sie sich vegetarisch oder vegan? Heutzutage muss man all diese speziellen Wünsche berücksichtigen, um die Gäste zufriedenzustellen.«

Wem sagen Sie das, dachte Sandra, und sagte laut: »Nichts von alledem, Mrs Bowder. Ich frühstücke morgens ohnehin nicht. Ein starker, schwarzer Kaffee reicht völlig aus.«

Catherines Blick schweifte über Sandras schlanke Figur, und sie meinte mit einem belehrenden Unterton: »Das ist aber sehr ungesund. Für den Stoffwechsel ist das Frühstück die wichtigste Mahlzeit des Tages. Sie sind viel zu dünn. Nun ja, ich werde schon dafür sorgen, dass Sie nicht vom Fleisch fallen.«

Sandra nickte. Im Moment hatte sie wahrlich andere Probleme, als sich über ihre Ernährung Gedanken zu machen. Die Zeit in der kargen Zelle hatte sie mehr mitgenommen, als sie sich anmerken ließ. In dem Wissen, eingeschlossen zu sein, hatte sie beinahe eine Panikattacke bekommen, die Einsamkeit war aber das Schlimmste gewesen. Obwohl sie, seit sie ihr Elternhaus verlassen hatte, immer allein gelebt hatte, wünschte sich Sandra in der Zelle einen anderen Menschen, mit dem sie sprechen konnte. Und wenn es nur über das Wetter gewesen wäre. Auch die erkennungsdienstliche Behandlung hatte sie schockiert: Das Abnehmen der Fingerabdrücke, die entwürdigende Situation des Fotografierens, überhaupt war sie wie eine Schwerverbrecherin behandelt worden. Sie würde Alan Trengove für immer dankbar sein, dass er es fertiggebracht hatte, sie binnen weniger Stunden aus dem Gefängnis zu holen.

Das Zimmer war geräumig, mit glänzenden Stilmöbeln aus Kirschbaumholz gemütlich eingerichtet, und es verfügte über ein eigenes Bad. Sandra sank auf die Bettkante, barg das Gesicht in den Händen und fragte sich, wie ihre Zukunft aussehen würde.

Ohne anzuklopfen, stürmte Constable Finchmere ins Büro und rief: »Der Wagen wurde gefunden, Sir.«

Chiefinspector Bourke sah von einer Akte auf und fragte: »Welcher Wagen, Constable?«

»Der des Toten aus dem Hotel natürlich«, antwortete May Finchmere mit einem überheblichen Blick, »oder suchen wir etwa noch nach einem anderen Auto?«

Verhalten knirschte Bourke mit den Zähnen und antwortete: »Wo ist er? Haben Sie die Spurensicherung verständigt?«

»Natürlich Sir, ich mache diesen Job schon seit ein paar Jahren«, antwortete May Finchmere spitz. »Es wurde versucht, das Auto im Dozmary Pool im Bodmin Moor zu versenken. Spaziergänger sahen im Wasser etwas schimmern und informierten die Kollegen in Bodmin.«

»Na, die Leute dachten hoffentlich nicht, sie hätten Excalibur entdeckt.«

An Mays Gesichtsausdruck erkannte Bourke, dass sie diesen Scherz nicht lustig fand. Vielleicht kannte sie die Legende nicht, die sich um den kleinen See im Moor rankte. Seit Jahrhunderten hielt sich das Gerücht, das magische Schwert von König Artus läge auf dem Grund des Dozmary Pools.

»Im Kofferraum befinden sich diverse Gepäckstücke und eine Aktentasche«, berichtete May Finchmere weiter. »Es ist davon auszugehen, dass es sich um die Sachen des Opfers handelt. Es deutet also alles darauf hin, dass der Täter es so dargestellt hat, als hätte Garvey das Hotel freiwillig verlassen.«

»Gibt es eine Spur von dem Geld?«, fragte Bourke geschäftsmäßig.

Finchmere schüttelte den Kopf. »Das wird auch schwierig sein, Sir, die Scheine waren nicht registriert.«

»Es könnte ja sein, dass jemand plötzlich größere Summen ausgibt«, sinnierte Bourke und wurde von einem bitteren Lachen unterbrochen.

»Diese Flemming wird nicht so dumm sein, das Geld jetzt schon auszugeben«, sagte May Finchmere. »Sie wird es versteckt haben und warten, bis Gras über die Sache gewachsen ist. Sofern wir sie nicht vorher überführen können.«

Bourke sah seine Mitarbeiterin ernst an und fragte: »Sie sind nach wie vor von Ms Flemmings Schuld überzeugt, Constable?«

»Sie ist unser einziger Anhaltspunkt, Sir, und ich verstehe nicht, wie sie wieder hatte entlassen werden können.«

»Sie vergessen die Studenten, Ben und Tanya«, erinnerte Bourke sie. »Meiner Meinung nach haben diese beiden ein viel stärkeres Motiv als Ms Flemming. Sie könnten das Geld gestohlen haben, wurden von Garvey überrascht, woraufhin sie ihn niedergeschlagen und dann versucht haben, die Spuren zu verwischen.«

»Die Fahndung nach dem Paar läuft«, erwiderte May Finchmere. »Wenn es sich wirklich so zugetragen hat, wie Sie vermuten, Sir, sind die beiden längst über alle Berge, vermutlich sogar außer Landes.«

»Und solange das nicht geklärt ist, Constable«, sagte Bourke entschlossen, »ermitteln wir in alle Richtungen und legen uns nicht auf eine Person fest.«

»Selbstverständlich, Sir.« May Finchmeres Stimme klang kalt. »Ich kann verstehen, dass Sie die Flemming nicht als Täterin sehen wollen, sie ist ausgesprochen attraktiv …« Den Rest des Satzes ließ sie unausgesprochen.

Christopher Bourke ärgerte sich darüber, dass ihm erneut die Röte in die Wangen schoss, es gelang ihm aber, ruhig zu sagen: »Ich bitte Sie, sachlich zu bleiben und an Ihre Arbeit zurückzukehren. Ist sonst noch etwas, Constable?«, fügte er kühl hinzu, als May Finchmere keine Anstalten machte, das Büro zu verlassen.

»Äh … nein, Sir.« Es war May Finchmere anzusehen, dass ihr noch etwas auf der Zunge lag. Sie schwieg jedoch und ließ Bourke allein.

Christopher Bourke schloss die Augen, lehnte sich zurück und fragte sich, warum ausgerechnet er mit einer solchen Mitarbeiterin geschlagen war. May Finchmere versuchte immer wieder, ihn wie einen kleinen, dummen Jungen aussehen zu lassen. Es war vielleicht ein Fehler, dass er nicht schon längst mit der Faust auf den Tisch gehauen hatte. Er war schließlich der Chef, und die Finchmere hatte sich seinen Anweisungen zu fügen. Allerdings war er auf ihre Mitarbeit angewiesen, zudem ließ sich ihre Fachkompetenz nicht leugnen.

»Beim nächsten Mal werde ich nicht länger so höflich sein«, murmelte Christopher Bourke, dann lenkte er seine Gedanken wieder auf den Fall. Es war zu befürchten, dass in und an Garveys Wagen keine verwertbaren Spuren gefunden werden würden. Abgesehen davon, dass das Wasser die meisten vernichtet hatte – wer so kaltblütig vorging, das Gepäck und das Auto des Opfers verschwinden zu lassen, hatte ohnehin darauf geachtet, keine Fingerabdrücke oder sonstige Spuren zu hinterlassen. Du musst versuchen, dich in die Lage des Mörders zu versetzen, dachte er, du musst die Tat aus dessen Blickwinkel betrachten und dich nicht nur auf das Augenscheinliche konzentrieren. Die jahrelange Erfahrung, die er in Lower Barton gesammelt hatte, war nicht allein seinem früheren Vorgesetzten, Chiefinspector Warden, zuzuschreiben, sondern auch einer anderen Person, die Cornwall inzwischen verlassen hatte. Diese hatte sich nie auf das Offensichtliche verlassen, sondern um die Ecke gedacht, Vermutungen angestellt, die auf den ersten Blick oft unwahrscheinlich und weit hergeholt schienen, schlussendlich aber zum Erfolg geführt hatten.

May Finchmere hatte nicht unrecht mit ihrer Aussage, dass nach dem Stand der augenblicklichen Ermittlungen Sandra Flemming ein Motiv hatte, Garvey zu töten. Nicht nur aus verletztem Stolz, weil Garvey ihre Beziehung beendet hatte. Als eine so leicht kränkbare Person schätzte Bourke sie nicht ein. Garvey schien sie jedoch unter Druck gesetzt zu haben, hatte ihr gedroht, dass sie ihren Job verlieren könnte, darüber hinaus hatte Sandra gehofft, selbst Managerin zu werden. Dies wäre ihr auch gelungen, wenn er, Bourke, sie nicht hätte verhaften lassen. Traute er dieser zierlichen Frau aber wirklich zu, den größeren und kräftigen Harris Garvey niederzuschlagen, in die Kühltruhe zu legen und dann dessen Gepäck und den Wagen im Moor zu versenken? Wie er Constable Finchmere gesagt hatte, könnte das Motiv des jungen Paares ebenso stark sein wie das von Sandra Flemming. Warum sonst sollten sie verschwunden sein, außerdem brauchten Leute in diesem Alter doch ständig Geld.

Bourke wandte sich wieder seinem Computer zu. Als Nächstes wollte er die Schwester des Opfers ausfindig machen. Er ging davon aus, dass diese über den Tod ihres Bruders noch nicht informiert worden war, und vielleicht konnte sie ihm mehr Informationen über das Opfer geben.

Sandra beschäftigten ähnliche Gedanken. Der Inspector hatte sie zwar nach Verwandten von Harris gefragt, und sie hatte sich erinnert, dass er eine Schwester erwähnt hatte, doch wegen der Ereignisse der letzten Tage war ihr erst jetzt deren Vorname eingefallen: Ivonne.

Im Schneidersitz auf dem Bett sitzend, den Laptop auf den Knien – die Pension verfügte glücklicherweise über WLAN –, tippte Sandra den Namen in eine Suchmaschine. Sie hatte kaum Hoffnung, denn Harris' Schwester könnte auch verheiratet sein und einen anderen Nachnamen tragen. Überrascht sah Sandra jedoch, dass ihre Suche nach Ivonne Garvey tatsächlich zu einem Treffer geführt hatte: Die Inhaberin eines Nagelstudios trug diesen Namen. Allerdings befand sich dies nicht in Großbritannien, sondern in Timaru – einer Stadt an der Ostküste Neuseelands. Sandra klickte sich durch die Seiten, unter *Kontakt* stieß sie auf ein Foto von Ivonne Garvey. Sie atmete schneller, denn die Ähnlichkeit mit Harris war unverkennbar. Die gleichen stahlblauen Augen, eine ähnliche, leicht nach oben gebogene Nase und ein markantes Kinn, das der Frau etwas Maskulines gab.

Während Sandra die auf der Webseite angegebene Telefonnummer in ihr Handy tippte, dachte sie zwar kurz daran, den Chiefinspector zu informieren. Da sie aber den Eindruck hatte, dieser sei von ihrer Schuld überzeugt und warte nur darauf, ihr die Tat zweifelfrei nachweisen zu können, würde er sich wohl kaum um Harris' Schwester kümmern, zumal diese in Neuseeland weit weg vom Schuss war und auf keinen Fall die Täterin sein konnte. Sandra hörte es mehrmals klingeln und wollte gerade wieder auflegen, als endlich abgenommen wurde.

»Ja, was ist denn?«, blaffte eine tiefe, raue Stimme.

Sandra zuckte zusammen, denn diese Stimme war der von Harris so ähnlich, dass sie den Eindruck gewann, er würde aus dem Reich der Toten zu ihr sprechen.

»Ivonne Garvey?«, flüsterte sie, dann lauter: »Spreche ich mit Ms Ivonne Garvey?«

»Wer will das wissen? Ist Ihnen eigentlich klar, wie spät es ist?«

Sandra wollte gerade sagen, dass es früher Nachmittag war, als ihr bewusst wurde, dass sie keinen Gedanken an die Zeitverschiebung verschwendet hatte. Auf Neuseeland musste es mitten in der Nacht sein.

»Entschuldigen Sie bitte die Störung, Ms Garvey«, sagte sie hastig. »Sind Sie die Schwester von Harris Garvey?«

Sandra hörte die Frau schwer atmen, dann wiederholte Ivonne Garvey: »Wer sind Sie? Warum wollen Sie das wissen?«

»Mein Name ist Sandra Flemming, ich rufe aus England an, und Harris war mein Vorgesetzter. Wir waren im selben Hotel beschäftigt.«

»Waren? Was meinen Sie damit?«

»Äh … nun ja, deswegen möchte ich ja mit Ihnen sprechen.« Du meine Güte, wie sagt man jemandem, dass der Bruder ums Leben gekommen ist?, grübelte Sandra und bereute es bereits, Ivonne angerufen zu haben.

»Wenn Sie mir mitteilen wollen, dass mein sauberer Bruder das Zeitliche gesegnet hat, dann hätten Sie mich wirklich nicht mitten in der Nacht aus dem Schlaf reißen müssen«, stieß Ivonne Garvey hervor und bewies damit eine gute Kombinationsgabe. »Das ist mir gleichgültig. Harris und ich haben seit Jahren keinen Kontakt zueinander, und ich weine ihm keine Träne nach.«

»Ja, Ms Garvey, es ist schrecklich, aber Harris ist nicht mehr am Leben«, sagte Sandra, über die heftige Reaktion überrascht. »Ich wollte Sie informieren, bevor die Polizei mit Ihnen sprechen wird.«

»Was hat die Polizei damit zu tun? Hatte er einen Unfall?«

»Er wurde ermordet.«

»Wie bitte?« Sandra hatte den Eindruck, Ivonne Garvey sei nun wirklich wach. »Wann ist das geschehen? Wer war es und warum?«

»Es geschah vor ein paar Tagen, und noch ist der Täter nicht ermittelt worden«, antwortete Sandra. »Ich denke, Sie sollten nach England kommen …«

»Warum sollte ich das tun?«, schnitt Ivonne ihr das Wort ab.

»Jemand muss sich um die Beerdigung und um das alles kümmern, oder existieren noch andere Verwandte in Großbritannien?«

»Nein, Harris und ich sind … waren die Letzten unserer Familie. Wie ich Ihnen aber schon klarzumachen versuchte, sehe ich keine Notwendigkeit, mich darum zu kümmern«, erwiderte Ivonne frostig. »Von mir aus kann Harris irgendwo verscharrt werden, und mit seinen Habseligkeiten können Sie machen, was Sie wollen. Ich will davon nichts haben, außerdem habe ich wirklich keine Zeit, um die ganze Welt zu reisen. Von den finanziellen Mitteln mal ganz abgesehen.«

Obwohl Sandra wusste, dass Harris kein einfacher Mensch gewesen war, schockierte Ivonne Garveys eisige Ablehnung sie.

»Möchten Sie mir sagen, was Sie und Harris derart entzweit hat?«, fragte sie und hörte Ivonne am anderen Ende der Leitung seufzen.

»Warum nicht? Auch wenn ich Sie nicht kenne und nicht weiß, warum Sie das interessiert – ich habe nichts zu verbergen. Wie gut kannten Sie meinen Bruder?«

»Wir waren drei Jahre lang Kollegen«, antwortete Sandra und fragte sich, ob sie Ivonne von ihrer Affäre erzählen sollte. »Manchmal trafen wir uns auch privat«, gab sie schließlich zu und hörte Ivonne zynisch auflachen.

»Na, dann sollten Sie wissen, was für ein Mensch Harris war. Egoistisch, von sich selbst eingenommen und überzeugt, niemals einen Fehler zu machen. Die Welt hatte sich ausschließlich um ihn zu drehen. Wenn es möglich gewesen wäre, hätte sich sogar das Wetter nach seinen Wünschen richten müssen.« Treffender hätte Ivonne ihren Bruder nicht beschreiben können. »Hat er Ihnen je erzählt, dass er unsere Eltern in ein Heim abschieben wollte, als beide kurz nacheinander einen Schlaganfall erlitten und auf Pflege angewiesen waren?«

»Das wusste ich nicht.«

»Ich hängte meinen Job an den Nagel, um Tag und Nacht für unsere Eltern da zu sein«, erzählte Ivonne weiter. »Harris jedoch ließ sich nur selten blicken, manchmal mehrere Monate lang nicht, und wenn er irgendwann mal hereinschneite, dann nur für ein oder zwei Stunden. Mit unseren kranken Eltern wollte er nichts zu tun haben. Während ich mich abrackerte und kaum noch aus dem Haus kam, machte er Karriere. Sogar bei den Beerdigungen schaute er nur kurz vorbei und verbarg nicht, wie lästig ihm die ganze Angelegenheit war. Unsere Eltern waren nicht unvermögend gewesen, seinen Anteil des Erbes nahm Harris dann nur zu gern, dabei hätte mir der größere Teil zugestanden. Rechtlich gesehen hatte ich aber keine andere Wahl, als mich mit der Hälfte des Vermögens zufriedenzugeben. Als das Organisatorische geregelt und abgeschlossen war, ging ich nach Neuseeland, um neu anzufangen. Von Harris habe ich nie wieder etwas gehört und auch keinen Wert darauf gelegt.«

»Ich danke Ihnen für Ihre Offenheit, Ms Garvey«, sagte Sandra betroffen, auch wenn sie ein solches Verhalten von Harris nicht überraschte. »Also waren Sie letzte Woche nicht hier in England?«, fragte sie.

»Du meine Güte, natürlich nicht!« Ivonne zögerte, dann fragte sie erstaunt: »Sie sprachen von Mord, wollen aber wohl nicht andeuten, ich könnte etwas damit zu tun haben?«

»Nein, nein«, antwortete Sandra schnell, »wie auch, wenn Sie Neuseeland nicht verlassen haben.«

Erneut ein bitteres Lachen von Ivonne. »Glauben Sie mir, ich würde niemals so weit sinken, Harris etwas anzutun und damit mein Leben, das ich mir mühsam genug aufgebaut habe, zu zerstören.«

»Die Polizei könnte vielleicht anders denken …«

»Und ich denke, wir sollten dieses Gespräch beenden«, schnitt Ivonne Sandra das Wort ab. »Ich danke Ihnen für die

Nachricht, somit bin ich informiert, wenn die Polizei mich kontaktiert. Ich sehe allerdings keinen Grund dafür, denn ich kann zu alledem nichts sagen. Nur so viel: Wer immer Harris umgebracht hat – er hat ein gutes Werk getan!«

ZEHN

Auf einen Wink des älteren Herrn trat Lucas an den Tisch und fragte: »War das Essen recht, Major? Darf ich abräumen?«

Der Herr nickte, faltete die Stoffserviette sorgfältig zusammen und legte sie neben den Teller.

»Das Essen war ausgezeichnet, das Lachstatar sehr zart, und zum letzten Mal habe ich ähnlich gute Muscheln während eines Aufenthaltes auf der Île-de-Ré genossen. Mein Kompliment an den Koch.«

Lucas nickte dankend. »Ich werde es Monsieur Peintré ausrichten. Darf ich Ihnen noch einen Nachtisch bringen oder eine Flasche Wein? Das Syllabub ist ausgezeichnet und mit einem erlesenen französischen Wein zubereitet.«

»Heute nicht, wenn ich nur noch einen Bissen zu mir nehme, fürchte ich zu platzen.« Der grauhaarige Herr lachte, dann schlossen sich plötzlich seine Finger um Lucas' Handgelenk. »Gibt es Neuigkeiten in dieser unangenehmen Angelegenheit?«, raunte er und schaute den Kellner erwartungsvoll an. Lucas brauchte nicht zu fragen, welche Sache der Major meinte, und schüttelte den Kopf. Der Major seufzte enttäuscht. »Dann läuft der Mörder also noch frei herum und könnte jederzeit erneut zuschlagen.«

»Gott behüte!«, rief Lucas erschrocken und so laut, dass sich die anderen Gäste zu ihnen umdrehten. Leiser fuhr er fort: »Wir sind Ihnen dankbar, dass Sie trotzdem in unserem Haus bleiben.«

Der Mann winkte ab und erwiderte: »Ach, Mord und Totschlag gibt es überall. Ich könnte Ihnen Dinge erzählen, von denen Sie sich keine Vorstellungen machen, junger Mann. In den Sechzigerjahren, zum Beispiel …«

»Verzeihen Sie bitte, Sir, aber ich muss wieder an meine Arbeit«, unterbrach Lucas den Major. In den letzten Tagen hatte er festgestellt, dass der ältere Herr gern über längst vergangene Zeiten schwadronierte.

Major Collins war seit dem Tag der Eröffnung Gast im Hotel. Von Anfang an hatte er sich für den Mordfall interessiert und jedem, der es hören wollte oder auch nicht, erzählt, dass er vier Jahrzehnte in der Royal Air Force gedient und dabei alle Arten menschlicher Charaktere kennengelernt hatte. Da der Major einen Aufenthalt von vier Wochen gebucht hatte, waren die Mitarbeiter von Eliza Dexter angewiesen worden, den Herrn besonders zuvorkommend zu behandeln und, wenn möglich, sich seine ausschweifenden Erzählungen anzuhören.

»Denken Sie daran, dem Koch meinen Dank zu übermitteln«, sagte Major Collins zu Lucas.

Lucas nickte und ging in die Küche. »Monsieur Peintré, die Gäste sind voll des Lobes für das Lachstatar und die Muscheln in Weißweinsoße«, richtete er aus.

Selbstgefällig hob der Koch das Kinn. »Ach, das ist doch nichts Besonderes, es freut mich aber, wenn die Leute gutes Essen zu würdigen wissen. Nun ja, gegen meine Kochkünste ist eben nichts einzuwenden. Ist der Gast noch im Restaurant? Dann danke ich ihm selbst für seine Worte.«

Peintré verließ die Küche, und der Kellner warf einen Blick zu Olivia Pool, die Zwiebeln schnitt und so tat, als hätte sie die Worte nicht gehört, dabei wusste Lucas, dass Olivia für die Soße des Muschelgerichts verantwortlich war.

»Sie sollten sich das nicht gefallen lassen«, sagte er leise. »Peintré hat Sie die Sauce allein zubereiten lassen, ebenso wie das Syllabub, das von den Gästen ebenfalls gelobt wird.«

Ohne aufzusehen, antwortete Olivia emotionslos: »Ich werde dafür bezahlt, die Anweisungen von Monsieur zu befolgen.«

Lucas zuckte die Schultern und verließ die Küche, um die anderen Gäste zu bedienen. In den letzten Tagen hatten er und sein Kollege Harry bemerkt, dass der Sternekoch nicht alles selbst zubereitete, sondern den Löwenanteil der Küchenhilfe überließ. Peintré hatte sich nur widerwillig mit der bodenständigen Hausmannskost auf der Speisekarte abgefunden. Bei jeder Gelegenheit betonte der Belgier, es beleidige seine Kreativität, solche Nichtigkeiten zuzubereiten. Lucas fragte sich, warum Monsieur Peintré nicht in einem exklusiven Restaurant arbeitete, wo seine angeblich außerordentliche Erfahrung gebührend geschätzt und auch angemessen honoriert werden würde.

Vor dem Restaurant nahm ihn Harry, sein Kollege, zur Seite und raunte: »Wurdest du auch wieder wegen des Mordes angesprochen?« Lucas berichtete von dem Gespräch mit dem Major, und Harry fuhr fort: »Das Paar an dem Tisch am Fenster fragte, ob die Küche auch gründlich gereinigt worden wäre, nachdem die Leiche dort aufgefunden wurde.«

»Garvey lag nicht in der Küche, sondern im Kühlraum«,

erwiderte Lucas leicht genervt. »Wenn die Leute diesbezüglich Bedenken haben, dann sollen sie doch woanders hingehen.«

»Na ja, immerhin geht es hier um unsere Jobs, Lucas. Nach der Sache hatte ich schon befürchtet, das Hotel würde geschlossen werden, dann hätten wir ganz schön alt ausgesehen.«

»Glaubst du, Sandra Flemming hat ihn um die Ecke gebracht, Harry?«

Der Kellner wiegte nachdenklich den Kopf hin und her. »Ich halte mich raus, aber unsere Chefs waren sich nicht grün. Das haben wir alle mitbekommen. Wenn du mich fragst, dann war es ein Einbrecher, der auf das Geld scharf war, und Garvey ist ihm in die Quere gekommen. Der ist längst über alle Berge. Oder eben dieses seltsame Pärchen, wie die schon ausgesehen haben! Ich habe ja auch ein Tattoo, aber die waren doch wirklich …«

»Was steht ihr hier rum? Habt ihr nichts zu tun?« Die Kellner hatten nicht bemerkt, dass Eliza Dexter sich ihnen näherte. »Ich glaube, an Tisch sechs möchte jemand noch eine Bestellung aufgeben. Na los, worauf wartet ihr? Oder soll ich mich nach aufmerksameren Kellnern umsehen?«

Die beiden machten, dass sie wegkamen, und Harry murmelte, nachdem Eliza außer Hörweite war: »Alte Zicke! Seit sie die Chefin ist, benimmt sie sich wie eine Sklaventreiberin.«

»Na ja, du sagst es: Sie ist die Chefin. Also setz dein freundlichstes Lächeln auf, und ran an die Arbeit. In zwei, drei Stunden haben wir Feierabend.«

Zufrieden betrachtete Eliza Dexter die Gäste im Restaurant. Auch wenn vereinzelt Bedenken geäußert worden waren, in einem Haus zu nächtigen, in dem ein Mord geschehen war, waren die meisten geblieben. Die Polizei hatte ihre Arbeit abgeschlossen, sodass nichts mehr auf das Verbrechen hinwies und Eliza in gewohnter Routine ihrer Arbeit nachgehen konnte. Auch die Presse berichtete nicht mehr über den Mordfall, andere, aktuelle Themen beschäftigten inzwischen die Medien. Das Geld, das Harris Garvey vom Geschäftskonto abgehoben hatte, war von der Zentrale ersetzt worden, und die Angestellten hatten die Gehälter auf ihre Konten überwiesen bekommen. Das Büro hinter der Rezeption hatte Eliza in Beschlag genommen, es war, als hätte es Garvey und Sandra Flemming niemals gegeben.

»Das hätten die auch einfacher haben können, wenn mir gleich die Leitung übertragen worden wäre«, murmelte Eliza. Die Doppelbelastung als Managerin und Rezeptionistin zerrte jedoch an ihren Nerven. Ihr Tag begann im Morgengrauen und endete selten vor Mitternacht, ständig musste sie überall gleichzeitig sein. Alastair Henderson war derzeit nicht dazu zu bewegen, zu ihrer Unterstützung eine weitere Kraft einzustellen.

»Wir warten ab, wie sich die Ermittlungen gegen Ms Flemming entwickeln«, hatte er in einem Telefonat zu Eliza gesagt. »Wird ihre Unschuld zweifelsfrei festgestellt, dann wird die Suspendierung natürlich aufgehoben, und Ms Flemming übernimmt wieder die Leitung. Sollte sie nicht zurückkehren, dann wird der Vorstand bei der Auswahl des nächsten Managers besonders kritisch sein. Sie werden verstehen, Ms Dexter, dass wir derzeit keine Entscheidung treffen können.«

Verhalten knirschte Eliza mit den Zähnen. Für sie war die Sachlage klar, und sie verstand nicht, warum die Polizei

Sandra hatte laufen lassen. Sie hatte Garvey gehasst, da lag es doch auf der Hand, dass sie ihn aus dem Weg geräumt hatte. Es fehlte nur der entscheidende Beweis. Natürlich hatte sie Sandras ehemaliges Zimmer gründlich durchsucht, jedoch keine Spur des Geldes oder einen anderen Hinweis auf deren Schuld gefunden.

Die Klingel an der Rezeption schlug an, und Eliza eilte in die Halle. Am Tresen standen Mr und Mrs Stephenson, ein frischvermähltes Ehepaar, das auf Higher Barton seine Flitterwochen verbrachte.

»Können wir bei Ihnen Eintrittskarten für das Eden Project erhalten?«, fragte Mr Stephenson. »Ich habe gelesen, dass Hotels diesen Service anbieten, um lange Wartezeiten an den Ticketschaltern vor Ort zu vermeiden.«

»Selbstverständlich«, antwortete Eliza. »Es ist sinnvoll, sich die Karten im Vorfeld zu besorgen, die Warteschlangen an den Kassen sind in der Tat sehr lang. Darf ich Ihnen zwei Tickets herauslegen?«

Die Stephensons nickten und erklärten, sie wollten morgen nach dem Frühstück das Eden Project besichtigen. Das Paar stieg gerade die Treppe hinauf, als zwei Personen zögerlich die Halle betraten und abwartend stehen blieben.

Elizas Augen wurden groß. »Ihr?«, rief sie, kam eilig hinter der Rezeption hervor und baute sich, die Hände in die Hüften gestützt, vor den beiden auf. »Wie könnt ihr es wagen, hierherzukommen?«

»Ich sagte doch, die werden furchtbar wütend sein«, flüsterte Ben. Verlegen scharrte Tanya mit der Schuhspitze über die Steinfliesen, und Ben fuhr lauter fort: »Wir sind gekommen, um unsere Schulden zu bezahlen. Sollte ein Jux sein, war aber echt fies von uns, die Zeche zu prellen.«

144

»Ich hab Ben überzeugt, dass Sie wegen uns bestimmt Schwierigkeiten bekommen haben«, ergänzte Tanya mit einem schüchternen Lächeln. »Zuerst dachten wir, da der Laden noch nicht eröffnet war, wäre das wohl nicht so schlimm, jetzt jedoch ...« Sie sah Eliza entschuldigend an, während Ben aus der Tasche seiner Jeans eine Kreditkarte zog und diese auf den Tresen legte.

»Sie können den ausstehenden Betrag unverzüglich abbuchen.«

»Die ist hoffentlich nicht geklaut«, bemerkte Eliza skeptisch.

Ben grinste. »Ach wo, da können Sie ganz beruhigt sein. Es tut uns echt leid, und wir sind auch bereit, etwas mehr zu bezahlen, für Ihre Unannehmlichkeiten und so.«

»Ich glaube, ihr müsst euch bei der Polizei melden«, sagte Eliza. »Die sucht euch nämlich überall. Es wurde von euch sogar ein Phantombild angefertigt und im ganzen Land verteilt.«

Tanya schrie auf, schlug eine Hand vor den Mund und raunte: »Ich hab's dir gleich gesagt, Ben, das war Bockmist. Jetzt haben wir eine Anzeige wegen Zechprellerei am Hals.«

»Können wir das nicht anders regeln?«, fragte Ben leise. Er war blass geworden, und von seiner früheren Selbstsicherheit war nichts mehr zu bemerken. »Können Sie es nicht als dummen Streich sehen? Schließlich sind wir zurückgekommen, um unsere Schulden zu begleichen, und wir haben uns entschuldigt.«

In Eliza stieg eine Ahnung auf, und sie sagte: »Dann wisst ihr es nicht?«

»Was sollen wir wissen?«, fragte Tanya.

»In der Nacht, in der ihr verschwunden seid, ist ein Mord

geschehen«, erwiderte Eliza. »Deshalb werdet ihr von der Polizei gesucht, nicht, weil ihr euer Zimmer nicht bezahlt habt. Die Polizei hält euch für wichtige Zeugen.« Eliza behielt für sich, dass Ben und Tanya durchaus auch als Täter infrage kamen, und fuhr fort: »Ich denke, ich muss sofort den Chiefinspector anrufen.«

Ben wurde noch blasser. Hektisch fuhr er sich mit der gepiercten Zunge über die Lippen, und Tanya klammerte sich an seinen Arm.

»Wir haben niemandem etwas getan«, flüsterte sie. »Es sollte doch nur ein Scherz sein.«

»Ein äußerst schlechter Scherz«, antwortete Eliza kühl, griff zum Telefonhörer und wählte die Nummer des Polizeireviers in Lower Barton.

Chiefinspector Bourke staunte nicht schlecht, als er nach Elizas Anruf auf Higher Barton eintraf. Das Paar kauerte in der Sitzgruppe in der Halle und sah ihm verängstigt entgegen.

»Sir, wir haben mit dem Mord nichts zu tun!«, rief Ben, noch bevor Bourke etwas sagen konnte.

»Ich habe ihnen alles erzählt«, erklärte Eliza.

Bourke nickte. »Lassen Sie uns bitte allein, Ms Dexter.«

Sie zögerte. Bei dem strengen Blick des Inspectors kehrte sie jedoch an ihre Arbeit zurück.

»Zuerst muss ich Ihre Personalien aufnehmen«, sagte Bourke und zückte seinen Notizblock.

Ben und Tanya gaben ihre vollständigen Namen und Adressen an und legten ihre Reisepässe vor. Sie kamen aus Oxford, und Bourke erstaunte es, zu erfahren, dass beide an der dortigen renommierten Universität Medizin studierten.

»Ich schreibe gerade an meiner Doktorarbeit«, erklärte Ben, und Tanya warf ein: »Bei mir wird es in zwei Jahren so weit sein, Sir.«

Christopher Bourkes Blick wanderte über ihr auffälliges Äußeres und die nicht besonders saubere Kleidung. Nach den Beschreibungen von Sandra Flemming und Eliza Dexter hatte er vermutet, das Paar käme aus der unteren sozialen Schicht, wahrscheinlich arbeitslos, wenn nicht sogar obdachlos. Jetzt zu erfahren, dass der junge Mann seine Doktorarbeit verfasste und die junge Frau den Wunsch hegte, Chirurgin zu werden, bestärkte ihn in der Überzeugung, dass man Menschen niemals nach Äußerlichkeiten beurteilen sollte. Das war aber noch nicht alles, was Ben dem Chiefinspector mitzuteilen hatte.

»Also, mein Alter … äh, mein Dad ist Professor für Geschichte und hat einen Lehrstuhl an der Uni in Oxford, und Tanyas Eltern haben eine gut gehende Immobilienfirma.« Die Handflächen auf die Oberschenkel gestützt, beugte er sich vor und fuhr ernst fort: »Es war echt Mist, was wir gemacht haben, Sir. Wir hielten es für einen Kick, einfach abzuhauen, zumal der Schuppen hier« – er machte eine den Raum umfassende Geste – »doch wirklich genug Kohle hat. Außer, dass wir für ein paar Nächte die Laken abgenutzt haben, sind dem Laden keine Kosten entstanden. Sie werden doch verstehen, dass es einfach nur ein kleines Abenteuer war.«

»Unsere Auffassung, was ein Kick und was eine Straftat ist, unterscheiden sich erheblich voneinander«, erwiderte Bourke kühl. »Trotzdem sind Sie heute zurückgekommen. Wollten Sie wirklich Ihre Schulden begleichen?«

Tanya nickte hastig und stieß hervor: »Unsere Eltern

147

sind sehr großzügig, und selbstverständlich werden wir alles bezahlen. Es tut uns wirklich leid, ich verspreche, wir machen so etwas niemals wieder.«

»Die Zechprellerei interessiert mich nicht«, erwiderte Bourke. »Wo haben Sie die letzten Tage gesteckt? Sie sind zur Fahndung ausgeschrieben. Das Tötungsdelikt an Harris Garvey stand in allen Zeitungen, haben Sie davon nichts mitbekommen?«

»Wir waren in einem Cottage bei St Just im Westen, Sir«, antwortete Ben bereitwillig, »und haben kaum das Haus verlassen, auch kein Radio gehört oder ferngesehen. Es war so richtig romantisch in dem alten Cottage, und Tanya und ich … na ja, Sie können es sich denken, womit wir uns die Zeit vertrieben haben. Jetzt wollten wir zurück nach Oxford, und Tanya meinte, wir sollten hier vorbeikommen und die Sache bereinigen.«

»Besser eine späte Einsicht als gar keine.« Bourke nickte der jungen Frau anerkennend zu. »Erzählen Sie mir, was in der Nacht, als Sie sich aus dem Haus geschlichen haben, geschehen ist.«

»Es war schon spät, als wir beschlossen zu verschwinden«, berichtete Tanya. »Ich glaube nicht, dass uns jemand gesehen hat, wir sind auch niemandem begegnet.«

»Wie sind Sie aus dem Haus gelangt?«, fragte Bourke. »Meines Wissens waren die Türen abgeschlossen, da das Hotel noch nicht eröffnet, demzufolge die Rezeption nachts nicht besetzt gewesen war.«

»Wir sind durch ein Fenster im Restaurant geklettert«, antwortete Tanya.

»Dann hinterließen Sie ein offenes Fenster?«, fragte Bourke gespannt.

148

Tanya nickte. »Ich habe es zwar hinter mir zugezogen, verriegeln konnte ich es von außen natürlich nicht. Wir sind nach Lower Barton gelaufen und haben dort gewartet, bis der erste Bus nach Westen ging.«

Diese Information war für Bourke von großer Bedeutung. Der Täter könnte beobachtet haben, dass das Fenster offen gelassen worden war, und könnte durch dieses eingestiegen sein.

»Haben Sie Harris Garvey gesehen, bevor Sie abgehauen sind?«, fragte er.

»Nein, weder ihn noch sonst jemanden. Als wir das Hotel verließen, war alles ruhig.«

Bourke klappte sein Notizbuch zu, steckte es in die Jackentasche und stand auf. »Das wäre im Moment zwar alles, allerdings gibt es für Ihre Aussage keinen Beweis. Sie werden verstehen, dass in Betracht gezogen werden muss, dass Sie das Geld gestohlen haben und dabei von dem Hotelmanager überrascht worden sind.«

»Sie glauben doch nicht etwa, dass wir es getan haben?«, fragte Tanya; sie zitterte am ganzen Körper. »Wir hatten keinen Grund, diesen Mann zu töten!«

Ben legte einen Arm um die Schultern seiner Freundin.

»Ich muss Sie bitten, mir für weitere Fragen in das Revier zu folgen, auch, um das Protokoll aufzunehmen«, sagte Bourke und stand auf.

»Das hast du jetzt davon«, raunte Ben seiner Freundin zu. »Jetzt halten die uns für Mörder! Hätte ich doch bloß nicht auf dich gehört.«

Christopher Bourke beschloss, am kommenden Tag das Team der Spurensicherung noch einmal in das Hotel zu schicken, um das besagte Fenster im Restaurant nach Spuren zu untersuchen. Da die Tat schon einige Tage zurücklag und die Fenster zwischenzeitlich geputzt worden waren, hegte er wenig Hoffnung, jetzt noch Fingerabdrücke oder DNA-Spuren zu finden – vorausgesetzt, die Studenten hatten die Wahrheit gesagt.

Sandra Flemming runzelte die Stirn, als es an der Tür klopfte. Da außer der Polizei und ihrem Anwalt niemand wusste, dass sie in dem Bed & Breakfast von Catherine Bowder untergekommen war, konnte es nur einer der beiden sein. Sie öffnete und musterte erstaunt die ihr unbekannte Frau.

»Wie schön, dass ich Sie antreffe, Ms Flemming«, sagte die Fremde mit einer wohlklingenden, hellen Stimme. »Ich bin Ann-Kathrin, und mein Mann meint, Sie könnten ein wenig Gesellschaft gebrauchen.«

»Ihr Mann?«

Die Frau, vielleicht drei, vier Jahre älter als Sandra und mit einer vollschlanken Figur, lächelte, dabei bildeten sich Grübchen in den Wangen.

»Alan Trengove, Ihr Anwalt, ist mein Mann.« Als Sandra eine abwehrende Haltung einnahm, fuhr sie rasch fort: »Natürlich hat Alan kein Wort darüber verloren, warum er Sie vertritt. Das darf er nicht, es stand aber in den Zeitungen, und so habe ich eins und eins zusammengezählt. Ist schließlich auch mein Job.« Sie kicherte und erklärte: »Ich bin nämlich Lehrerin, unter anderem unterrichte ich Mathematik.«

»Mathe gehörte nie zu meinen Stärken«, antwortete Sandra, öffnete die Tür und machte eine einladende Geste.

Ann-Kathrin schüttelte jedoch den Kopf und sagte: »Eigentlich wollte ich Sie zu einem Spaziergang einladen. Es ist so herrliches Wetter draußen. In Cornwall muss man das ausnutzen. Mein Mann meint, das Wetter hier wäre so launisch wie eine Frau.« Sie zwinkerte Sandra verschwörerisch zu. »Dabei sind wir gar nicht launisch, das glauben nur die Männer, weil sie uns nicht verstehen.«

Sandra war von der offenen Herzlichkeit der Anwaltsgattin beeindruckt. Schließlich lastete der Verdacht, eine Mörderin zu sein, schwer auf ihr. Auch wenn es zu Alan Trengoves Aufgaben gehörte, an ihre Unschuld zu glauben und diese zu beweisen: Ann-Kathrin schien frei von Vorurteilen zu sein, daher erwiderte Sandra: »Ich würde mir gern frische Luft um die Nase wehen lassen.«

»Darf es ein längerer Spaziergang an der Küste entlang sein?«, fragte Ann-Kathrin. »Sie haben von unserem schönen Cornwall sicher noch kaum etwas gesehen, und nirgendwo lernen Sie seinen Zauber so gut kennen wie auf den Klippen. Außerdem machen Sie auf mich den Eindruck, als wären Sie sportlich. Und mir tut ein wenig Bewegung gut.« Sie sah an sich herunter und grinste. »Ich esse einfach zu gern.«

»Sie sind genau richtig, wie Sie sind«, entfuhr es Sandra.

»Das sagt mein Mann auch immer«, erwiderte Ann-Kathrin. Mit jedem Moment wurde Alans Frau Sandra sympathischer. Es tat einfach gut, mit jemandem endlich wieder unbeschwert plaudern und scherzen zu können.

Ann-Kathrin Trengove schlug vor, auf den Klippen bei Polperro zu wandern, dem stimmte Sandra gern zu. Bevor die kurvenreiche Straße zu dem großen Besucherparkplatz hinunterführte, bog Ann-Kathrin nach links in ein Wohngebiet ein und stellte ihren Wagen vor einem Schulgebäude ab.

»Hier kann man kostenlos parken, und wenn keine Schule ist, findet man auch immer einen freien Platz«, erklärte Ann-Kathrin. »So spart man sich bei einem Besuch von Polperro die hohen Parkgebühren. Ortsfremde wissen das nicht.«

Obwohl das Meer von hier aus nicht zu sehen war, roch Sandra die würzige, salzige Luft, gemischt mit dem Geruch nach Torf. Zwischen zwei hohen Hecken, in denen es summte und brummte, führte ein Trampelpfad zur Küste. Nach wenigen Minuten erreichten die beiden Frauen den South West Coast Path, den Weg, der sich mit über sechshundert Meilen an der gesamten Küste Südwestenglands entlangzog. Allein in Cornwall konnten geübte Wanderer über vierhundert Meilen unberührte Natur und die Wildheit zerklüfteter Küsten erleben.

»Ursprünglich wurde der Coast Path angelegt, um das Schmuggeln zu überwachen«, erklärte Ann-Kathrin. »Im 18. Jahrhundert waren in regelmäßigen Abständen Tag und Nacht Wachposten stationiert, Schmuggler wurden trotzdem nur selten dingfest gemacht, die waren einfach zu gewitzt für die Soldaten. Hin und wieder sind noch die Ruinen alter Wachhäuser zu finden. Heute kümmert sich der National Trust um den Küstenweg, sodass er für Wanderer stets sicher zu begehen ist.«

Da es auch in Schottland den National Trust gab – eine Organisation, die sich um Landschaften, historische Gebäude und Ortschaften kümmerte und sich aus Mitgliedsbeiträgen und Spenden finanzierte –, nickte Sandra verstehend und fragte: »Stammen Sie aus Cornwall?«

»Ich wurde in Bodmin geboren, meine Eltern hatten im gleichnamigen Moor eine Schaffarm, in der Nähe des entzückenden Dorfes St. Neot«, antwortete Ann-Kathrin. »Sie haben die Schafzucht aber längst aufgegeben, denn das, was die Tiere im Sommer einbrachten, fraßen sie uns im Winter wieder weg. Außerdem war den beiden die Arbeit irgendwann zu viel, und für mich war es klar, dass ich die Farm nicht weiterführen würde, sondern als Lehrerin unterrichten wollte. Heute leben meine Eltern in einem Reihenhaus in Lostwithiel, haben nur einen kleinen Garten und sind viel auf Reisen. Sie sind noch gesund und munter und holen ein wenig von dem nach, was sie früher nicht machen konnten. Alan und ich entdecken auch gern fremde Länder und deren Kulturen, ich kann mir aber nicht vorstellen, außerhalb von Cornwall zu leben.« Sie sah Sandra aufmerksam an. »Vermissen Sie Schottland?«

Sandra überlegte, dann erwiderte sie ehrlich: »Bisher hatte ich keine Zeit, mir darüber Gedanken zu machen. Seit ich hier angekommen bin, ist so viel passiert. Im Augenblick wünsche ich, ich könnte nach Schottland zurückkehren. Am liebsten würde ich mich verkriechen und meine Wunden lecken, bis Gras über die Sache gewachsen ist. Leider denkt die Polizei, ich hätte Harris ermordet.« Ihre Gesichtszüge verhärteten sich, ihr Blick schweifte über das Meer, als sie weitersprach: »Ja, ich habe mir gewünscht, Harris möge aus meinem Leben verschwinden, da er mir einmal sehr wehgetan hat. Vielleicht habe ich ihn sogar gehasst, und ja, ich empfinde keine Trauer über seinen Tod.« Sie wandte sich wieder Ann-Kathrin zu. »Aber ich habe ihn nicht umgebracht! Der Typ war es nicht wert, mir mit einer solchen Tat mein Leben zu zerstören.«

Wie offen und ehrlich sie zu Ann-Kathrin, die sie erst vor einer Stunde kennengelernt hatte, sprechen konnte, überraschte Sandra. Sie schloss nicht schnell Freundschaften.

Während ihrer Schulzeit und später an der Hotelfachschule hatte sie zwar einige Bekannte, aber keine richtigen Freunde gehabt. Ihr war das Lernen immer wichtiger gewesen, als ins Kino oder in Clubs zu gehen. Sie hatte stets ein Ziel vor Augen gehabt, das sie mit all ihrer Energie verfolgte, und hatte deshalb als Streberin gegolten.

»Ich glaube dir, Sandra«, sagte Ann-Kathrin schlicht. »Ich darf doch Sandra und du sagen?«

»Natürlich, das ist nicht so förmlich, aber warum bist du so freundlich zu mir?«, fragte Sandra skeptisch. »Du kennst mich nicht, und dass dein Mann an meine Unschuld glaubt, ist schließlich sein Job. Vielleicht bin ich eine hervorragende Schauspielerin, kann die Wahrheit gut verbergen und führe euch alle an der Nase herum. Es ist nun mal Tatsache, dass ich das stärkste Motiv für eine solche Tat habe.«

»Du bist zu streng zu dir selbst, Sandra, und du klingst verbittert«, erwiderte Ann-Kathrin leise. »Wie ich schon sagte, weiß ich nur das, was die Allgemeinheit aus der Presse erfahren hat. Aber wenn Alan sich für dich einsetzt, dann weiß ich, dass du unschuldig bist. Mein Mann übernimmt nie hoffnungslose Fälle.«

»Manchmal neige ich dazu, in Selbstmitleid zu versinken«, gab Sandra zu und legte eine Hand auf Ann-Kathrins Arm. »Wollen wir los? Ich sehne mich nach Bewegung.«

Da der Pfad an den meisten Stellen sehr schmal war, gingen sie schweigend hintereinander her. Nach einer Stunde erreichten sie eine kleine Bucht mit einem schmalen Sandstrand. Tische und Stühle eines Beachcafés und die wärmende Sonne luden zu einer Rast ein. Ann-Kathrin überzeugte Sandra, den Cream Tea zu probieren.

»Das gehört in Cornwall zwingend dazu«, erklärte sie.

»Die Clotted Cream deckt zwar fast den Tagesbedarf an Kalorien, aber bei deiner Figur kannst du es dir leisten, und ich werde das Abendessen heute ausfallen lassen.«

Aus dem Tearoom holten sie sich je eine Kanne mit schwarzem Tee, zwei noch warme Scones, je ein Schälchen mit Erdbeermarmelade und der dicken, süßen Clotted Cream.

»Ihr bietet im Hotelrestaurant sicher auch Cream Tea an«, sagte Ann-Kathrin. »Jede Lokalität in Cornwall hat diese Spezialität auf der Speisekarte.«

»Das Hotel geht mich nichts mehr an.« Passend zu Sandras Stimmung schob sich genau in diesem Moment eine Wolke vor die Sonne. »Darum kümmert sich nun Eliza Dexter.«

Sanft legte Ann-Kathrin ihre Hand auf Sandras und sagte leise: »Es gibt immer ein Licht am Ende des Tunnels, auch wenn derzeit alles düster aussieht. Wenn du Harris nicht ermordet hast – wer könnte es dann gewesen sein?«

»Oh, da kommen sicher viele infrage.« Sandra lachte bitter auf. »Er war arrogant, ein Egoist, wie er im Buche steht, nahm nie ein Blatt vor den Mund, und die Gefühle anderer Menschen waren ihm gleichgültig, wenn es um die Durchsetzung seiner Wünsche und Ziele ging. Außerdem genoss er es, andere zu beleidigen und zu erniedrigen. Wahrscheinlich brauchte er das, um sich selbst besser zu fühlen.«

»Trotzdem bist du mit ihm nach Cornwall gegangen.«

Verhalten knirschte Sandra mit den Zähnen und presste hervor: »Von diesem miesen Typen wollte ich mir die Karriere nicht vermasseln lassen. Harris hätte triumphiert, wenn ich klein beigegeben hätte. Auch ich weiß, was ich will.«

Ann-Kathrin nickte und machte sich so ihre Gedanken. Noch konnte sie Sandra Flemming nicht genau einschätzen. Sie war freundlich und aufgeschlossen, und eine gewisse

155

Portion Ehrgeiz war nicht falsch, Verbissenheit führte aber selten zum Ziel.

»Bist du noch fit genug, bis nach Looe zu wandern?«, fragte Ann-Kathrin betont munter. »Es ist etwa eine Stunde auf den Klippen entlang, und Looe ist ein bezaubernder, alter Fischereihafen mit verwinkelten Gassen und geduckten Cottages. Von dort können wir den Bus zurück nach Polperro nehmen.«

Entschlossen stand Sandra auf, straffte die Schultern und antwortete: »Dann los, worauf warten wir noch? Die Kalorien der Clotted Cream müssen schließlich wieder verbrannt werden.«

Nach der Talland Bay führte der Coast Path wieder steil hinauf auf die Klippen, und die beiden Frauen kamen ins Schwitzen. Auf dem höchsten Punkt angekommen, sank Ann-Kathrin auf eine Bank und keuchte: »Jetzt muss ich erst mal verschnaufen.«

Sandra blieb am Rand der Klippen stehen und blickte auf das Meer hinaus. Die See war ruhig, das Wasser schlug hundert Meter unterhalb von ihr gegen die dunklen Felsen. Am Horizont zog ein Frachtschiff vorbei, Möwen kreisten heiser schreiend über ihrem Kopf; Ginsterbüsche säumten den Klippenrand, die gelben Blüten verströmten einen betörenden Duft. Sah Sandra sich um, so war an dieser Stelle nichts davon zu erkennen, dass sie sich im 21. Jahrhundert befanden. Die Küste hatte sich seit den Zeiten, als hier Schmuggler und Strandpiraten ihr Unwesen getrieben hatten, kaum verändert.

Im Verlauf des weiteren Weges erreichten Sandra und Ann-Kathrin eine Wiese, auf der Dutzende von braunweiß gefleckten Kühen weideten. Während Ann-Kathrin behände über die in die Begrenzungsmauer gehauenen Stufen kletterte, blieb Sandra abwartend stehen.

»Sollen wir hier wirklich weitergehen?«, fragte sie zweifelnd und sah sich suchend nach einem anderen Weg um. Rechts lag aber nur das Meer und linker Hand zog sich die mannshohe Trockensteinmauer ohne einen Durch- oder Übergang entlang.

Ann-Kathrin lachte.

»Hast du etwa Angst vor Kühen? Die gibt es bei euch oben in Schottland doch auch.«

»Äh … ich habe Respekt, und man hört ja immer wieder, dass Rinder Wanderer angreifen …«

»Das ist Unsinn!«, unterbrach Ann-Kathrin sie. »Das hier sind Milchkühe, keine Stiere, und sie haben auch keine Kälbchen. Kühe sind friedliebende Kreaturen, manchmal etwas neugierig und sich ihrer immensen Kraft nicht bewusst. Wenn es dir aber lieber ist, drehen wir um und gehen den Weg zurück.«

Sandra wollte keine Spielverderberin sein. Sie biss die Zähne zusammen und kletterte ebenfalls über die Mauer. Die Rinder fest im Blick, hielt sie sich dicht hinter Ann-Kathrin, als könne diese sie beschützen, sollte eine Kuh vielleicht doch ihr sanftes Wesen vergessen. Erleichtert atmete Sandra auf, als sie auf der anderen Seite der Weide wieder über eine Mauer kletterten und eine Wiese betraten, auf die die Rinder ihnen nicht folgen konnten. Bald darauf erreichten sie eine Landzunge, und Ann-Kathrin deutete auf eine kleine vorgelagerte Insel, die gut zu sehen war.

»Das ist St George's oder auch Looe Island, wie die Insel allgemein genannt wird«, erklärte sie. »Auf den ersten Blick nur ein kleines Fleckchen, gerade mal sechs Quadratmeilen groß und unbewohnt.«

»Und auf den zweiten Blick?«, hakte Sandra nach.

»Vor vielen Hunderten von Jahren errichteten Benediktiner-mönche dort ein Kloster und eine Kapelle, da die Insel über eine Süßwasserquelle verfügt«, fuhr Ann-Kathrin fort. »Später trieben Schmuggler ihr Unwesen, aber das Merkwürdigste, was man über Looe Island berichten kann, ist, dass eine Familie mit dem Namen Trim dort gelebt hat und sich aus-schließlich von Kaninchen und Ratten ernährt haben soll. Seitdem sind beide Tierarten auf der Insel ausgerottet, und alle Versuche, diese Tiere wieder anzusiedeln, scheiterten bis-her.«

Skeptisch runzelte Sandra die Stirn und sagte: »Jetzt nimmst du mich auf den Arm, oder?«

»Oh, hier in Cornwall gibt es an jeder Ecke irgendwelche Legenden zu berichten«, erwiderte Ann-Kathrin, bemüht, nicht zu grinsen. »Kein anderer Landstrich der Britischen Inseln ist derart von Sagen und Märchen durchsetzt.«

»Ich glaube, mir fehlt es manchmal an Fantasie.« Sandra seufzte und strich sich eine Haarsträhne aus dem Gesicht. »Mein Leben war immer genau strukturiert, es blieb mir nie viel Zeit, mich mit Märchen zu beschäftigen.«

Ann-Kathrin schwieg nachdenklich. Sandra schien eine Frau zu sein, die sich nach außen hin stark und selbstbewusst gab, in ihrem Inneren hatte sie aber einen sehr verletzlichen Kern. Der Verdacht, Harris Garvey getötet zu haben, belas-tete Sandra schwerer, als sie zeigen wollte.

Bald schon breitete sich Looe unter ihnen aus. Der Ort, eingezwängt zwischen steilen Abhängen, bestand aus zwei Fischerdörfern: West Looe, dem sie sich nun näherten, und das sehenswertere East Looe. Eine Brücke über dem East Looe River verband die beiden Ortsteile.

Auch hier hatte Ann-Kathrin etwas zu erzählen: »Früher waren sich die Einwohner von West und East Looe nicht wohlgesinnt und wetteiferten um den besten Fischfang. Außerdem wäre es keinem Mann aus East Looe eingefallen, ein Mädchen aus dem Dorf auf der anderen Seite zu heiraten.«

»Das ist ja wie bei Romeo und Julia«, kommentierte Sandra.

»Nun ja, so schlimm wird es nicht gewesen sein, jedenfalls ist kein Fall bekannt, bei dem eine Liaison tödlich geendet hätte«, antwortete Ann-Kathrin und zwinkerte Sandra belustigt zu. »Heutzutage ist West Looe zum Wohnen beliebter, denn auf der anderen Seite drängen sich die Touristen, weshalb es dort nicht nur lauter und hektischer zugeht, auch die Kauf- und Mietpreise für die Häuser liegen deutlich höher.«

Sie überquerten die Brücke aus dem 19. Jahrhundert und tauchten in das Gewirr gewundener Gässchen mit uralten Cottages ein. Und sofort fühlte man sich in die Vergangenheit zurückversetzt, sofern man die zahlreichen Restaurants und Souvenirgeschäfte ausblendete. Alle Straßen führten zum Hafen hinunter, und Sandra erkannte eine gewisse Ähnlichkeit mit Polperro.

»Wollen wir heute so richtig sündigen und uns noch ein Eis leisten?«, schlug Ann-Kathrin vor, wartete Sandras Antwort nicht ab und kaufte an einem Stand zwei Waffeln mit je einer großen Kugel Vanilleeis. »Selbstverständlich mit Clotted Cream zubereitet«, erklärte sie, als sie Sandra die Waffel in die Hand drückte.

Bevor Sandra antworten konnte, trat eine kräftige Frau auf sie zu.

»Ach, sieh einer an, Sie scheinen ja keine Sorgen zu haben.«

»Constable Finchmere«, murmelte Sandra, und die Temperatur schien um mehrere Grade zu fallen.

Die Polizistin musterte Sandra grimmig. »Anstatt Eis zu essen, würde ich mir an Ihrer Stelle lieber überlegen, wie Sie beweisen können, dass Sie Garvey nicht getötet haben. Alles spricht gegen Sie, Ms Flemming, denn Sie haben das Opfer gehasst.«

»In unserem Land gilt jemand immer noch so lange als unschuldig, bis seine Schuld bewiesen ist.« Entschlossen trat Ann-Kathrin zwischen Sandra und Constable Finchmere. »Der Haftbefehl gegen Ms Flemming ist aufgehoben worden. Wäre ich an *Ihrer* Stelle, dann würde ich den wahren Täter suchen, anstatt haltlose Verdächtigungen zu äußern und zwei harmlose Spaziergängerinnen zu belästigen.«

Sandra schnappte nach Luft und zollte Ann-Kathrin Respekt dafür, dass sie derart mit einer Angehörigen des Polizeidienstes zu sprechen wagte.

May Finchmere tat jedoch, als existiere Ann-Kathrin überhaupt nicht, und beugte sich so dicht zu Sandra vor, bis ihre Gesichter nur noch eine Handbreit voneinander entfernt waren.

»Ich halte Sie für schuldig, Sandra Flemming, und ich werde das beweisen.« Sie sprach zwar leise, aber so scharf wie ein frisch geschliffenes Messer. »Dann wird es Ihnen auch nichts nützen, dass der beste Anwalt Cornwalls sich für Sie einsetzt.«

»Ich habe es nicht getan«, murmelte Sandra automatisch.

»Das können Sie Ihrer Großmutter erzählen«, erwiderte May Finchmere, die Augen zu Schlitzen verengt. »Einen Mörder erkenne ich auf hundert Fuß Entfernung, und dass Sie eine durchtriebene Person und Lügnerin sind, steht für mich außer Frage. Sie meinen wohl, Sie bräuchten nur mit ihren langen Wimpern zu klimpern und neckisch die Locken zurückzuwerfen, und schon glaubt Ihnen jeder? Nun ja, zumindest der männliche Teil der Bevölkerung, mich jedoch führen Sie nicht hinters Licht, Flemming!«

Constable Finchmere drehte sich um und war gleich darauf in der Menschenmenge verschwunden. Das Eis tropfte auf Sandras Finger und lief über ihr Handgelenk. Sie bemerkte es nicht.

»So eine unverschämte Person!«, rief Ann-Kathrin verärgert, eine Falte über der Nasenwurzel. »Alan hat mir schon von dieser Constable erzählt und auch, dass der Chiefinspector keinen leichten Stand mit ihr hat.«

»Sie hasst mich«, murmelte Sandra und warf die Waffel in den nächsten Abfallbehälter. Der Appetit war ihr gründlich vergangen. »Sie hasst mich ebenso, wie Eliza Dexter es tut.«

»Natürlich mag die Finchmere dich nicht«, stellte Ann-Kathrin sachlich fest. »Wahrscheinlich bringt sie allen attraktiven Frauen von vorneherein ein Gefühl der Abneigung entgegen. Du bist sehr schön, Sandra, und einzig aus diesem Grund ist sie von deiner Schuld überzeugt. Ich wundere mich nur, wie man mit einer solchen Einstellung zur Polizei kommen kann.«

»Wann fährt der nächste Bus?«, fragte Sandra, um das Thema zu wechseln. In den letzten drei Stunden war es ihr gelungen, einen gewissen Abstand zu den Ereignissen zu gewinnen. Die Begegnung mit Constable Finchmere hatte ihr aber deutlich gezeigt, dass nach wie vor ein schwerer Verdacht auf ihr lastete. Alan Trengove, ihr Anwalt, schien zwar kompetent zu sein, doch sicher hatte er noch zahlreiche andere Mandanten, um die er sich kümmern musste. Sie warf Ann-Kathrin einen Seitenblick zu. Vielleicht suchte die Frau nur ihre Nähe, weil ihr Mann hoffte, auf diese Weise an weitere Informationen über Sandra zu gelangen. Sandra spürte, dass das anfängliche Vertrauen, das sie Ann-Kathrin gegenüber empfunden hatte, schwand. Sie konnte und wollte niemandem vertrauen, außer sich selbst.

ELF

Während der halbstündigen Busfahrt von Looe nach Polperro und des Rückweges nach Lower Barton antwortete Sandra nur noch einsilbig, wenn Ann-Kathrin ein unverfängliches Gespräch in Gang bringen wollte. Sie verabschiedeten sich voneinander, und Sandra erwiderte auf Ann-Kathrins Frage, ob sie bald wieder einen Ausflug unternehmen sollten, nur mit einem vagen »Mal sehen«.

Sandra war froh, die Tür ihres Zimmers hinter sich schließen und in Ruhe nachdenken zu können. Sie wollte nicht länger einfach nur dasitzen und abwarten, bis sich die Schlinge um ihren Hals enger zuzog oder durch einen wundersamen Zufall der wahre Täter überführt werden würde. Es musste noch jemanden geben, der ein Motiv für den Mord und sich in unmittelbarer Nähe von Harris aufgehalten hatte. An die Theorie, er habe Einbrecher überrascht, wollte Sandra nicht glauben. Das Haus war verschlossen gewesen, und dass jemand innerhalb des Hotels das Risiko auf sich nehmen würde, das Geld zu stehlen, kam ihr unwahrscheinlich vor, da Harris keine Andeutung gemacht hatte, dass außer ihr, Sandra, noch jemand von dem Bargeld wusste. Gegen einen Einbruch sprach auch die Kaltblütigkeit, in Harris' Zimmer hinaufzugehen – woher wusste ein Einbrecher überhaupt, wo sich dessen Zimmer befand? –, in aller Seelenruhe die Sachen zu packen, mit Harris' Auto davonzufahren und dieses in einem See zu versenken. Sandra hatte zwar keine Erfahrung mit Verbrechern, sie sah aber gern im Fernsehen Krimis an und hatte auch schon den einen oder anderen Thriller gelesen. So verhielt sich kein Einbrecher, der zufällig ertappt worden war. Er hätte in Panik zugeschlagen, den leblosen Körper in der Kühltruhe verborgen, in dem Versuch, die Tat zu vertuschen. Aber alles, was danach geschehen war, sprach nicht für eine Tat im Affekt. Sandra war überzeugt, dass Harris' Ermordung geplant gewesen war – und zwar von jemandem, der ungehindert Zugang zum Hotel hatte. Ein Schauer lief Sandra über den Rücken, als sie sich vorstellte, womöglich mit einem Mörder unter einem Dach gewohnt und mit ihm Seite an Seite gearbeitet zu haben.

Sie nahm den Schreibblock und notierte sich die Namen derer, die in der fraglichen Nacht in Higher Barton gewesen waren: Eliza Dexter, Edouard Peintré, Olivia Pool und schließlich sie selbst. Die Kellner, der Barkeeper und die Zimmermädchen wohnten nicht im Hotel. Ausschließen durfte Sandra diese jedoch nicht, da alle über eine Zugangskarte für die Türen verfügten und das Hotel jederzeit hätten betreten und auch wieder verlassen können, ohne Spuren zu hinterlassen.

Sandra fügte deren Namen der Liste hinzu. Dann machte sie einen dicken Kringel um den Namen *Eliza Dexter*. Diese Frau hatte offen gezeigt, wie verärgert sie über Harris' Beleidigungen und seine herrische Art gewesen war, und wenn jetzt sie, Sandra, als seine Mörderin verurteilt wurde, würde Eliza wohl endgültig als Managerin bestätigt werden. Bereits jetzt hatte Eliza an breiter Front gewonnen. Hinzu kam, dass sie fast so groß wie Harris und – obwohl hager – sicher auch kräftig war. Sie hätte es geschafft, die Leiche in die Kühltruhe zu hieven. Das traf zwar auch auf alle anderen zu, warum hätte aber einer von ihnen Harris töten sollen?

»Die Spur zum Täter führt über das Motiv«, murmelte Sandra, und fügte einen weiteren Namen der Liste hinzu: Ivonne Garvey.

Harris' Schwester hatte zwar behauptet, Neuseeland nicht verlassen zu haben, sie hatte aber auch keinen Hehl daraus gemacht, wie sehr sie ihren Bruder hasste. Abgesehen davon, dass Harris seine Schwester bei der Pflege der Eltern im Stich gelassen hatte: Gab es vielleicht noch etwas in der Familie, was Ivonne hätte veranlassen können, ihren ungeliebten Bruder zu ermorden? Sandras Gedanken schlugen Purzel-bäume, und sie stellte sich vor, wie Harris und Ivonne viel-leicht miteinander telefoniert, gechattet oder auch geskypt hatten, dabei hatte Harris das Geld im Safe erwähnt. Dar-aufhin hatte Ivonne geglaubt, es stünde ihr zu, da sie sich von Harris um ihr Erbe betrogen fühlte, hatte sich in das nächste Flugzeug gesetzt und war nach Cornwall gekommen, wo ihr die Sicherungen durchgebrannt waren.

»Alles nur haltlose und weit hergeholte Spekulationen«, murmelte Sandra. Warum hätten Harris und seine Schwes-ter überhaupt wieder miteinander in Kontakt treten sollen? Sie klappte den Laptop auf, loggte sich ins WLAN ein und suchte nach der Flugzeit von Neuseeland nach London. Diese betrug über sechsundzwanzig Stunden, unterbrochen von mindestens einem Zwischenstopp in Asien. Ivonne Garvey hätte also auf jeden Fall zwei Tage gebraucht, um in Corn-wall einzutreffen. Sandra klammerte sich an jede Möglich-keit wie an einen Strohhalm. Ihr Verstand sagte, sie solle

Chiefinspector Bourke den Namen von Harris' Schwester nennen, damit er in dieser Richtung ermitteln konnte, die eisige Ablehnung von May Finchmere lag ihr jedoch immer noch im Magen. Der DCI hingegen war eigentlich recht freundlich, und Sandra hatte nicht das Gefühl, dass er sie auch bereits vorverurteilte.

Sandra sah in den Spiegel und schnitt sich selbst eine Grimasse. »Was bleibt dir denn anderes übrig, als dem Inspector von Ivonne zu erzählen?«, fragte sie sich laut, schlüpfte in eine leichte Jacke und machte sich auf den Weg zum Polizeirevier.

In dem Gebäude aus Glas und Stahl befanden sich neben dem Polizeirevier noch eine IT-Firma, ein Zahnarzt, der ausschließlich Privatpatienten behandelte, mehrere Versicherungsbüros und ein Verlag für Kinderbücher. Die Räume der Polizei musste man durch einen separaten Eingang auf der rechten Seite betreten. Sandra drückte auf die Klingel. Zu ihrer Erleichterung erschien hinter der Glasscheibe ein ihr unbekannter Constable und nicht May Finchmere und fragte durch die Gegensprechanlage nach ihren Wünschen.

»Wäre es möglich, mit Chiefinspector Bourke zu sprechen?«

Der Constable nickte, der Türsummer ertönte, und Sandra trat ein.

»Hier entlang bitte.« Der Beamte bedeutete ihr, ihm zu folgen.

Christopher Bourke sah Sandra erstaunt an, als der Constable sie in sein Büro führte.

»Ms Flemming! Sie hätte ich nicht erwartet.«

»Inspector, Sie hatten mich nach dem Namen von Harris Garveys Schwester gefragt.« Sandra kam gleich zur Sache und schlug Bourkes Angebot aus, sich zu setzen. »Mir ist er wieder eingefallen, und auch, dass Ivonne Garvey in Neuseeland lebt.« Schnell, bevor Bourke stutzig werden konnte, warum sie das bei ihrer ersten Vernehmung nicht ausgesagt hatte, berichtete Sandra, wie Ivonne Garvey auf die Nachricht, ihr Bruder sei ermordet worden, reagiert hatte. Routiniert machte sich Bourke Notizen und erwiderte tadelnd: »Es wäre besser gewesen, wenn Sie es uns überlassen hätten, Ms Garvey zu informieren.«

»Es war eine spontane Entscheidung.«

»Sie scheinen zu spontanen Reaktionen zu neigen, Ms Flemming.«

»Was wollen Sie damit andeuten, Inspector?«

Er überlegte, bevor er antwortete: »Ms Flemming, nach allem, was ich über Ihre Beziehung zu Harris Garvey weiß, könnte ich Verständnis dafür aufbringen, dass Ihnen die Nerven durchgegangen sind. Er hat sie gereizt, vielleicht sogar beleidigt, und da haben Sie zugeschlagen. Sie hatten es nicht geplant, aber wir alle geraten mal in Situationen, in denen wir die Kontrolle verlieren können. Schließlich haben Sie Tage zuvor das Opfer geohrfeigt.«

»Ich habe es nicht getan!«, rief Sandra aufgeregt. »Ich wusste, es ist ein Fehler, Sie aufzusuchen, denn Sie haben sich längst darauf eingeschossen, mich hinter Gitter zu bringen, dabei dachte ich, Sie, Inspector, wären anders als diese Finchmere. Sie sind nicht einmal gewillt, die Möglichkeit, dass jemand anderer Garvey auf dem Gewissen hat, in Betracht zu ziehen.« Sandra redete sich in Rage. »Was ist mit Eliza Dexter oder dem Ehepaar Penrose? Garvey wollte

Emma und George aus ihrem Cottage vertreiben, um an dieser Stelle eine Wellness-Abteilung zu bauen, und George Penrose ist ein großer und kräftiger Mann ...«

»Für die Penroses lege ich meine Hand ins Feuer«, unterbrach Bourke sie bestimmt. »Ich kenne das Ehepaar seit vielen Jahren, und Mr Penrose löst Probleme auf andere Arten als mit Gewalt, und was Eliza Dexter angeht ...« Er machte eine bedeutungsvolle Pause und sah Sandra aufmerksam an. »Dass Sie keine Freundinnen sind, ist eindeutig, Ms Dexter hat aber kein überzeugendes Motiv, um als Täterin in Betracht zu kommen.«

»Im Gegensatz zu mir, ich verstehe.« Sandra wandte sich zur Tür und hatte die Hand bereits auf der Klinke, als Bourke aufsprang und mit ein paar Schritten neben sie trat.

»Warten Sie bitte, Ms Flemming. Ich wollte Sie nicht brüskieren, sondern Ihnen nur aufzeigen, dass ich alle Aspekte berücksichtige und Sie nicht automatisch für eine kaltblütige Mörderin halte.«

»Das sieht die Finchmere anders.«

»*Constable* Finchmere«, wies Bourke sie zurecht.

»Von mir aus auch Constable«, antwortete Sandra und berichtete von ihrem Aufeinandertreffen in Looe. »Ihre Mitarbeiterin ist begabt darin, andere Leute fertigzumachen.«

Seine Mundwinkel zuckten, als er erwiderte: »Constable Finchmere schießt manchmal übers Ziel hinaus. Sie werden aber verstehen, dass wir jeder Spur nachgehen müssen, Ms Flemming.«

»Dann überprüfen Sie Ivonne Garvey, ob sie zur Tatzeit wirklich in Neuseeland war«, beharrte Sandra entschlossen.

»Das werde ich tun«, stimmte Bourke zu und fuhr fort: »Es wird Sie interessieren, dass sich inzwischen das junge Paar gemeldet hat. Dieses hatten Sie bei Ihrer Aufzählung möglicher Verdächtiger übrigens vergessen.«

»Wirklich?« Diese Nachricht überraschte Sandra sehr.

Bourke nickte. »Wir haben sie überprüft. Derzeit habe ich keinen Grund, anzunehmen, sie hätten das Geld gestohlen, wären von Garvey überrascht worden und hätten ihn getötet. Beide sind nie zuvor in Erscheinung getreten und völlig sauber, wie man sagt.«

»Das bin ich ebenfalls, trotzdem bin ich Ihre Hauptverdächtige«, erwiderte Sandra verbittert.

»Leider bestätigten Ben und seine Freundin den Streit zwischen Ihnen und Garvey.« Bourke tat so, als habe er Sandras Einwand nicht gehört, und fuhr fort: »In der fraglichen Nacht verließen die beiden das Hotel durch ein Fenster im Erdgeschoss, das geöffnet geblieben war.«

»Dann kann der Mörder jederzeit durch dieses Fenster ins Haus gekommen sein!« Unwillkürlich klammerte Sandra sich an Bourkes Arm, erschrak über ihre Kühnheit und zog ihre Hand zurück, als hätte sie glühendes Eisen berührt. »Inspector, bisher war ich der Meinung, es müsse jemand aus dem Hotel gewesen sein, aufgrund dieser neuen Informationen könnte es sich doch um einen Einbrecher handeln, der das offene Fenster bemerkt und geglaubt hat, im Hotel gäbe es etwas zu holen.«

»Ich kann Ihnen versichern, wir verfolgen auch diese Spur«, bestätigte Bourke. »Fingerabdrücke konnten indes keine mehr festgestellt werden. Übrigens werden die Ermittlungen ab sofort von Constable Greenbow unterstützt, Sie haben ihn eben kennengelernt. Zu dritt haben wir mehr Möglichkeiten.« Bourke öffnete Sandra die Tür und fuhr fort: »Ich danke Ihnen für die Informationen über die Schwester des Opfers, und nach wie vor muss ich Sie bitten, Lower Barton nicht zu verlassen. Sie logieren noch bei Mrs Bowder?«

Sandra nickte. »Glauben Sie mir, Inspector, ich werde nicht abhauen, schon aus eigennützigen Gründen. Es liegt in meinem Interesse, meine Unschuld zu beweisen, und ich werde nichts unversucht lassen, den wahren Täter ausfindig zu machen.«

»Ich untersage Ihnen, selbst Ermittlungen anzustellen«, sagte Bourke streng. »Überlassen Sie das uns.«

»Wenn Sie Ihre Arbeit anständig machen, dann gern«, erwiderte Sandra schnippisch. »Derzeit scheinen Sie aber einen Tunnelblick zu haben, und am Ende dieses Tunnels sehen Sie nur mich.« Ohne ein Abschiedswort verließ Sandra das Revier.

Bourke blieb an der Tür stehen und schaute durch das Fenster Sandra nach, bis sie um die Ecke gebogen war. Irgendwie glaubte er ihr, das spielte aber keine Rolle, als Polizist musste er sich an die Fakten halten. Es konnte jedoch nicht schaden, in dem betreffenden Zeitraum die Passagierlisten der Fluglinien zwischen Wellington und London zu überprüfen. Er ärgerte sich, dass er Ivonne Garvey nicht selbst ausfindig gemacht hatte, aber seit dem Erscheinen von Ben und Tanya war die Schwester des Opfers in den Hintergrund gerückt. Mit May Finchmere würde er sprechen. Ihr Ehrgeiz, diesen Fall zu lösen, in allen Ehren, trotzdem durfte sie niemanden auf offener Straße derart angehen und beleidigen. Mit einer gewissen Wehmut dachte Christopher Bourke an seinen früheren Vorgesetzten. Auch dieser hatte nicht immer völlig korrekt gehandelt und sich hin und wieder im Ton vergriffen, doch er, Bourke, hatte viel von ihm gelernt. Vor allen Dingen, dass vieles nicht so war, wie es auf den ersten Blick zu sein schien, und dass man durchaus die Meinungen und Ansichten anderer in Betracht ziehen sollte.

»Greenbow, kommen Sie bitte in mein Büro«, bat Bourke den Constable und wies den neuen Mitarbeiter an, die notwendigen Genehmigungen einzuholen, um bei den Fluglinien die Passagierlisten einsehen zu können.

Während Sandra im Revier gewesen war, hatte es zu nieseln begonnen. Es war dieser typische, feine englische Regen, der sich wie Nebel auf Haut und Haare legte, ohne dass man durchnässt wurde. Sandra hatte keinen Schirm dabei, außerdem knurrte ihr Magen vernehmlich trotz des Cream Teas am Mittag. Sie überlegte, sich im Supermarkt ein Sandwich zu kaufen. Da sie sich in den letzten Tagen aber ausschließlich von Fast Food ernährt hatte, wollte sie sich heute eine anständige warme Mahlzeit gönnen. Außer dem Pub gab es in Lower Barton nur noch ein Restaurant, das am Abend warme Speisen anbot: das Hotel *Three Feathers*.

Sandra schlug den Jackenkragen hoch und hastete die Fore Street hinunter. Das Hotel befand sich neben der historischen Markthalle, in der jeden Samstag die Farmer aus der Umgebung ihre Waren feilboten.

Angenehme Wärme empfing sie. Ein Kellner fragte nach ihren Wünschen. Nachdem Sandra um einen Tisch für eine Person gebeten hatte, half er ihr aus der Jacke, hängte diese an die Garderobe und führte Sandra zu einem Tisch in der hinteren Ecke. Sandra zählte zwanzig Sitzplätze, deutlich weniger als im Restaurant auf Higher Barton. Die Tische waren mit blütenweißen Decken und je einem Strauß bunter Frühlingsblumen geschmückt, die Stühle mit weichen Sitzkissen versehen. Da dieses Gebäude im frühen 18. Jahrhundert erbaut worden war, hatte der gemütliche Gastraum eine niedrige Decke und eichenholzgetäfelte Wände.

Sie hatte kaum Platz genommen, als eine junge Frau an ihren Tisch trat, die Speisekarte hinlegte und fragte: »Darf ich Ihnen schon etwas zum Trinken bringen? Vielleicht als Aperitif einen Pale Cream Sherry?«

»Ich nehme ein Bitter Lemon«, antwortete Sandra.

»Gern, danke.« Die Bedienung notierte die Bestellung auf ihrem Block, runzelte dann die Stirn, musterte Sandra und stieß hervor: »Sie sind doch ...«

»Für die Bestellung brauche ich noch ein paar Minuten«, sagte Sandra schnell.

Die Kellnerin zögerte, entfernte sich dann aber. Auch Sandra hatte die Bedienung wiedererkannt. Sie war ihr in der Fleischerei bei Mrs Roberts begegnet, ihr Name war Charlie. Sandra schlug die Speisekarte auf und gab vor, das Angebot zu studieren, beobachtete aber aus dem Augenwinkel, wie Charlie dem Kellner etwas ins Ohr flüsterte, woraufhin dieser skeptisch zu Sandra hinübersah. Kurz darauf trat ein kräftiger, älterer Mann aus der Küche hinter dem Tresen hervor. Auch diesem flüsterte Charlie etwas zu. Die Augen des Mannes verengten sich. Er band die Schürze ab und trat zu Sandra an den Tisch.

»Ms Flemming?«, fragte er mit tiefer Stimme und dem typischen harten Dialekt der Einheimischen. »Sie sehen mich erstaunt, Sie in meinem Haus anzutreffen.«

»Guten Abend«, erwiderte Sandra mit einem Lächeln. »Ich

möchte zu Abend essen. Das ist doch ein öffentliches Restaurant, nicht wahr?«

»Wollen Sie nicht eher herumspionieren?«, fragte John Shaw, der Inhaber des *Three Feathers*.

Sandra richtete sich auf und hob das Kinn. »Da ich bereits festgestellt habe, dass in diesem Ort nichts geheim bleibt, werden Sie sicher darüber informiert sein, dass ich derzeit nicht im Romantic Hotel beschäftigt bin. Einzig mein Hunger führt mich heute Abend in Ihr Haus. Oder wollen Sie mir Lokalverbot erteilen?«

Herausfordernd sah Sandra den Inhaber an. Ein Schimmer von Verlegenheit zog über Shaws Gesicht. Deutlich freundlicher antwortete er: »Scheußliche Sache in Higher Barton.« Während seiner nächsten Worte zeigte sich sogar der Anflug eines Lächelns unter seinem grauen, sorgfältig gestutzten Bart im Henriquatre-Stil: »Haben Sie bereits gewählt? Ich kann Ihnen den Lachs empfehlen, wir beziehen ihn jeden Morgen frisch aus Polperro.«

Na also, geht doch, dachte Sandra und antwortete: »Gern folge ich Ihrer Empfehlung, und als Vorspeise nehme ich die Tagessuppe.«

John Shaw nickte dienstbeflissen und entfernte sich. Nach und nach füllte sich das Restaurant, bis jeder Platz besetzt war. Die Spargelcremesuppe wurde bald serviert. Sandra aß mit gutem Appetit. Die Suppe war heiß und cremig, das Brötchen warm und die Butter leicht gesalzen. Da der Hauptgang noch auf sich warten ließ, suchte Sandra die Toilette auf. Mit den sandbraunen Wand- und Bodenfliesen entsprach diese eher dem Stil von vor dreißig Jahren, aber alles war einwandfrei sauber. Eine flache Schale mit getrockneten Blüten verströmte einen angenehmen Duft.

»Eine gute Idee, wir sollten ebenfalls Potpourris in den Waschräumen aufstellen«, murmelte Sandra, während sie sich die Hände abtrocknete. Nun ja, zumindest, wenn sie ihren Job zurückbekommen würde, wonach es im Moment jedoch nicht aussah.

In dem Korridor zwischen dem Restaurant und den Waschräumen befand sich der obligatorische Aufsteller, der in allen britischen Lokalitäten vorhanden ist: bunte Prospekte über die Sehenswürdigkeiten Cornwalls, Hinweise auf Aktivitäten und Theateraufführungen, Landkarten und sogar Werbung von anderen Lokalitäten. An der Wand, in einem Metallregal, steckten Tageszeitungen und eine Auswahl diverser Zeitschriften. Sandras Blick fiel auf ein Magazin mit dem Titel *Southwest Gourmet*. Sie nahm die Zeitschrift, kehrte an ihren Platz zurück und blätterte durch das Hochglanzmagazin. Tea-Rooms, Restaurants und Pubs, die eine ausgefallene und gute Küche boten, waren aufgeführt, Gourmetköche stellten ihre Rezepte vor, und mehrere Seiten beschäftigten sich mit Haushaltstipps. Sandra überflog die Beiträge und wollte das Magazin schon weglegen, als sie die letzte Seite umblätterte. Oben links prangte eine Fotografie von Edouard Peintré – bekleidet mit einer weißen Schürze, auf den hellen Haaren die Kochmütze. Sandra überflog den Text unter dem Foto.

Der Untergang des einst besten Lokals in Lyme Regis war nicht mehr aufzuhalten – an diesem Wochenende schloss Monsieurs Peintrés Restaurant seine Pforten.

Sandra runzelte die Stirn, sah auf das Deckblatt der Zeitschrift und stellte fest, dass sie drei Jahre alt war. Interessiert las sie den Artikel.

Wieder einmal haben die sozialen Medien bewiesen, wel-

174

chen Schaden sie – bei aller Nützlichkeit, die sie zweifelsohne auch haben – anrichten können. Es wird wohl nie geklärt werden, ob der Shitstorm, der sich seit Monaten gegen das Gourmetrestaurant L'Arte richtet, berechtigt war. Wie der Inhaber, der belgische Koch Monsieur Peintré, unserem Blatt gegenüber äußerte, entbehrten die Beschuldigungen jeglicher Grundlage.

»In meinem Lokal wird nur die allerbeste Qualität und alles in absoluter Frische angeboten. Mehr gibt es dazu nicht zu sagen.« Zitat Edouard Peintré.

Immerhin wurde Monsieur Peintré erst vor wenigen Monaten vom Guide Michelin mit dem zweiten Stern ausgezeichnet. Und eben dieser Guide Michelin schrieb als Erster über gewisse Missstände in dem beliebten Restaurant. Wie aus informierten Kreisen zu erfahren ist, sind Überlegungen im Gange, Monsieur Peintré beide Sterne abzuerkennen …

Jemand räusperte sich vernehmlich, und Sandra sah von ihrer Lektüre auf. Mit einem gefüllten Teller stand Charlie am Tisch.

»Ihr Essen, Ms Flemming. Ich hab Sie schon zweimal angesprochen.«

Schnell klappte Sandra das Magazin zu und schob es zur Seite.

»Verzeihen Sie, ich habe Sie nicht bemerkt.«

Charlie stellte den Teller vor Sandra ab. Ihr Blick fiel auf die Zeitschrift. »Ach du meine Güte, wo haben Sie denn das uralte Heft her?«, fragte Charlie.

»Aus dem Regal im Korridor zu den Waschräumen.«

Charlie seufzte und flüsterte dann: »Ich sage Mr Shaw immer wieder, dass wir die alten Sachen wegwerfen und für die Gäste aktuelle Magazine abonnieren sollen, das ist ihm aber zu teuer.« Vielsagend zog sie eine Augenbraue hoch. Da Sandra nur kurz nickte, fragte Charlie, ob sie noch ein Getränk bestellen wolle, was Sandra verneinte.

Der köstliche Duft des gedünsteten Lachses stieg Sandra in die Nase, als Beilagen gab es kleine Kartoffeln, junge, glasierte Zuckermöhren und eine dicke gelbe Soße mit dem genau richtigen Anteil von Senf, um den Fischgeschmack zu unterstreichen, aber nicht zu überdecken. Sandra aß hastig, denn ihre Gedanken drehten sich um den Artikel über Edouard Peintré. Unmittelbar, nachdem sie den letzten Bissen hinuntergeschluckt hatte, verlangte sie nach der Rechnung.

John Shaw kam erneut zu ihr und fragte: »Hat es Ihnen geschmeckt?«

»Ja, ja, es war köstlich«, antwortete Sandra. »Mein Kompliment an die Küche, Mr Shaw.«

»Das nehme ich gern entgegen, in diesem Haus koche ich selbst«, antwortete der Wirt stolz. »«Darf ich Ihnen ein Glas Wein auf Kosten des Hauses bringen lassen? Sozusagen als Entschuldigung für mein Verhalten vorhin. Das war sehr unfreundlich von mir. Wir Gastronomen müssen doch zusammenhalten. Ich werde mich bemühen, das Higher Barton Romantic Hotel nicht länger als Konkurrenz, sondern als Mitbewerber anzusehen. In unserem beschaulichen Lower Barton sollte Platz für zwei Hotels sein. Ich habe gehört, in naher Zukunft wollen Sie einen Spa-Bereich eröffnen. Da kann ich natürlich nicht mithalten, aber ich denke, dass ich…«

»Es tut mir sehr leid, Mr Shaw, aber ich bin in Eile«, unterbrach Sandra seinen Redefluss. »Ich hatte vergessen, dass ich noch einen Termin habe. Wenn ich jetzt bitte die Rechnung haben könnte.«

»Selbstverständlich, Ms Flemming, das Angebot eines Glases Wein bleibt bestehen.« Nein, Sandra täuschte sich nicht, John Shaw zwinkerte ihr tatsächlich zu! »Kommen Sie vorbei, wenn es Ihre Zeit erlaubt.«

Nur mühsam konnte Sandra ihre Ungeduld bezähmen. Als John Shaw mit ihrer Kreditkarte zur Kasse ging, steckte sie das Magazin schnell in ihre Handtasche. Auch wenn es sich um ein altes Heft handelte, wollte sie nicht, dass John Shaw ihren Diebstahl bemerkte.

Das leichte Nieseln war in einen heftigen Regenschauer übergangen. Bis zum Bed & Breakfast benötigte Sandra fünfzehn Minuten. Sie überlegte, wie hilfreich ein Auto wäre. In Edinburgh hatte sie einen Wagen nie vermisst, hier auf dem Land war sie ohne ein eigenes Auto in ihrer Bewegungsfreiheit sehr eingeschränkt. Vielleicht sollte sie endlich die Vergangenheit hinter sich lassen und es wagen, den Führerschein zu machen.

Sie dachte wieder an Edouard Peintré und konnte es kaum erwarten, den Artikel zu Ende zu lesen.

Leider gelang es Sandra nicht, ungesehen in ihr Zimmer zu kommen. Als sie den Fuß auf die unterste Stufe der Treppe setzte, trat Catherine Bowder aus ihrem Wohnzimmer und rief: »Du meine Güte, Sie sind ja nass bis auf die Knochen! Sie müssen gleich Ihre Sachen ausziehen und ein heißes Bad nehmen.«

»Ich stelle mich gleich unter die Dusche.«

»Nichts da, Ms Flemming.« Mrs Bowder gestikulierte heftig. »Ein Bad ist genau das Richtige, sonst holen Sie sich noch eine Lungenentzündung. Ich brühe Ihnen Tee auf und bringe ihn gleich in Ihr Zimmer.«

»Danke«, presste Sandra hervor. Die Pensionswirtin

meinte es ja nur gut, und sie wollte ihr gegenüber nicht unfreundlich sein. Außerdem konnte sie den Artikel auch in der Badewanne lesen.

Eine Stunde später fühlte Sandra sich wirklich herrlich warm und entspannt, was auch dem würzigen Kräutertee von Mrs Bowder zu verdanken war. Im Bademantel, ein Handtuch um die feuchten Haare geschlungen, saß Sandra vor ihrem Laptop und suchte nach dem im Artikel genannten Restaurant. Die weite Welt des Internets brachte ihr Dutzende von Einträgen, Sandra machte sich eifrig Notizen. Die Kirchturmuhr schlug bereits die zweite Nachtstunde, als Sandra den Computer herunterfuhr. Sie stand auf, machte ein paar Lockerungsübungen und bereitete sich mit dem Wasserkocher einen Instantkaffee zu. Schlafen würde sie jetzt ohnehin nicht können, nicht nach den vielfältigen Informationen, die sie gelesen hatte. Was in der Zeitschrift angedeutet worden war, hatte Sandra im Netz bestätigt gefunden: Der belgische Koch Edouard Peintré hatte nach diversen Anstellungen in der Schweiz und in Frankreich in dem Ferienort Lyme Regis an der Küste der Grafschaft Dorset ein eigenes Restaurant eröffnet – klein, aber fein. Und bereits nach einem Jahr erhielt Peintré für seine kulinarischen Kreationen den zweiten Michelin-Stern. Nicht nur die Feriengäste, sondern auch aus dem Umland kamen Gäste nach Lyme Regis, um im *L'Arte* zu speisen. Besonders Peintrés Fischgerichte waren lobend erwähnt worden. Dann wurde das *L'Arte* geschlossen, über den Verbleib des belgischen Kochs schwiegen sich die Medien aus.

Sandra beschäftigten diese Erkenntnisse die ganze Nacht, und sie fragte sich, ob Eliza von dem Vorleben Peintrés gewusst hatte, als sie ihn einstellte. Der Koch ließ keine

Gelegenheit verstreichen, mit seinen Auszeichnungen zu prahlen, hatte aber nie erwähnt, nur hundert Meilen entfernt ein eigenes Restaurant betrieben zu haben. Eine leise Stimme in Sandras Hinterkopf riet ihr, die Sache auf sich beruhen zu lassen. Die Vergangenheit von Edouard Peintré ging sie nichts an. Andererseits hatte das Hotel eine Verantwortung gegenüber seinen Gästen, und auf Peintré lastete immerhin der Vorwurf, minderwertiges Fleisch verwendet zu haben, von der angeblichen Fischvergiftung einmal abgesehen. Sie wollte versuchen, mehr über die Hintergründe herauszufinden, allein schon, um auf andere Gedanken zu kommen.

Endlich brach der Morgen an. Sandra wartete aber noch bis acht Uhr, bevor sie in der Kanzlei von Alan Trengove anrief.

»Es tut mir leid, Mr Trengove ist in den nächsten Tagen bei Gericht in London«, sagte seine Sekretärin. »Wenn es sich um etwas wirklich Dringendes handelt, kann ich versuchen, ihn zu erreichen.«

»Danke, das ist nicht nötig«, erwiderte Sandra enttäuscht. Der Anwalt würde sicher nicht alles stehen und liegen lassen, um den Vorwürfen gegenüber Peintré nachzugehen. Sandra zögerte einen Moment, dann wählte sie die Nummer von Ann-Kathrin. Diese hatte gesagt: »Wenn dir die Decke auf den Kopf fällt und du mal jemanden zum Reden brauchst, kannst du mich jederzeit anrufen. Da Schulferien sind, habe ich jede Menge Zeit.« Sandra musste mit jemandem darüber sprechen, was sie herausgefunden hatte.

Ann-Kathrin zeigte sich über Sandras Anruf erfreut und lauschte aufmerksam den Neuigkeiten, die Sandra über den Koch in Erfahrung gebracht hatte.

»Alan kann sich im Moment nicht darum kümmern«, bestätigte Ann-Kathrin. »Wenn ich aus dem Fenster schaue, dann sehe ich einen schönen, sonnigen Tag heraufziehen. Genau richtig für einen kleinen Ausflug nach Dorset.«

»Du meinst, wir sollen nach Lyme Regis fahren?«, fragte Sandra überrascht und hörte Ann-Kathrin lachen.

»Das wäre das Einfachste, um etwas herauszufinden. Also, halte dich bereit, in einer Stunde hole ich dich ab.«

Ann-Kathrin Trengove nahm die vierspurig ausgebaute A 38 in Richtung Plymouth. Hinter Saltash führte eine breite Brücke über den Tamer, den Grenzfluss zwischen Cornwall und Devon. Parallel dazu verlief die Eisenbahnbrücke, das Wahrzeichen dieser Gegend.

»Ihr vollständiger Name lautet Royal Albert Bridge«, erklärte Ann-Kathrin, nachdem Sandra die außergewöhnliche Konstruktion dieser Brücke bewundert hatte. »Eröffnet im Jahr 1859 im Beisein des Prinzgemahls Albert, daher der Name. Damit war auch Cornwall an das englische Schienennetz angebunden. Der Entwurf stammt von Isambard Kingdom Brunel, einem Ingenieur aus Portsmouth, der an der feierlichen Eröffnung wegen Krankheit nicht teilnehmen konnte. Tja, wenig später verstarb Brunel.«

»Gibt es eigentlich etwas, das du über Land und Leute nicht weißt?«, fragte Sandra. »Du bist wie ein wandelndes Lexikon.«

Ann-Kathrin zwinkerte ihr zu und lachte. »Immerhin bin ich Lehrerin und muss meinen Schülern etwas beibringen können. Darüber hinaus war Geschichte schon immer mein Hobby, und ich liebe meine Heimat Cornwall.«

Kurz vor Exeter gerieten sie wegen Bauarbeiten in einen

Stau, doch nach einer Weile ging es auf der A 30 wieder zügig voran. Mit allen Sinnen nahm Sandra die Landschaft in sich auf. Südengland war so ganz anders als Schottland, aber nicht minder schön. Immer wieder passierten sie uralte Cottages mit schiefen Wänden, kleinen, bleiverglasten Fenstern und blumengeschmückten Vorgärten. Viele der Häuser waren mit Reet gedeckt. Links und rechts der Straße weideten Rinder und weiße Schafe mit schwarzen Köpfen. Ann-Kathrin verließ die A 30 hinter der Stadt Honiton und fuhr auf der A 35 in Richtung Küste. Hier wurde die Straße enger und führte durch kleine Dörfer, in denen die Zeit stehengeblieben zu sein schien. Nach knapp drei Stunden erreichten sie Lyme Regis, einen Ort mit rund viertausend Einwohnern, der in den Sommermonaten ein beliebtes Ausflugsziel war. Obwohl das Wasser für ein Badevergnügen noch zu kalt war, tummelten sich zahlreiche Menschen auf dem breiten und langen Sandstrand im Westen der Stadt. Die Parkplätze am Strand waren belegt, deshalb musste Ann-Kathrin mehrmals durch die Ortschaft fahren, bis sie endlich einen Platz fand, auf dem sie parken konnte, ohne einen Strafzettel zu riskieren.

Während sie ausstiegen, fragte Ann-Kathrin: »Warum hast du keinen Führerschein, Sandra? In unserem Alter ist das eher ungewöhnlich.«

»Es hat sich nie ergeben«, antwortete Sandra knapp und zog den Zettel, auf dem sie die Adresse des Restaurants notiert hatte, aus der Hosentasche. »Coombe Street«, las sie vor und überprüfte die Karte auf ihrem Handy. »Wir müssen über den Fluss auf die andere Seite.«

Nach wenigen Minuten hatten die beiden Frauen die angegebene Adresse erreicht. Von einem französischen Gourmettempel war jedoch nichts mehr zu erkennen – mittlerweile befand sich die Filiale einer britischen Pizzakette in den Räumen. Sie traten ein, und Sandra fragte eine der Servicekräfte: »Früher war hier doch ein französisches Restaurant, nicht wahr?«

Die Frau nickte. »Ja, ich kann mich daran erinnern. Es wurde geschlossen, seit zwei Jahren sind wir jetzt hier.«

»Können Sie uns etwas über die Umstände, die zur Schließung des Lokals führten, sagen?«, fragte Ann-Kathrin.

»Keine Ahnung.« Die Bedienung zuckte die Schultern. »Ich weiß nur das, was in den Zeitungen stand. Offenbar war in der Küche nicht alles sauber und so. Warum wollen Sie das eigentlich wissen?«

»Ich war früher oft hier zum Essen«, schwindelte Ann-Kathrin, »und bedaure, dass in der Gegend keine gute französische Küche mehr zu finden ist. Aus diesem Grund würde ich gern in Erfahrung bringen, ob der Koch vielleicht in einer anderen Stadt ein neues Restaurant eröffnet hat.«

»Fragen Sie mal Kenny, er war Kellner in dem Lokal, jetzt arbeitet er im *Royal Lion Inn*.«

»Sie haben uns sehr geholfen, danke«, sagte Sandra, und zu Ann-Kathrin auf der Straße. »Wie unschuldig du schwindeln kannst.«

»Manchmal heiligt der Zweck eben die Mittel«, antwortete Ann-Kathrin grinsend. »Dann wollen wir diesen Kenny mal fragen, hoffentlich treffen wir ihn an.«

Das *Royal Lion Inn* lag direkt an der Hauptstraße, keine hundert Fuß vom Strand entfernt, ein Hotel im Stil des *Three Feathers* in Lower Barton. Eine Kupfertafel an dem dreistöckigen Gebäude wies darauf hin, dass das Haus im Jahr 1601 erbaut worden war und zu den Sehenswürdigkeiten von Lyme Regis zählte.

Ken Wilton, genannt Kenny, war ein mittelgroßer, unter-
setzter Mann Mitte dreißig. Sandra und Ann-Kathrin
bestellten je eine Tasse Tee und baten Ken, sich zu ihnen zu
setzen.

»Wir würden mit Ihnen gern über die Zeit sprechen, als sie
im *L'Arte* beschäftigt waren«, sagte Sandra, und Ann-Kathrin
fügte ergänzend die Erklärung hinzu, die sie der Servicekraft
im Schnellrestaurant gegeben hatte.

Er sah sich um, zögerte, nahm dann aber Platz. »Gerade ist
nicht viel zu tun, ein paar Minuten kann ich erübrigen. Was
wollen Sie wissen? Das Restaurant gibt es schon lange nicht
mehr, und ich habe dort auch nur vier Monate gearbeitet,
dann wurden die Pforten geschlossen. Ich hatte echt Glück,
hier sofort einen neuen Job zu bekommen.«

Sandra und Ann-Kathrin tauschten verstohlen einen Blick,
erleichtert, dass Kenny sich über ihr Interesse nicht wunderte.

»Können Sie uns sagen, warum das Gourmetrestaurant
schließen musste?«, fragte Sandra direkt.

»Der Inhaber war pleite. Nach den schlechten Kritiken
blieben die Gäste aus. Das kann ein Lokal ein paar Wochen,
vielleicht auch einige Monate durchstehen, aber irgendwann
ist halt Sense.«

Seine Aussage deckte sich mit dem, was Sandra herausgefunden hatte und was in dem Magazin angedeutet worden
war. Sie hakte nach: »Dem Inhaber wurde vorgeworfen, minderwertiges Fleisch zu verwenden, und die Hygiene in der
Küche wurde angezweifelt.«

Verächtlich stieß Kenny die Luft aus und antwortete: »So
ein Quatsch! Monsieur Peintré war ein Spitzenkoch, der
in seiner Arbeit aufging. Sie wissen, wie das mit solchen

183

Behauptungen ist. Irgendwann kam ein Restaurantkritiker vom Guide Michelin zu uns. An diesem Abend war ich nicht anwesend, ich hatte mich wegen einer Erkältung krank gemeldet. Ein Kollege berichtete mir später, dass Peintré mit einem der Gäste in Streit geraten war und ihn aus dem Lokal geworfen hat.«

»Dann wurde im Guide Michelin eine negative Bewertung veröffentlicht, und die Vermutung liegt nahe, dass ausgerechnet dieser Gast der Kritiker gewesen war«, fasste Sandra zusammen.

Kenny nickte. »Das hat Peintré ziemlich zu schaffen gemacht, dennoch dachte er, die Sache würde keine zu hohen Wellen schlagen. Solche Meldungen sind schnelllebig, und nicht alle orientieren sich an den Empfehlungen dieses Restaurantführers. Aber danach ging es erst richtig los. Ist einmal ein Verdacht in die Welt gesetzt worden, dann verbreitet sich dieser rasend schnell. In allen einschlägigen Blogs und Plattformen im Netz hagelte es plötzlich schlechte Bewertungen, und die Sache gipfelte schließlich in einer Anzeige. Eine Frau behauptete, sich in unserem Restaurant eine Fischvergiftung zugezogen zu haben, an der sie beinahe gestorben wäre.«

»Und?« Gespannt beugten Sandra und Ann-Kathrin sich gleichzeitig vor.

Kenny zuckte die Schultern. »Peintré konnte nichts nachgewiesen werden, die Sache verlief im Sand. Das Mobbing im Netz und in der Presse wurde jedoch immer schlimmer, auch hier in Lyme Regis gab es tagelang kein anderes Gesprächsthema. Gäste kamen natürlich keine mehr.«

Sandra nickte verstehend. Etwas in dieser Art hatte sie vermutet. Sie empfand Mitleid mit Edouard Peintré, denn irgendwie glaubte sie nicht, dass die gegen ihn erhobenen Vorwürfe der Wahrheit entsprachen.

»Meiner Ansicht nach war das eine abgemachte Kampagne gegen Peintré«, sagte Kenny, als hätte er Sandras Gedanken erraten.

»Wer hätte ein Interesse daran gehabt, ihm derart zu schaden?«, fragte Sandra.

Kenny beugte sich vor und flüsterte: »Wenn Sie mich fragen, steckte jemand dahinter, der mit Peintré eine persönliche Rechnung offen hatte.«

»Wissen Sie, was Monsieur Peintré danach gemacht hat oder wohin er gegangen ist?«, fragte Ann-Kathrin.

»Null Ahnung. Nachdem das Restaurant verkauft war, ist er aus der Stadt verschwunden.« Kenny schaute über die Schulter, da vier Gäste den Raum betraten. »Ich muss jetzt wieder an meine Arbeit.«

»Danke, Mr Wilton, Sie haben uns sehr geholfen«, sagte Sandra.

Er lächelte. »Keine Ursache. Ich hab zwar keine Ahnung, warum Sie die alte Geschichte interessiert, aber Peintré war ein ausgezeichneter Koch. Menschlich jedoch« – er grinste vielsagend – »nun ja, nicht einfach, oft richtiggehend cholerisch, wenn etwas nicht nach seinem Willen ging oder jemand wagte, ihm zu widersprechen. Nicht gerade ein Typ, der nur Freunde hat. Deswegen zerstört man aber doch nicht eine ganze Existenz!«

»Die Menschheit scheint immer mehr zu verrohen«, sagte Sandra. »Gerade in der vermeintlichen Anonymität des Internets glauben viele, ungestraft Beleidigungen schreiben und Menschen mit Schmutz bewerfen zu können.«

»Kenny, hast du nichts zu tun?«, ertönte eine männliche

Stimme und enthob Ken einer Antwort. Er nickte den beiden Frauen zu und widmete sich dann den neu angekommenen Gästen.

ZWÖLF

»Du hattest erwähnt, dass der Koch kein besonders sympathischer Mensch ist«, sagte Ann-Kathrin während der Rückfahrt nach Cornwall, »und obwohl ich ihm bisher nicht begegnet bin, tut er mir leid, wenn die Anschuldigungen gegen ihn haltlos waren.«

»Ich glaube auch nicht, dass Peintré derart verantwortungslos gehandelt hat«, bestätigte Sandra.

Ann-Kathrin sah für einen Moment zu Sandra, konzentrierte sich dann wieder auf den Verkehr und fragte: »Könnte dies etwas mit dem Mord zu tun haben?«

»Harris Garvey hat dasselbe herausgefunden wie wir«, platzte Sandra heraus. Dieser Gedanke war ihr genau in diesem Moment durch den Kopf geschossen. »Wahrscheinlich wollte er Peintré kündigen und seine unrühmliche Vergangenheit öffentlich machen, womit Peintrés Ruf ein weiteres Mal zerstört worden wäre.«

»Wenn Peintré in eurem Hotel gute Arbeit leistet – warum hätte Garvey so etwas tun sollen?«

»Weil es zu ihm passt.«

»Und deswegen hat der Koch ihn umgebracht?« Ungläubig schüttelte Ann-Kathrin den Kopf. »Das klingt ziemlich hanebüchen.«

»Du kanntest Harris nicht.« Verächtlich zogen sich Sandras Mundwinkel nach unten. »Es machte ihm Spaß, andere Menschen zu zerstören.«

»Dann war er ein sehr armseliger Kerl«, erwiderte Ann-Kathrin. »Wer es für sein Ego nötig hat, andere fertigzumachen, um sich selbst besser zu fühlen …« Sie schüttelte missbilligend den Kopf. »Solche Menschen tun mir leid.«

»Es ist nicht unmöglich, dass Harris von Peintrés Vergangenheit Kenntnis erhielt und ihn mit den Vorwürfen konfrontierte«, beharrte Sandra. »Ich habe es ja auch zufällig herausgefunden.«

Nachdenklich runzelte Ann-Kathrin die Stirn. »Wenn wir davon ausgehen, dass Harris im Affekt erschlagen wurde und der Täter erst dann nachdachte, wie er die Spuren verwischen kann, könnten wir den Koch tatsächlich in Betracht ziehen. In der betreffenden Nacht war Peintré im Haus, und nach deinen Schilderungen wäre er auch körperlich in der Lage, den Toten in die Kühltruhe zu legen.«

Sandra nickte nachdenklich und erwiderte: »Ich danke dir, dass du mit nach Lyme Regis gefahren bist.«

»Du musst Alan informieren. Er kann mehr Hintergründe herausfinden.«

»Wenn er aus London zurück ist, werde ich mit ihm sprechen«, versprach Sandra und deutete auf das Hinweisschild einer Raststätte. »Sollen wir noch einen Kaffee trinken?«

Ann-Kathrin nickte, setzte den Blinker und bog in die Ausfahrt ein.

Im Hotel fand Sandra die Rezeption verwaist vor und rümpfte unwillig die Nase. Sie musste zweimal die Glocke betätigen, bis Eliza Dexter endlich aus der Tür, die zu den Wirtschaftsräumen führte, trat.

»Ja, ja, ich komme ja schon!« Dann erkannte Eliza Sandra und seufzte. »Sie schon wieder.«

»Warum ist die Rezeption unbesetzt?«, fragte Sandra.

»Die Gäste sind beim Dinner, und heute Abend erwarten wir keine Anreisen«, antwortete Eliza, biss sich auf die Unterlippe und fuhr dann fort: »Außerdem geht Sie das nichts mehr an, Sandra.«

»Ich bin nicht gekommen, um mit Ihnen zu streiten, Eliza«, erwiderte Sandra entschlossen, »sondern Sie zu bitten, mir die Personalakte von Edouard Peintré zu zeigen.«

»Warum sollte ich das tun?« Hätte Sandra einen rosa Elefanten gefordert, hätte Eliza nicht überraschter sein können.

»Sie haben das Personal ausgewählt und eingestellt, und ich möchte …«

»Wozu ich von der Zentrale autorisiert wurde«, schnitt Eliza Sandra das Wort ab. »Außer natürlich die Anstellungen von Harris Garvey und von Ihnen. Darüber entschieden Mr Henderson und der Vorstand in Schottland direkt.«

Grimmig sah sie Sandra an, die verhalten seufzte. Eliza würde wohl nie damit aufhören, darauf hinzuweisen, für wie unpassend sie die Entscheidung des Vorstandes hielt. Mühsam beherrscht bat Sandra: »Ich weiß, dass ich Sie nicht zwingen kann, mir die Akte zu geben, daher kann ich Sie nur darum bitten, Eliza. Das hat in keiner Weise etwas mit Ihrer Kompetenz zu tun oder dass ich Zweifel daran hege, dass Sie die richtige Wahl getroffen haben.«

Da in diesem Moment der Kellner Lucas mit einem vollen Teller an ihnen vorbeieilte, wurde Eliza einer Antwort enthoben. Lucas schenkte Sandra keine Beachtung und hatte es sehr eilig.

Nur eine Minute später klirrte es in der Küche, und Sandra und Eliza hörten Peintré schreien: »Eine solche Unverschämtheit ist mir noch nie untergekommen!«

Entsetzt sahen sich die Frauen an, dann eilten sie gemeinsam in die Küche. Wie ein begossener Pudel stand Lucas, mit Suppe bekleckert, inmitten der Scherben. Peintré griff zu einer Kasserolle und schleuderte diese in Richtung der Tür. Sandra konnte sich gerade noch ducken, um dem Topf auszuweichen. Er schlug gegen die Wand, in Sahne gekochte Stücke von roter Bete fielen zu Boden, Spritzer trafen Eliza im Gesicht.

»Sind Sie verrückt geworden, Peintré?«, schrie Eliza, stürmte auf den Koch zu und wäre womöglich handgreiflich geworden, wenn Sandra sie nicht am Arm gepackt und aufgehalten hätte.

»Was hat das zu bedeuten?«, fragte Sandra beherrscht.

»Meine Suppe soll versalzen sein!«, rief Peintré mit hochrotem Kopf. »Versalzen! Pah! Ich habe noch nie etwas versalzen, und wenn etwas nicht schmeckt, dann hat die da das getan.« Er zeigte auf Olivia Pool, die wie ein geprügelter Hund in der Ecke stand, die Augen erschrocken aufgerissen. »Absichtlich natürlich!«

»Warum sollte Ms Pool etwas Derartiges machen?«, fragte Sandra erstaunt.

»Weil sie alles tut, um mich zu ärgern!«

Sandra wandte sich an den Kellner und fragte: »Gibt es eine Beschwerde?«

Lucas nickte. »Der Geschäftsmann, der heute Morgen eingetroffen ist, meint, die Suppe wäre salzig, und ich ...«

Unsicher sah Lucas zu Peintré. »Also, ich habe die Suppe probiert, sie ist tatsächlich sehr gut gewürzt«, fuhr er bemüht diplomatisch fort.

»Das ist nicht meine Schuld!«, polterte Peintré wütend. »Der Mann hat wahrscheinlich keinen Geschmack, oder die Pool war es.«

»Selbst wenn die Suppe versalzen sein sollte, ist das kein Grund, mit Geschirr und Töpfen um sich zu werfen«, sagte Sandra und sah den Koch streng an. Dann wandte sie sich Olivia Pool zu. »Wischen Sie bitte auf und räumen Sie die Scherben weg. Wir, Monsieur Peintré, sprechen uns später, wenn Sie mit Ihrer Arbeit fertig sind. Der Schaden wird von Ihrem Gehalt abgezogen.« Dann sah sie zu Lucas und fuhr fort: »Richten Sie dem Gast bitte eine Entschuldigung aus und bieten Sie ihm eine andere Vorspeise an. Er soll sich auf Kosten des Hauses ein Getränk auswählen.«

Sandra verließ die Küche, ohne darauf zu achten, ob Olivia Pool ihren Anweisungen folgte, und hörte, wie Peintré fragte: »Seit wann hat die hier wieder das Sagen?«

In der Halle holte Eliza sie ein und sagte: »Sie haben erstaunlich ruhig reagiert, Sandra.«

»Wenn ich mich auch noch aufgeregt hätte, hätte das an der Situation nichts geändert und wäre nur Wasser auf Peintrés Mühlen gewesen.«

»Ich war kurz davor, ihm eine Ohrfeige zu verpassen«, murmelte Eliza und wischte mit einem Taschentuch über ihr Gesicht. »Danke, dass Sie mich zurückgehalten haben«, fügte sie leise hinzu, mied jedoch den Blickkontakt mit Sandra.

»Ja, das kann durchaus auch friedliebenden Menschen passieren«, bemerkte Sandra trocken.

Eliza errötete. Die Anspielung darauf, dass sie der Polizei erzählt hatte, wie Sandra Garvey geohrfeigt hatte, hatte sie genau verstanden. »Vielleicht war ich etwas voreilig im Bezug auf Sie.«

Sandra bemerkte, wie schwer Eliza diese Worte fielen, und sagte betont munter: »Sie sollten die Waschräume aufsuchen, Eliza. Sie sehen wie ein Indianer auf dem Kriegspfad aus.«

Eliza grinste, und Sandra erkannte sogar den Anflug von Bewunderung in ihrem Blick. Eliza wirkte plötzlich weniger streng und unnahbar.

»Darf ich die Akte einsehen?«, wiederholte Sandra ihre Frage. »Nach diesem unschönen Vorfall möchte ich mehr über unseren cholerischen Monsieur erfahren.«

Eliza zögerte nicht länger und erwiderte: »Ausnahmsweise stimme ich Ihnen zu und werde die Unterlagen gleich heraussuchen. Wäre es besser, Peintré zu kündigen? Ein derartiges Verhalten sollten wir ihm nicht durchgehen lassen.«

Sandra erstaunte es, dass Eliza auf ihre Meinung Wert legte. »Geben wir ihm noch eine Chance«, schlug sie vor und dachte: Wenn er Harris getötet hat und ich ihm das beweisen kann, muss er das Hotel ohnehin verlassen. Eliza wollte sie über ihre Erkenntnisse nicht informieren, denn Sandra traute ihr nach wie vor nicht, auch wenn sie sich heute ein wenig zugänglicher gezeigt hatte.

Wie von Sandra erwartet, endete Peintrés Lebenslauf im Sommer 2014, nachdem er das Restaurant in Lyme Regis geschlossen hatte. Danach war kein weiteres Beschäftigungsverhältnis in einem anderen Lokal aufgeführt. Mit der Akte in der Hand suchte Sandra Eliza an der Rezeption auf, deutete auf den Lebenslauf und sagte: »In Monsieur Peintrés Lebenslauf klafft eine Lücke. Haben Sie ihn gefragt, wo er die letzten drei Jahre beschäftigt war?«

»Selbstverständlich!«, erwiderte Eliza. »Er erklärte, er habe sich eine Auszeit genommen und wäre gereist, um die kulinarischen Spezialitäten in anderen Ländern kennenzulernen.«

»Womit hat er solche Reisen finanziert?«

»Das geht uns nichts an«, antwortete Eliza. »An Peintrés Reputation und an den vorliegenden Zeugnissen vergangener Anstellungen gibt es keinen Zweifel. Jeder Mensch darf sich auch einmal um sich selbst kümmern, ohne jemandem Rechenschaft ablegen zu müssen.«

Das konnte Sandra nicht widerlegen. Wenn sie selbst Peintrés Unterlagen geprüft und er ihr gesagt hätte, er wäre auf Reisen gewesen, hätte auch sie nicht gezögert, ihn einzustellen.

»Bis auf die heutige Kritik war das Essen immer tadellos, und es gab noch nie Beschwerden«, fügte Eliza mit einem nun wieder trotzigen Unterton hinzu, als würde Sandra ihre Kompetenz infrage stellen. »Wenn Sie jedoch der Meinung sind, Monsieur Peintré wäre fehl am Platz, dann teilen Sie es Mr Henderson mit.«

»Das habe ich mit keiner Silbe angedeutet«, antwortete Sandra. »Jedem kann mal ein Fehler passieren. Peintrés Behauptung, die Küchenhilfe würde seine Arbeit boykottieren, überrascht mich allerdings. Das Verhältnis zwischen den beiden scheint nicht das beste zu sein, oder?«

Eliza zuckte mit den Schultern. »Nun, die Zusammenarbeit mit unserem Koch ist nicht einfach, aber an Olivia Pool scheint sein unkollegiales Verhalten abzuprallen. Sie ist sehr still, kaum zu bemerken, und an ihrer Arbeit habe ich ebenfalls nichts auszusetzen.«

»Dann teilen Sie meinen Eindruck, dass Peintré übertreibt?«

»Hm ...« Eliza drehte Sandra den Rücken zu und nahm einen Papierstapel vom Tresen auf. »Wenn Sie mich nun bitte entschuldigen würden? Ich habe jede Menge Arbeit.«

Sandra kehrte in die Küche zurück. Inzwischen waren die Scherben beseitigt und der Boden und die Wand sauber gemacht worden. Glücklicherweise war die Küche deckenhoch gefliest, so hatte die Rote Bete keine dauerhaften Spuren hinterlassen. Edouard Peintré hatte sich auch wieder beruhigt. Konzentriert, ohne Sandra zu beachten, dekorierte er in vier Schälchen eine Schokoladencreme mit selbst hergestellten Marzipanrosen. Seine Bewegungen waren ruhig, fast zärtlich. Dann trat er einen Schritt zurück und betrachtete zufrieden sein Werk.

»Sie können es rausgeben, Pool«, sagte er. Die Küchenhilfe nahm die Schüsselchen und stellte sie auf die Anrichte unter die jeweiligen Bestellzettel. Erst jetzt bemerkte der Koch Sandra und raunzte: »Was wollen Sie schon wieder in meiner Küche?«

»Wie ich vorhin sagte, möchte ich mit Ihnen sprechen, Monsieur Peintré. Wenn Sie bitte ins Büro kommen würden?«

»In einer halben Stunde«, antwortete er und deutete auf einen der Backöfen. »Ich habe ein Soufflé im Rohr, das ich keine Sekunde aus den Augen lassen werde.«

»Ich werde warten.«

An der Tür trat Olivia Pool einen Schritt zur Seite, um

Sandra vorbeizulassen. Sandra bemerkte ihre geröteten Augen. Sie nahm Olivia am Arm und zog sie so weit in den Korridor hinaus, dass Peintré sie nicht mehr hören konnte.

»Verhält er sich Ihnen gegenüber immer so despotisch?«

Olivias Mundwinkel zuckten. »Das mit der Suppe war ich nicht«, flüsterte sie. »Ich habe den Topf gar nicht angerührt.«

»Ich glaube Ihnen«, erwiderte Sandra. »Warum erhebt Monsieur Peintré solche Vorwürfe gegen Sie? Ich kann mir nicht vorstellen, dass ausgerechnet Sie etwas tun, um ihn zu ärgern oder in Misskredit zu bringen.«

»Ich weiß es nicht, ich glaube, er hasst einfach alle Frauen.« Olivia klammerte sich an Sandras Arm, ihre Augen füllten sich mit Tränen, als sie raunte: »Bitte, entlassen Sie mich nicht, ich brauche diesen Job! Egal, wo man arbeitet – überall gibt es Licht und Schatten. Wenn Sie mir kündigen, weiß ich nicht, wohin ich gehen soll.«

»Keine Sorge, Olivia, ich glaube Ihnen. Selbst wenn Ihnen ein Fehler passiert sein sollte – wegen einer solchen Lappalie wird niemand entlassen.« Obwohl Sandra einige Jahre jünger als Olivia war, tätschelte sie wie eine Mutter deren Hand. »Stehen Sie ganz allein auf der Welt?«, fragte sie voller Mitgefühl.

Olivia Pool nickte und sah besorgt zur Tür. »Ich muss weitermachen, sonst wird Monsieur wieder zornig.« Wie von einer großen Last niedergedrückt, hinkte Olivia davon. Sandra würde Peintré auffordern, Olivia freundlicher zu behandeln. Sie bezweifelte allerdings, dass er ihrer Bitte nachkommen würde.

Aus Interesse suchte Sandra die Personalakte von Olivia Pool heraus. Es überraschte sie nicht, zu erfahren, dass die

Frau erst Mitte vierzig war, obwohl sie mindestens zehn Jahre älter aussah. Erstaunt las Sandra jedoch, dass Olivia ein Hochschulstudium in Französisch und Spanisch erfolgreich abgeschlossen und als Dolmetscherin für verschiedene Firmen gearbeitet hatte, zuletzt für einen Autokonzern in Nordengland. Vor ein paar Wochen hatte Olivia den Job von sich aus gekündigt, das von der Firma ausgestellte Zeugnis war einwandfrei. Warum war sie nach Cornwall gekommen und arbeitete ausgerechnet als Küchenhilfe? Ich brauche das Geld, hatte Olivia gesagt, und Sandra fragte sich, was der Auslöser gewesen sein könnte, eine gut bezahlte Arbeit aufzugeben, um eine deutlich schlechter dotierte Beschäftigung anzunehmen, bei der Olivia sich zusätzlich einem Despoten wie Peintré unterordnen musste. Vielleicht hatte Olivia einen Unfall gehabt, war dadurch lange aus ihrem beruflichen Umfeld herausgerissen worden und hatte keine andere Anstellung mehr gefunden. Allerdings fiel es Sandra schwer, sich die verhärmte, zurückhaltende Frau als Dolmetscherin vorzustellen. Das war ein Beruf, in dem man mit Menschen zu tun hatte und auf diese zugehen musste. Olivia Pool erschrak ja schon, wenn sie nur angesprochen wurde. In Olivias Leben musste etwas Gravierendes geschehen sein, das die Frau derart verändert hatte.

»Schleppt in diesem Haus eigentlich jeder ein Geheimnis mit sich herum?«, murmelte Sandra.

Da sie nun schon mal dabei war, sah sie auch noch die Akten des restlichen Personals durch, entdeckte aber keine weiteren Auffälligkeiten. Über Eliza Dexter fanden sich keine Unterlagen, da diese in der Zentrale in Edinburgh aufbewahrt wurden. Sandra überlegte, ob es eine Möglichkeit gab, sich in die EDV der Firma einzuloggen, denn alle Akten wurden auch digital erfasst. Sandra konnte mit Computern zwar gut umgehen, die Kenntnisse, um ein verschlüsseltes System zu hacken, fehlten ihr jedoch, ganz abgesehen davon, dass sie sich strafbar machen würde.

Obwohl Eliza Dexter sich nach dem Vorfall in der Küche etwas aufgeschlossener gezeigt hatte, gärte in Sandra nach wie vor das Misstrauen gegenüber der kommissarischen Managerin. Im Prinzip verdächtigte Sandra alle, die in dem Hotel beschäftigt waren. Dass es ein Dieb gewesen war, der zufällig beobachtet hatte, wie das junge Paar ein Fenster offen stehen ließ und spontan eingestiegen war, zog Sandra nicht in Erwägung. Sie war überzeugt davon, dass das Motiv für Harris' Ermordung in seinem Umfeld zu finden war.

Es wunderte Sandra nicht, dass Edouard Peintré sich keiner Schuld bewusst war, als sie ihn später auf sein ungebührliches Verhalten ansprach.

»In der Küche habe ich das Sagen. Wenn Sie damit nicht einverstanden sind, kann ich ja gehen.«

Sandra unterdrückte ein Schmunzeln, denn der untersetzte Mann verzog den Mund wie ein trotziges Kind. Sie erwiderte: »Ihre Kompetenz wird nicht infrage gestellt, Monsieur, ich muss Sie aber bitten, Ihre eigenen Fehler nicht anderen Personen anzulasten.«

»Wenn Sie glauben, ich hätte die Suppe versalzen …«

»Vergessen wir die Suppe«, unterbrach Sandra ihn entschlossen. »Ich denke nicht, dass Olivia dafür verantwortlich war, und ich fordere Sie auf, Ihre Mitarbeiterin künftig respektvoller zu behandeln.«

Edouard Peintré verstand, dass dies keine Bitte, sondern eine Anweisung war, trotzdem erwiderte er provozierend:

»Haben Sie mir überhaupt etwas zu sagen? Wurden Sie wieder eingestellt?«

»Ich bin nur vorübergehend beurlaubt, nicht entlassen, und meine derzeitige Position tut nichts zur Sache. Mit Respekt und gegenseitiger Kollegialität müsste ein reibungsloser und spannungsfreier Ablauf in diesem Haus möglich sein, Monsieur Peintré. Das Wohl der Gäste steht an erster Stelle. Diesbezüglich sind wir doch sicher einer Meinung, nicht wahr?«

Es gab nichts, was der Koch dagegen einwenden konnte, daher fragte er nur: »Kann ich an meine Arbeit zurückgehen, Ms Flemming?«

Peintré war bereits an der Tür, als Sandra trocken sagte: »Wusste Mr Garvey, welche Vorwürfe gegen Sie erhoben wurden, als Sie Ihr Lokal in Lyme Regis haben schließen müssen?«

Wie unter einem elektrischen Schlag zuckte Peintré zusammen. »Wie … was … ich habe keine Ahnung, was Sie andeuten wollen.«

Sandra trat dicht vor ihn und sah ihm ernst in die Augen. Er hielt ihrem Blick zwar stand, seine Lider flatterten jedoch nervös.

»Ich glaube, Sie wissen ganz genau, wovon ich spreche, Monsieur Peintré, aber keine Sorge, die Vergangenheit hat keine Auswirkungen auf Ihr aktuelles Arbeitsverhältnis. Von mir wird niemand davon erfahren, sofern Sie sich künftig zivilisierter verhalten.«

»Ich habe mir niemals etwas zuschulden kommen lassen«, erwiderte Peintré, »und um Ihre Frage zu beantworten: Ich glaube nicht, dass Mr Garvey davon Kenntnis hatte, wie übel mir mitgespielt worden ist. Wie haben Sie davon erfahren?«

Sandra zuckte mit den Schultern und winkte ab. »Ein Zufall, der mich aber doch sehr überrascht hat. Warum haben Sie es nie erwähnt?«

Erst jetzt schien Peintré zu verstehen, warum Sandra diese Fragen stellte. Seine dunklen Augen wurden fast schwarz, als er zischte: »Sie wollen doch nicht andeuten, ich könne Garvey ermordet haben, weil er von den Vorwürfen, ich würde minderwertige Qualität auf den Tisch bringen, Kenntnis hatte?« Aufgebracht wich er zurück und hob abwehrend die Hände, da er die Antwort in Sandras Mimik las. »Sind Sie verrückt geworden? Eine solche Unterstellung ist eine bodenlose Frechheit!«

»Sie können gehen, Monsieur«, erklärte Sandra kühl. »Wie gesagt: Solange Sie Ihre Arbeit ordentlich verrichten, sprechen wir nicht mehr von vergangenen Zeiten. Sie werden sich nach meinen … nach Ms Dexters Anweisungen richten und zukünftig Ihr Temperament zügeln. Ich denke, wir haben uns verstanden?«

Peintré zögerte, als läge ihm noch etwas auf der Zunge, seufzte dann aber nur und verließ das Büro.

»Weiberwirtschaft!«, hörte Sandra ihn verächtlich murmeln und bereute es, dass sie dem Koch gegenüber ihren Verdacht angedeutet hatte. Sollte sie recht haben, konnte sie vielleicht Peintrés nächstes Opfer sein.

DREIZEHN

Chiefinspector Christopher Bourke hatte sich an diesem Morgen bereits um fünf Uhr aus dem Bett gequält, da es zu dieser Zeit in Neuseeland früher Abend war und er mit Ivonne Garvey und den dortigen Kollegen telefonieren konnte. Die Frau schien mit dem Tod ihres Bruders nichts zu tun zu haben. Wie Sandra Flemming ihm berichtet hatte, heuchelte Ivonne keine Trauer, es gab aber keinen Hinweis darauf, dass sie zum Zeitpunkt von Garveys Verschwinden das Land verlassen hatte. Die neuseeländischen Kollegen hatten die Mitarbeiter des Kosmetikinstitutes befragt – alle gaben ihrer Chefin ein lückenloses Alibi, ihr Name tauchte auch in keiner der Passagierlisten auf.

Als Christopher Bourke gegen sieben Uhr das Revier betrat, saß May Finchmere bereits an ihrem Schreibtisch. Aus ihrem Dutt hatten sich einige Haarsträhnen gelöst und fielen ihr ins Gesicht, ihre Augen waren dunkel umschattet und ihr Teint fahl.

»Du meine Güte, Constable! Waren Sie etwa die ganze Nacht über hier?«, fragte Bourke.

Sie nickte müde. »Ich habe auch etwas sehr Interessantes gefunden, Sir …«

»Später.« Bourke winkte ab. »Jetzt gehen wir erst rüber in

den Supermarkt, Sie sehen aus, als könnten Sie einen starken Kaffee und ein anständiges Frühstück vertragen.«

Unwillig schüttelte May Finchmere den Kopf und erwiderte: »Sir, es ist wirklich …«

»Was immer es ist, es hat Zeit bis später«, beharrte Bourke. Ganz uneigennützig war sein Vorschlag nicht. Er hatte selbst noch nicht gefrühstückt, lediglich eine Tasse Tee getrunken, und sein Magen knurrte vernehmlich.

May Finchmere war jedoch nicht bereit, mit ihren neuen Erkenntnissen hinter dem Berg zu halten und platzte heraus: »Die Flemming ist vorbestraft!«

»Was sagen Sie da?« Bourke schnappte nach Luft, vergessen war der Hunger.

May Finchmere lächelte triumphierend und erklärte langsam, jedes Wort betonend: »Vor einigen Jahren wurde Sandra rechtmäßig verurteilt. Die Strafe wurde zwar zur Bewährung ausgesetzt, die Frau ist aber aktenkundig.«

Bourke atmete schneller. Auch wenn seine Mitarbeiterin Sandra unter allen Umständen überführen wollte, würde Constable Finchmere sicher nicht so weit gehen, eine falsche Behauptung aufzustellen.

»Woher haben Sie diese Information?«, fragte Bourke. »Ms Flemmings Vorstrafenregister war blütenrein, als ich es im Rahmen der Ermittlungen überprüft habe.«

»Tja, die Sache liegt Jahre zurück und wurde im Register inzwischen gelöscht«, antwortete May Finchmere. »Das Internet vergisst jedoch nie, und es ist mir gelungen, einen alten Bericht über den damaligen Prozess über Sandra Flemming zu finden. Daraufhin habe ich weiter nachgeforscht und schließlich Einsicht in die Akte erhalten, die noch existiert.« Zufrieden und zugleich überheblich fügte sie noch hinzu:

»Auch wenn eine Eintragung im Register gelöscht wurde – Papier ist geduldig. Zum Glück, wie sich heute zeigt.«

»Deswegen haben Sie die Nacht durchgearbeitet?«, fragte Bourke. »Sie würden wohl alles dafür tun, Ms Flemming als Täterin zu überführen, nicht wahr?«

»Ich möchte nur die Wahrheit finden und keinen Verbrecher entkommen lassen«, erwiderte sie mit einem herausfordernden Blick. »Wenn meine Arbeit von Erfolg gekrönt ist, verzichte ich gern auf ein paar Stunden Schlaf. Sie fragen gar nicht, welcher Straftat sich die Flemming schuldig gemacht hat, Sir.«

»Sie werden es mir sicher gleich mitteilen, Constable«, antwortete Bourke und fühlte sich zunehmend unwohl. Nicht nur, weil er offenbar besser hätte recherchieren sollen, sondern hauptsächlich deshalb, weil Sandra Flemming ihm noch mehr verschwiegen hatte.

May drückte auf eine Taste der Tastatur, der Drucker warf eine Seite aus, und sie reichte ihm das Blatt.

»Lesen Sie selbst, Sir. Ich glaube, dann werden Sie verstehen, dass es im Moment wichtigere Dinge als ein Frühstück gibt.«

Sandra blinzelte, als es energisch an der Tür klopfte. Zuerst dachte sie, geträumt zu haben, das Klopfen hielt jedoch an, und Catherine Bowder rief: »Ms Flemming, sind Sie schon wach?«

»Jetzt ja.« Sandra rieb sich die Augen und schielte zum Wecker. Es war erst halb acht. Das einzig Positive an ihrer Suspendierung war, dass sie jeden Morgen ausschlafen konnte. Sie tappte zur Tür, öffnete sie und spähte durch den Spalt.

»Ach, Ms Flemming, endlich!«

»Was gibt es, Mrs Bowder?« Die Wirtin war noch im Morgenmantel, das Haar unfrisiert. »Brennt das Haus, oder warum sind Sie so aufgeregt?«

Die Pensionswirtin rang die Hände und sah Sandra um Verzeihung bittend an. »Es tut mir leid, Sie geweckt zu haben, aber der Chiefinspector ist unten und will Sie sprechen. ›Unverzüglich!‹, sagte er und schien ziemlich ungehalten zu sein.«

Sandra seufzte. Die halbe Nacht hatte sie wach gelegen und darüber nachgedacht, ob Peintré ein kaltblütiger Mörder sein könnte.

»Waschen und anziehen darf ich mich wohl noch?«, fragte sie unwillig. »Ich bin in zwanzig Minuten unten. Was immer der Chiefinspector will – es wird so lange warten müssen.«

Christopher Bourke nippte gerade am Kaffee, als Sandra eine halbe Stunde später in den Frühstücksraum trat. Höflich erhob er sich.

»Bleiben Sie sitzen, Inspector«, meinte Sandra. »Ist noch Kaffee in der Kanne? Was immer Sie um diese Uhrzeit hierherführt, bevor sich nicht eine Mindestmenge an Koffein in meinem Magen befindet, werde ich keine Fragen beantworten.«

»Woraus schließen Sie, dass ich Fragen an Sie habe?«, erkundigte sich Bourke.

»Warum sonst sollten Sie mich aufsuchen?« Gierig trank Sandra den schwarzen Kaffee.

»Können wir ein paar Schritte gehen?«, fragte Bourke und sah sich um. Obwohl sie allein waren, senkte er die Stimme, als er fortfuhr: »Ich muss mit Ihnen unter vier Augen sprechen.«

Sandra lag die Bemerkung auf der Zunge, sie habe nichts zu verbergen, erst recht nicht vor der freundlichen Catherine Bowder, fügte sich aber dem eindringlichen Blick des Chiefinspectors. In ihrem Magen rumorte es unangenehm. Wenn er gekommen war, um ihr mitzuteilen, es seien Beweise aufgetaucht, die für ihre Unschuld sprachen, oder er habe den Täter gar verhaftet, dann würde er sie nicht so nachdenklich mustern und könnte vor Mrs Bowder offen sprechen.

»Sie sollten sich eine Jacke anziehen«, sagte Bourke, »es ist neblig und frisch draußen. Ich möchte nicht, dass Sie sich erkälten.«

»Wie aufmerksam von Ihnen«, spöttelte Sandra. Sie hatte das Gefühl, er spräche zu ihr wie ein Vater zu seinem Kind, dabei war der Chiefinspector ein paar Jahre jünger als sie. Unwillkürlich lächelte Sandra.

»Darf ich an Ihrer Erheiterung teilhaben?«, fragte Bourke prompt.

»Ach, ich fragte mich gerade, ob Sie Kinder haben«, antwortete Sandra ehrlich.

»Mein Privatleben tut nichts zur Sache«, antwortete er schroff, einen rosa Schimmer auf den Wangen.

»Verzeihung, ich wollte in kein Fettnäpfchen treten.« Sandra wusste nicht, warum sie das gesagt hatte. Verstohlen musterte sie die Hände des Chiefinspectors. Seine Finger waren lang und schmal wie bei einem Klavierspieler und unberingt. Daraus zu schließen, er sei ledig, wäre jedoch voreilig. Vielleicht durften Polizisten bei der Ausübung ihres Jobs keinen Schmuck tragen? Warum interessiert es dich, ob dieser Typ verheiratet und Familienvater ist?, schimpfte Sandra mit sich selbst.

Sie stellte die Tasse auf den Tisch und sagte betont energisch: »Dann lassen Sie uns rausgehen, Sir, je eher ich Ihre Fragen hinter mir habe, desto besser.«

Feuchter Nebel lag über den Dächern. Fröstelnd zog Sandra ihre Jacke fester um sich und folgte Bourke die Straße hinauf. Nach fünfzig Yards bog er auf einen schmalen Trampelpfad ein, der weiter in die Höhe führte.

»Wollen Sie eine Wanderung unternehmen oder mich befragen?«, rief Sandra und blieb keuchend stehen. Es machte sich bemerkbar, dass sie sich seit Wochen nicht mehr sportlich betätigt hatte. »Wenn ich das Bedürfnis nach frischer Luft habe, dann genieße ich diese lieber nicht in Gesellschaft der Polizei.«

»Sie können mich nicht leiden.« Es war keine Frage, sondern eine Feststellung. »Das kann ich Ihnen nicht verdenken, kaum jemand sucht freiwillig den Kontakt mit Angehörigen meines Berufsstandes.«

»Meine Güte, reden Sie doch nicht so geschwollen!«, entfuhr es Sandra. »Wenn Sie es aber wissen wollen: Ja, es stimmt, mir wäre es lieber, wenn Sie und ich nichts miteinander zu tun hätten. Ich sage es jetzt zum gefühlten hundertsten Mal: Ich habe Harris Garvey nicht umgebracht! Sagen Sie mir endlich, was Sie auf dem Herzen haben, damit wir es hinter uns bringen können.«

Er musterte sie eindringlich, und Sandra meinte, eine gewisse Sorge in seinem Blick zu erkennen.

»Ich dachte, bei einem Spaziergang spricht es sich leichter«, sagte Christopher Bourke. »Schade, dass der Nebel so dicht ist, von hier oben hat man einen schönen Blick über Lower Barton. An klaren Tagen können Sie sogar das Meer sehen.«

Unwillkürlich folgten Sandras Augen seiner Hand, die über das Tal deutete. Lediglich die verzierten Spitzen des Kirchturms ragten aus dem Nebel heraus, trotzdem konnte sie sich den Ausblick bei schönem Wetter vorstellen.

»Pst, leise und nicht bewegen«, flüsterte Bourke plötzlich. Zwei Meter vor ihnen kauerte eine rot-gestreifte Katze am Wegrand, die Ohren gespitzt, den buschigen Schwanz peitschend, zum Sprung bereit. »Wir wollen ihn doch nicht bei der Jagd nach seinem Frühstück stören.«

»Ihn? Woher wissen Sie, dass es ein Kater ist? Kennen Sie das Tier?« Unwillkürlich flüsterte auch Sandra.

Bourke grinste und erklärte: »Rothaarige Katzen sind meistens männlich, das ist eine Laune der Natur. Ebenso wie die dreifarbigen, auch Glückskatzen genannt, in der Regel Weibchen sind.«

»Aha …«

In diesem Moment machte der Kater einen Satz, seine Pfoten krallten sich in das dichte Gras, dann lief er, eine braune Maus im Maul, davon, um seine Mahlzeit an einem ruhigen Plätzchen zu genießen.

»Guten Appetit«, rief Bourke dem Tier lachend nach.

Sandra kam aus dem Staunen nicht heraus. Das hier war ein anderer Christopher Bourke, als sie ihn bisher kennengelernt hatte. Er ging mit ihr spazieren, zeigte ihr den Ausblick – na ja, eher das dichte Nebelfeld – und schien etwas von Katzen zu verstehen.

»Haben Sie Haustiere?« Die Frage entschlüpfte ihr unversehens.

»Kann es sein, dass Sie sich heute intensiv für mein Privatleben interessieren, Ms Flemming?«

Nun war es an Sandra, zu erröten.

Er tat, als hätte er diese Reaktion nicht bemerkt, und fuhr fort: »Auch wenn es keine Rolle spielt: Nein, ich bin weder verheiratet, noch habe ich Kinder – jedenfalls keine, von denen ich weiß, und in meinem Haus leben auch keine Katzen oder Hunde. Bei meinen unregelmäßigen Arbeitszeiten kann ich mich nicht um Tiere kümmern.«

»Ein Goldfisch wäre vielleicht eine Alternative.«

»Fische habe ich am liebsten gebraten auf dem Teller«, erwiderte er und zwinkerte ihr zu.

»Kommen Sie endlich zur Sache, Inspector«, forderte Sandra ihn auf, denn die Tatsache, dass sie und Bourke ungezwungen miteinander scherzten, gefiel ihr gar nicht. »Was haben Sie mir zu sagen, das Mrs Bowder nicht erfahren soll? Wohl kaum, dass Sie den Täter gefunden oder sich neue Beweise ergeben haben, die meine Unschuld bestätigen? Beides würde mich sehr freuen, und dann wäre ich auch bereit, Ihnen die frühe Störung zu verzeihen.«

Christopher Bourke wurde sehr ernst, als er ohne weitere Umschweife fragte: »Warum haben Sie verschwiegen, dass Sie eine Jugendstrafe verbüßt haben?«

Jegliche Farbe wich aus Sandras Wangen. Sie rang nach Luft, wich einige Schritte zurück und streckte abwehrend die Hände aus.

»Wie haben Sie das erfahren?«

»Das ist mein Job. Es wäre besser gewesen, wenn Sie es mir gesagt hätten.«

Sandra senkte den Kopf und murmelte: »Das ist Jahre her, es war eine Jugendsünde, außerdem wurde die Strafe zur Bewährung ausgesetzt. Ich habe die Sozialstunden abgeleistet und dachte nicht, dass die Angelegenheit immer noch bei der Polizei aktenkundig ist.«

»Tatsächlich ist es aus Ihrem Vorstrafenregister gelöscht worden, die Akte existiert aber noch«, bestätigte Bourke. »Da ich einen Mord aufzuklären habe und Sie zum Kreis der Verdächtigen zählen, ist jede Kleinigkeit wichtig. Leider haben Sie bereits weitere wichtige Tatsachen verschwiegen, Ms Flemming, und ich weiß nun wirklich nicht, was ich von Ihnen halten soll und was ich Ihnen glauben kann.«

Ein Verdacht beschlich Sandra, und sie fragte: »Die Finchmere hat es herausgefunden, nicht wahr?« Sie las die Antwort im Gesicht des Chiefinspectors und ballte die Hände zu Fäusten. »Mein Gott, was hat diese Frau gegen mich, dass sie sogar uralte Geschichten ausgräbt, um mich zu belasten? Hören Sie, Inspector, ich habe damals Mist gebaut. Aber nur, weil ich ein Mal ohne Führerschein gefahren bin, heißt das noch lange nicht, dass ich eine Mörderin bin!«

»Beruhigen Sie sich bitte, Ms Flemming«, erwiderte Bourke. »Möchten Sie mir erzählen, was damals geschehen ist? Ich bilde mir gern selbst meine Meinung.«

Am liebsten hätte Sandra kehrtgemacht, hätte sich in der Pension unter der Bettdecke vergraben und wäre niemals wieder hervorgekommen. Bourke würde jedoch nicht locker lassen, und es war besser, wenn er ihre Version hörte, anstatt nur das zu erfahren, was in den Akten vermerkt war.

»Ich war erst sechzehn, aber das wissen Sie ja, und hatte natürlich noch keinen Führerschein. Mein Freund, vier Jahre älter, ließ mich manchmal mit seinem Wagen auf Feldwegen fahren. An diesem Abend waren wir zusammen mit Freunden in einem Club in Inverness. Na ja, eigentlich hätten die mich dort wegen meines Alters gar nicht reinlassen dürfen, mein Freund kannte aber einen der Türsteher. Meine Eltern waren übers Wochenende verreist, die hätten mir das nämlich nicht erlaubt. Mein Freund und die beiden anderen hatten sehr viel getrunken, sie waren richtig besoffen. Ich dagegen hatte mich mit Cola und Organgensaft begnügt.«

»Daher haben Sie sich entschlossen zu fahren?«, warf Bourke ein, als Sandra eine Pause machte.

Sie nickte. »Heute weiß ich, dass das sehr dumm von mir war. Wir hätten das Auto stehen lassen sollen, aber Busse oder Züge fuhren um diese Uhrzeit keine mehr, und ein Taxi wäre viel zu teuer gewesen. Mein Freund wollte unbedingt selbst fahren, meinte, er würde das schon hinbekommen, aber ich hatte Angst, er könnte einen Unfall bauen. Solange ich auf der A 9 war, war alles in Ordnung. Diese Straße ist gut ausgebaut, und es herrschte nur wenig Verkehr. Hinter Grantown-on-Spey wird die Straße aber schmal und kurvig und führt durch ein dichtes Waldgebiet. Der Morgen graute bereits, denn im Sommer sind die Nächte in Schottland kurz. Nach einer Kurve stand plötzlich ein Hirsch mitten auf der Fahrbahn, seine Augen blitzten im Scheinwerferlicht. Ich bremste und riss das Steuer herum, ein Baumstamm kam auf mich zu, und dann krachte es schon. Bevor ich das Bewusstsein verlor, sah ich noch, dass das Tier unbeschadet in den Wald lief«, endete Sandra leise.

»Sie und Ihre Freunde erlitten glücklicherweise nur leichte Verletzungen, stand in dem Bericht«, sagte Bourke.

»Wir hatten mehr Glück als Verstand oder einen aufmerksamen Schutzengel. Der Wagen war Schrott, und die Versicherung zahlte natürlich nicht. Bei der Verhandlung sah es der Jugendrichter als strafmindernd an, dass ich mich in der Absicht, meinen betrunkenen Freund vom Fahren abzuhalten, hinters Steuer gesetzt hatte. Meine Eltern waren mehr entsetzt als wütend, brummten mir für die gesamten

Sommerferien trotzdem Hausarrest auf. Meinen Freund habe ich das letzte Mal bei der Gerichtsverhandlung gesehen, ein paar Wochen später erfuhr ich, dass er mit einem anderen Mädchen zusammen war. Alles Weitere wissen Sie, Inspector.«

»Sie leisteten zwei Jahre lang Sozialstunden in einem Pflegeheim«, ergänzte Bourke.

»Seitdem habe ich mich nie mehr hinter das Steuer eines Autos gesetzt«, fuhr Sandra fort. »Manchmal überlege ich, ob ich versuchen soll, den Führerschein zu machen, konnte mich aber bisher noch nicht dazu durchringen.«

»Man muss sich seinen Ängsten stellen, um sie zu überwinden«, sagte Bourke einfühlsam. »Wenn ich Ihnen irgendwie helfen kann ...«

»Sie? Wollen Sie mir etwa das Autofahren beibringen? Gehört das auch zu den Aufgaben von Polizeibeamten?«

»Äh – nein, ich meinte nur ...« Verlegen scharrte Christopher Bourke mit der Fußspitze im Gras.

Obwohl die Situation alles andere als zum Lachen war, schmunzelte Sandra. Wenn er nur nicht immer gleich erröten würde, dachte sie. Das erweckte den Anschein von Unsicherheit und erleichterte ihm seine Arbeit bestimmt nicht. Es war wohl besser, das Thema nicht zu vertiefen, daher sagte sie: »Habe ich jetzt wieder größere Chancen, Ihre Hauptverdächtige zu sein, nachdem Sie wissen, dass ich einmal mit dem Gesetz in Konflikt geraten bin?«

»Diese frühere Sache hat keine Auswirkungen auf die aktuellen Ermittlungen«, antwortete Bourke. »Constable Finchmere allerdings ...« Bourke verstummte, konnte aber einen kleinen Seufzer nicht unterdrücken.

»Die hat sich wie ein Bullterrier in die Sache verbissen,

um mich hinter schwedische Gardinen zu bringen, und wird nicht lockerlassen, bis die Beute erlegt ist«, stellte Sandra sachlich fest.

»Oh, scheren Sie nicht alle Bullterrier über einen Kamm«, erwiderte Bourke mit dem Anflug eines Lächelns. »Als ich ein Kind war, hatte mein Onkel einen solchen Hund. Sein Name war Racer, und er wollte immer nur spielen oder gekrault werden. Am liebsten zwischen den Ohren oder am Bauch. Racer war wohlerzogen und das liebste Haustier, das man sich vorstellen kann.«

»Es war nur eine Floskel«, sagte sie leise, streckte die Hand aus, um ihn am Arm zu berühren, vergrub dann aber beide Hände in den Taschen ihrer Jeans.

Er nickte. »Ich habe verstanden, was Sie ausdrücken wollten, Ms Flemming. Gibt es sonst noch etwas, das ich wissen sollte?«

Sandra dachte an Edouard Peintré. Da sie wusste, wie schnell jemand vorverurteilt werden konnte, wollte sie den Koch nicht unnötig belasten, zumal sie nicht untermauern konnte, dass Harris von den früheren Vorfällen überhaupt Kenntnis gehabt hatte.

»Nein, Sir«, sagte Sandra, vermied es aber, den Chiefinspector anzusehen. »Darf ich wieder zurückgehen?«, fuhr sie fort. »Ich glaube, ich kann jetzt ein herzhaftes Frühstück vertragen.«

Christopher Bourke begleitete sie zur Pension zurück, verabschiedete sich und versprach, Sandra über die weiteren Ermittlungen auf dem Laufenden zu halten.

Was für weitere Ermittlungen?, fragte sich Sandra genervt. Diese gingen doch nur in die eine Richtung – ihre Schuld zu beweisen. Trotzdem ließ sie sich das Frühstück schmecken.

Früher hatte sie nie gefrühstückt, nur im Stehen schwarzen Kaffee getrunken, jetzt jedoch freute sie sich jeden Morgen darauf. Die gute kornische Luft regte offensichtlich ihren Appetit an.

Catherine Bowder sah Sandra zwar aufmerksam an, war aber diskret und stellte keine Fragen darüber, weshalb Bourke sie hatte sprechen wollen. Sandra war hin und her gerissen. Ein Teil von ihr fühlte sich befreit. Zum ersten Mal hatte sie mit einem Fremden über den Unfall gesprochen; nicht einmal Harris hatte davon gewusst. Er hatte sich zwar gewundert, warum Sandra keinen Führerschein besaß, hatte nach den Gründen aber nie gefragt. In ihrem Elternhaus war *ihre Jugendsünde,* wie ihre Mutter es bezeichnete, in den letzten Jahren kein Thema mehr gewesen, die Eltern hatten ihr verziehen. Sandra konnte allerdings nicht einschätzen, ob DCI Bourke dieses Wissen gegen sie verwenden würde. Auf der anderen Seite war es so, wie Sandra gesagt hatte: Nur, weil sie ein Mal einen Fehler gemacht hatte, bedeutete das nicht, dass sie einen Menschen kaltblütig ermordete. Es war zwar Wasser auf Constable Finchmeres Mühlen, aber instinktiv spürte Sandra, dass Bourke seine Mitarbeiterin im Zaum halten würde. Trotzdem durfte sie sich nicht auf die Arbeit der Polizei oder des Anwalts Trengove verlassen. Es war an der Zeit, selbst aktiv zu werden. Wenn sie nur wüsste, wo sie ansetzen sollte.

VIERZEHN

Chiefinspector Christopher Bourke ärgerte sich über sich selbst. Warum hatte er sich nur zu der Bemerkung, Sandra beim Erlernen des Autofahrens behilflich zu sein, hinreißen lassen? Oberste Priorität bei Verbrechen war der professionelle Abstand zu allen Beteiligten – das hatte er schließlich in all den Jahren von seinem früheren Vorgesetzten gelernt und bisher auch immer befolgt. Er hatte sich einzig auf Beweise zu stützen, persönliche Gefühle durften keine Rolle spielen. Auch wenn Bourke für die Opfer und deren Angehörigen durchaus Mitgefühl aufbrachte – gegenüber allen, die zum Kreis der Verdächtigen zählten, galt es, gebührenden Abstand zu wahren. Sandra Flemming war immer noch die Hauptverdächtige. Sie hatte ein Motiv; ihr Alibi, sie habe geschlafen, war so gut wie nichts wert. Obwohl der Haftrichter sie entlassen hatte, war der Verdacht nicht ausgeräumt. Etwas tief in ihm weigerte sich jedoch, Sandra für schuldig zu halten, und er klammerte sich an die Hoffnung, den Studenten den Mord beweisen zu können. Obwohl die Indizien durchaus gegen die beiden sprachen, war das überzeugendste Argument ihrer Unschuld, dass Ben und Tanya nach Higher Barton zurückgekehrt waren, um ihre Schulden zu begleichen. Es gab zwar die These, Mörder kehrten oft an den Ort ihrer Taten zurück, die beiden schienen aber nicht so dumm zu sein, sich einer solchen Gefahr auszusetzen. May Finchmere hatte deren Verhältnisse überprüft. Beide stammten aus wohlhabenden Familien, studierten in Oxford, gehörten zu den Besten ihrer jeweiligen Jahrgänge und waren bei Dozenten, Professoren und Kommilitonen gleichermaßen beliebt. Ihr Vorstrafenregister war blütenweiß, es gab nicht einmal einen Strafzettel wegen zu schnellen Fahrens. Nur weil sie sich auffällig kleideten und schmückten, durfte er sie nicht automatisch der kriminellen Szene zuordnen. Die Staatsanwaltschaft teilte diese Meinung, und solange Bourke ihnen die Tat nicht nachweisen konnte, galten Ben und Tanya als unschuldig. So wie auch Sandra. Aus welchem Blickwinkel Christopher Bourke den Fall auch betrachtete: Es gab zwar Indizien und Motive, aber nichts, das hieb- und stichfest war. Er seufzte. Es schien, als würde er wieder ganz am Anfang stehen, und er grübelte darüber nach, was er übersehen haben konnte. Jeder Mörder hinterließ Spuren und machte irgendwann einen Fehler. Was sah er bei diesem Fall nicht? War seine Beförderung zum DCI vielleicht voreilig gewesen und er einer solchen Aufgabe nicht gewachsen?

Als Christopher Bourke am nächsten Morgen das Revier betrat, fiel die Tür hinter ihm lauter als nötig ins Schloss.

»Haben Sie schlecht geschlafen?«, fragte Constable Finchmere. »Bei allem Respekt, Sir, aber Sie sehen furchtbar aus. Warum kommen Sie erst jetzt?«

»Ihre Komplimente sind äußerst aufbauend«, knurrte Bourke. »Ich hatte etwas zu erledigen und bin Ihnen keine Rechenschaft schuldig.«

Vielsagend zog May Finchmere eine Augenbraue hoch,

ihre Mundwinkel zogen sich aber nach unten, als Bourke fortfuhr: »Ich will mit diesem Paar sprechen, Constable. Sorgen Sie dafür, dass sie aufs Revier kommen.«

»Ben und Tanya?«

»Ja, ich glaube, so lauten ihre Namen, oder denken Sie, ich leide an Demenz?«

»Das liegt mir fern, Sir«, antwortete May Finchmere eisig. In einer derart schlechten Stimmung hatte sie ihren Vorgesetzten noch nie erlebt. Sie vermutete, dass etwas vorgefallen war, aber er hatte recht: Ein Chiefinspector musste seinem Constable gegenüber keine Rechenschaft ablegen. Trotzdem wagte sie zu fragen: »Haben sich neue Verdachtsmomente gegen die Studenten ergeben? Ich dachte, sie wären außen vor, und ich …«

»Sie sollen nicht denken, sondern tun, was ich Ihnen sage«, blaffte Christopher Bourke. »Ich will die beiden in einer Stunde in meinem Büro haben, verstanden?« Auch die Tür zu seinem Büro knallte geräuschvoll zu.

Heute Morgen war dem Chef eine ganz besonders große Laus über die Leber gelaufen, dachte May Finchmere. Sie würde seine Anweisungen natürlich befolgen. Sollte Bourke die Studenten ruhig erneut in die Mangel nehmen, sie, May, blieb bei ihrer Überzeugung, dass diese Flemming Harris Garvey auf dem Gewissen hatte. Frauen wie sie, die nur mit ihren langen Wimpern klimpern und ihre vollen Lippen schmollend schürzen müssen, schreckten schließlich vor nichts zurück. May Finchmere hatte diesbezüglich ausreichend Erfahrungen gemacht.

Christopher Bourke indes bereute seine harschen Worte, als er allein in seinem Büro war. Auch wenn die Zusammenarbeit mit May Finchmere nicht einfach war, hätte er seine schlechte Laune nicht an ihr auslassen sollen. Dass Sandra Flemming ihm aber ihre Jugendstrafe verschwiegen hatte, beschäftigte ihn mehr, als er sich eingestehen wollte.

Eine knappe Stunde später rutschte Tanya unsicher auf dem harten Stuhl hin und her. Der Blick aus ihren hellblauen Augen wirkte unschuldig, als sie erklärte: »Wir haben Ihnen doch alles gesagt, was wir wissen, Sir.«

»Genau!«, bekräftigte Ben und drückte beruhigend die Hand seiner Freundin. »Sie haben gesagt, Sie würden uns glauben und nicht denken, dass wir diesen Mann getötet haben. Warum hätten wir das tun sollen?«

Christopher Bourke fixierte zuerst Tanya, die schnell den Kopf senkte, dann sah er zu Ben. Dieser hielt seinem bohrenden Blick stand.

»Ich habe zwar keinen Beweis, dass Sie Garvey getötet haben, das bedeutet aber nicht, dass Sie außen vor wären. Ihre Geschichte könnte auch erfunden sein, um von sich abzulenken.«

»Wir haben niemanden ermordet!«, rief Tanya, und plötzlich rannen ihr Tränen über die Wangen. »Wenn wir gewusst hätten, was in dem verdammten Hotel passieren wird, wären wir niemals in dieses Auto gestiegen und hätten uns lieber vom Regen aufweichen lassen.«

»Wenn das so ist, werden wir ab sofort nichts mehr sagen.« Bens Gesichtszüge verhärteten sich. »Es ist mir gestattet, zu telefonieren, Sir? Ich werde meinen Vater anrufen, damit er unseren Anwalt einschaltet.«

»Ach, Ben, ich wusste, dass das nicht gut gehen kann«, schluchzte Tanya und wischte sich mit dem Ärmel über die triefende Nase. »Ich will nicht in den Knast.«

»Halt die Klappe!«, zischte Ben zwischen zusammengepressten Lippen, seine Augen funkelten zornig.

»Worüber soll sie den Mund halten?« Gespannt beugte Bourke sich vor und schaute das Mädchen an, das mit den Nerven fertig zu sein schien. »Was haben Sie uns verschwiegen?«

Bourke bemerkte, wie Ben seiner Freundin unter dem Tisch kräftig auf den Fuß trat. Tanya zuckte zusammen und knetete ihre Finger, bis die Knöchel knackten. »Wir müssen die Wahrheit sagen, sonst hängen die uns einen Mord an.«

Bourke konnte ihr Flüstern kaum verstehen. Er wandte sich an Ben und sagte: »Am besten lassen Sie mich mit Ihrer Freundin allein.«

»Auf keinen Fall!«

Bourke stand auf, öffnete die Tür und rief: »Constable Finchmere, bitte kümmern Sie sich um den jungen Mann. Er darf das Revier nicht verlassen.«

Ben blieb nichts anderes übrig, als aufzustehen, als May Finchmere neben ihn trat. Mit hochrotem Kopf rief er Tanya zu: »Kein Wort! Die können uns nichts beweisen, wenn du die Klappe hältst. Ich rufe sofort meinen Vater an.«

»Bitte, kommen Sie mit.« May Finchmeres strenger Blick signalisierte, dass sie Ben zur Not auch Handschellen anlegen würde.

Bourke schloss die Tür hinter den beiden, zog einen Stuhl heran und setzte sich neben die immer noch weinende junge Frau. »Ihnen liegt doch etwas auf dem Herzen, Tanya«, sagte er sanft. »Es wird Sie erleichtern, endlich die Wahrheit zu sagen.«

Sie hob das tränenüberströmte Gesicht und flüsterte: »Wir

haben den Mann nicht umgebracht! Wir haben ihn gar nicht gesehen und wussten nicht, dass er tot war. Das schwöre ich.«

»Was ist in dieser Nacht im Hotel passiert?«

Tanyas Lippen zuckten, als sie stockend zu erzählen begann: »Ben und ich – wir waren in einem Club in Bodmin – haben dort abgetanzt. War aber nicht so toll, daher gingen wir bald wieder und waren im Hotel zurück, bevor der Haupteingang abgeschlossen wurde. Als wir auf dem Weg in unser Zimmer waren, hörten wir die Frau und den Mann im Büro miteinander sprechen. Dieses Mal stritten sie zwar nicht, aber die Frau schien wieder ziemlich wütend zu sein. Inspector, was das betrifft, haben wir nicht gelogen, ehrlich nicht!«

»Ich glaube Ihnen«, antwortete Bourke schlicht. »Was geschah dann?«

»Ben war nicht müde, er wollte noch etwas trinken, wir hatten aber nichts mehr im Zimmer«, fuhr Tanya leise fort. »Er wollte in die Bar hinunter, nachsehen, ob er was finden würde. Ich sagte, das wäre Diebstahl, aber Ben meinte, wir könnten es am nächsten Tag bezahlen. Ich ging mit ihm nach unten. Alles war ruhig, nur im Büro brannte noch Licht, und die Tür stand offen. Wir können fragen, ob wir was zum Trinken bekommen, hat Ben vorgeschlagen und ging hinein. Es war niemand da, aber der Tresor stand offen, und ganz viel Geld lag einfach so herum ...« Sie verstummte, und Bourke konnte sich den Rest denken.

»Sie haben das Geld genommen und sind abgehauen«, stellte er fest.

Tanya nickte. »Zuerst wollte ich es nicht, Ben hatte es aber schon in seine Taschen gesteckt. Dann sind wir zurück ins Zimmer, haben unsere Sachen gepackt und sind aus dem Fenster rausgeklettert. So, wie wir es Ihnen erzählt haben.«

»Erinnern Sie sich an die Uhrzeit?«

Sie nickte. »Es war kurz vor Mitternacht.«

»Und Sie haben die ganze Zeit niemanden gesehen und auch nichts gehört?«, hakte Bourke nach, die Stirn gerunzelt. »Oder war es nicht vielmehr so, dass Harris Garvey Sie beim Diebstahl überrascht hat, woraufhin Sie die Nerven verloren und zugeschlagen haben?«

»Nein, Inspector, mit dem Mord haben wir nichts zu tun«, beteuerte sie inständig. »Ich schwöre, wir haben den Mann nicht gesehen.«

»Was haben Sie mit dem Geld gemacht?«

»Es ist noch in Bens Rucksack. Nun ja, das meiste jedenfalls, ein bisschen was haben wir ausgegeben.«

Bourke seufzte, bevor er sagte: »Warum haben Sie das Geld genommen? Ich habe mir erlaubt, Ihr persönliches Umfeld zu überprüfen. Ihre Eltern sind wohlhabend, Sie haben es doch nicht nötig, zu stehlen!«

Erneut flossen Tränen. »Ben meinte, wer so viel Kohle herumliegen lässt, hätte es nicht anders verdient.«

Verwirrt schüttelte Bourke den Kopf. Eine Sache verstand er überhaupt nicht und fragte: »Warum sind Sie dann aber zurückgekommen, um Ihre Zimmerrechnung zu begleichen? Sie mussten doch wissen, dass man Sie mit dem gestohlenen Geld in Verbindung bringen wird.«

»Das sagte Ben auch, aber ich dachte, dass sicher die Bullen – äh, die Polizei – eingeschaltet worden war. Auch wenn wir keine Nachnamen angegeben hatten, hatte ich Angst, dass man uns finden und verhaften würde. Die konnten doch eins und eins zusammenzählen. Die Zechprellerei wäre ja keine große Sache, aber der Diebstahl könnte uns das Leben versauen.«

»Und Sie haben Ben davon überzeugt, es wäre besser, das Geld zurückzugeben?«, schlussfolgerte Bourke. »Ich habe den Eindruck, Sie sind sehr viel reifer als ihr Freund.«

Tanya nickte. »Natürlich nicht offiziell, wir wollten das Geld irgendwo hinlegen, damit es jemand findet, und dann schnell wieder verschwinden«, flüsterte sie mit tränenerstickter Stimme. »Als wir aber erfuhren, was in dieser Nacht wirklich passiert ist, da …«

»Bekamen Sie es mit der Angst zu tun und haben von dem Geld nichts mehr gesagt«, beendete Bourke den Satz.

»Was passiert jetzt mit uns? Müssen wir ins Gefängnis?«

Verzweifelt sah Tanya den DCI an.

»Es wird auf jeden Fall wegen des Diebstahls zu einem Verfahren kommen«, erwiderte Bourke. »Auch dabei handelt es sich um eine Straftat. Sie werden verstehen, dass Sie nun zu den Hauptverdächtigen in dem Todesfall zählen. Bisher sprach für Sie, dass Sie zurückgekommen sind, was Sie nicht getan hätten, wenn Sie mit dem Diebstahl und dem Mord zu tun gehabt hätten. Die Sachlage hat sich nun geändert und die Indizien gegen Sie schwerwiegend.« Er hob die Hände, seufzte und fügte nachdrücklich hinzu: »Es sieht nicht gut für Sie aus, Tanya.«

Sie sackte in sich zusammen und schlug die Hände vors Gesicht, ihre Schultern zuckten. Kopfschüttelnd sah Christopher Bourke auf die junge Frau, die wie ein Häufchen Elend vor ihm saß. Er wusste nicht, was er von dieser Aussage zu halten hatte und ob er der Studentin glauben sollte. Die Vorstellung, dass die beiden Garvey kaltblütig in die Kühltruhe gelegt, dessen Sachen gepackt und mit seinem Auto davongefahren waren, behagte Bourke nicht, denn so ein Vorgehen zeugte von großer krimineller Energie, die er Tanya nicht zutraute. Ben schien ein härteres Kaliber zu sein, trotzdem blieben Zweifel. Er stand auf, rief Constable Finchmere und Ben wieder ins Büro und bereitete alles für die Aufnahme des Protokolls vor.

Ben warf seiner Freundin einen wütenden Blick zu, in dem keinerlei Zuneigung mehr lag, und blaffte, bevor Bourke ihn mit Tanyas Aussage konfrontieren konnte: »Egal, was sie gesagt hat, ich leugne es! Ohne meinen Anwalt sage ich kein Wort mehr.«

»Das steht Ihnen frei«, erwiderte Bourke kühl. »Wegen der neuen Wendung in diesem Fall werde ich einen Haftbeschluss beantragen.«

»Ich will nicht ins Gefängnis!«, rief Tanya, und Ben sagte entschieden: »Damit kommen Sie nicht durch! Den Mord hat doch diese Frau begangen, das stand sogar in der Zeitung.«

»Sie sollten nicht alles glauben, was die Medien verbreiten«, erwiderte Bourke.

»Tanya, jetzt hört er sich an wie unsere Alten«, zischte Ben, beugte sich vor und fixierte Bourke. »Inspector, wenn Sie versuchen, uns etwas anzuhängen, dann werden Sie das bereuen! Meine Familie kennt viele wichtige Leute, die dafür sorgen werden, dass Sie künftig Parksünder aufschreiben werden.«

»Ich verbitte mir diesen Ton!«, sagte Bourke scharf. »Wegen des Diebstahls wird auf jeden Fall ein Verfahren eingeleitet, und wegen des Mordes werden wir unsere Ermittlungen weiterführen.«

»Das haben wir nun von unserer Ehrlichkeit«, blaffte Ben. »Hättest du mich nicht vollgelabert, von wegen Schulden bezahlen und das Geld zurückgeben, hätten die Bullen uns nie gefunden. Mensch, das Hotel ist versichert, die hätten das Geld locker verschmerzt.«

Genau diese Schlussfolgerungen bereiteten Christopher Bourke Magendrücken. Wenn die beiden Garvey wirklich getötet hätten, wären sie auf keinen Fall ins Hotel zurückgekehrt, sondern so schnell wie möglich verschwunden. Bourke konnte die Versuchung, das Geld zu stehlen, das wie auf einem Präsentierteller vor ihnen lag, durchaus verstehen.

»Constable Finchmere, setzen Sie bitte das Protokoll auf«, wies er seine Mitarbeiterin an, »und dann nehmen Sie die beiden in Verwahrung.« Da Ben schon zum Protest ansetzte, fuhr er schnell fort: »Wir können Sie vierundzwanzig Stunden festhalten, über das weitere Vorgehen wird der Haftrichter entscheiden.«

Er verließ sein Büro, Constable Finchmere lief ihm jedoch nach. »Das mit dem Diebstahl ist natürlich eine neue Wendung, wann aber werden Sie kapieren, dass die Flemming die Mörderin ist?«, fragte sie unverhohlen. »Gut, wir können es noch nicht beweisen, aber früher oder später wird sie einen Fehler machen. Jeder Täter macht einen Fehler, besonders dann, wenn er sich in Sicherheit wiegt. Es ist nur eine Frage der Zeit, bis wir die Flemming überführen können.«

»Nehmen Sie und Constable Greenbow bitte das Protokoll mit den beiden auf«, wiederholte Bourke, ohne auf ihre Worte einzugehen, doch es fiel ihm zunehmend schwer, seiner Mitarbeiterin gegenüber freundlich zu bleiben.

An Bourkes abweisendem Gesichtsausdruck erkannte May Finchmere, dass sie mit weiteren Fragen auf Granit beißen würde. Nun, dann sollte ihr Chef eben versuchen, Ben und Tanya den Mord zu beweisen. Sie würde die Flemming auch allein überführen.

Seit er aufgestanden war, plagten Christopher Bourke quälende Kopfschmerzen, dabei hatte er allen Grund, entspannt zu sein. Er konnte zwei dringend der Tat Verdächtige präsentieren. Ben und Tanya waren ins Untersuchungsgefängnis nach Plymouth überführt worden, und der Termin beim Haftrichter wurde auf den frühen Nachmittag angesetzt. Er war gerade eine Minute im Revier gewesen, als er auch schon den Anruf eines Anwalts aus Oxford erhalten hatte, der ihm mitteilte, er werde Ben und Tanya vertreten, am Nachmittag in Plymouth eintreffen und eine Anklage wegen Mordes zu verhindern wissen. Bourke überlegte, ob er Sandra Flemming über die neue Entwicklung informieren sollte. Es würde sie froh stimmen, zu erfahren, dass der Fokus der Ermittlungen nicht mehr ausschließlich auf ihr lag. Andererseits würde es schwer werden, Ben und Tanya den Mord zu beweisen, und ein Indizienprozess würde sich hinziehen.

Mit den Daumen massierte Christopher Bourke seine pochenden Schläfen, als May Finchmere das Büro betrat. Neben einer Akte legte sie auch einen in einem Plastikbeutel verpackten, metallenen Fleischklopfer auf den Schreibtisch.

»Was ist das?«, fragte Christopher Bourke.

»Natürlich die Tatwaffe, Sir, was soll es sonst sein?«, antwortete May Finchmere, die Augenbrauen hochgezogen. »Oder denken Sie, ich habe vor, im Büro ein Feuer zu entfachen und ein saftiges Steak zart zu klopfen?«

Ihre Worte trieften vor Spott, und Bourke spürte, wie er vom Hals bis über die Ohren errötete. Nicht beachten, dachte er, einfach nicht daran denken, dass du rot wirst. Diesen Rat hatte ihm ein Psychologe gegeben, den er vor einigen Monaten wegen seines ständigen Errötens um Rat gefragt hatte. Die Bemerkung: »Vielleicht sollten Sie öfter mal ein Steak essen, dann wären Sie entspannter«, lag ihm auf der Zunge, denn May Finchmere war überzeugte Veganerin. Persönliches war indes fehl am Platz. Er nahm die Plastiktüte und betrachtete den Fleischklopfer. Auf einer Seite hatte er spitze, scharfe Messer, auf der anderen Seite eine Art Wellenmuster. Mit dieser Seite musste Harris Garvey niedergeschlagen worden sein.

»Wo wurde er gefunden?«, fragte Bourke sachlich.

»Edouard Peintré brachte ihn gestern aufs Revier. Ich habe den Fleischklopfer sofort ans Labor weitergegeben.«

»Der Koch?« Bourke fuhr aus seinem Stuhl hoch. »Wann war das, und warum erfahre ich das erst heute?«

»Sie waren nicht hier, Sir«, antwortete Finchmere kühl. »Peintré kam, nachdem Sie bereits nach Hause gegangen waren. Das Labor hat die Nacht durchgearbeitet, die Ergebnisse können Sie in der Akte nachlesen.«

»Sie hätten mich unverzüglich anrufen und informieren müssen!«, wies Bourke seine Mitarbeiterin zurecht.

»Dafür bestand keine Veranlassung«, erwiderte sie. »Oder trauen Sie mir nicht zu, den Gegenstand selbstständig ins Labor zu überstellen? Wie Sie sehen, habe ich alles richtig gemacht.«

»Lassen wir es im Moment darauf beruhen», lenkte Bourke ein, »aber jetzt sagen Sie mir bitte, warum der Hotelkoch Sie aufgesucht hat.«

»Als Monsieur Peintré Blutspuren an seinem Arbeitsgerät entdeckte, hat er richtig reagiert und den Fleischklopfer zu uns gebracht«, antwortete May Finchmere.

»Na ja, Blut an einem Fleischklopfer ist nicht gerade außergewöhnlich«, wandte Bourke skeptisch ein. »Warum vermutete der Koch, dass es sich um die Tatwaffe handeln könnte? Der Klopfer könnte bei der Zubereitung von Fleisch verwendet worden sein, was ja auch sein eigentlicher Zweck ist. Wie kommt man da auf den Gedanken, es könnte sich um menschliches Blut handeln? Man sollte auch davon ausgehen, dass ein Küchenutensil mehrmals gereinigt worden ist. Das ist alles nicht logisch. Ich wiederhole meine Frage, Constable: Was hat den Koch zu einem solchen Verdacht veranlasst?«

»Äh … das hat Peintré nicht erklärt.« Es war Bourke gelungen, May für einen Moment zu verunsichern. Entschlossen fuhr sie jedoch schnell fort: »Es spielt auch keine Rolle, Sir, da die Beweise eindeutig sind. Peintré können wir aus dem Kreis der Verdächtigen ausschließen. Er hätte uns wohl kaum die Tatwaffe gebracht, wenn er der Täter wäre.«

An dieser Argumentation war nichts auszusetzen,

»Es ist erwiesen, dass es sich um die Tatwaffe handelt?«, hakte Bourke nach.

»Daran besteht kein Zweifel, Sir, das steht alles im Laborbericht. Das Labor konnte die Blutspuren eindeutig dem Opfer zuordnen, und die Wundränder stimmen mit der Form der abgeflachten Seite des Werkzeuges überein.«

»Sind Fingerabdrücke darauf?«, fragte Bourke und blätterte in dem Laborbericht.

»Jede Menge, Sir«, antwortete May. »Das ist kein Wunder, da die Tatwaffe ja in der Küche verwendet wurde. Wir haben die Abdrücke mit denen, die Sie von dem Personal genommen haben, abgeglichen. Sie können es selbst nachlesen.« Finchmeres Lächeln war triumphierend.

Ein unangenehmer Klumpen bildete sich in Bourkes Magen, als er das Ergebnis der Laboruntersuchungen las. Auf dem Fleischklopfer befanden sich neben den Fingerabdrücken des Kochs und der Küchenhilfe auch die von Sandra Flemming. Natürlich musste das nicht zwingend auf deren Schuld hinweisen. Es konnte viele Gründe geben, warum Sandra den Fleischklopfer vor und auch unmittelbar nach der Tat in der Hand gehabt hatte. Sie war schließlich für alles im Hotel einschließlich der Küche verantwortlich. Aber je mehr Spuren zu finden waren, desto verwirrender wurde der Fall. Da versteckte jemand Garveys Leiche in der Kühltruhe, packte dessen Kleidung ein, versuchte, sein Auto verschwinden zu lassen – brachte dann aber die Tatwaffe in die Küche zurück, als wäre nichts geschehen.

»Soll ich mich um einen erneuten Haftbefehl für Ms Flemming kümmern?«

May Finchmeres hoffnungsvolle Frage riss Bourke aus seinen Überlegungen. Mit einer energischen Handbewegung schob er die Unterlagen zur Seite und stand auf.

»Es ist eher unwahrscheinlich, einen weiteren Haftbefehl zu erhalten, da wir erst gestern zwei der Tat dringend Verdächtigte festgenommen haben. Das sollten Sie eigentlich auf der Polizeischule gelernt haben, Constable.« Bourke konnte sich diesen Hinweis nicht verkneifen. Er war nicht gewillt, sich May Finchmeres Überheblichkeit länger gefallen zu lassen, und deren Mundwinkel zogen sich auch sofort nach unten.

»Damit wären Ben und Tanya außen vor, und …«

»Ich werde zuerst mit Sandra Flemming und Monsieur

Peintré sprechen«, schnitt Bourke ihr das Wort ab, nahm seine Jacke und ließ May Finchmere ohne eine weitere Erklärung stehen.

Christopher Bourkes erster Weg führte ihn nach Higher Barton. Wie üblich reagierte Monsieur Peintré abweisend, als Bourke unaufgefordert sein Heiligtum betrat.

»Ich habe jetzt wirklich keine Zeit«, rief er und deutete auf die Töpfe und Pfannen auf den Herden. »In weniger als einer Stunde muss der Lunch fertig sein. Haben Sie nichts anderes zu tun, als mich immer wieder von meiner Arbeit abzuhalten?«

Peintrés schroffe Art brachte Bourke nicht aus der Ruhe. »Monsieur, Sie selbst haben uns den Fleischklopfer überlassen, da werden Sie schon ein paar Minuten Ihrer kostbaren Zeit erübrigen müssen«, sagte er mit Nachdruck. »Ich bitte Sie, mir zu erklären, was Sie veranlasst hat zu glauben, er könne wichtig sein. Ich werde Ihre Küche erst wieder verlassen, wenn Sie mir eine plausible Antwort gegeben haben. Allerdings kann ich Sie auch offiziell ins Revier vorladen lassen, wenn Ihnen das lieber ist.«

Mit einem Seufzer, der aus den Tiefen seiner Seele zu kommen schien, trocknete Peintré sich die Hände ab, presste die Lippen zu einem schmalen Strich zusammen und murmelte dann: »Nun gut, ich will es Ihnen sagen, Inspector. Diesen Fleischklopfer hatte ich, seit ich in dieser Küche bin, nie in Gebrauch, denn ich verwende nur solche aus Holz. Metall zerstört die feinen Fasern, dadurch wird das Fleisch zäh. Ich habe keine Ahnung, wer das Ding angeschafft hat, ich richte meine Küchen nämlich lieber selbst ein, hier jedoch muss ich mit dem zurechtkommen, was bereits vorhanden ist. Nicht gerade einfach, aber was will ich machen?«

»Als Sie daran Blutspuren entdeckten, zogen Sie daraus den Schluss, sie könnten mit dem Mord in Zusammenhang stehen?«, unterbrach Bourke den Redefluss des Kochs. »Wie kamen Sie darauf? Der Klopfer könnte doch auch von jemand anderem verwendet und nicht ordnungsgemäß gereinigt worden sein.«

»Sie, Sir, sagten, dass jeder noch so kleine Hinweis wichtig sein könnte«, erwiderte Peintré im Brustton der Überzeugung. »Gestern Nachmittag fand ich also dieses Ding in einer meiner Schubladen, obwohl ich ihn da nicht hineingelegt habe. Ich wollte den Fleischklopfer gerade in die Mülltonne werfen, als ich das Blut entdeckte.«

»Vielleicht hat Ihre Küchenhilfe den Klopfer verwendet?«, hakte Bourke nach.

»Das würde Sie niemals wagen!«, erwiderte Peintré, seine Worte mit entschiedenem Kopfschütteln unterstreichend. »An mein Fleisch lasse ich die nicht ran. Die kann Suppen, Gemüse und Salate machen, dagegen habe ich nichts einzuwenden, ein Steak oder ein saftiger Braten ist jedoch Sache des Chefs, das können Frauen nicht.«

Es lag Bourke so einiges auf der Zunge, was er zu Peintrés abfälligen Bemerkungen hätte erwidern können, eine Diskussion mit dem Koch brachte ihn aber nicht weiter.

»Es handelt sich tatsächlich um den Gegenstand, mit dem Mr Garvey niedergeschlagen wurde«, sagte er stattdessen.

Peintrés Augen leuchteten auf. »Das habe ich mir gedacht. Somit kann ein Einbrecher wohl ausgeschlossen werden, nicht wahr? Dieser wird sich kaum erst in meiner Küche umgesehen und bedient haben, bevor er das Geld stahl.«

»Das sehe ich auch so«, räumte Bourke ein. Ähnliche Gedanken waren ihm bereits während seiner Fahrt nach Higher Barton durch den Kopf gegangen.

»Ist noch etwas, oder kann ich mit meiner Arbeit weitermachen?«, fragte Peintré.

»Im Moment habe ich keine weiteren Fragen.«

Bourke warf einen Blick auf den geöffneten Suppentopf, aus dem es verführerisch duftete. Es roch nach Brokkoli und Stilton. Sein Magen knurrte vernehmlich, unwillkürlich leckte er sich über die Lippen.

Peintré hatte es bemerkt. Mit einem Grinsen fragte er: »Wie wäre es mit einer Kostprobe? Oder könnte das als Bestechungsversuch ausgelegt werden?«

»In der derzeitigen Situation ist es tatsächlich nicht angebracht.« So verführerisch die Vorstellung auch war – Bourke musste das Angebot ablehnen.

»*Ich* habe nichts zu verbergen«, betonte Peintré erneut. »Ich wollte nur behilflich sein, Inspector. Wenn Sie mich jetzt allein lassen würden?« Er deutete zur Tür, und Bourke verließ die Küche. Im Korridor konnte er den Koch rufen hören: »Was stehst du herum und gaffst? Hast du nichts zu tun? Wie lange soll ich noch warten, bis du dich dazu herablässt, das Gemüse für die Julienne zu zerkleinern?«

Nicht immer konnte Christopher Bourke seine persönlichen Gefühle ignorieren, und er dachte, wie gern er den arroganten Koch als Täter überführen würde. Dass er den Fleischklopfer eigenhändig zur Polizei gebracht hatte, sprach für ihn. Peintré war damit wahrscheinlich aus dem Kreis der Verdächtigen auszuschließen.

»Ob ich in der Küche gewesen war, bevor Garvey verschwand?« Ungläubig starrte Sandra den Chiefinspector an. »Natürlich war ich in der Küche! Es gehört zu meinen Aufgaben, jeden Bereich zu überprüfen. Ich verstehe Ihre Frage nicht, Inspector.«

»Auf der Tatwaffe, mit der das Opfer niedergeschlagen wurde, befinden sich Ihre Fingerabdrücke, Ms Flemming«, erklärte Bourke kühl.

»Sie haben die Tatwaffe gefunden?« Diese Nachricht überraschte Sandra. »Um welche Art von Waffe handelt es sich? Ihren Worten entnehme ich, dass es sich um einen Gegenstand aus der Hotelküche handelt.«

»Das ist richtig, Ms Flemming«, erwiderte Bourke mit undurchdringlicher Miene. »Das Opfer wurde mit einem Fleischklopfer aus Metall niedergeschlagen.«

Sandra verstand und erwiderte leise: »Dass nun meine Fingerabdrücke auf diesem Klopfer zu finden sind, erhärtet Ihren Verdacht bezüglich meiner Schuld, nicht wahr?«

»Wir müssen alle Indizien sehr ernst nehmen.«

»Das ist doch verrückt!«, rief Sandra aufgebracht. »Wie ich eben sagte: Ja, ich war regelmäßig in der Küche. Wenn ich gewusst hätte, dass Sie mir daraus einen Strick zu drehen versuchen, hätte ich mir peinlichst genau notiert, was ich angefasst habe, Sir.«

Christopher Bourke ging auf ihren Ausbruch nicht ein und antwortete ruhig: »Ich werde diese neuen Informationen an meinen Vorgesetzten weiterleiten müssen.« Zum ersten Mal, seit er sie in der Pension aufgesucht hatte, sah er ihr direkt in die Augen. »Ein Geständnis wirkt sich strafmildernd aus, Ms Flemming«, fuhr er eindringlich fort. »Bei einer Tat im Affekt könnte die Staatsanwaltschaft auf Totschlag anstelle von Mord plädieren.«

Die Hände abwehrend erhoben, war Sandra während

seiner Worte zurückgewichen, bis sie – im wahrsten Sinne des Wortes – mit dem Rücken an der Wand stand. Ungläubig schüttelte sie den Kopf. »Ich bin unschuldig!«, flüsterte sie heiser. »Ich schwöre bei allem, was mir heilig ist, dass ich Harris Garvey nichts getan habe! Halten Sie mich wirklich für so dumm, Harris mit dem Fleischklopfer niederzuschlagen und diesen dann in die Küche zurückzulegen?«

Christopher Bourke zuckte mit den Schultern, er durfte sich nicht anmerken lassen, dass er genau das Sandra nicht zutraute.

»Was ist eigentlich mit den Studenten?«, fragte Sandra. »Von Ms Dexter weiß ich, dass Ben und Tanya von Ihnen vernommen wurden.«

»Über diese Ermittlungen darf ich Ihnen keine Auskunft geben.« Unbehaglich trat Bourke von einem Fuß auf den anderen. Gern hätte er Sandra mitgeteilt, dass sie gestanden hatten, das Geld an sich genommen zu haben, den Mord aber leugneten. Bis der Haftrichter eine Entscheidung getroffen hatte, durfte er solche Interna nicht preisgeben. »Sie verlassen nach wie vor nicht die Stadt. Guten Tag, Ms Flemming.«

»Was soll an diesem Tag noch gut sein?«, rief Sandra dem Inspector nach, der hastig die Treppe hinuntereilte.

Sie griff nach ihrem Handy und wählte die Nummer von Alan Trengove. Glücklicherweise war er in seiner Kanzlei und für sie zu sprechen. Hastig berichtete Sandra, was der Chiefinspector ihr soeben mitgeteilt hatte.

»Muss ich jetzt wieder ins Gefängnis?«, fragte Sandra aufgeregt. »Das stehe ich kein zweites Mal durch, Mr Trengove!«

»Nichts wird so heiß gegessen, wie es gekocht wird, Ms Flemming.« Alans Stimme klang gewohnt ruhig. »Wie Sie richtig bemerkten, gibt es Dutzende von Erklärungen dafür, wie Ihre Fingerabdrücke auf die Tatwaffe gekommen sind. Ebenso gut kann der Fleischklopfer von irgendjemand anderem genommen worden sein. Die Küche war doch nicht abgeschlossen, oder?«

Sandra bestätigte, dass die Wirtschaftsräume für alle offen standen.

»Machen Sie sich keine Sorgen, Ms Flemming«, sagte Alan eindringlich. »Wir werden Ihre Unschuld beweisen und den wahren Täter überführen.«

»Es wäre sehr freundlich von Ihnen, Mr Trengove, sich damit nicht mehr allzu lange Zeit zu lassen«, antwortete Sandra und beendete das Telefonat.

FÜNFZEHN

Unschlüssig stand Eliza Dexter vor den zwei Trolleys und der Aktenmappe, die ein uniformierter Polizeibeamter, der sich als Constable Greenbow vorgestellt hatte, mitten in der Halle platziert hatte.

»Was soll ich damit?«

»Die Spurensicherung hat die persönlichen Sachen des Opfers freigegeben«, sagte Greenbow in einem Tonfall, als würde das alles erklären.

Eliza stemmte die Hände in die Hüften und zog unwillig die Mundwinkel nach unten. »Was gehen mich Garveys Habseligkeiten an? Das Zeug lag tagelang im Wasser und eignet sich nur noch für die Tonne, aber hier ist keine Müllhalde!«

Der Constable zuckte mit den Schultern. »Der Chiefinspector meinte, ich solle Ihnen das Gepäck aushändigen, da Garveys letzter Aufenthaltsort dieses Hotel war. Die Schwester, seine einzige Verwandte, verzichtet darauf, dass man ihr die Sachen nach Neuseeland übersendet, was in Anbetracht der Kosten auch in unserem Interesse ist.«

Greenbow tippte sich an die Mütze und ließ Eliza stehen. Olivia Pool, die den Wortwechsel aus dem Hintergrund verfolgt hatte, trat vor und sagte leise: »Vielleicht ist noch etwas

Brauchbares dabei, das man der Kirche oder einer gemeinnützigen Organisation spenden kann.«

»Sie können es gern durchsehen, Olivia. Machen Sie damit, was Sie wollen.« Eliza gab einem der Koffer einen Tritt. »Hauptsache, das Zeug verschwindet von hier. Was sollen denn die Gäste denken?«

Wie aufs Stichwort kehrte in diesem Moment Major Collins von seinem täglichen Morgenspaziergang zurück, erblickte die zwei ramponierten Trolleys und die fleckige Aktentasche, runzelte die Stirn und fragte: »Seltsame Gäste haben Sie hier, wenn diese mit derart schäbigem Gepäck reisen. Ich hoffe, diejenigen, denen dieses Gerümpel gehört, befinden sich nicht im Restaurant? Ich würde lieber mit Personen, die einen gewissen Stil wertschätzen, das Frühstück einnehmen.«

»Keine Sorge, Major, das Gepäck gehört keinem unserer Gäste«, sagte Eliza beherrscht und dachte: Du alter Snob! »Es handelt sich um ein Missverständnis, Ms Pool wird sich sofort darum kümmern.«

Vielsagend zog der Major eine Augenbraue hoch, als er erwiderte: »Es ist doch sehr zu wünschen, dass die Klientel in diesem Haus auch weiterhin einem gehobenen Niveau entspricht.«

»Das kann ich Ihnen versichern, Major.«

Eliza gab Olivia Pool einen Wink, woraufhin diese sich die Aktentasche unter den Arm klemmte und mit jeder Hand einen der Trolleys nahm. Sie setzte gerade einen Fuß auf die erste Treppenstufe, als Sandra die Halle betrat.

»Sind das nicht die Sachen von Harris?«, fragte sie.

»Die hat die Polizei hier abgeladen, weil niemand Anspruch darauf erhebt«, antwortete Eliza. »Olivia glaubt, sie könne eventuell etwas Brauchbares darunter finden, das man spenden kann.«

Olivia Pool sah Sandra unter gesenkten Lidern an und flüsterte verlegen: »Ich dachte ja nur ... es gibt so viele Menschen, die kaum etwas haben ...«

»Ein guter Vorschlag, Olivia.« Sandra nickte der Küchenhilfe aufmunternd zu. »Ich werde Ihnen beim Durchsehen helfen.«

Ein schwaches Lächeln zuckte um Olivias Lippen, sie schüttelte jedoch den Kopf. »Das ist sehr freundlich, aber wirklich nicht nötig. Sie haben bestimmt Wichtigeres zu tun.«

»Nichts da, schließlich habe ich Harris von uns allen am besten gekannt und einige Jahre mit ihm zusammengearbeitet.« Sandra schnappte sich einen der Koffer und schleppte ihn die Stufen hinauf. »Am besten gehen wir in Ihr Zimmer, Olivia.«

Olivia blieb nichts anderes übrig, als Sandra mit der Aktentasche und dem zweiten Trolley zu folgen.

Eliza rief ihnen nach: »Warum sind Sie eigentlich nach Higher Barton gekommen, Sandra? Wollten Sie mich sprechen?«

Sandra blickte über die Schulter zurück und erwiderte: »Das hat Zeit bis später.«

Sandra schaute sich in dem kleinen Zimmer im Ostflügel um. Sie hatte keinen Gedanken daran verschwendet, wie das Personal untergebracht war, geschweige denn, sich jemals die Zimmer angesehen. Nun jedoch fühlte sie sich beschämt. Wie ihr Zimmer in diesem Haus lag auch der Raum der Küchenhilfe unter dem Dach, war aber mit

235

kaum zwölf Quadratmetern deutlich kleiner, und durch das nach Norden ausgerichtete Dachgaubenfenster drang nur wenig Licht herein. Ein Bett, ein Kleiderschrank, ein Tisch mit einem Stuhl – eine spartanische Einrichtung; auf den groben Dielenbrettern lag ein schlichter, dunkelgrauer Flickenteppich. Es handelte sich um eine der ehemaligen Dienstbotenkammern, als das Haus noch ein herrschaftliches Anwesen mit viel Personal gewesen war. Kein Bild schmückte die kahlen, weißen Wände.

»Haben Sie kein eigenes Bad?«, fragte Sandra.

»Das Bad befindet sich am Ende des Korridors, Ms Flemming, das ist völlig in Ordnung. Ich muss es nur mit Monsieur Peintré teilen, da Sie und Ms Dexter eigene Bäder haben und die anderen Angestellten nicht im Hotel wohnen.«

»Sie stellen keine Ansprüche«, murmelte Sandra und betrachtete die Küchenhilfe aufmerksam. Die Hose und die Bluse, beides aus billigem Stoff und vermutlich aus einem Discounter, waren sehr schlicht und von schlechter Passform. Sandra dachte an Olivias frühere berufliche Tätigkeit und empfand spontan Mitleid mit der Frau. Schnell besann sie sich auf die Koffer und sagte betont forsch: »Dann wollen wir mal sehen.«

Olivia hievte den ersten Trolley auf den Tisch. Am Reißverschluss hatte sich bereits Rost gebildet. Olivia zog mit aller Kraft daran, bis er schließlich aufriss. Harris' bunt zusammengewürfelte Kleidung war zerknüllt und fleckig. Sandra vermutete, dass die Polizei alles durchgesehen und wahllos wieder in den Koffer gestopft hatte. Sie hielt einen Pullover hoch, zögerte und murmelte: »Es ist, als würden wir in seine Intimsphäre eindringen.«

Olivia seufzte leise und erwiderte: »So ist es immer, wenn man die Sachen Verstorbener durchsehen muss ...«

Sie verstummte, und Sandra hakte nach: »Dann haben Sie das bereits erleben müssen? Das tut mir leid.«

»Meine Eltern«, flüsterte Olivia, einen feuchten Schimmer in den grünen Augen. »Erst meine Mutter, nur wenige Wochen später mein Vater. Er konnte nicht ohne sie leben. Ich habe den Haushalt auflösen müssen.«

Es war das erste Mal, dass Olivia etwas Persönliches von sich preisgab, und Sandra erkundigte sich: »Wann war das?«

»Es ist schon lange her, über zwanzig Jahre.«

»Sie haben keine Geschwister?«

Olivia schüttelte den Kopf.

Sandra wollte die Situation nutzen und sagte: »Darf ich Ihnen noch eine Frage stellen, Olivia? Sie brauchen sie aber nicht zu beantworten, wenn sie Ihnen zu persönlich ist.«

»Welche Frage?« Mit großen Augen sah Olivia Sandra verwundert an.

»Warum hinken Sie?« Olivia zuckte zusammen, und Sandra fuhr schnell fort: »Für Ihre Arbeit ist das ohne Bedeutung, ich mache mir nur ein wenig Sorgen um Sie.«

»Dazu besteht kein Grund, es beeinträchtigt mich schon lange nicht mehr.« Olivia presste ihre Lippen zusammen, dann stieß sie hervor: »Es war ein Unfall vor etwa fünfzehn Jahren.«

»So lange ist das schon her, ich dachte ...«, entfuhr es Sandra, schnell biss sie sich auf die Zunge. Sie hatte vermutet, die Kündigung in dem Autokonzern hätte mit Olivias Gehbehinderung zu tun.

»Was dachten Sie, Ms Flemming?«

»Nichts von Bedeutung«, sagte Sandra hastig. »Ihr Privatleben soll mich nicht kümmern.«

Sanft legte Sandra eine Hand auf Olivias Schulter. Als sie bemerkte, wie Olivia erstarrte, zog sie die Hand schnell wieder zurück. Heute wollte sie nicht länger in sie dringen, vielleicht würde sie Olivia später einmal fragen, warum sie sich trotz ihrer Qualifikationen als Küchenhilfe verdingte.

Wegen Olivias Bemerkung, ihre Eltern seien verstorben, stellte Sandra sich zum ersten Mal vor, wie es wäre, wenn sie ihre Eltern verlieren würde. Obwohl Sandra in den letzten Jahren nur selten ihr Elternhaus in den schottischen Grampian Mountains besucht hatte, waren ihre Eltern doch ein fester Bestandteil ihres Lebens. Die Flemmings waren zwar noch nicht alt und erfreuten sich bester Gesundheit, irgendwann würde der Zeitpunkt jedoch kommen, sie gehen lassen zu müssen. Sie erinnerte sich, wie schroff sie ihre Mutter manchmal am Telefon abgefertigt hatte, weil sie – Sandras Ansicht nach – immer zu unpassenden Zeiten anrief. Stets war sie in Eile gewesen, der Job und ihre Karriere waren ihr wichtiger als alles andere gewesen, sie hetzte von einem Termin zum nächsten – warum Zeit mit der Familie verschwenden?

Als könne sie die trüben Gedanken vertreiben, wischte sich Sandra über die Augen. Wenn der Mordfall aufgeklärt war, wollte sie ihre Eltern so bald wie möglich für ein paar Tage besuchen.

Inzwischen hatte Olivia Pool Harris' Kleidung auf zwei Haufen sortiert: Die Sachen auf dem einen taugten nur noch für den Müll, einiges war aber durchaus noch brauchbar, wenn es gewaschen und gebügelt worden war. Harris Garvey hatte immer viel Wert auf elegante und auch teure Kleidung gelegt, nun würden seine Hemden, Pullover, Westen, Hosen und Jacketts jemandem zugutekommen, der sie gebrauchen konnte.

Sandra widmete sich den Unterlagen in Harris' Aktentasche. Die meisten waren durch das Wasser wellig und unleserlich geworden, in einer fest verschlossenen Plastikmappe fand Sandra aber nahezu unversehrte Papiere. Es handelte sich um persönliche Dokumente, darunter diverse Arbeitszeugnisse. Sandra wollte sie schon zur Seite legen – am besten verbrannte man sie –, als ihr Blick auf eines der Zeugnisse fiel. Rasch überflog sie die Zeilen, in denen sich der Arbeitgeber sehr positiv über Harris Garveys Tätigkeit äußerte.

»Du meine Güte!«

»Was ist, Ms Flemming?« Interessiert wandte sich Olivia Pool zu ihr um. »Was haben Sie da?«

»Ach, nichts, ich dachte nur …«

Sandra hatte es plötzlich sehr eilig. Sie faltete das Dokument zusammen, steckte es in die Mappe zurück und klemmte sich diese unter den Arm. »Sie kümmern sich um die Wäsche und geben die noch brauchbaren Sachen an die Kirchengemeinde.«

»Ja, das mache ich gern, aber …«

»Das ist sehr freundlich von Ihnen, Olivia«, unterbrach Sandra sie und hastete aus dem Zimmer.

»Ms Flemming, warum nehmen Sie die Mappe mit?«, rief Olivia Pool, lief ihr nach und stellte sich ihr in den Weg.

Sandra bemühte sich um ein unverbindliches Lächeln. »Nur ein paar Unterlagen, das Hotel betreffend, die ich mir in

Ruhe ansehen möchte«, sagte sie, schob Olivia zur Seite und eilte die Stufen hinunter.

Eliza Dexter stand hinter der Rezeption, Sandra beachtete sie nicht und hastete an ihr vorbei zur Ausgangstür.

»Sandra?«, rief Eliza ihr nach. »Sie wollten mir doch erklären, warum Sie gekommen sind, und …«

Sandra hörte sie aber nicht mehr, schwang sich auf das Fahrrad und trat kräftig in die Pedale. Catherine Bowder hatte ihr freundlicherweise erlaubt, ihr Fahrrad zu benutzen. Sandra hatte keinen Blick für die Landschaft, denn das, was sie in Harris' Unterlagen entdeckt hatte, war das Motiv des Täters – und gleichzeitig auch der entscheidende Hinweis auf denjenigen, der Harris Garvey niedergeschlagen und bei lebendigem Leib in die Kühltruhe gesperrt hatte.

Ohne Catherine Bowder zu begegnen, gelangte Sandra in ihr Zimmer. Hier nahm sie das Zeugnis aus der Aktentasche, strich es glatt und las langsam Wort für Wort das, was sie vorher nur kurz überflogen hatte – die Bestätigung, dass Harris Garvey zwischen dem 1. April 2014 und dem 31. Oktober 2014 für den Guide Michelin tätig gewesen war.

Mr Harris Garvey verlässt uns auf eigenen Wunsch, da er in die Hotelbranche zurückkehren möchte. Wie bedauern das sehr und wünschen Mr Garvey für seinen weiteren beruflichen Weg alles Gute.

Unmittelbar danach hatte Harris Garvey seine Tätigkeit in dem Hotel in Edinburgh angetreten, wo Sandra ihm begegnet war. Mit keinem Wort hatte Harris jemals erwähnt, dass er im Zeitraum von sechs Monaten Hotel- und Restaurantkritiken für den Guide Michelin verfasst hatte. Sie schaltete den Laptop ein, tippte einige Schlagwörter in die Suchmaschine, und ihre Ahnung wurde bestätigt: Der Guide Michelin beschäftigte sogenannte Hotel- und Restaurantkritiker, wobei es diese Berufsbezeichnung offiziell nicht gab. Voraussetzung für eine solche Tätigkeit waren eine Ausbildung und entsprechende Erfahrungen in der Hotel- und Gastronomiebranche. Unter falscher Identität suchten die Tester Hotels und Restaurants auf, gaben sich als normale Gäste aus, bezahlten ihre Rechnungen selbst und entschieden darüber, ob einem Koch oder einer Köchin ein Stern verliehen wurde. Ebenfalls überprüften sie die bereits vergebenen Sterne dahingehend, ob das Niveau der Küche diese noch rechtfertigte, und machten Vorschläge für die Vergabe weiterer Sterne, aber auch für die Aberkennung solcher Auszeichnungen.

»Peintré verlor im Sommer 2014 einen Stern, und sein Restaurant wurde durch den Schmutz gezogen«, murmelte Sandra, genau in der Zeit, als Harris für den Guide Michelin gearbeitet hatte. Sie erinnerte sich daran, dass gegen Peintré ein Verfahren wegen Körperverletzung eingeleitet worden war, da eine Restaurantbesucherin behauptet hatte, eine Fischvergiftung erlitten zu haben. Sandra kannte Harris gut genug, um zu wissen, dass er für diesen massiven Vorwurf möglicherweise eines seiner Betthäschen aktiviert hatte – falls er hinter dieser ganzen Sache steckte. Wenn nicht, dann wäre das ein großer Zufall, und Sandra glaubte nicht an Zufälle. Wenn Harris über das *L'Arte* in Lyme Regis schlecht geurteilt hatte, dann aus welchem Grund? Waren seine Vorwürfe wirklich berechtigt oder waren sie eine seiner zahlreichen Gemeinheiten gewesen? Hatte er Edouard Peintrés Karriere bewusst zerstört, oder war der Koch nur ein zufälliges Opfer von Harris? Sandra erinnerte sich an ihre erste Begegnung mit Peintré, als sie für einen Moment den Eindruck gewonnen hatte, der Koch würde Harris kennen. Damals hatte sie dem keine Bedeutung beigemessen und es auch wieder vergessen, jetzt jedoch stellte sich alles in einem anderen Licht dar. Dann war da noch die Aussage des Kellners Kenny, dass Peintré einen Gast aus dem Restaurant geworfen hatte. Konnte das Harris gewesen sein, der sich daraufhin mit schlechten Kritiken an dem Koch gerächt hatte?

Leider konnte Sandra im Internet nicht herausfinden, ob die betroffenen Gastronomen die Identitäten derer, die über sie urteilten, erfuhren. In dem Artikel in der Fachzeitschrift war auch die Rede von einem Shitstorm auf diversen Plattformen gewesen. Steckte dahinter ebenfalls Harris? Andererseits reichte oft schon ein kleiner Verdacht aus, dass sich Anschuldigungen aufbauschten und im Netz verbreiteten.

Selbst wenn ihre Überlegungen richtig waren, so stellte sich Sandra die Frage, wie Peintré erfahren hatte, dass Harris der Manager von Higher Barton werden würde. Hatte der Koch sich bewusst beworben, mit dem Ziel, Harris zu vernichten, oder war er Harris dort zufällig begegnet und erkannte in ihm den Mann, der seine Existenz zerstört hatte? Edouard Peintré mit seinem ungezügelten Temperament könnte derart in Rage geraten sein, sodass er Harris im Affekt erschlug.

Aufgeregt lief Sandra im Zimmer auf und ab. Was sie vermutete, seit sie von Peintrés Insolvenz erfahren hatte, hatte sich bestätigt. Es war nicht nur eine Spur, sondern noch dazu eine, die sich auf ein starkes Motiv stützte. Peintré lebte im Hotel, hatte also die Gelegenheit, Harris zu töten und die Spuren am Tatort zu beseitigen. Sein Alibi war zwar überprüft worden, wenn Peintré aber angegeben hatte, zur Tatzeit tief und fest geschlafen zu haben, so konnte das nicht widerlegt werden. Schließlich hatten auch sie selbst und Eliza Dexter kein besseres Alibi.

Sandra unterbrach ihre Wanderung durch das Zimmer, blieb am Fenster stehen und sah hinaus. Der morgendliche Nebel hatte sich gelichtet, und die Sonne spiegelte sich in den blank geputzten Fensterscheiben der Nachbarhäuser. Sie bekam Lust auf Bewegung und frische Luft. Unwillkürlich schlug sie den Weg ein, den sie vor ein paar Tagen mit Chiefinspector Bourke gegangen war. Bei dem steilen Anstieg geriet Sandra erneut außer Atem, aber Bourke hatte recht: Von hier oben bot sich bei klarem Wetter ein traumhafter Blick über Lower Barton bis hin zur Küste bei Polperro. Dazwischen lagen saftig-grüne Wiesen, durch die typischen Trockensteinmauern säuberlich in kleine Parzellen unterteilt, auf denen Schafe und dunkle Rinder weideten. Je höher Sandra stieg, desto mehr zerrte der Wind an ihren Locken. Es störte sie nicht, im Gegenteil. Die Luft schien ihr durch den Kopf zu blasen, vertrieb die trüben Gedanken und Sorgen und ließ sie klarer sehen. Obwohl Edouard Peintré ihr nie mit Freundlichkeit begegnet war, empfand sie für den Koch eine Spur von Verständnis. Vorausgesetzt, er und Harris waren sich hier in Cornwall zufällig begegnet. Vielleicht hatte Peintré den Mord aber auch seit Monaten geplant und nur auf den richtigen Augenblick gewartet. Trotz der wärmenden Sonne schauerte Sandra und überlegte, ob sie ihre neue Freundin über diese Erkenntnisse informieren sollte. Ann-Kathrin aber war die Frau ihres Anwaltes und würde ihr raten, Alan und auch die Polizei unverzüglich über diese wichtigen Erkenntnisse zu informieren. Sandra befürchtete jedoch, man würde ihr unterstellen, sich dies ausgedacht zu haben, um den Verdacht von sich abzulenken. Vielleicht nicht Chiefinspector Bourke, ganz sicher aber diese unsägliche Finchmere.

»Nein, nein, ich werde es allein zu Ende bringen!«, sagte Sandra zu sich selbst. Zuerst musste es ihr gelingen, den unwiderlegbaren Beweis zu erbringen, dass Harris für die Verleumdungen von Peintré verantwortlich war, um das Motiv des Kochs zu untermauern. Damit wollte sie dann zu Bourke gehen und ihm die Tatsachen präsentieren, an denen der Chiefinspector nicht würde rütteln können. Noch wusste sie nicht, wie es ihr gelingen sollte, vom Guide Michelin zu erfahren, wer über Peintrés Restaurant negativ geurteilt hatte, aber ihr würde schon etwas einfallen.

Der Weg verjüngte sich zu einem Trampelpfad und führte, zwischen dichten Brombeerhecken hindurch, am Rand eines Feldes entlang. Sandra fragte sich, ob sie im Sommer, wenn die schwarzen, saftigen Beeren reif sein würden, überhaupt noch in Cornwall weilte.

»Ich bleibe!«, rief sie laut in den Wind. In der kurzen Zeit hatte sie sich in Cornwall verliebt, obwohl ihr Start alles andere als positiv verlaufen war. Auch wenn der Vorstand ihr kündigen würde – Sandra war fest entschlossen, in dieser Gegend eine andere Anstellung zu finden. Schließlich lebte die Mehrzahl der Cornishmen, wie die Einheimischen genannt wurden, vom Tourismus, und Hotels gab es in Cornwall in Hülle und Fülle. Sie zweifelte allerdings nicht daran, binnen weniger Tage vollständig rehabilitiert zu sein.

Jedes Ende birgt auch einen neuen Anfang.

Die Worte ihrer Großmutter kamen Sandra in den Sinn. Manchmal vermisste sie Schottland, vermisste die Weite der

Highlands, den Geruch nach Moor und Torf und auch die Geruhsamkeit der Kleinstadt, in der sie aufgewachsen war. In den letzten Jahren hatte sie von der zauberhaften Landschaft Schottlands kaum mehr etwas gesehen, da sie Edinburgh nur selten verlassen hatte. Sandra hatte geglaubt, niemals wieder auf dem Land leben zu können und die Hektik einer Großstadt zu brauchen. Nun jedoch empfand sie eine tiefe Ruhe wie seit Jahren nicht mehr. Nach wie vor war es ihr natürlich wichtig, gute Arbeit zu leisten, und ihr Ziel, eigenständig ein Hotel zu managen, hatte sie nicht aus den Augen verloren.

Sandra trat den Rückweg in den Ort an. Die Bewegung an der frischen Luft hatte ihren Appetit geweckt, und sie kaufte sich in der Bäckerei in der High Street eine der köstlichen kornischen Pasteten. Die heiße, nach Lamm und Pfefferminze duftende Pastete in der einen Hand, in der anderen einen Einwegbecher mit Kaffee, überquerte Sandra die Straße, wandte sich nach rechts und folgte einem Fußweg, der zwischen der öffentlichen Bibliothek und einem Elektrowarengeschäft zu einem kreisförmigen Platz führte. Um ein Beet mit üppig blühenden Rosen- und Hortensienbüschen gruppierten sich vier grün lackierte Parkbänke, alte, geduckte, weiß getünchte Cottages umschlossen den hübschen Platz. Vor ein paar Tagen hatte Sandra zufällig diese Oase der Ruhe entdeckt. Sie setzte sich auf eine der Bänke, trank zuerst vorsichtig einen Schluck des heißen Kaffees und biss dann herzhaft in die Pastete.

»Einen guten Appetit, Sandra.« Emma Penrose, in der einen Hand einen geflochten Korb mit frischem Obst und Gemüse, in der anderen eine prall gefüllte Einkaufstasche, stand vor Sandra. »Darf ich mich zu Ihnen setzen?«, fragte Emma und stellte Korb und Tasche ab. »Es wird noch ein

Weilchen dauern, bis mein Mann seine Erledigungen beendet hat und wir nach Hause fahren können.«

Sandra wäre lieber allein geblieben, konnte Emma ihren Wunsch jedoch nicht abschlagen, ohne unhöflich zu sein. Sie rutschte ein Stück zur Seite, und Emma Penrose ließ sich ächzend auf die Bank fallen.

»Sie waren einkaufen?« Was für eine dämliche Frage, sagte sich Sandra, sie suchte aber krampfhaft nach einem Thema, um eine unverbindliche Konversation zu führen. »Hoffentlich sind die Sachen nicht zu schwer für Sie.«

»Ach, das geht schon«, antwortete Emma, »bald kommt ja mein Mann. George wird den Korb zum Auto tragen.« Sie deutete auf die angebissene Pasty in Sandras Hand. »Aber lassen Sie sich bitte nicht stören. Pasties müssen gegessen werden, solange sie warm sind. Ihnen schmeckt unsere heimische Küche?«

»Die Pasty ist ausgezeichnet«, erwiderte Sandra, biss ab, kaute und schluckte, bevor sie weitersprach: »Ich habe mich bei Ihnen noch gar nicht dafür bedankt, dass Sie sich an einen Anwalt gewendet haben. Das war sehr freundlich von Ihnen, Emma, zumal Sie keinen Grund haben, an meine Unschuld zu glauben.«

»Ach was! Alan gehört irgendwie dazu, wenn auf Higher Barton etwas passiert.« Lapidar winkte Emma ab. »Seine Dienste sind jetzt ohnehin nicht mehr vonnöten, Sandra, da die Polizei die Täter gefunden hat.«

Bei dieser Nachricht verschluckte sich Sandra. Sie hustete, lief krebsrot an, und Emma klopfte ihr mehrmals zwischen die Schulterblätter.

»Hoppla, Sie müssen langsamer essen«, mahnte Emma. »Geht es wieder?«

Sandra nickte und fragte: »Was haben Sie gesagt? Der Mörder von Harris Garvey ist überführt?«

»Sie wissen es noch nicht?« Verwundert schüttelte Emma den Kopf. »Na ja, man soll nicht alles glauben, was Mrs Roberts erzählt. In diesem Fall jedoch habe ich, nachdem ich die Metzgerei verlassen habe, vor wenigen Minuten den Chiefinspector in der Fore Street getroffen. Er hat bestätigt, dass zwei Personen festgenommen wurden und dass gegen sie Anklage wegen des Mordes an Harris Garvey erhoben wird.«

»Zwei Personen?«, wiederholte Sandra verwirrt und legte die Pasty zur Seite. Sie war jetzt viel zu aufgeregt, um weiterzuessen. »Dabei kann es sich nur um Ben und Tanya handeln, aber warum? Und der Inspector hält es nicht für nötig, mich darüber zu informieren? Noch gestern war ich seine Hauptverdächtige.«

»Ach, Sandra, seien Sie nicht so streng.« Emma legte eine Hand auf Sandras Arm. »DCI Bourke ist in Ordnung, er macht nur seine Arbeit«, sagte sie sanft. »Ich bin sicher, er wird Sie im Laufe des Tages über die Entwicklungen informieren.«

Sandra konnte sich keinen Reim auf Emmas Worte machen. Gerade jetzt, wo alles gegen Edouard Peintré sprach, wo sie kurz davor war, ihm den Mord nachzuweisen, waren die Studenten offenbar überführt worden. Ausgerechnet Ben und Tanya! Sandra zweifelte an deren Schuld, sie kannte jedoch nicht das Motiv, das ihnen zur Last gelegt wurde.

»Wissen Sie, dass hier früher ein Galgen stand?« Emma deutete auf das Rondell. »Bis zum Ende des Mittelalters fungierte der Sunset Close in Lower Barton als öffentliche Richtstätte.«

»Wie passend«, murmelte Sandra und erschauerte.

Emma lächelte und nickte. »Einmal wurde hier auch eine Hexe verbrannt, kein sehr schöner Part der Geschichte unserer Gegend. Im ausgehenden sechzehnten Jahrhundert lebten dann wohlhabende Kaufleute hier, und heute sind die Cottages als Wohnhäuser sehr beliebt.«

»Emma, warum sind Sie eigentlich so freundlich zu mir?«, stieß Sandra hervor. »Sie kennen mich kaum und haben sicher erfahren, dass ich der Polizei gegenüber den Verdacht äußerte, Sie oder ihr Mann kämen als Täter durchaus ebenfalls infrage.«

Emmas gütiges Lächeln vertiefte sich, als sie antwortete: »Sie meinen, weil Mr Garvey versuchte, uns aus unserem Haus zu vertreiben? Ach, ich habe Verständnis, dass Sie uns verdächtigt haben, Sandra. An Ihrer Stelle hätte ich wohl ebenso gedacht. Wenn man von allen Seiten bedrängt wird und sich die Schlinge um den Hals immer enger zuzieht, klammert man sich an jeden verfügbaren Strohhalm. Schon aus diesem Grund bat ich Alan Trengove, sich Ihrer Sache anzunehmen. Sie sind keine Mörderin, das sagt mir meine Menschenkenntnis.« Den letzten Satz hatte Emma mit einem bekräftigenden Nicken geäußert, und Sandra spürte, dass sie es wirklich ernst meinte.

»Es tut mir leid«, murmelte sie. »Und wenn das alles hier vorbei ist, dann verspreche ich Ihnen, dass Ihr Anspruch auf Ihr Cottage niemals wieder infrage gestellt wird.«

Emma wurde einer Antwort enthoben, da ihr Mann den Sunset Close betrat, sich grüßend an die Mütze tippte und sagte: »Guten Tag, Ms Flemming«, und dann zu Emma gewandt: »Können wir nach Hause fahren?«

Er verhielt sich zurückhaltender als seine Frau, was Sandra

ihm nicht verübeln konnte. Selten war sie einem so herzlichen und selbstlosen Menschen wie Emma Penrose begegnet. Obwohl über zwanzig Jahre älter, hoffte Sandra, sie vielleicht als Freundin gewinnen zu können – vorausgesetzt, sie würde dauerhaft in Cornwall bleiben. Emma Penrose und Ann-Kathrin Trengove: Zwei Frauen, die Sandra uneingeschränktes Vertrauen entgegenbrachten und nicht daran zweifelten, dass sie die Wahrheit sagte. Dass es in der heutigen Zeit noch so etwas gab, war selten, und Sandra beschloss, sich diesem Vertrauen als würdig zu erweisen.

SECHZEHN

Emmas Angebot, sie im Wagen mitzunehmen, lehnte Sandra ab. Obwohl sie an Emmas Worte, zwei Tatverdächtige seien gefasst worden, nicht zweifelte, wollte sie es persönlich aus dem Mund von Christopher Bourke hören. Sie betrat das moderne Bürogebäude und drückte auf den Klingelknopf. Constable Finchmere erschien hinter der Glasscheibe und fragte mit einem Gesichtsausdruck, als hätte sie gerade in eine Zitrone gebissen: »Was wollen Sie hier, Ms Flemming?«

»Ich möchte mit DCI Bourke sprechen.«

Der Summer surrte, Sandra stieß die Tür auf, und May Finchmere sagte: »Warum?«

»Das werde ich dem Inspector selbst erklären«, antwortete Sandra leicht überheblich. Wenn es stimmte, was sie gerade erfahren hatte, war das ein schwerer Schlag für May Finchmere.

Christopher Bourke begrüßte sie mit den Worten: »Ah, Ms Flemming! Das muss Gedankenübertragung sein, denn ich wollte Sie im Laufe des Tages ohnehin aufsuchen, um mit Ihnen zu sprechen. Es hat sich nämlich eine interessante Entwicklung ergeben.«

»Von der ich bereits gehört habe«, erwiderte Sandra. »Deswegen bin ich gekommen, muss Ihnen aber sagen, dass ich es wenig entgegenkommend finde, mich nicht unverzüglich darüber zu informieren, dass Sie die Täter verhaftet haben.«

»Wer hat es Ihnen gesagt?«

Sandra winkte ab. »Es geht wie ein Lauffeuer durch Lower Barton«, antwortete sie, denn sie wollte Emma außen vor lassen.

Bourke bat Sandra, sich zu setzen, dann rief er durch die noch geöffnete Tür: »Constable Finchmere, bringen Sie uns bitte zwei Tassen Kaffee und etwas Gebäck.«

»Ich bin nicht Ihre Bedienung«, erwiderte May Finchmere schnippisch. »Holen Sie sich den Kaffee selbst, ich hab wichtigere Dinge zu tun.«

Und wieder einmal färbten sich Bourkes Wangen und Ohren rot. Sandra hatte Mühe, sich ihre Erheiterung nicht anmerken zu lassen, und sagte leise: »Lassen Sie es gut sein, Sir, ich habe eben erst einen Kaffee getrunken.« Sie setzte sich aufrecht hin und sah Bourke auffordernd an. »Nun? Wer war es?«

»Wir haben Ben und Tanya wegen des dringenden Tatverdachtes verhaftet.«

»Sind die beiden nicht deshalb zurückgekommen, um ihre Schulden zu begleichen?«, fragte Sandra ungläubig. »Wenn sie Harris umgebracht haben, hätten sie das doch niemals getan, daher kann ich nicht glauben, dass …«

»Sie haben gestanden, das Geld an sich genommen zu haben«, fiel Bourke Sandra ins Wort. In knappen Sätzen berichtete er von Bens und Tanyas Geständnis und schloss mit den Worten: »Sie leugnen, mit dem Mord etwas zu tun zu haben, der zuständige Richter hat jedoch eine Untersuchungshaft angeordnet, da er überzeugt ist, dass die Studenten lügen, außerdem besteht Fluchtgefahr.« Bourke beugte sich zu Sandra vor, ein Lächeln auf den Lippen. »Es ist vorbei, Ms Flemming. Ab sofort können Sie gehen, wohin Sie wollen.«

»Vorbei«, murmelte Sandra und atmete tief durch.

Er nickte nachdrücklich. »Auch wenn wohl alles auf einen Indizienprozess hindeutet – von oberster Stelle wurden die Ermittlungen für abgeschlossen erklärt.«

»Dann werden Sie keine weiteren Recherchen durchführen?«, fragte Sandra. »Immerhin haben Ben und Tanya den Mord nicht gestanden, und ich habe etwas in Erfahrung gebracht, das durchaus auf einen anderen Täter hinweisen könnte.«

Nun war es an Sandra, dem Chiefinspector von ihren Kenntnissen bezüglich Edouard Peintré und Harris Garvey zu berichten, denn die neue Sachlage hatte alles verändert. Bourke hörte zwar interessiert zu, erwiderte aber, als Sandra die Bitte äußerte, dieser Spur nachzugehen: »Ich hätte nicht erwartet, dass Sie sich als Hobbydetektivin betätigen, Ms Flemming, wobei es mich bei Mrs Trengove nicht sehr überrascht. Sie ist immerhin die Ehefrau eines engagierten und erfolgreichen Anwalts. Bisher habe ich Ann-Kathrin stets als ruhige und besonnene Lehrerin eingeschätzt, dabei scheint es, als wären hier zwei neue Miss Marple am Werk.«

Sandra täuschte sich nicht – Christopher Bourke hatte ihr zugezwinkert! Eine Reaktion, die sie nicht einschätzen konnte, die aber ihren Herzschlag beschleunigte, daher sagte sie entschlossen: »Ann-Kathrin wollte mir nur behilflich sein, und schlussendlich lagen wir mit unseren Vermutungen richtig. Sie müssen zugeben, Inspector, dass Edouard Peintré durchaus ein Motiv hat.«

Bedauernd zuckte Bourke mit den Schultern. »Für Ihren Verdacht gibt es keine Beweise, Ms Flemming, und der Koch selbst hat die Tatwaffe der Polizei übergeben.«

»Ein Ablenkungsmanöver?«, wandte Sandra ein. »Peintré befürchtete, Sie könnten ihm auf die Schliche kommen, und dachte, wenn er die Waffe präsentiert, werden Sie an seine Unschuld glauben. Was ja auch bestens funktioniert.«

Bourkes Mundwinkel zuckten. »Sie überraschen mich, Ms Flemming, denn ich ging davon aus, Sie wären über die Entwicklung, die der Fall genommen hat, erleichtert, da Sie nun aus dem Kreis der Verdächtigen ausscheiden. Stattdessen versuchen Sie, mir einen anderen Täter zu präsentieren, obwohl alles gegen die Studenten spricht. Nein, lassen Sie mich bitte aussprechen«, sagte er schnell, als Sandra zu einem Widerspruch ansetzte. »Ich denke, Sie werden Ihre Arbeit im Hotel wieder aufnehmen können, alles andere sollte Sie nicht länger interessieren.«

Sandra zögerte, dann gab sie zu: »Wahrscheinlich haben Sie recht, Inspector. Selbst wenn Harris für die schlechten Bewertungen von Peintrés Restaurant verantwortlich war, der Koch wird ihn wahrscheinlich nicht getötet haben.« Sie schob den Stuhl zurück, stand auf und nahm ihre Handtasche. »Auch wenn ich eine solche Tat Ben und Tanya niemals zugetraut hätte, es spricht wirklich alles gegen sie. Ich hoffe, wir können nun alle zu unserer Arbeit zurückkehren, und es kehrt Ruhe im Hotel ein.«

Bourke begleitete sie zur Tür seines Büros und schloss diese hinter Sandra. Die Arme vor der Brust verschränkt, lehnte May Finchmere an ihrem Schreibtisch und bedachte Sandra mit einem finsteren Blick.

»Warum starren Sie mich so an?«, fragte Sandra. »Ihr Chef

hat mir gerade bestätigt, dass ich nicht länger unter Verdacht stehe.«

»Noch haben die Studenten die Tat nicht gestanden und sind auch nicht eindeutig des Mordes überführt.« Finchmeres Stimme war gefährlich leise.

Sandra seufzte und antwortete: »Da ich hoffe, niemals wieder mit Ihnen zu tun zu haben, ist es mir egal, ob wir uns verstehen oder nicht. Leben Sie wohl, Constable Finchmere – auf Nimmerwiedersehen!«

Sandra verließ das Polizeirevier. Sie hatte nicht bemerkt, dass Christopher Bourke noch mal die Tür geöffnet und ihre Worte gehört hatte. Ebenso sah sie nicht sein anerkennendes Lächeln, mit dem er ihr nachschaute.

Als Erstes telefonierte Sandra mit Mr Henderson und berichtete, dass sie nicht mehr unter Tatverdacht stand. Der Vorstandsvorsitzende hörte ihr aufmerksam zu, dann sagte er: »Selbstverständlich kehren Sie ins Hotel zurück, Ms Flemming, ab Montag übernehmen Sie wieder Ihre Aufgaben. Die entsprechenden Unterlagen und Vollmachten sende ich Ihnen zu.« Er zögerte und fügte dann hinzu: »Das heißt, wenn Sie den Job überhaupt noch wollen, nach allem, was geschehen ist.«

»Und ob ich will, Mr Henderson!«

Sie hörte ihn am anderen Ende der Leitung glucksen. »So habe ich Sie eingeschätzt! Dann ab an die Arbeit. Hängen Sie sich richtig rein, damit der Schatten verschwindet und Higher Barton Profite abwirft.«

»Sie können sich auf mich verlassen, Mr Henderson«, versicherte Sandra enthusiastisch. »Glücklicherweise haben nur wenige Gäste storniert, einige sind sogar extra gekommen, weil ein Aufenthalt in unserem Haus etwas Morbides an sich hat.«

Sie hörte Mr Henderson lachen, und er erwiderte: »Wir bevorzugen zwar Gäste, die wegen der Romantik und des Wohlfühlcharakters unser Haus aufsuchen, wenn aber andere Beweggründe einige Leute nach Higher Barton führen – auch recht. Hauptsache, die Bilanzen stimmen.«

Sandra sah nicht ausschließlich den schnöden Mammon, widersprach dem Vorstandsvorsitzenden aber nicht. Sie hatte bereits viele Ideen, was sie den Gästen bieten könnte, da sagte Mr Henderson noch: »Vor seinem Tod hat Mr Garvey den Plan eines Spa-Bereiches eingereicht, und der Vorstand ist diesem Vorschlag gegenüber nicht abgeneigt.«

»Aber nicht an der von Garvey bevorzugten Stelle«, warf Sandra ein und klärte Mr Henderson über das verbriefte Wohnrecht der Penroses auf. »Das Grundstück ist weitläufig, wir können einen anderen Platz finden.«

»Wir behalten es auf jeden Fall im Auge«, erwiderte Mr Henderson. »Jetzt bringen Sie den Laden erst mal wieder in Schwung.«

Sandra verzichtete darauf, Mr Henderson von den Erkenntnissen über Edouard Peintré zu erzählen. Mochte der Belgier menschlich auch schwierig sein – er war ein hervorragender Koch, und im Moment brauchte sie Peintré im Hotel. Sie würde ihn allerdings im Auge behalten und versuchen, ihm bei passender Gelegenheit auf den Zahn zu fühlen. Auch wenn die Polizei keine weiteren Ermittlungen mehr durchführte – Sandra vertraute Peintré nicht.

Es gab noch eine andere Sache, der Sandra auf den Grund gehen wollte, bevor sie ins Hotel zurückkehrte. Sie wollte versuchen herauszufinden, was Olivia Pool derart aus der Bahn geworfen hatte. Nicht, dass sie der Küchenhilfe misstraute, aber sie machte sich Sorgen um die verhuschte Frau und wollte ihr helfen. Sandra erinnerte sich an den Namen der Firma, bei der Olivia gearbeitet hatte, bevor sie nach Cornwall gekommen war. Im Internet fand sie die Telefonnummer des Automobilkonzerns und ließ sich von der Zentrale mit der Personalabteilung verbinden. Zu dem Personalchef, der sich als Thomas Maine vorstellte, sagte sie:

»Mein Name ist Sandra Flemming, ich bin die Managerin eines Hotels in Cornwall. Unter unseren Angestellten befindet sich eine gewisse Olivia Pool, die bis vor wenigen Wochen in Ihrem Unternehmen beschäftigt war. Ich würde gern mehr über deren Arbeit bei Ihnen erfahren.«

»Es tut mir leid, mir ist keine Dame mit diesem Namen bekannt.«

»Das kann nicht sein, Mr Maine, ich habe das Arbeitszeugnis von Ms Pool vorliegen. Sie war bei Ihnen als Dolmetscherin angestellt.«

»Sie können mir schon glauben, wenn ich Ihnen sage, dass mir eine Mitarbeiterin dieses Namens unbekannt ist.« Der genervte Unterton in Maines Stimme war nicht zu überhören. »Es ist üblich, sich zwischen den Arbeitgebern über die Angestellten auszutauschen, und ich würde Ihnen auch gern Auskunft geben, in diesem Fall jedoch ...«

Sandra konnte regelrecht sehen, wie ihr Gesprächspartner mit den Augen rollte. Sie fragte: »Vielleicht kennen Sie nicht alle Namen Ihrer Mitarbeiter?«

»Seit zwölf Jahren untersteht mir die Personalabteilung, und ich kenne jeden Angestellten persönlich. Aber gut« – sie hörte ihn seufzen – »ich werde in den Personalakten nachsehen und Sie zurückrufen, sollte ich den Namen finden. Kann ich Sie unter der Nummer, die auf meinem Display angezeigt wird, erreichen? Es wird eine Weile dauern, wir haben hier mehr als genug wichtigere Aufgaben.«

Sandra versicherte, dass dem so wäre; dann blieb ihr nichts anderes übrig, als zu warten. Sie überlegte, ob sie sich bei dem Unternehmen geirrt haben könnte, schließlich hatte sie nur einen kurzen Blick auf Olivias Lebenslauf geworfen.

Am besten überprüfe ich das sofort, dachte Sandra und radelte nach Higher Barton. Außerdem konnte sie Eliza Dexter dann auch gleich über die aktuellen Entwicklungen informieren.

Als Sandra die Hotelhalle betrat, kamen ihr David und Lucas freudig lächelnd entgegen, das Zimmermädchen Imogen drückte ihr herzlich die Hand.

»Willkommen zurück, Ms Flemming«, sagten die Angestellten wie aus einem Mund.

»Ich bin sehr froh darüber«, erwiderte Sandra lachend. »Wie haben Sie es so schnell erfahren?«

»Mr Henderson hat vor einer Stunde angerufen«, erklärte Imogen und zwinkerte Sandra zu. »Wir freuen uns, dass Sie zurückkommen und nun alles wieder normal läuft.«

Aus dem Augenwinkel beobachtete Sandra Eliza Dexter. Diese stand hinter der Rezeption, tat so, als würde sie eine Eintragung ins Computersystem vornehmen und die Unterhaltung nicht verfolgen. Elizas Miene war ausdruckslos. Auf dem Weg nach Higher Barton hatte Sandra sich aber etwas überlegt. Sie wollte die Vergangenheit hinter sich lassen und gemeinsam mit Eliza in eine neue Zukunft starten.

Als Sandra an die Rezeption trat, konnte Eliza nicht

anders, als den Blick zu heben. Sandra las Elizas Gedanken auf deren Gesicht wie in einem offenen Buch, trotzdem rang sich Eliza zu den Worten durch: »Willkommen zurück, Sandra. Es freut mich, dass die Sache endlich aufgeklärt ist und wir ungestört unsere Arbeit machen können.« Eliza zögerte, ihre Augenlider flatterten, dann stieß sie hervor: »Und ich bin froh, dass Sie wieder hier sind, denn für einen allein ist das alles nicht zu bewältigen. Ich habe schließlich nur zwei Hände und kann mich nicht vierteilen. In den letzten Nächten habe ich wegen der Arbeit kaum ein Auge zugetan, und das Personal tanzt mir auf der Nase herum.«

»Na, na, so schlimm wird es wohl nicht sein«, erwiderte Sandra.

Wie um Elizas Aussage zu untermauern, trat Holly, das zweite Zimmermädchen, aus den Wirtschaftsräumen zu ihnen und fragte ungeduldig: »Ms Dexter, kann ich nun am Sonntag frei haben? Ich muss das jetzt echt wissen, weil meine Mutter Geburtstag hat.«

»Nach dem Frühstücksservice können Sie gehen, Holly«, antwortete Sandra an Elizas Stelle, woraufhin auch David einwarf: »Mein Dienstplan für die kommende Woche steht noch nicht. Ich muss auch wissen, wann mein freier Tag sein wird.«

Eliza seufzte, Sandra lächelte jedoch und erklärte: »Wir werden alles noch heute regeln.« Sie klatschte in die Hände und rief: »Nun aber zurück an die Arbeit, hurry up!«

Lucas salutierte, David tippte sich grinsend an die nicht vorhandene Mütze, und die Hausmädchen tauschten einen erleichterten Blick aus, dann verließen alle die Halle, um ihren Pflichten nachzukommen.

»Wie machen Sie das?«, fragte Eliza. »Die gehorchen Ihnen aufs Wort.«

»Ich möchte nicht, dass jemand mir *gehorcht*«, antwortete Sandra. »Wir sind ein Team, in dem Befehle fehl am Platz sind. Anweisungen sind allerdings notwendig, wir müssen alle am selben Strang ziehen, damit der Betrieb reibungslos läuft.«

»Da Sie wieder die Chefin sind, wird das wohl funktionieren.« Noch immer schwang ein bitterer Unterton in Elizas Stimme mit.

Spontan legte Sandra eine Hand auf Elizas Arm und erwiderte: »Hören Sie, Eliza, meine Ernennung zur Managerin ist nur eine Formsache. In den letzten Tagen haben Sie bewiesen, dass Sie in der Lage sind, ein solches Haus vorbildlich zu führen, und es ist verständlich, dass Sie nicht an allen Stellen gleichzeitig sein können. Ihre Stärken liegen bei den organisatorischen Tätigkeiten und bei den Finanzen, ich widme mich lieber den Menschen. Ich finde, wir ergänzen einander perfekt. Sehen Sie das nicht ebenso, Eliza? Daher denke ich, wir können sehr gut im Team arbeiten.«

»Meinen Sie gleichberechtigt?«, fragte Eliza immer noch skeptisch.

Sandra nickte. »Jeden Morgen setzen wir uns zusammen und besprechen die Aufgaben des Tages. In Ihren Bereichen haben Sie freie Hand, denn ich weiß, dass auch Sie daran interessiert sind, unser Hotel zu einem der ersten Häuser dieser Gegend zu machen.«

»Sie meinen das wirklich ernst?«

»Sehr ernst, Eliza.« Sandra streckte ihr die Hand entgegen. »Einverstanden?«

Zögernd ergriff Eliza die Hand, fügte aber noch hinzu:

259

»Das ist sehr großzügig von Ihnen, Sandra, immerhin hat meine Aussage über den Streit zwischen Ihnen und Garvey Sie schwer belastet.«

»Im Gegenzug habe ich Sie als Täterin verdächtigt«, erwiderte Sandra, »weil Harris doch recht garstig zu Ihnen gewesen ist. Wir sind also quitt.«

Eliza atmete erleichtert auf. »Dann auf gute Zusammenarbeit. Womit sollen wir beginnen?«

Sandra grinste. »Mit den Dienstplänen, um die Angestellten zufriedenzustellen. Auch wenn ich eigentlich erst ab Montag wieder …«

»Ich bin Ihnen dankbar, wenn Sie mir heute bei den Plänen helfen«, fiel Eliza Sandra ins Wort. »Ich hole die Unterlagen. Am besten, wir gehen hier alles durch, damit die Rezeption besetzt ist.«

Nach einer Stunde waren die Dienstpläne aller Angestellten für die nächsten drei Wochen fertiggestellt. An den Tagen, an denen Monsieur Peintré frei hatte, wurde kein Lunch und am Abend nur ein einfaches Dinner angeboten, das Olivia Pool allein zubereiten konnte. Als Sandra in die Listen die Namen eintrug, bat sie Eliza, ihr noch mal die Personalakte der Küchenhilfe zu bringen. Eliza kam der Bitte unverzüglich nach. Sandra nahm das Arbeitszeugnis der Automobilfirma, trat ans Fenster und hielt das Blatt gegen das Licht.

»Sehen Sie hier«, sagte sie und winkte Eliza zu sich heran. »Das Datum des Ausscheidens von Oliva aus der Firma scheint überschrieben worden zu sein.«

Eliza kniff die Augen zusammen, betrachtete die Zahlen und sagte kritisch: »Glauben Sie das wirklich? Aus welchem Grund hätte Olivia falsche Angaben machen sollen? Wenn es tatsächlich eine Fälschung ist, dann wurde diese sehr dilettantisch ausgeführt.«

Sandra berichtete Eliza, was sie über Olivia Pool in Erfahrung gebracht hatte, und da sie ihren gemeinsamen Neuanfang nicht damit beginnen wollte, ihrer Stellvertreterin etwas zu verschweigen, teilte sie ihr ebenfalls ihre Rechercheergebnisse über die Vergangenheit des Kochs mit und endete mit den Worten: »Ich schließe nicht aus, dass Peintré Harris ermordet haben könnte. Chiefinspector Bourke hält das allerdings für zu weit hergeholt, außerdem ist mit der Verhaftung von Ben und Tanya der Fall abgeschlossen.«

»Bei aller Unbeherrschtheit traue ich das unserem Monsieur dann doch nicht zu«, sagte Eliza. »Allerdings haben wir nun gleich zwei Betrüger in der Küche! Olivia fälschte ihr Zeugnis, und Peintré verschwieg seine Vergangenheit. Am besten packen beide sofort ihre Koffer!«

»Immer mit der Ruhe, Eliza«, beschwichtigte Sandra sie. »Im Moment können wir auf keinen der beiden verzichten, da das Hotel voll belegt ist. Monsieur Peintré werde ich im Auge behalten, und was Olivia Pool betrifft …« Sandra seufzte, nickte Eliza zu und fuhr fort: »Die Fälschung können wir auf keinen Fall auf sich beruhen lassen, da bin ich ganz Ihrer Meinung. Bevor ich Mr Henderson informiere, möchte ich zuerst Olivias Erklärung dazu hören. Bei ihrer Arbeit gibt es doch keine Beanstandungen, oder?«

»Nein«, musste Eliza zugeben, »und auch Peintré hat sich, außer seinen Wutausbrüchen, nichts zuschulden kommen lassen. Dass es mal einem Gast nicht so schmeckt oder ein Gericht zu viel oder zu wenig gewürzt ist, ist normal. Man kann nicht jeden Geschmack treffen. Sie haben recht, Sandra:

Wenn Peintré jetzt gehen würde – woher sollten wir so schnell einen neuen Koch bekommen?«

»Ich sehe, wir verstehen uns.« Sandra nickte zufrieden und legte Olivias Personalakte zur Seite. »Ich kehre jetzt nach Lower Barton zurück, erlaube mir, das Wochenende zu verbummeln, und werde am Montagmorgen pünktlich um acht meine Arbeit wieder aufnehmen. Bis dahin halten Sie die Stellung, Eliza.«

So gut gelaunt wie lange nicht mehr, radelte Sandra nach Lower Barton zurück. Sie musste kräftig in die Pedale treten, da die Straße steil bergauf führte. Auf der Hügelkuppe hielt Sandra an und ließ ihren Blick über Lower Barton schweifen, das beschaulich in der Talsenke lag. Dann lächelte Sandra und kniff die Augen zusammen, um besser sehen zu können. Christopher Bourke schritt über den Parkplatz und betrat den Supermarkt. Eigentlich war der Beamte ein recht sympathischer Mensch, vielleicht etwas linkisch und schüchtern, aber mit einem scharfen Verstand. Mit Constable Finchmere war Bourke ziemlich gestraft, und Sandra fragte sich, ob er auf Dauer mit dieser Frau zurechtkommen würde. Das sollte aber nicht ihr Problem sein. Ihre Wege würden sich nicht wieder kreuzen, jedenfalls nicht auf beruflicher Ebene.

Sandra beschloss, am kommenden Tag ans Meer zu fahren, denn wenn sie wieder arbeitete, würden freie Tage rar sein. Zum ersten Mal, seit Mrs Roberts Harris' Leiche in der Kühltruhe aufgefunden hatte, empfand Sandra einen Anflug von Trauer über dessen Tod. Während ihrer Beziehung hatten sie auch schöne Stunden miteinander verbracht, obwohl das Ende beschämend gewesen war. Sie hoffte, Ben und Tanya würden ein umfassendes Geständnis ablegen, oder der Polizei würde es gelingen, ihnen den Mord eindeutig nachzuweisen. Erst dann war die Sache wirklich abgeschlossen, und sie würde ihrem Verdacht gegenüber Edouard Peintré auch nicht länger nachhängen. Mit ganzer Kraft musste sie sich nun der anspruchsvollen Aufgabe widmen, auf die sie lange hingearbeitet hatte.

»Managerin des Higher Barton Romantic Hotels«, sagte sie laut und ließ sich jedes Wort auf der Zunge zergehen. Alles war gut.

SIEBZEHN

Catherine Bowder zeigte sich zwar erfreut über die guten Nachrichten, gleichzeitig war sie auch ein wenig enttäuscht, Sandra als Gast zu verlieren.

»Sie waren ein sehr angenehmer Gast, Ms Flemming. Darf ich Sie heute Abend zu einem Glas Wein einladen? Sozusagen als Abschied, bevor Sie mich verlassen?«

»Das ist sehr freundlich. Ich werde erst am Montag ausziehen, wenn es Ihnen recht ist. Zwar könnte ich sofort mit der Arbeit im Hotel beginnen, ich habe mich aber entschlossen, das Wochenende noch zu genießen.«

»Das ist die richtige Einstellung, denn das Leben besteht nicht nur aus Arbeit«, erwiderte Mrs Bowder mit einem wissenden Lächeln.

Als sie in ihrem Zimmer war, das Handy klingelte und Thomas Maine, der Personalchef der Autofirma, sich meldete, hatte Sandra Olivia Pool fast schon wieder vergessen.

»Ms Flemming, wie versprochen habe ich mir die alten Akten kommen lassen«, sagte Maine mit sonorer Stimme. »Tatsächlich war eine Ms Olivia Pool in unserem Unternehmen beschäftigt ...« Er zögerte und fuhr dann fort: »Sie arbeitete lediglich acht Monate für uns und schied vor über neunzehn Jahren aus der Firma aus. Aus diesem Grund konnte ich mit dem Namen nichts anfangen.«

»Vor neunzehn Jahren?«, wiederholte Sandra. »Sind Sie sicher?«

»Ich bin durchaus des Lesens mächtig«, antwortete Maine spitz.

»Ich war nur überrascht, verzeihen Sie«, entschuldigte Sandra sich. »Warum verließ Olivia Pool Ihr Unternehmen?«

»Sie ging auf eigenen Wunsch, ein Grund ist nicht vermerkt«, antwortete Thomas Maine. »Ich rate Ihnen, Ms Pool selbst zu fragen, warum Sie Ihnen gegenüber andere Angaben gemacht hat. Das ist alles, was ich von meiner Seite aus mitteilen kann.«

Sandra bedankte sich für den Rückruf und legte auf. Der Eindruck, Olivia habe ihr Arbeitszeugnis gefälscht, war also richtig gewesen. Noch während sie überlegte, ob sie Mr Henderson informieren sollte, damit der Vorstand der Sache nachging, klingelte erneut ihr Handy. Dieses Mal war es Alan Trengove.

»Ms Flemming, ich habe die guten Nachrichten eben erst erfahren, da ich in London gewesen bin«, sagte Alan.

»Ich bin sehr froh über die Entwicklung«, antwortete Sandra, »und ab Montag bin ich wieder im Hotel anzutreffen. Ich danke Ihnen für alles, Mr Trengove.«

»Ach, es war nicht viel, was ich für Sie getan habe«, erwiderte Alan. »Ich habe allerdings den Eindruck, einen nicht gerade glücklichen Unterton in Ihrer Stimme wahrzunehmen. Ist wirklich alles in Ordnung, Ms Flemming?«

»Nun ja, solange die Studenten die Tat nicht eingestanden haben …«

»Sollten Sie sich nicht länger den Kopf darüber zerbrechen«, fiel Alan Sandra ins Wort. »Sie stehen nicht mehr unter Verdacht, alles Weitere ist die Angelegenheit der Polizei.«

Sandra seufzte. »Sie haben ja recht, Mr Trengove, wahrscheinlich mache ich mir wirklich zu viele Gedanken. Es gibt da aber noch etwas, das ich Ihnen erzählen möchte.« Sandra holte tief Luft und berichtete Alan, was sie gerade über Olivia Pool erfahren hatte. »Das mag vielleicht nichts bedeuten, und wir sind mit ihrer Arbeit ja auch zufrieden, das Fälschen eines Zeugnisses ist aber doch irgendwie Betrug, nicht wahr, Mr Trengove? Ich fürchte, ich muss meinen Vorgesetzten einschalten. Olivia wird entlassen werden, was mir persönlich leidtut, da die Frau am Rande des Existenzminimums zu leben scheint.«

»Meine Frau sagte mit schon, dass Sie ein gutes Herz haben.« Sandra hörte Alan leise lachen, bevor er wieder ernst fortfuhr: »Wenn Sie möchten, kann ich versuchen, ein paar Erkundigungen einzuziehen, bevor Sie Ihre Angestellte offiziell melden.«

»Ich glaube, ich kann mir Ihre weitere Unterstützung nicht leisten«, gab Sandra zu. »Die Rechnung über Ihre bisherige Tätigkeit steht auch noch aus.«

»Vergessen Sie den schnöden Mammon«, antwortete Alan. »Für die Freundin meiner Frau habe ich es gern getan, und bei diesen Nachforschungen sind nur ein paar Telefonate und Akteneinsicht nötig. Nicht der Rede wert.«

Die Freundin meiner Frau ... Die Worte klangen in Sandra nach und stimmten sie froh.

»Das wäre sehr freundlich von Ihnen«, antwortete sie leise. »Wahrscheinlich gibt es ja für alles eine einfache Erklärung, ich möchte Olivia nicht in die Pfanne hauen.«

Alan übergab das Telefon an Ann-Kathrin. Als diese hörte,

dass Sandra am nächsten Tag ans Meer wollte, schlug sie vor: »Sollen wir zusammen an die Nordküste fahren? Dort gibt es tolle Sandstrände, auch wenn das Wasser zum Baden noch zu kalt ist. Wir können spazieren gehen und irgendwo den Lunch einnehmen.«

»Du kannst deinen Mann am Wochenende doch nicht allein lassen«, gab Sandra zu bedenken

Ann-Kathrin lachte und antwortete: »Alan wird ohnehin die ganze Zeit über seinen Akten brüten. Ein wichtiger Fall, du verstehst? Tja, ich hab gewusst, worauf ich mich einlasse, als ich einen Anwalt heiratete.«

»Dann um neun Uhr?«, schlug Sandra vor. »Ich freue mich!«

Sandra wollte gerade zu Catherine Bowder hinuntergehen, als es an der Tür klopfte. Zu ihrer Überraschung stand Holly, eines der Zimmermädchen, im Flur, einen Einkaufskorb in der Hand.

»Ms Dexter schickt mich«, sagte die junge Frau, trat ins Zimmer und hob eine Plastikschüssel aus dem Korb. »Für den heutigen Lunch hat Monsieur Peintré ein neues Rezept kreiert, und Ms Dexter meinte, ich solle Ihnen etwas vorbeibringen, da Sie sicher nicht regelmäßig zum Essen kommen.«

»Das ist sehr aufmerksam«, antwortete Sandra perplex, öffnete den Deckel und schnupperte. Sie roch Räucherfisch, Kartoffeln und Zwiebeln. Der Duft erinnerte sie an eine Suppe, die ihre Mutter früher häufig zubereitet hatte: Cullen Skink, ein traditionelles schottisches Gericht, wobei Peintrés Kreation deutlich sämiger war. »Dafür sind Sie extra nach Lower Barton gekommen?«, fragte sie das Zimmermädchen.

»Ich war ohnehin auf dem Weg nach Hause«, antwortete Holly. »Meine Arbeitszeit endet ja um sechs Uhr, Ms Flemming. Können Sie die Suppe hier irgendwo aufwärmen?«

»Mrs Bowder hat eine Mikrowelle in der Küche, die ich benutzen darf«, antwortete Sandra. »Nochmals herzlichen Dank, und ich wünsche Ihnen einen schönen Abend, Holly.«

Das Mädchen verabschiedete sich, und Sandra ging zu ihrer Vermieterin hinunter, die im Wohnzimmer bereits auf sie wartete. Zu ihrer Überraschung war Catherine nicht allein. Im Sessel lümmelte eine Frau, etwa Mitte zwanzig, mit dunklen, mandelförmigen Augen, das kastanienrote Haar fiel ihr in leichten Wellen über die Schultern.

»Verzeihen Sie, ich wusste nicht, dass Sie Besuch haben«, sagte Sandra und wollte sich wieder zurückziehen.

Catherine Bowder sagte schnell: »Bleiben Sie bitte, meine Enkelin wollte ohnehin wieder gehen.« Ihr kühler Blick sagte Sandra, dass es um das Verhältnis zwischen Großmutter und Enkelin wohl nicht zum Besten bestellt war.

Die Frau rappelte sich aus dem Sessel hoch, warf ihr langes Haar zurück und zischte: »Okay, Grandma, dann beklag dich aber nicht, wenn ich auf die schiefe Bahn gerate, wie du es auszudrücken pflegst.«

Ohne Sandra zu begrüßen oder sich ihr gar vorzustellen, rauschte sie an ihr vorbei. Die Haustür fiel mit einem Knall ins Schloss.

»Ich wollte nicht …«, begann Sandra, Mrs Bowder winkte jedoch ab.

»Kleine Kinder, kleine Sorgen, große Kinder, große Sorgen«, murmelte sie, dann lauter: »Jennifer ist die Tochter meiner Tochter, meine einzige Enkelin. Da sich der Nichtsnutz von einem Vater aus dem Staub gemacht hat, als Jenny ein Jahr alt gewesen ist, habe ich das Mädchen mit großgezogen. Sie ist hübsch, nicht wahr?«

Sandra nickte wortlos. Sie spürte, dass es Mrs Bowder guttat, sich auszusprechen, deswegen unterbrach sie sie nicht.

»Leider weiß Jenny ihre Reize gezielt einzusetzen. Seit ihrer Kindheit will sie Schauspielerin werden und engagierte sich bis vor ein paar Jahren in einer Laienspielgruppe hier im Ort. Sie fühlt sich aber zu Höherem berufen und denkt, Hollywood würde nur auf sie warten.« Catherine Bowder lächelte freudlos. »Im Winter hat sie ihren Job gekündigt und ist nach London gegangen, in der Hoffnung, endlich entdeckt zu werden. Sie jobbt mal hier, mal da, das Geld reicht jedoch nie. Ich habe ihr immer mal ein bisschen was zugesteckt, aber meine Mittel sind begrenzt, und meine Tochter ist auch nicht länger bereit, Jenny zu unterstützen. Ich mache mir Sorgen um meine Enkelin.« Als würde Catherine Bowder erst jetzt bewusst, wie schwatzhaft sie war, schlug sie sich die Hand vor den Mund. »Ach, ich rede und rede und langweile Sie nur mit meinen Problemen.«

»Ich kann gut zuhören«, erwiderte Sandra verständnisvoll. »Manchmal braucht man jemanden, bei dem man seine Sorgen abladen kann.«

Catherine Bowder öffnete eine Flasche Chianti. »Sie mögen doch Rotwein?« Sandra nickte, und sie stießen miteinander an. »Nennen Sie mich bitte Catherine«, bot Catherine an.

»Und Sie mich Sandra.«

Sandra berichtete kurz über die Verhaftung der zwei Studenten und dass die Polizei davon ausging, diese hätten Harris Garvey getötet, weil er sie beim Diebstahl erwischt hatte. Dann kam Catherine Bowder wieder auf Jenny zu sprechen.

Die Zeit verrann, Sandra protestierte nicht, als Catherine die zweite Flasche öffnete. Der Alkohol machte sich bereits bemerkbar, da sie seit Wochen keinen Tropfen getrunken hatte, aber sie musste ja nur eine Treppe hochgehen, um ins Bett zu gelangen.

Die antike Kaminuhr im Empirestil schlug Mitternacht, als Sandra sich erhob.

»Ich glaube, ich muss jetzt schlafen.« Ihre Zunge war schwer. sie griff haltsuchend nach der Sessellehne, da der Boden unter ihren Füßen schwankte. An Catherine Bowders glasigem Blick erkannte Sandra, dass auch sie nicht mehr nüchtern war.

»Wir haben beide wohl etwas zu tief ins Glas geschaut, aber ab und zu darf man schon mal über die Stränge schlagen.« Catherine kicherte, auch sie schwankte, als sie aufstand. »Ich danke ihnen, Sandra, und ich würde mich freuen, wenn Sie mich in Zukunft ab und zu besuchen.«

»Das mache ich gern«, erwiderte Sandra, wankte zur Tür und stolperte die Treppe hinauf. Sie musste mehrmals zielen, bis sie das Schlüsselloch traf und die Tür öffnen konnte, dann schloss sie hinter sich ab. Dabei fiel ihr der Schlüssel aus der Hand. Sandra verzichtete darauf, ihn aufzuheben, da der Boden unter ihren Füßen zu schwanken schien. Trotz des Alkoholgenusses knurrte ihr Magen. In die Küche hinunter wollte Sandra jedoch nicht mehr gehen, um Catherine nicht zu stören. Sie öffnete den Deckel der Schüssel, die noch auf dem Tisch stand, tauchte einen Löffel in die Suppe und kostete. Auch kalt schmeckte sie köstlich.

»Nur ein paar Löffel«, murmelte Sandra.

Tatsächlich vertrieb die Suppe das Schwindelgefühl. Sandra zog ihr Nachthemd an, wusch sich und putzte sich die Zähne, dann legte sie sich ins Bett und zog die Decke über die Ohren. Jetzt wollte sie nur noch schlafen.

Es war stockdunkel, als Sandra aufwachte. Ein scharfer Schmerz fuhr durch ihren Körper.

»Ah!«, rief sie und schaffte es nicht mehr, das Bett zu verlassen. Sie erbrach auf das Kopfkissen. Ihr war schrecklich übel, und sie übergab sich ein weiteres Mal. Ihr Herz raste, der Puls klopfte hart und schnell in ihrem Hals.

Sie versuchte, nach dem auf dem Nachttisch liegenden Handy zu angeln, das Telefon entglitt jedoch ihren Fingern. Sandra keuchte, schnappte nach Luft, das Atmen fiel ihr schwer. Sie war zu schwach, um aufzustehen. Ein gurgelndes Geräusch entrang sich ihrer Kehle, dann verlor Sandra die Besinnung.

Das kurze, hellrote Haar stand Catherine Bowder wirr um den Kopf, ihre Tränensäcke waren geschwollen, und ihr Teint war fahl, als sie Ann-Kathrin Trengove die Tür öffnete.

»Mrs Bowder, ist alles in Ordnung?«, rief Ann-Kathrin erschrocken, zumal die Pensionswirtin um diese Zeit noch im Morgenmantel war.

»Hm ... mir geht es nicht so gut«, nuschelte Catherine. »Wenn Sie bitte nicht so laut sprechen würden.«

Sie winkte Ann-Kathrin herein, und diese roch die Alkoholfahne.

»Brauchen Sie Hilfe?«

Catherine griff sich an den Kopf und lächelte verlegen. »Sandra und ich haben gestern wohl zu tief ins Glas geschaut. Sollte man in meinem Alter unterlassen.«

Ann-Kathrin nickte verständnisvoll und unterdrückte ein Schmunzeln. »Ich möchte Sandra abholen.«

»Sie ist noch nicht heruntergekommen«, erklärte Catherine. »Ich fürchte, sie wird sich ähnlich schlecht fühlen wie ich und sicher noch schlafen.«

Ann-Kathrin schlug vor: »Soll ich uns einen Kaffee aufbrühen? Sie können einen gebrauchen, und ich bringe Sandra eine Tasse hoch, wenn ich sie wecke.«

Catherine schlurfte in die Küche, sank auf einen Stuhl und sah schweigend zu, wie Ann-Kathrin den Wasserkocher einschaltete, lösliches Kaffeepulver in drei Tassen gab und heißes Wasser aufgoss. Catherine nahm ihren Kaffee mit Milch, Ann-Kathrin trank ihn wie Sandra schwarz. Mit den beiden Tassen in einer Hand stieg sie die Treppe hinauf und klopfte an die Tür.

»Sandra, bist du schon wach?« Nichts rührte sich. Sie klopfte lauter. »Sandra, ich bin es – Ann-Kathrin! Wir waren verabredet.« Alles blieb ruhig. Ann-Kathrin drehte am Knauf, die Tür war verschlossen. Wieder klopfte sie, rief Sandras Namen und drückte ein Ohr an die Tür, konnte aber kein Geräusch wahrnehmen. Sie stellte die Tassen auf die Kommode im Flur, zog ihr Handy aus der Hosentasche, wählte Sandras Nummer und hörte im Zimmer den Hit der Rolling Stones. Sandra nahm den Anruf nicht entgegen.

Auch wenn Ann-Kathrin wusste, dass Sandra ihren Rausch ausschlief, kam es ihr seltsam vor, dass die Freundin weder durch ihr Klopfen und Rufen noch durch das Klingeln des Telefons wach zu bekommen war.

Zurück in der Küche musste Ann-Kathrin trotz der Sorge um Sandra lachen. Catherine Bowder war der Kopf auf die Brust gesunken, und sie schnarchte laut.

»Mrs Bowder!« Ann-Kathrin schüttelte sie an der Schulter. »Bitte, wachen Sie auf.«

Catherine schreckte auf, starrte Ann-Kathrin an und murmelte: »Ach herrje! Ich schwöre, ich trinke nie wieder einen Tropfen Alkohol. Niemals wieder!«

»Mrs Bowder, ich fürchte, mit Sandra stimmt etwas nicht. Sie haben doch einen Zweitschlüssel für ihr Zimmer?«

»Ja, aber ich weiß nicht …«

»Bitte, es ist wichtig!« Ann-Kathrin sah Catherine eindringlich an. »Vielleicht ist Sandra der Wein nicht gut bekommen, und es geht ihr so schlecht, dass sie nicht öffnen kann.«

Schwerfällig stand Catherine auf. »Kann ich verstehen, kann ich vollkommen verstehen.«

Sie schlurfte zu einem Bord im Korridor, nahm einen Schlüssel aus der Schublade, sah die Treppe hinauf und zögerte. Dann drückte sie Ann-Kathrin den Schlüssel in die Hand. »Ich fürchte, ich schaffe die Treppe heute nicht.«

Zwei Stufen auf einmal nehmend, hastete Ann-Kathrin wieder nach oben, steckte den Schlüssel ins Schloss, öffnete die Tür – und schrie laut auf.

Wie ein gefangenes Raubtier lief Ann-Kathrin in dem muffigen Besucherzimmer hin und her. Von einer Wand zur anderen waren es genau acht Schritte. Sie wusste nicht, wie oft sie diese in der letzten Stunde gezählt hatte. Immer wieder sah sie zu der runden Wanduhr, deren Zeiger sich im Schneckentempo bewegten. Als sich die Tür öffnete, fuhr Ann-Kathrin herum.

»Alan!« Mit einem Aufschrei stürzte sie sich in die Arme ihres Mannes.

Sanft strich Alan ihr über das Haar und fragte: »Was ist mit Sandra Flemming passiert? Hatte Sie einen Unfall? Am Telefon warst du so aufgeregt, dass ich nur die Hälfte verstanden habe.«

»Danke, dass du so schnell gekommen bist.« Sie drückte sich an Alan. »Als ich Sandra heute Morgen abholen wollte, öffnete sie nicht. Mit dem Zweitschlüssel bin ich in ihr Zimmer und fand Sandra bewusstlos vor. Ich konnte sie nicht wach bekommen, sie hatte sich mehrmals übergeben, dass Bett war verschmutzt, und ihr Puls schlug nur noch schwach.«

Unwillkürlich schüttelte sich Alan und hakte nach: »Du hast erwähnt, gestern Abend hätte sie getrunken …«

»Aber doch nicht so viel, dass sie eine Alkoholvergiftung hat!«, rief Ann-Kathrin. »Mrs Bowder sagt, sie hätten zusammen zwei Flaschen Wein getrunken, davon geht es einem nicht derart schlecht. Nein, Alan, da ist etwas anderes passiert! Ich habe sofort den Notarzt alarmiert und bin hinter dem Rettungswagen her ins Krankenhaus gefahren. Seitdem warte ich, es kommt aber niemand, um zu sagen, wie es Sandra geht.«

»Na, wenn man keinen Alkohol verträgt«, murmelte Alan skeptisch. »Bei den guten Nachrichten hatte Sandra allen Grund, zu feiern.«

»Das passt nicht zu ihr«, beharrte Ann-Kathrin. »Oh, Alan, für einen Moment dachte ich, sie wäre tot.«

Mit dem Daumen strich Alan zärtlich die Tränen von den Wangen seiner Frau und sagte leise: »Du magst sie sehr, nicht wahr?«

»Sie ist mir eine liebe Freundin geworden«, bestätigte Ann-Kathrin, zog ein Taschentuch heraus und schnäuzte sich geräuschvoll.

Sie mussten eine weitere Stunde warten, bis ein Arzt das Besucherzimmer betrat.

»Mrs Trengove?«

Ann-Kathrin trat vor und fragte erwartungsvoll: »Wie geht es Ms Flemming?«

»Sie haben den Notarzt gerufen«, stellte der Arzt sachlich fest. »Sind Sie eine Verwandte von Sandra Flemming?«

»Wir sind befreundet«, antwortete Ann-Kathrin.

Der Arzt zuckte die Schultern. »Dann kann ich Ihnen keine Auskünfte geben, es tut mir leid.«

»Aber …«

»Doktor, ich bin der Anwalt von Sandra Flemming«, mischte Alan sich ein. »Ihre Eltern leben im Norden von Schottland. Ich möchte sie aber nicht unnötig in Sorge versetzen, besonders nicht, wenn Ms Flemming über den Durst getrunken hat. Das ist keine Nachricht, die Eltern erfreut, auch wenn die Tochter längst erwachsen ist.«

Die letzten Worte hatte er scherzhaft ausgesprochen, sie entlockten dem Arzt aber kein Lächeln, im Gegenteil. Er sah von Alan zu Ann-Kathrin, runzelte nachdenklich die Stirn und sagte schließlich: »Wie passend, dass Sie Anwalt sind, da ich ohnehin die Polizei einschalten muss.«

»Die Polizei?«, riefen Alan und Ann-Kathrin wie aus einem Mund.

Der Arzt nickte und sagte sehr ernst: »Mrs Trengove, durch Ihr rasches Handeln haben Sie der Patientin das Leben gerettet.«

»Das Leben gerettet? Laut ihrer Wirtin hat sie so viel auch wieder nicht getrunken … und was hat das mit der Polizei zu tun?«

Der Arzt schüttelte den Kopf. »Es war nicht der Alkohol, der Ms Flemming an den Rand des Todes gebracht hat. In ihrem Mageninhalt fanden wir Rückstände von Convallatoxin, Convallatoxol, Convallosid und Desglucocheirotoxin …«

»Geht das auch in einer für einen Laien verständlichen Sprache?«, fuhr Alan den Arzt harsch an, entschuldigte sich aber sofort. »Es tut mir leid, ich mache mir große Sorgen um Sandra Flemming.«

Zum ersten Mal zuckte der Anflug eines Lächelns um die Lippen des Arztes. »Um es vereinfacht auszudrücken: Es gibt Hinweise, dass die Patientin größere Mengen von Maiglöckchen zu sich genommen hat. Da ich davon ausgehe, dass dies nicht freiwillig geschehen ist …« Er verstummte, fügte dann jedoch noch hinzu: »Oder ist Ms Flemming suizidgefährdet?«

»Auf keinen Fall!«, rief Ann-Kathrin aufgeregt. »Sandra hat sogar jeden Grund, glücklich zu sein.« Ihre Augen weiteten sich, dann schlug sie sich mit der flachen Hand gegen die Stirn und sagte: »Die Suppe!«

»Welche Suppe?«, fragte der Arzt.

»Als ich meine Freundin vorfand, war ich sehr aufgeregt. Während ich auf den Notarztwagen wartete, fiel mir auf dem Tisch eine Schüssel mit kalter Suppe auf, ein benutzter Löffel lag daneben. Glauben Sie, dass Sandra damit …«

Es widerstrebte Ann-Kathrin, es auszusprechen, Alan brachte es auf den Punkt: »Jemand hat versucht, Sandra Flemming zu vergiften.«

Der Arzt nickte zustimmend. »Wenn wir eine Selbsttötungsabsicht ausschließen – und wer versucht schon, sich mit dem Genuss von Maiglöckchen umzubringen, das ist ein schmerzhafter und scheußlicher Tod –, bleibt keine andere Möglichkeit, als dass das Gift der Patientin durch das Essen zugeführt wurde. Können Sie uns die Suppe bitte so schnell wie möglich herbringen, damit das Labor sie untersuchen kann?«

Ann-Kathrin nickte mechanisch, zu verwirrt, um einen klaren Gedanken fassen zu können.

»Wird sie durchkommen?« fragte Alan besorgt.

»Ms Flemmings Zustand ist kritisch«, gab der Arzt zu, »aber ich denke, Sie wird es schaffen. Wäre sie eine, maximal zwei Stunden später gefunden worden, hätten wir wohl nichts mehr für sie tun können.«

»Ich danke Ihnen.« Spontan griff Alan nach seiner Hand und drückte sie. »Wir werden die Suppe sofort hierherbringen, und ich werde mich selbst an die Polizei wenden.«

Als Alan und Ann-Kathrin von Bodmin nach Lower Barton fuhren, fragte sie: »Denkst du das Gleiche wie ich?«

Mit grimmiger Miene antwortete Alan: »Wir dachten, mit der Verhaftung der Studenten wäre es vorbei. Das war ein Irrtum, der Mörder ist noch auf freiem Fuß, und ich vermute, Sandra hat etwas erfahren, das ihn glauben lässt, sie wäre ihm auf der Spur.«

Catherine Bowder befand sich immer noch in einem derart desolaten Zustand, dass sie es nicht geschafft hatte, Sandras Zimmer aufzuräumen und zu reinigen. Ann-Kathrin hatte befürchtet, die Vermieterin hätte die Suppe weggeschüttet, die Plastikschüssel stand aber noch unangetastet auf dem Tisch. Alan und Ann-Kathrin sagten ihr nichts von der Vergiftung, um sie nicht zu beunruhigen, sondern berichteten nur, dass es Sandra besser ging.

»Nie wieder Alkohol«, wiederholte Catherine. »Meine Güte, früher habe ich doch deutlich mehr vertragen.«

Ann-Kathrin riet ihr, eine Aspirintablette zu nehmen, fuhr dann ins Krankenhaus zurück, und Alan machte sich auf den Weg zu Chiefinspector Christopher Bourke, um ihn über den feigen Anschlag auf Sandra zu informieren.

ACHTZEHN

Der Verdacht des Arztes bestätigte sich: In der Suppe fanden sich größere Mengen von Maiglöckchenstängel und -blüten.

»Die Blätter der Blumen werden oft mit denen des Bärlauchs verwechselt«, sagte der Arzt zu Ann-Kathrin, als diese das Krankenhaus am nächsten Tag aufsuchte.

»Mein Mann hat die Polizei informiert«, erwiderte Ann-Kathrin. »Der Chiefinspector von Lower Barton wird alles daransetzen, um herauszufinden, wer dafür verantwortlich ist. Auch er glaubt nicht an einen Zufall. Kann ich Ms Flemming sehen?«

»Nur ein paar Minuten«, ermahnte der Arzt sie. »Sie ist schwach und braucht Ruhe.«

Eine Krankenschwester begleitete Ann-Kathrin in das Krankenzimmer und blieb abwartend an der Tür stehen. Sandra war allein, das zweite Bett war nicht belegt. Ihr Gesicht hob sich kaum von den hellen Kissen ab, ihre Augen waren dunkel umschattet, und ihr Haar hatte allen Glanz verloren. Mittels einer Nasensonde wurde ihr Sauerstoff zugeführt.

Sandras Lider flatterten, als Ann-Kathrin sich vorbeugte und leicht ihre Hand berührte, dann öffnete sie die Augen.

»Ann-Kathrin«, krächzte sie mit rauer Stimme. »Was ist passiert?«

»Du wirst bald wieder gesund sein, mach dir keine Sorgen«, sagte Ann-Kathrin überzeugter, als sie sich fühlte. »Du musst dich ausruhen.«

Der Anflug eines Lächelns umspielte Sandras Lippen. »Mir bleibt nichts anderes übrig. Es war die Suppe ...« Ihre Stimme brach, und ein Hustenanfall schüttelte sie.

»Du darfst nicht so viel sprechen.«

»Peintré – oder Eliza«, murmelte Sandra trotzdem, und erstaunlich kräftig krallten sich ihre Finger um Ann-Kathrins Handgelenk. »Erst Harris, jetzt ich. Sie will das Hotel führen. Ich hätte ihr nicht vertrauen dürfen ...«

»Sie müssen jetzt wieder gehen«, mahnte die Krankenschwester.

Ann-Kathrin nickte und flüsterte: »Ruhig, Sandra, Inspector Bourke ist informiert und wird Ermittlungen einleiten.«

»Dann meint Bourke auch, dass es Absicht war?«, presste Sandra hervor.

Ann-Kathrin erwiderte ehrlich: »Wir müssen davon ausgehen, dass der Täter noch da draußen ist. Hier bist du aber in Sicherheit.«

»Es könnte jeder aus dem Hotel gewesen sein«, murmelte Sandra. »Das Zimmermädchen, das mir die Suppe gebracht hat, die Kellner, sogar Olivia ...«

»Welches Motiv hätte einer von ihnen?«, fragte Ann-Kathrin. Als sie den vorwurfsvollen Blick der Krankenschwester sah, fügte sie noch schnell hinzu: »Wir werden es herausfinden, jetzt musst du dich aber ausruhen, um bald wieder gesund zu sein.«

Sandra nickte schwach und schloss die Augen. »Ich bin so müde …«

Ann-Kathrin beugte sich vor und küsste Sandra freundschaftlich auf die Stirn. »Schlaf jetzt, ich komme morgen wieder.«

Da am Montagmorgen die Schule wieder begann, konnte Ann-Kathrin erst gegen Abend ins Krankenhaus fahren. Zu ihrer Überraschung fand sie DCI Christopher Bourke an Sandras Bett vor.

»Oh, ich möchte nicht stören«, sagte Ann-Kathrin. »Ich warte draußen, bis Sie fertig sind, Sir.«

»Bitte, bleib«, bat Sandra. Sie saß aufrecht im Bett, hatte ein wenig Farbe bekommen, auch das Sprechen fiel ihr leichter als am Vortag, ihre Stimme war aber noch rau. »Was der Inspector mir mitgeteilt hat, sollst du auch wissen.«

Erwartungsvoll sah Ann-Kathrin Bourke an, und er sagte: »Die Suppe war tatsächlich mit den Blüten von Maiglöckchen … sagen wir mal: angereichert. Wenn Ms Flemming nur ein paar Löffel mehr davon gegessen hätte, säßen wir jetzt nicht hier an ihrem Bett.« Er warf einen besorgten Blick auf Sandra, und Ann-Kathrin bemerkte, wie seine Ohrmuscheln sich rosa verfärbten. Sie verkniff sich ein Lächeln, da die Situation alles andere als erheiternd war.

»Dann kann eine Verwechselung wohl ausgeschlossen werden«, stellte Ann-Kathrin fest. »Gestern dachte ich noch, der Koch hätte vielleicht Maiglöckchenblätter mit denen des Bärlauchs verwechselt. Wenn jedoch auch Blüten verwendet wurden, war das bestimmt kein Zufall.«

»Das sehe ich ebenso.« Sandra nickte grimmig. »Im Park des Hotels wachsen Maiglöckchen in Hülle und Fülle. Für

Eliza ein Leichtes, einen todbringenden Strauß zu pflücken.«

»Du bist überzeugt, dass es Eliza Dexter war?«, fragte Ann-Kathrin. »Was ist mit dem Koch?«

»Ich werde mir beide zur Brust nehmen«, erklärte Bourke. »Edouard Peintré hatte ebenfalls Gelegenheit, Sandra, äh, ich meine, Ms Flemming zu vergiften, wobei Ms Dexters Motiv, die Leitung des Hotels zu übernehmen, nicht unterschätzt werden darf.«

Ann-Kathrin nickte und fragte: »Die Studenten können Sie jetzt wohl ausschließen, Inspector? Ich glaube nicht, dass der Anschlag auf Sandra von einem anderen Täter verübt wurde als von dem, der Harris Garvey auf dem Gewissen hat.«

»Davon ist auszugehen« – Bourkes Miene verdüsterte sich – »und ja, Ben und Tanya kommen nicht infrage. Sie sitzen im Untersuchungsgefängnis in Plymouth hinter Schloss und Riegel. Von dem Zimmermädchen …« Fragend sah er Sandra an. »Holly«, warf diese ein, und Bourke fuhr fort: »Von Holly habe ich mir berichten lassen, dass vorgestern Abend Eliza Dexter sie zu sich rufen ließ und sie bat, die Suppe bei Ihnen, Ms Flemming, vorbeizubringen. Das Mädchen sagte, Ms Dexter habe sich völlig unauffällig verhalten. Holly wäre nie auf den Gedanken gekommen, dass mit der Suppe etwas nicht stimmen könnte.«

»Dann könnte das Gift entweder von Peintré oder von Eliza Dexter in einem unbeobachteten Moment hinzugefügt worden sein«, sagte Ann-Kathrin.

»Ich tippe auf Eliza, oder sie und Peintré haben sich zusammengeschlossen«, beharrte Sandra nachdrücklich.

»Die Frage ist: Warum?« Mit einem schabenden Geräusch schob Bourke den Stuhl zurück und stand auf. »Ich werde allen auf den Zahn fühlen, Sandra. Ich verspreche Ihnen, wir finden denjenigen, der Ihnen das angetan hat!«

Mit einem letzten Nicken verließ er das Zimmer und schloss die Tür hinter sich.

»Was gibt es da zu grinsen?«, fragte Sandra, da Ann-Kathrin plötzlich sehr vergnügt zu sein schien.

»Er hat dich Sandra genannt.«

»Na, und? Er ist nur wenig jünger als ich.«

»Ach ja?« Ann-Kathrins Grinsen wurde breiter. »Deswegen eiferst du dem Chiefinspector auch nach, was das Erröten angeht?«

»So ein Quatsch.« Entschlossen schlug Sandra mit der Faust auf die Bettdecke. »In drei, spätestens vier Tagen darf ich hier raus, und der Arzt sagt, ich werde wieder ganz gesund«, erklärte sie und wechselte damit das Thema. »Ich habe mich noch gar nicht bedankt, dass du mir das Leben gerettet hast.«

»Dasselbe hättest du auch für mich getan«, antwortete Ann-Kathrin nun wieder ernst. »Dazu sind Freundinnen doch da. Mir wäre es aber lieber, wenn es nicht noch einmal notwendig wird. Du hältst dich jetzt aus den Ermittlungen heraus und überlässt die Suche nach dem Täter der Polizei und Alan.«

»Das ist keine Bitte, sondern klingt eher wie ein Befehl«, stellte Sandra fest.

»Genau!«, antwortete Ann-Kathrin. »Und jetzt lass uns von etwas anderem sprechen, zum Beispiel, wann wir unseren geplatzten Ausflug an die Nordküste nachholen werden.«

Sogar Constable Finchmere musste zugeben, dass der Anschlag auf Sandra eine feige und hinterhältige Tat war, die die Frau nicht verdient hatte.

»Allerdings ist das kein Grund, großes Aufheben darum zu machen«, erklärte sie. »Die Flemming hat es unbeschadet überstanden, sicher klimpert sie schon wieder mit ihren langen Wimpern.«

»Constable Finchmere, ich weiß nicht, wo Ihr Problem liegt«, sagte Christopher Bourke mit einer Strenge, die er zuvor nie an den Tag gelegt hatte. »Allerdings bin ich kein Psychologe, um Ihre Schwierigkeiten mit Personen des weiblichen Geschlechtes zu ergründen, und ganz ehrlich: Ich habe absolut keine Lust dazu, mich um Ihre Probleme zu kümmern. Solange Sie mit mir zusammen an diesem Fall arbeiten, werden Sie sich auf die Fakten konzentrieren und jedes Gefühl – sei es Zu- oder Abneigung gegenüber jeder in den Fall involvierten Person – außen vor lassen. Haben wir uns verstanden?«

Missbilligend zogen sich May Finchmeres Mundwinkel nach unten, als sie antwortete: »Bei allem Respekt, Sir, aber glauben Sie, ich bemerke nicht, wie die Flemming versucht, Sie um den Finger zu wickeln? Ein paar schmachtende Blicke, und schon werden Sie ...«

»Nun reicht es mir endgültig!« Bourkes Faust krachte auf die Schreibtischplatte, dieses Mal errötete er vor Zorn. »Ich glaube, es ist besser, Sie beantragen Ihre Versetzung in ein anderes Revier, Constable Finchmere. Wenn Sie einverstanden sind, führe ich gleich die notwendigen Telefonate.«

»Machen Sie doch, was Sie wollen!«, rief May Finchmere und rauschte aus dem Büro. Bourke zuckte zusammen, als die Tür ins Schloss knallte. Er hatte keine leere Drohung ausgestoßen und griff umgehend zum Telefon. Drei Anrufe später hatte er erreicht, dass Constable Finchmere von dem laufenden Fall abgezogen wurde. Stattdessen wurde Consta-

284

ble Greenbow dauerhaft dem Revier in Lower Barton zugeteilt.

»Den Versetzungsantrag muss Constable Finchmere allerdings persönlich bei uns einreichen«, sagte Bourkes Vorgesetzter in Exeter, wo sich das Hauptquartier der *Devon & Cornwall Police* befand. »Mit Bedauern nehme ich zur Kenntnis, dass Ihre Zusammenarbeit nicht reibungslos verläuft.«

»Manchmal harmoniert man nicht miteinander, und ich habe den Eindruck, Constable Finchmere würde sich in einem anderen Revier wohler fühlen«, erwiderte Bourke, der – trotz allem – seine Mitarbeiterin nicht anschwärzen wollte.

John Greenbow begrüßte die neue Entwicklung, nun ständig als Constable in Lower Barton DCI Bourke unterstellt zu sein, ebenso wie Bourke selbst.

»In Truro fällt vorrangig trockene Büroarbeit an«, sagte Greenbow und grinste. »In diesem kleinen Städtchen hier scheint wesentlich mehr los zu sein.«

»Worauf ich nicht scharf bin.« Bourke streckte ihm die Hand hin. »In den letzten Tagen haben Sie gute Arbeit geleistet – auf eine harmonische Zusammenarbeit, Greenbow.« Der Constable schlug ein. Er war siebenundzwanzig Jahre alt, wohnte eine knappe halbe Stunde mit dem Auto entfernt in St Austell, war ein mittelgroßer, kräftiger Mann mit dunkelblonden Haaren, der, im Gegensatz zu Finchmere, Gelassenheit ausstrahlte. Bourke wusste, mit Greenbow würde er gut auskommen. Als Erstes brachte er seinen neuen Kollegen auf den aktuellen Stand der Ermittlungen und berichtete von dem Giftanschlag auf Sandra Flemming.

»Kommen Sie, Greenbow, wir fahren in das Hotel und knöpfen uns Eliza Dexter und Monsieur Peintré ein weiteres Mal vor. Unterwegs erkläre ich Ihnen, warum ich vermute, dass eine dieser Personen für den Anschlag auf Sandra Flemming verantwortlich sein könnte.«

Seite an Seite verließen sie das Revier, May Finchmeres wütenden Blick im Rücken. Bourke bedauerte zwar die Entwicklung, schämte sich aber nicht seiner Erleichterung, Constable Finchmere bald nicht mehr sehen zu müssen.

Da Sandra sich vollkommen gesund fühlte, drängte sie auf eine rasche Entlassung. Da nichts dagegen sprach, ging sie in das Bed & Breakfast, um ihre Sachen zu packen. Catherine Bowder zeigte sich erschüttert, als sie die Wahrheit erfuhr, aber auch erleichtert, dass nicht der Alkoholgenuss – zu dem sie Sandra verführt hatte – sie beinahe das Leben gekostet hätte.

»Wobei die Vorstellung, dass jemand Sie töten wollte, mir kalte Schauer über den Rücken jagt«, sagte Catherine und schüttelte sich. »Erst der Mann in Higher Barton und jetzt Sie! In was für einer Welt leben wir eigentlich?«

»Mord und Totschlag gab es leider immer und wird es geben, solange die Welt besteht«, erwiderte Sandra und seufzte. »Es ist noch mal gut gegangen, und die Polizei arbeitet daran, den Täter zu überführen.«

»Passen Sie auf sich auf, Sandra!« Catherine drückte fest Sandras Hand. »Sind Sie sicher, dass Sie schon in der Lage sind, wieder mit der Arbeit anzufangen? Es wäre mir eine Freude, ein Auge auf Sie zu haben und Sie erst mal aufzupäppeln.«

Nachdem Sandra mehrmals versichert hatte, es ginge ihr gut und sie würde den Kontakt zu Catherine aufrechterhalten, konnte sie endlich ins Taxi steigen. Sie wollte keine Zeit mehr verlieren. Trotz des Mordanschlages hatte sie keine Angst, sondern eine unbändige Wut auf den oder die Täter. Obwohl ihr Vertrauen in die Fähigkeiten von Chiefinspector Bourke inzwischen größer geworden war, wollte sie sich nicht allein auf die Arbeit der Polizei verlassen, sondern Eliza und Peintré selbst zur Rede stellen.

Als Sandra das Hotel betrat, fand sie die Rezeption verwaist vor, und zwei ältere Damen betätigten ungeduldig die Klingel. Das neben ihnen stehende Gepäck ließ darauf schließen, dass sie entweder an- oder abreisen wollten.

»Einen schönen Tag«, sagte Sandra, stellte ihren Trolley an die Seite und trat hinter den Tresen. »Kann ich Ihnen behilflich sein?«

»Na endlich«, sagte die Frau mit den kurzen, grauen Kringellöckchen. »Sind Sie hier zuständig? Wir warten seit zwanzig Minuten, es scheint aber niemand da zu sein. Ist das hier ein Hotel oder ein Selbstbedienungsladen?«

Sandra konnte den Unmut der beiden Damen verstehen und antwortete freundlich: »Ich bitte vielmals um Verzeihung, meine Mitarbeiter sind alle sehr beschäftigt. Was kann ich für Sie tun?«

Die Schwestern Hillhead aus Liverpool hatten einen einwöchigen Aufenthalt im Higher Barton Romantic Hotel gebucht. Zügig wickelte Sandra die Formalitäten ab und brachte die Damen und deren Gepäck persönlich zu ihrem Zimmer im zweiten Stock, da auch auf ihr Klingeln hin keiner der Kellner oder der Hausmädchen erschienen war. Erst als sie wieder in die Halle herunterkam, tauchte Lucas aus den Wirtschaftsräumen auf.

»Warum ist die Rezeption nicht besetzt, und warum meldet sich keiner, wenn ich läute?«, brauste Sandra auf. »Haben heute alle gleichzeitig ihren freien Tag, oder was?«

»Oh, Ms Flemming, wie gut, dass Sie da sind!« Grenzenlose Erleichterung stand in Lucas' Gesicht, er schien Sandras harschen Tonfall nicht bemerkt zu haben. »In der Küche herrscht das Chaos, wir wissen nicht, was wir zuerst machen sollen, und heute Abend ist jeder Platz im Restaurant reserviert.«

Sandra seufzte und fragte: »Was passt Monsieur Peintré nun schon wieder nicht?«

Lucas' Augen weiteten sich überrascht. »Sie wissen es noch nicht, Ms Flemming?«

»Was soll ich wissen‹?«, fragte Sandra, und eine unangenehme Vorahnung stieg in ihr auf.

»Heute Vormittag sind Monsieur Peintré und Ms Dexter verhaftet worden. Wegen der vergifteten Suppe. Übrigens freut es mich sehr, dass Sie wieder gesund sind. Wir waren alle geschockt, als wir davon hörten.«

»Ja, ja, mir geht es gut.« Sandra winkte ab. »Ich vermute, alle befinden sich in der Küche?«

Lucas nickte. »Olivia Pool bemüht sich, etwas auf die Teller zu bekommen, und David, Sophie und Imogen helfen, so gut es geht. Sie können zwar alle ein wenig kochen, ich fürchte allerdings …«

»Dass das den Ansprüchen unserer Gäste nicht genügen wird«, führte Sandra seinen Satz zu Ende. »Ich werde mich darum kümmern, übernehmen Sie bitte die Rezeption, Lucas, und rufen Sie mich, wenn es Probleme geben sollte.«

In der Küche fand sie die Angestellten über Schüsseln, Pfannen und Töpfen gebeugt vor. Olivias Kopf war hochrot, auf ihrer Stirn standen Schweißperlen. Alle drei waren froh,

Sandra zu sehen, und Imogen bestätigte die Worte des Kellners und fragte: »Was sollen wir jetzt machen, Ms Flemming? Keiner von uns kann so kochen wie Monsieur Peintré.«

»Dann gibt es eben nur ein oder zwei Speisen zum Dinner«, entschied Sandra. »Olivia, was trauen Sie sich am ehesten zu?« Die Küchenhilfe antwortete so leise, dass Sandra Mühe hatte, sie zu verstehen. »Roastbeef mit Yorkshire Pudding und einen in Honig gerösteten Schinken, dazu junge Kartoffeln in der Schale und Gemüse. Eine Lauchcremesuppe habe ich bereits vorbereitet, nur zum Nachtisch weiß ich nicht, was ich machen soll. Süßspeisen gehören nicht zu meinen Stärken.«

»Dann kümmern Sie sich um das Roastbeef und den Schinken, ich werde einen Apple Pie zubereiten, den habe ich früher immer ganz gut hinbekommen. Und ihr« – sie wandte sich an David und an die Zimmermädchen – »geht zurück an eure Arbeit. Danke für eure Hilfe.«

»Ist doch klar.« David grinste, wurde aber wieder ernst, als er fortfuhr: »Stimmt es, Ms Dexter und Monsieur Peintré sollen versucht haben, Sie mit Maiglöckchen zu vergiften?«

»Erstaunlich, wie schnell sich alles immer herumspricht«, murmelte Sandra und sagte lauter: »Wir unterhalten uns später, jetzt müssen wir den heutigen Abend, so gut es geht, über die Bühne bringen.«

In der nächsten Stunde arbeiteten Sandra und Olivia Pool hochkonzentriert. Sandra bewunderte die ältere Frau, wie ruhig sie war, wie exakt alle ihre Handgriffe saßen, ganz so, als würde Olivia aufblühen, weil Edouard Peintré ihr nicht ständig über die Schulter sah und ihre Arbeit kritisierte.

Während sie die aufgekochte Milch abkühlen ließ und Olivia die Eier für den Yorkshire Pudding schaumig schlug, klingelte Sandras Handy.

Sie warf einen Blick auf das Display und meldete sich mit den Worten: »Ich rufe Sie später zurück, im Moment ist es sehr unpassend.«

»Es gibt etwas, das Sie wissen sollten, Ms Flemming«, sagte Alan Trengove eindringlich.

Sandra lachte. »Wenn Sie meinen, dass Eliza und der Koch verhaftet worden sind, dann weiß ich das bereits. Ich stehe gerade in der Hotelküche und versuche, ein einigermaßen genießbares Dinner zuzubereiten.«

»Das meinte ich nicht«, antwortete Alan. »Es geht um Olivia Pool …«

»Einen Moment, Mr Trengove.« Sandra sah zu Olivia und sagte laut: »Ich muss Sie kurz allein lassen, Olivia.«

Die Küchenhilfe nickte geistesabwesend, und Sandra verließ die Küche durch den Hinterausgang, der in einen ummauerten Innenhof führte. Ein Ziehbrunnen schmückte dessen Mitte, einst die Wasserversorgung des Herrenhauses. Der Brunnenschacht war längst zugeschüttet und diente heute nur noch als dekorativ mit Blumen geschmückter Mittelpunkt des Hofes.

»Jetzt kann ich offen sprechen, Mr Trengove.« Sandra flüsterte, obwohl Olivia sie hier unmöglich hören konnte. »Haben Sie in Erfahrung gebracht, warum die Frau einen Grund hat, das Datum in ihrem Arbeitszeugnis zu verändern?«

»Das habe ich in der Tat, Ms Flemming«, erwiderte Alan ernst. »Ich fürchte, das Ergebnis wird Ihnen nicht gefallen.«

»Ach, hat Olivia etwa jemanden umgebracht?«, fragte Sandra leichthin. Die daraufhin auftretende Stille am anderen Ende der Leitung ließ sie nach Luft schnappen. »Das sollte ein Witz sein, Mr Trengove!«

»Selten war mir weniger zum Scherzen zumute, Ms Flemming«, antwortete Alan. »Tatsächlich wurde Olivia Pool wegen Mordes zu einer lebenslangen Freiheitsstrafe verurteilt. Nach siebzehn Jahren Haft im Frauengefängnis in Peterborough in der Grafschaft Cambridge wurde sie im April dieses Jahres wegen guter Führung vorzeitig entlassen.«

»Vorzeitig? Nach siebzehn Jahren!«, rief Sandra, senkte aber sofort ihre Stimme und sah zum Haus, nicht dass Olivia sie bei dem Telefonat überraschte. »Dann hat sie wirklich jemanden ermordet, sonst hätte sie keine so lange Haftstrafe verbüßen müssen.«

»Sie tötete ihr zweijähriges Kind und hat die Tat gestanden.«

»Wie bitte?« Sandra sank auf eine steinerne Bank. »Das kann ich nicht glauben! Sind Sie sicher, Sie haben die Daten der richtigen Olivia Pool überprüft?«

»Es tut mir aufrichtig leid, Ihnen keine besseren Auskünfte mitteilen zu können«, sagte Alan sanft. »Ich habe mit Olivia Pools Bewährungshelfer gesprochen, er bestätigte deren Anstellung in Ihrem Hotel, wusste aber nichts davon, dass die Dame ihr letztes Zeugnis manipuliert hat. Ms Pool wollte vermeiden, dass ihre Vergangenheit bekannt wird.«

»Das ist ja unglaublich!« Sandra lief ein kalter Schauer über den Rücken.

»Was werden Sie nun unternehmen, Ms Flemming?«

Sandra zuckte mit den Schultern, erinnerte sich, dass Alan

das nicht sehen konnte, und antwortete: »Ich werde mit Olivia sprechen. Sie ist eine hervorragende Kraft, gerade heute wäre ich ohne sie aufgeschmissen. Jeder Mensch macht mal einen Fehler, und wenn sie ihre Strafe verbüßt hat …«

Sie ließ den Rest des Satzes offen, Alan hatte jedoch verstanden und ergänzte: »Sie ziehen aus Olivias Vergangenheit nicht zwangsläufig den Rückschluss, sie könnte mit dem Mord an Garvey und dem Anschlag auf Sie zu tun haben?«

»Nein, warum hätte sie Harris töten sollen? Das ergibt keinen Sinn.«

»Außer natürlich, Garvey kam wie wir hinter ihr Geheimnis und die damit verbundene Urkundenfälschung«, gab Alan zu bedenken. »Den Koch hatten Sie gerade wegen seiner Vergangenheit in Verdacht.«

»Sie haben recht«, sagte Sandra zustimmend. »Peintré ist jedoch ein anderer Charakter als Olivia. Nein, das kann ich mir wirklich nicht vorstellen.«

»Werden Sie Inspector Bourke informieren, oder soll ich mit ihm in Kontakt treten? Er muss Bescheid wissen.«

»Nicht mehr heute, Mr Trengove«, bat Sandra. »Wie ich eben sagte: Später werde ich mit Olivia sprechen. Jetzt muss ich wieder in die Küche, sonst fällt der Apple Pie zusammen. Ich danke Ihnen für Ihre Mühen.«

»Gern geschehen, Ms Flemming, wobei ich hoffe, dass meine Dienste nicht mehr notwendig sein werden.«

»Davon ist auszugehen«, antwortete Sandra, die ihr Lächeln wiedergefunden hatte. Unwillkürlich dachte sie an ihre eigene Jugendstrafe, aus der ihr Inspector Bourke keinen Strick gedreht hatte. Jeder hat eine zweite Chance verdient. Die Vorstellung, die zurückhaltende, scheue Olivia Pool sei eine Kindsmörderin, war zwar schockierend, Sandra wollte sich aber erst deren Version anhören und dann entscheiden, was zu tun war.

»Dem Major mundet das Roastbeef köstlich, er bittet um eine zweite Portion«, rief Lucas, als er beschwingt die Küche betrat. »Und die beiden älteren Schwestern haben gemeint, die Honigkruste des Schinkens erinnere sie an ein altes Rezept ihrer Großmutter.«

»Gott sei Dank!« Sandra seufzte erleichtert. Aus den Augenwinkeln sah sie, dass Olivia errötete und verlegen ihre Finger knetete. »Das ist Ihr Verdienst, Olivia! Sie haben keinen Grund, Ihr Licht weiterhin unter den Scheffel zu stellen, egal, wie Monsieur Peintré Sie behandelt. Sie können stolz auf sich sein!«

»Danke«, flüsterte Olivia mit dem Anflug eines Lächelns. »Ohne Ihre Hilfe hätte ich das nicht geschafft.«

»Es bleibt zu hoffen, dass der Apple Pie ebenso Anklang findet«, sagte Sandra, und an Lucas gewandt: »Bieten Sie jedem Gast ein Glas Wein, ein Pint Bier oder ein anderes Getränk auf Kosten des Hauses an. Sozusagen als Entschädigung für die dürftige Speisekarte.«

Lucas nickte. An der Tür zögerte er, sah über die Schulter zurück und meinte: »Sie sind eine Wucht, Ms Flemming, wenn ich das sagen darf. Glauben Sie, Monsieur Peintré und Ms Dexter werden zurückkommen?«

»Wenn Sie unschuldig sind, bestimmt«, antwortete Sandra, und Lucas begab sich wieder ins Restaurant.

Jetzt, da die wichtigsten Tätigkeiten vollbracht waren, sagte Sandra zu Olivia: »Wenn die Gäste gegangen sind, möchte ich gern mit Ihnen unter vier Augen sprechen.«

Olivia schien die Bitte nicht zu überraschen. Sie nickte und zeigte auf einen der Backöfen. »Wir sollten den Apple Pie aus dem Rohr ziehen, sonst verbrennt er noch.«

NEUNZEHN

Nachdem sich gegen dreiundzwanzig Uhr die letzten Gäste zur Nachtruhe begeben und es keine Beschwerden gegeben hatte – lediglich eine Dame merkte an, sie wünsche sich für den kommenden Abend doch wieder ein Fischgericht auf der Karte –, öffnete Sandra eine Flasche Weißwein, holte Gläser und schenkte Lucas, David, Olivia und sich selbst ein. Die Zimmermädchen waren bereits nach Hause gegangen, deren Dienst begann am nächsten Morgen um sechs Uhr.

Die Gläser klirrten, als die vier miteinander anstießen, und Sandra sagte: »Ich danke Ihnen allen. Heute Abend haben wir gemeinsam bewiesen, dass unser Haus seine vier Sterne zu Recht trägt!«

»Wie soll es weitergehen?«, fragte David vorsichtig. »Ich meine, wenn Monsieur Peintré und Ms Dexter wirklich ... oder einer von den beiden, dann ...«

»Werden wir eine Lösung finden«, vollendete Sandra den Satz zuversichtlich. Nach diesem Abend hatte sie das Gefühl, die Welt aus den Angeln heben zu können. »Wir wollen aber keine überstürzten Entscheidungen treffen. Gehen Sie nach Hause, David, Lucas, denn morgen benötige ich Sie bereits zur Frühstückszeit. Die Überstunden erhalten Sie natürlich vergütet.«

»Sie wollten mit mir sprechen, Ms Flemming?«, fragte Olivia, als sie allein waren, und sah Sandra ängstlich an, ganz so, als ahne sie, dass das Gespräch wenig erfreulich werden würde.

»Olivia, warum haben Sie Ihre Vergangenheit verschwiegen?«, fragte Sandra leise und ließ Olivia nicht aus den Augen. »Ich weiß über Ihre Haftstrafe Bescheid und auch darüber, was Sie getan haben.« Alle Farbe wich aus Olivias Wangen, ihre Augen weiteten sich angstvoll.

»Wie haben Sie es erfahren?«, flüsterte sie heiser.

Sandra winkte ab. »Das Datum in Ihrem Zeugnis haben Sie sehr dilettantisch gefälscht, und so kam eines zum anderen. Man warf Ihnen die Tötung eines Kindes vor. *Ihres* Kindes, Olivia!«

Etwas in Sandra hoffte, Olivia würde diese Anschuldigung zurückweisen, würde etwas in der Art wie »Das war ein Irrtum« oder »Ich habe es nicht getan« sagen. Allerdings konnte sie das Schuldeingeständnis in Olivias Blick lesen.

»Oh, mein Gott, dann ist es wirklich wahr!«, keuchte Sandra. »Warum haben Sie das getan?«

»Das wollen Sie doch gar nicht wissen«, erwiderte Olivia in einem für sie ungewöhnlich harten Tonfall. »Ich habe meine Tochter umgebracht, das allein zählt, und ich habe dafür gebüßt. Den Rest meines Lebens werde ich dafür büßen, auch wenn ich keine Gitterstäbe mehr um mich habe.«

»Sie irren sich, Olivia, die Hintergründe interessieren mich wirklich«, erwiderte Sandra, ihre Kehle war plötzlich staubtrocken. »Sie sind doch kein Mensch, der einfach so ein Kind tötet! Sie brauchen es mir aber nicht zu erzählen, wenn Sie nicht möchten, ich will nur versuchen zu verstehen, wie es zu einer solchen Tat kommen konnte.« Wobei es bei Kinds-

tötung eigentlich nichts zu verstehen und noch weniger zu
verzeihen gibt, dachte Sandra.

»Nun gut, da ich davon ausgehe, dass ich ohnehin frist-
los entlassen werde, kann ich Ihnen auch alles sagen.« Ein
trotziger Unterton schwang in ihrer Stimme mit, und sie
sah Sandra herausfordernd an. Sandra hatte plötzlich den
Eindruck, einer fremden Frau gegenüberzustehen, und vermutete, das hier war die wahre Olivia, die sich bisher hinter
der Maske eines verschreckten Rehs versteckt hatte.

»Sie werden mir nicht glauben, wenn ich sage, dass es ein
Unfall gewesen ist«, fuhr Olivia fort. »Ich wollte dem Kind
nichts antun, aber dann ging alles so schnell, und Melly
stürzte die Treppe hinunter …«

»Wenn es ein Unfall war, warum wurden Sie dann wegen
Mordes verurteilt?«

»Bei dem Kind fand man Spuren früherer Misshandlungen.« Olivia starrte so intensiv auf einen Schmutzfleck auf
dem Boden, als könne sie diesen mit ihrem Blick beseitigen.
»Daraus schloss man, ich hätte meine Tochter seit Monaten
misshandelt und sie absichtlich die Treppe hinuntergeworfen.«

»Haben Sie es denn getan?«

»Tja, ich habe schließlich gestanden, dann wird es wohl so
gewesen sein.« Olivia hob den Kopf, ungewohnte Entschlos-
senheit im Blick. »Setzen Sie mich gleich auf die Straße, oder
darf ich die Nacht noch unter diesem Dach verbringen? Bei
Morgengrauen bin ich dann weg.«

»Sie brauchen nicht zu gehen«, murmelte Sandra, fügte
aber schnell hinzu: »Jedenfalls nicht in den nächsten Tagen.
Ich werde es dem Vorstand jedoch mitteilen müssen, Olivia,
immerhin haben Sie Ihre Unterlagen gefälscht. Das weitere
Vorgehen liegt nicht in meiner Hand.«

»Wenn ich die Wahrheit offenbart hätte, wäre ich niemals eingestellt worden, da erschien mir die Veränderung eines alten Zeugnisses das geringere Übel. Ich hätte wissen müssen, dass Sie mir auf die Schliche kommen.«

Sandra konnte und wollte nichts beschönigen, empfand aber auch Mitleid mit Olivia. Weder Eliza noch der Vorstand hätten eine vorbestrafte Kindsmörderin eingestellt – nicht einmal als Küchenhilfe.

»Gehen Sie zu Bett, Olivia«, sagte Sandra. Nach Olivias Geständnis fühlte sie sich erschöpfter als nach der anstrengenden und hektischen Küchenarbeit. »Vorerst wird niemand davon erfahren, zuerst muss der Mord an Garvey und der feige Anschlag auf mich aufgeklärt werden. Dann werden wir weitersehen.«

Olivia war auf einen Stuhl gesunken, den Kopf gesenkt, die Hände im Schoß gefaltet, und zeigte keine Reaktion. Sandra wusste nicht, ob ihre Worte die Frau überhaupt erreicht hatten.

Olivias Schicksal ließ Sandra nicht los, sodass sie keine Ruhe fand. Im Internet machte sie sich auf die Suche nach alten Presseartikeln über den Prozess gegen Olivia Pool, der damals in Nordengland hohe Wellen geschlagen hatte.

Laut den Medienberichten war Olivia mit ihrer knapp zweijährigen Tochter auf den Armen in das Hospital von Cheltenham gekommen, damals hatte sie in einem Dorf in den Cotswolds gelebt. Das Kind war bereits tot gewesen – Genickbruch, schrieb die Presse. Olivia selbst hatte sich in einem psychisch desolaten Zustand befunden und immer wieder gestammelt, das Kind sei die Treppe hinuntergefallen. Wie Olivia berichtet hatte, fand sich auch in der Presse der Hinweis, die Ärzte hätten bei der Untersuchung der Kinderleiche Hinweise auf alte Misshandlungen entdeckt. Das kleine Mädchen musste seit Monaten geschlagen worden sein. Olivia, daraufhin mit dem Vorwurf, ihre Tochter getötet zu haben, konfrontiert, machte keine Ausflüchte oder gar den Versuch, die Tat zu leugnen. Über die Hintergründe jedoch schwieg sie beharrlich. Ebenso machte sie keine Angaben über den Vater des Kindes. Befragungen ergaben, dass Olivia Pool einige Monate zuvor in das Dorf gezogen war – alleinstehend mit ihrem Kind. Eine Nachbarin sagte aus, Olivia habe manchmal Besuch von einem Mann gehabt, und die beiden hätten häufig miteinander gestritten. Olivia hatte aber nie seinen Namen erwähnt oder ihn jemandem vorgestellt. In dem sich über acht Wochen hinziehenden Prozess äußerte sich Olivia mit keinem Wort zum Tathergang, wiederholte lediglich ihre Aussage, sie sei schuld am Tod des Kindes, und nahm das Urteil stoisch zur Kenntnis. Lebenslange Haft! Olivia wurde direkt aus dem Gerichtssaal ins Gefängnis nach Peterborough überstellt.

Die Frau zeigte nicht die kleinste Regung, las Sandra in einem Artikel. *Es scheint, als wäre der Tod ihrer Tochter ihr gleichgültig. Wieder einmal musste ein unschuldiges Kind leiden und sein Leben lassen, weil die Eltern mit der Erziehung offenbar überfordert waren. Und wieder einmal hat die Nachbarschaft anscheinend nichts davon mitbekommen oder geschwiegen.*

Da Sandra Olivia kennen und auch schätzen gelernt hatte, hätte sie niemals vermutet, dass die Frau zu einem solch schrecklichen Verbrechen fähig war. Siebzehn Jahre im Gefängnis veränderten einen Menschen jedoch, daher durfte Sandra nicht den Fehler begehen, mit Olivia allzu großes

299

Mitleid zu empfinden. Mord war Mord, und Mord an einem Kind zählte zum Grausamsten, das Sandra sich vorstellen konnte. Ihr blieb keine andere Wahl, als Mr Henderson zu informieren. Wenn er und der Vorstand entschieden, über die Fälschung des Arbeitszeugnisses hinwegzusehen und Olivia nicht zu entlassen, dann würde sie, Sandra, versuchen, ihr eine zweite Chance zu geben. Olivia hatte ihre Strafe verbüßt, und Sandra konnte durchaus nachvollziehen, warum Olivia über ihre Vergangenheit geschwiegen hatte. An ihrer Arbeit gab es nichts auszusetzen, aber weder Eliza Dexter, Edouard Peintré oder sonst jemand durften jemals davon erfahren. Besonders der Koch würde keine Gelegenheit verstreichen lassen, Olivia noch mehr zu schikanieren. Sandra wollte in Ruhe ein paar Tage über alles nachdenken. Wie sie zu Olivia gesagt hatte: Erste Priorität hatte die Aufklärung des Mordes und die Frage, wer für das Gift in der Suppe verantwortlich zu machen war. Obwohl Sandra keine große Sympathie für Peintré empfand, stand für sie fest, dass Eliza hinter allem steckte. Vielleicht hatte sie den Koch angestiftet und ihm Geld gegeben, damit er ihr Komplize wurde. Auch wenn Sandra sich wiederholt sagte, sie dürfe nicht den Fehler begehen, ein vorschnelles Urteil zu fällen – wer, außer Eliza Dexter, hatte ein Motiv, sie aus dem Weg zu räumen?

Es war nur eine Frage der Zeit, bis Inspector Bourke den entscheidenden Beweis finden oder Eliza ein Geständnis ablegen würde.

Edouard Peintré schäumte vor Wut.

»Ich im Knast!«, schrie er unbeherrscht. »Ausgerechnet ich! Das wird ein Nachspiel haben, so wahr ich Edouard Peintré heiße und aus Mons stamme!«

Die Schwestern Hillhead sahen sich konsterniert an. Sandra war gerade damit beschäftigt, den Damen die Busverbindungen nach Polperro und nach East Looe aufzuschreiben, als Edouard Peintré in die Hotelhalle gestürmt kam. Er war unrasiert, sein Hemd und die Hose waren zerknittert, und bevor er eine weitere Tirade anstimmen konnte, sagte Sandra laut: »Ms Hillhead, Sie nehmen die Linie 26B nach Lower Barton. Die Haltestelle befindet sich zweihundert Yards weiter vorn auf der rechten Seite an der Straße. Im Ort steigen Sie in die Linie 27 um, die Sie direkt nach Polperro bringt. Von dort verkehren in halbstündigen Abständen mehrere Linien nach East Looe und wieder zurück.«

Peintré schob sich zwischen den Schwestern hindurch, als wären die Frauen nicht vorhanden, schlug mit der Faust auf den Tresen und rief: »Ms Flemming, Sie können nicht ernsthaft glauben, ich hätte absichtlich Maiglöckchen in die Suppe gemischt. Der Unterschied zwischen diesem Gewächs und Bärlauch ist mir sehr wohl bekannt und hätte Gäste vergiften können …«

Die ältere Ms Hillhead schnappte hörbar nach Luft, und Sandra sagte schnell: »Monsieur Peintré, bitte! Sie sehen doch, dass ich beschäftigt bin. Gehen Sie in die Küche, ich komme später zu Ihnen.«

»Was meinst du, Edith?«, sagte die eine Schwester zur anderen. »Am besten suchen wir uns noch heute ein anderes Etablissement, unter diesen Umständen …«

»Ein Missverständnis«, versicherte Sandra hastig. »In unserem Haus ist alles in Ordnung.« Sie kritzelte ein paar Zahlen und Uhrzeiten auf einen Zettel, schob diesen Thea Hillhead hin und fügte hinzu: »Wenn Sie sich beeilen, erreichen Sie noch den nächsten Bus.«

Sandras Worte überzeugten die Schwestern nicht restlos, aber Edith Hillhead meinte: »Komm, Thea, wir lassen uns den Ausflug nicht verderben und werden bei einer guten Tasse Tee in Polperro besprechen, ob wir in diesem seltsamen Haus bleiben sollen.«

Sobald die Damen die Halle verlassen hatten, eilte Sandra in die Küche. Peintré hatte bereits seine Schürze umgebunden, die Kochmütze aufgesetzt und hantierte mit einem großen Messer.

Unwillkürlich hielt Sandra Abstand, sagte jedoch mit aller Entschiedenheit: »Was fällt Ihnen ein, sich in Gegenwart der Gäste derart zu benehmen, Monsieur Peintré? Da die Polizei Sie wieder hat gehen lassen ...«

»Natürlich konnte ich gehen!«, rief Peintré zornig. »Ich bin schließlich unschuldig!«

»Was ist mit Eliza Dexter?« In Erwartung der Antwort hielt Sandra unwillkürlich die Luft an.

»Woher soll ich das wissen?«, blaffte der Koch. »Das ist mir egal, Hauptsache, die Polizei hat eingesehen, dass ich mit der Sache nichts zu tun habe.«

»Ich denke, Olivia Pool bewältigt die Vorbereitungen für den Lunch allein«, sagte Sandra. »Bitte, kommen Sie in mein Büro, Monsieur, ich habe mit Ihnen zu sprechen.«

»Aber ... nun, ja, mein Verhalten eben war vielleicht nicht korrekt ...«, murmelte Peintré einlenkend.

»Ich erwarte Sie in meinem Büro!«, sagte Sandra laut und verließ die Küche.

Der Koch ließ sie tatsächlich nicht warten. Sandra bat Peintré, Platz zu nehmen, und setzte sich ihm gegenüber an den Schreibtisch – auf den Platz, auf dem sie Harris Garvey zum letzten Mal lebend gesehen hatte. Die Bürotür ließ sie halb offen, um das Geschehen an der Rezeption im Auge behalten zu können, und bat: »Wir sollten leise sprechen, denn das, was ich Sie fragen will, ist nicht unbedingt für fremde Ohren bestimmt.«

»Mich fragen?« Unwillig zogen sich Peintrés Augenbrauen zusammen. »In den letzten Stunden bin ich von diesem Chiefinspector mit mehr als genug Fragen gelöchert worden, ich wüsste nicht, was ich Ihnen zu sagen hätte.«

Sandra fixierte ihn und sagte ohne Umschweife: »Wann und wie haben Sie erfahren, dass es Harris Garvey war, der ihr Restaurant in Lyme Regis durch den Schmutz gezogen hat?«

Zum ersten Mal sah Sandra den Koch erbleichen. Abwehrend hob er die Hände und stotterte: »Ich weiß nicht ... verstehe nicht ... habe keine Ahnung ...«

»Lassen Sie uns mit den Lügen aufhören, Monsieur! Sie sind intelligent genug, um zu wissen, dass Sie aufgrund der Geschehnisse ein Motiv haben, Garvey zu töten. Er hat nicht nur Ihre finanzielle Existenz ruiniert, sondern Sie auch zutiefst gedemütigt.«

Wie ein nasser Sack sank Peintré auf dem Stuhl zusammen, von seiner üblichen Arroganz war nichts mehr zu spüren.

»Wie haben Sie das herausbekommen?«, flüsterte er heiser.

Sandra ging auf seine Frage nicht ein. »Ich glaube, ich habe ein Recht zu erfahren, ob Sie Garvey bewusst nach Higher Barton gefolgt sind, um sich an ihm für die erlittene Schmach zu rächen.«

»Nein!«, stieß er hervor, senkte aber sofort wieder seine Stimme. »Ich hatte keine Ahnung, dass Garvey der Manager dieses Hotels sein wird, ja, ich kannte nicht einmal seinen

Namen. Ich dachte, mich trifft der Schlag, als ich ihm plötzlich gegenüberstand.«

»Da haben Sie die Nerven verloren, sind mit Harris in Streit geraten und haben ihn niedergeschlagen.«

»Ich habe den Mann nicht angerührt!«, beteuerte Peintré. »Ja, für einen Moment war ich in Versuchung, ihm an die Gurgel zu gehen oder ihn zumindest zur Rede zu stellen. Da ich diesen Job aber brauchte, wollte ich erst ein paar Tage darüber nachdenken, ob ich etwas unternehmen soll. Dann war Garvey verschwunden – jemand anderer ist mir zuvorgekommen.«

Sandra war geneigt, ihm zu glauben. Ihre Mimik verriet aber nichts, als sie fragte: »Waren die Vorwürfe, die der Guide Michelin gegen Sie und das Lokal erhoben hat, gerechtfertigt, und warum erlitt eine Frau eine Fischvergiftung, nachdem sie bei Ihnen gegessen hatte?«

Hilflos hob er die Hände und erwiderte: »Ich habe keine Ahnung, in meiner Küche habe ich nur die allerbeste Qualität verwendet. Eines Tages kam dann Harris Garvey in mein Restaurant. Er nannte natürlich keinen Namen, das machen die Kritiker nie. Er bestellte fast jedes Gericht, das auf der Karte stand, kostete von den Speisen immer nur ein wenig, ließ das meiste zurückgehen und hatte an allem etwas auszusetzen. Das machte mich stutzig, und ich vermutete, dass es sich um einen Kritiker handelte, da bei diesen Leuten ein solches Vorgehen üblich ist. Ich ging also zu seinem Tisch und stellte ihn zur Rede.«

»Lassen Sie mich raten: Dabei haben Sie die Beherrschung verloren, richtig?«

Peintré nickte und wirkte auf einmal sehr zerknirscht. »Ich habe ihm gesagt, er möge unverzüglich mein Lokal verlassen und es nicht wagen, jemals wieder nur einen Fuß über meine Schwelle zu setzen. Da Garvey jedoch nur hämisch grinste und keine Anstalten machte, zu verschwinden, habe ich ihn am Kragen gepackt und eigenhändig vor die Tür gesetzt. Ich schwöre bei allem, was mir heilig ist, dass ich seinen Namen nie erfahren habe und Garvey erst in diesem Hotel wiedererkannte. Das habe ich auch der Polizei gesagt.«

»Sie sollten versuchen, Ihr aufbrausendes Temperament unter Kontrolle zu bekommen, Monsieur!«, riet Sandra. »Es musste Ihnen doch bewusst gewesen sein, dass eine solche Vorgehensweise gegen einen Kritiker sich negativ auf Ihr Restaurant auswirken würde. «

»Ich dachte, ich käme mit einer schlechteren Bewertung davon, die schnell wieder vergessen wäre«, gestand Peintré ein. »Meine Gäste, so hoffte ich, wüssten die Qualität und das Ambiente zu schätzen und würden auf solches Geschreibsel nichts geben.«

»Dann jedoch kam die Anzeige wegen dieser angeblichen Fischvergiftung«, schlussfolgerte Sandra. »Nun, ich glaube, wir können davon ausgehen, dass Garvey die Frau dazu gebracht hat, einen solchen Vorwurf zu erheben und Anzeige zu erstatten. Vielleicht hat er sie dafür auch bezahlt. Das war dann seine persönliche Rache.«

Peintré nickte, dann sagte er: »Das alles hat die Polizei mich ebenfalls gefragt, Inspector Bourke ist dann allerdings zu dem Schluss gekommen, dass die Indizien für einen Haftbefehl nicht ausreichen.«

»Wohl auch, weil Sie die Tatwaffe höchstpersönlich der Polizei ausgehändigt haben«, ergänzte Sandra nachdenklich. »Ich war bereit, mich dieser Einschätzung anzuschließen, zumindest bis versucht wurde, mich zu vergiften. Seitdem frage ich mich, welchen Grund Sie haben könnten, mich zu ermorden, Monsieur Peintré.«

»Keinen, Ms Flemming!« Peintré sprang auf, lief aufgeregt umher, blieb dann dicht vor Sandra stehen und sah zu ihr heraus. »Gut, ich mag es nicht, wenn fremde Leute versuchen, mir in die Arbeit reinzureden ...«

»Besonders nicht Frauen.«

»Ja, aber ich würde Ihnen doch niemals etwas antun!«, fuhr er fort. »Als Sie unter dem Vorwurf, Garvey ermordet zu haben, standen, habe ich mir sogar Sorgen um Sie gemacht.«

»Tatsächlich?« Sandra blieb skeptisch. »Wie war das mit der Suppe? Wer kam auf die Idee, mir eine Kostprobe in die Pension zu bringen.«

»Das war Eliza Dexters Vorschlag«, antwortete Peintré. »Sie kostete selbst von der Suppe – Sie sehen, bis zu diesem Zeitpunkt war diese vollkommen in Ordnung! –, dann füllte sie etwas in die Schüssel ab und stellte sie zur Seite. Später kam das Zimmermädchen in die Küche und meinte, Ms Dexter habe sie gebeten, Ihnen die Schüssel zu bringen, da die Pension auf Hollys Heimweg liegt.«

»Wie lange stand die Suppe unbeaufsichtigt in der Küche?«, fragte Sandra.

Peintré zuckte die Schultern. »Dreißig Minuten, vielleicht auch ein wenig länger.«

»Wer war in dieser Zeit alles in der Küche?«

»Da ich mich mehrmals im Kühlraum aufhielt, um das Fleisch und den Fisch für das Dinner auszuwählen, kann ich das nicht mit Bestimmtheit sagen.«

»Es hätte also jeder in die Küche kommen und die Maiglöckchenblüten in die Schüssel mischen können, die für mich bestimmt war«, murmelte Sandra. »Der Rest war doch in

Ordnung, denn die Suppe wurde auch den Gästen serviert, von denen niemand erkrankte.«

»Natürlich nicht!«, rief Peintré aufgebracht. »Das, was aus meinem Topf kam, war von herausragender Qualität.«

»Davon bin ich überzeugt.« Sandra schmunzelte und fuhr fort: »Dann sind wir uns einig, dass meine Kostprobe bewusst vergiftet worden ist, nachdem der- oder diejenige mitbekommen hat, dass Holly mir die Schüssel mit der Suppe bringen soll.«

»Derjenige musste aber nicht nur um die Wirkung der Pflanze gewusst, sondern diese auch gepflückt und gekocht haben, weil Ihnen die rohen Blüten in der Suppe sonst natürlich ausgefallen wären«, sinnierte Peintré. »Das lässt die Schlussfolgerung zu, dass die Person vorbereitet war und nur auf den richtigen Moment gewartet hat.«

Überrascht sah Sandra den Koch an und sagte mit einem Lächeln: »Lautet Ihr zweiter Name vielleicht Hercule Poirot?«

Er zwinkerte Sandra zu. »Immerhin steht mein Ruf auf dem Spiel«, sagte er entschieden. »Etwas, das ich mit meinen eigenen Händen zubereitet habe und das meine Küche verließ, hätte Sie beinahe umgebracht. Ich bin nicht gewillt, einen solchen Vorwurf auf mir sitzen zu lassen.« Sandra spürte Peintrés kräftige Hand auf ihrer Schulter, als er eindringlich flüsterte: »Sie müssen etwas wissen, das den Mörder von Garvey überführen könnte, Ms Flemming, oder der Täter geht davon aus, dass Sie etwas wissen. Nur so ist der Anschlag auf Sie zu erklären.«

Oder Eliza Dexter wollte mich eigenhändig aus dem Weg räumen, um meinen Platz einzunehmen, da ihr ursprünglicher Plan, mich wegen des Mordes an Garvey ins Gefängnis zu bringen, nicht funktioniert hat, dachte Sandra. Einer Antwort wurde sie jedoch enthoben, da die Klingel an der Rezeption anschlug. Sandra sah den Major. Sie stand auf, nickte Peintré zu und kehrte an ihre Arbeit zurück.

Major Collins hatte den Vormittag mit einem langen Spaziergang im wild-romantischen Tal des Flusses Fowey verbracht und war bester Laune. Als er Edouard Peintré sah, rief er erfreut: »Da können wir uns heute Abend wieder auf ein besonders köstliches Dinner freuen!«

Peintré lächelte und fragte: »Darf ich Ihnen etwas Spezielles zubereiten, Major?«

Sandra kam aus dem Staunen nicht heraus. Derart zuvorkommend gegenüber einem Gast hatte sie den Koch nie zuvor erlebt.

»Eines meiner Leibgerichte sind Lammfilets in einer cremigen, dunklen Biersoße an jungen Kartoffeln und feinen Bohnen im Speckmantel«, antwortete der Major und leckte sich die Lippen.

»Ich werde sehen, was sich machen lässt«, erwiderte Peintré, tippte sich an seine Kochmütze und verschwand in Richtung der Küche.

Sandra sah ihm kopfschüttelnd, aber auch lächelnd nach.

ZWANZIG

Am späten Nachmittag kehrte auch Eliza Dexter zurück. Den Rücken durchgestreckt, das Kinn erhoben und mit steifen Schritten ging sie durch die Halle und blieb so dicht vor Sandra stehen, dass ihre Gesichter nur noch eine Handbreit voneinander entfernt waren. Ihre sonst eher blassen Pupillen waren dunkel und hart wie Stein, als sie sagte: »Sie boten mir an, mit Ihnen dieses Haus auf Augenhöhe zu führen, und dann unterstellen Sie mir, Sie vergiftet zu haben? Haben Sie wirklich eine so schlechte Meinung von mir?«

Eliza sah die Antwort in Sandras Blick. Sie presste ihre ohnehin schmalen Lippen zu einem Strich zusammen, wandte sich zur Treppe, blieb auf der untersten Stufe stehen und sah über die Schulter zu Sandra zurück.

»Es steht Ihnen frei, Mr Henderson zu bitten, mich zu beurlauben, bis die Wahrheit festgestellt wird, so, wie der Vorstand mit Ihnen verfahren ist, Sandra. Bis ich aber von oben Anweisung erhalten habe, werde ich meiner Arbeit wie gewohnt nachgehen.«

»Ich möchte, dass Sie bleiben!« Mit ein paar Schritten war Sandra an ihrer Seite. »Eliza, Sie müssen auch mich verstehen! Ich …«

»Ich glaubte wirklich, Ihr Angebot, wir wären ein Team,

wäre aufrichtig gewesen«, schnitt Eliza Sandra das Wort ab.

»Wir müssen abwarten«, antwortete Sandra ausweichend und fügte hinzu: »Wenn es Ihnen recht ist, nehme ich morgen meinen freien Tag. Es liegt gerade nicht viel an, falls es Ihnen aber lieber ist, dass ich hierbleibe, dann …«

Erneut fiel Eliza Sandra ins Wort: »Es steht mir nicht an, Ihnen Vorschriften zu machen, nehmen Sie also ruhig frei. Und was diesen Mann betrifft, mit dem Sie mich in Polperro gesehen haben …« Elizas Blick bohrte sich in Sandras Augen. »Es gibt zwar keinen Grund, mich Ihnen gegenüber zu rechtfertigen, aber es handelt sich um meinen Bruder. Er ist wohlhabend und hat sich in den Kopf gesetzt, eine fast dreißig Jahre jüngere Frau zu heiraten, die meiner Ansicht nach nur auf sein Geld aus ist. Da er nicht auf mich hören will, haben wir uns entzweit. Das habe ich auch DCI Bourke erzählt, er wird es überprüfen und feststellen, dass ich die Wahrheit sage. Sind Sie nun zufrieden, Sandra?«

»Ach, Eliza, das konnte ich doch nicht wissen …« Sandra machte einen Schritt auf Eliza zu, diese wich jedoch zurück, drehte sich um und eilte die Treppe hinauf. Sandra hoffte einmal mehr, dieser Albtraum wäre bald vorbei.

Sandra fühlte sich wie gerädert, als sie am folgenden Tag aus dem Bus stieg. Zudem ging gerade ein Wolkenbruch nieder, was ihre Laune auch nicht hob.

»Das war eine Schnapsidee, was mache ich eigentlich hier?«, murmelte sie. Der Herr, der vor ihr den Bus verlassen hatte, hatte die Worte gehört und fragte, ob er ihr behilflich sein könne. »Das ist nicht nötig, danke«, erwiderte Sandra, spannte den Schirm auf, besann sich dann doch anders und fügte rasch

hinzu: »Oder vielleicht doch, Sir. Leben Sie in diesem Ort?«
Der Mann nickte. Sandras Gedanken arbeiteten blitzschnell,
und sie schwindelte: »Ich bin auf der Suche nach den Angehörigen einer Schulfreundin. Wir haben uns vor über siebzehn
Jahren aus den Augen verloren, ich erinnere mich aber daran,
dass sie damals in Bourton-on-the-Water gewohnt hat. Sie
hatte ein kleines Kind, ein Mädchen.«

»Hm, siebzehn Jahre, sagen Sie?« Er runzelte nachdenklich
die Stirn. »Wie ist denn der Name Ihrer Freundin?«

»Olivia Pool.«

»Es tut mir leid, diesen Name kenne ich nicht, vor siebzehn
Jahren war ich beruflich mehrere Monate im Ausland tätig.«
Er sah die Enttäuschung auf Sandras Zügen, lächelte und
schlug vor: »Am besten fragen Sie Ms Saunders, die Inhaberin unserer kleinen Poststation. Willa Saunders weiß immer
alles über die Menschen hier – meistens sogar mehr als diese
selbst.« Er zwinkerte Sandra zu. »Sie kennen sicher solche
Damen, die gibt es doch in jedem kleinen Ort.«

»O ja«, bestätigte Sandra und dachte an Mrs Roberts. »Wo
finde ich die Post?«

»Es sind nur ein paar Schritte, ich begleite Sie gern.«

An der Tür mit dem rot gestrichenen Rahmen hing jedoch
das Schild *Sorry, Closed for Lunch. Back at 2 p.m.*

Sandra sah auf ihre Uhr, es zwar jetzt kurz vor eins.

»Ich kann Ihnen für die Wartezeit dieses nette, kleine Café
empfehlen.« Der freundliche Herr deutete auf die andere
Straßenseite.

»Ich danke Ihnen«, erwiderte Sandra. »Dann werde ich mir
ebenfalls einen Lunch genehmigen.«

Der Mann nickte ihr noch einmal zu, überquerte die
Straße, und Sandra betrat das Café. Ebenso wie das Post

Office und überhaupt die ganze Ortschaft, war auch dieses Haus zweistöckig und aus dem typischen, gelben Sandstein der Cotswolds erbaut. Der Innenraum war verwinkelt, die Decke niedrig, und die fünf Tische mit grün karierten Tischdecken und frischen Blumen geschmückt. Sandra fand einen freien Platz direkt am Fenster. Von hier aus würde sie sehen können, wenn Willa Saunders in ihr Geschäft zurückkehrte.

Sandra bestellte einen Milchkaffee und ein Sandwich mit Thunfisch, Gurke und Kresse. Sie hatte am vorigen Abend spontan den Entschluss gefasst, in das bezaubernde Bourton-on-the-Water inmitten der hügeligen Landschaft der Cotswolds zu fahren, um zu versuchen, mehr über die Vergangenheit von Olivia Pool herauszufinden. Heute Morgen war sie um vier Uhr aufgestanden, hatte eine Stunde später den Bus nach Bodmin und von dort den Zug nach London genommen; sie war in Exeter umgestiegen, ein weiteres Mal in Bristol, von wo aus sie mit zwei Linienbussen erst nach Cheltenham und schließlich an ihr Ziel gelangt war. Die Verbindungen hatte sie sich aus dem Internet herausgesucht. Insgesamt hatte Sandra über sieben Stunden gebraucht – mit einem Auto hätte sie die Strecke in der Hälfte der Zeit zurücklegen können. Ann-Kathrin hatte Sandra nicht um Hilfe bitten wollen, weil sie noch immer unsicher war, wie sie sich in Bezug auf Olivia Pool verhalten sollte. Außerdem musste Ann-Kathrin arbeiten und würde erst am Wochenende wieder Zeit haben, und Sandra wollte nicht so lange warten. Olivias schreckliche Tat hatte damals hohe Wellen geschlagen und war bei denjenigen, die hier gelebt hatten, sicher nicht in Vergessenheit geraten.

Während der Fahrt hatte Sandra festgestellt, wie hübsch

diese Gegend mit ihren saftigen, grünen Hügeln und den gelben Steinhäusern war, ganz anders als das raue Cornwall.

Pünktlich um zwei Uhr beobachtete Sandra eine ältere und gebückt gehende Frau, die die Tür zum Post Office aufschloss. Sie ging zum Tresen, bezahlte den Kaffee und das Sandwich und trat auf die Straße. Inzwischen hatte es zu regnen aufgehört, zwischen den dunklen Wolken zeigten sich kleine, blaue Flecken des Himmels.

Im Post Office war Sandra die einzige Kundin.

»Was kann ich für Sie tun?« Ms Saunders sah ihr erwartungsvoll entgegen.

»Ich hätte gern eine Auskunft«, erwiderte Sandra. Sie wollte keine Zeit verschwenden, denn der nächste Bus ging bereits in einer halben Stunde, den sie unbedingt erwischen musste, wenn sie am Abend zurück in Lower Barton sein wollte. »Ein Herr sagte mir, Sie könnten mir vielleicht helfen, eine Freundin wiederzufinden, die einst hier lebte und die ich aus den Augen verloren habe.«

»Ich helfe gern, wenn es mir möglich ist.« Ms Saunders schien über Sandras Anliegen nicht überrascht zu sein. »Trinken Sie eine Tasse Tee mit mir?«

Sandra lehnte dankend ab und fragte direkt: »Der Name meiner Freundin lautet Olivia Pool. Einst wohnten sie und ihre kleine Tochter in Bourton-on-the-Water.«

Ms Saunders Gesichtsausdruck verdüsterte sich schlagartig, und Sandra erkannte, dass sie ins Schwarze getroffen hatte. Sie verbarg ihre Aufregung und stellte sich überrascht, als die ältere Dame sagte: »Natürlich erinnere ich mich an die Frau, diesen Namen werde ich nie vergessen. Keine unserer zweitausend Seelen, die damals hier gelebt haben, wird das jemals vergessen.«

313

Da Sandra Zeit sparen wollte, gab sie zu: »Ich habe in Erfahrung gebracht, dass Olivia Pool wegen Mordes angeklagt worden ist.«

Willa Saunders seufzte und verdrehte die Augen. »Es war so schrecklich, dabei war Olivia immer sehr zurückhaltend gewesen und sprach nie viel. Sie war aber stets freundlich, und ihr kleines Mädchen war ganz entzückend. Rotblonde Löckchen, ein Stupsnäschen, einfach zum Liebhaben. Wie kann man nur so grausam sein, ein solches Kind zu misshandeln und zu töten? Na ja, die Nachbarn sagten damals schon, sie hätten das Mädchen manchmal weinen hören und es hätte tagelang das Haus nicht verlassen.«

»Aber niemand kam auf den Gedanken, das Kind könne geschlagen werden«, stellte Sandra fest. »Das ist leider kein Einzelfall.«

»Oh, man will sich ja nicht in die Angelegenheiten anderer Leute einmischen«, entgegnete Ms Saunders, »und dass es so schlimm ist, hat nun wirklich keiner ahnen können.«

»Ich habe es auch kaum glauben können, als ich davon erfuhr«, sagte Sandra. »Können Sie mir sagen, ob Olivia Verwandte in der Stadt hat? Vielleicht können diese mir mehr berichten.«

»Sie lebte allein im Dorf, allerdings erhielt sie manchmal Besuch von einem Mann, wahrscheinlich dem Vater des Mädchens.«

»Kennen Sie seinen Namen und wissen sie vielleicht, wo er heute lebt?«, fragte Sandra.

»Nein, tut mir leid.« Willa Saunders zuckte bedauernd die Schultern. »Olivia hat seinen Namen nie erwähnt, und wenn er im Dorf war, dann sprach er nie mit jemandem. Einmal fragte ich Olivia, warum ihr Freund sie so selten besuche, und sie meinte, er habe einen verantwortungsvollen und arbeitsintensiven Posten in einer anderen Stadt und deshalb nur selten Zeit. Nach dem Prozess hat er das Cottage ausgeräumt, das, was von Olivias Sachen zu verkaufen war, verscherbelt, den Rest entsorgt und sich dann nie wieder hier blicken lassen. Wer kann ihm das verdenken? Es war ja schließlich auch sein Kind, zumindest denke ich das.«

»Sonst gibt es niemanden, der mir über Olivias Partner Auskunft geben könnte?«, fragte Sandra, denn Ms Saunders hatte ihr keine Neuigkeiten mitteilen können.

»Ich denke nicht, jedenfalls nicht in diesem Ort.«

»Herzlichen Dank, Ms Saunders«, sagte Sandra und wandte sich zum Gehen. Der Bus fuhr in sieben Minuten am Hauptplatz ab.

»Ich habe ein paar Zeitungsberichte von damals aufbewahrt«, sagte Ms Saunders plötzlich. »Keine Ahnung, warum. Wenn Sie möchten, mache ich Ihnen Kopien.«

»Äh … ich habe es eilig«, erwiderte Sandra mit Blick auf ihre Armbanduhr. »Ich habe auch schon vieles im Internet gelesen.«

»Damals wurde sicher nicht alles digitalisiert, und es dauert nur eine Minute«, sagte Ms Saunders und verschwand im Hinterzimmer. Sandra hörte das Kopiergerät rattern, dann drückte die Frau ihr ein paar Zettel in die Hand. Noch drei Minuten, dachte Sandra und stopfte die Kopien in ihre Handtasche.

»Nochmals vielen Dank, Ms Saunders«, wiederholte Sandra. »Ich möchte nicht unfreundlich erscheinen, aber ich muss den nächsten Bus erreichen, sonst komme ich heute nicht mehr nach Hause.«

»Dann beeilen sie sich.« Ms Saunders lächelte verständnisvoll und rief Sandra nach: »Wenn Sie noch etwas wissen wollen, können Sie mich gern anrufen oder mailen Sie mir. Das Post Office hat eine eigene Webseite, Sie finden diese im Netz.«

»Darauf werde ich zurückkommen«, rief Sandra, riss die Tür auf und hastete die High Street entlang. Der Bus wollte gerade losfahren, und die Tür war bereits geschlossen. Sandra klopfte an die Glasscheibe und gestikulierte, dass sie noch einsteigen wollte. Der ältere Fahrer runzelte zwar unwillig die Stirn, öffnete die Tür dann jedoch und murmelte: »Nun aber schnell, junge Frau, ich muss los.« Sandra nickte dankend, sank auf einen freien Platz und zog die Kopien aus der Tasche. Drei Seiten entsprachen den Presseberichten, die Sandra bereits im Internet gefunden hatte. Auf einem anderen Blatt war neben dem Prozessbericht ein Foto abgebildet, das Olivia Pool beim Verlassen des Gerichtsgebäudes zeigte. Hätte unter dem Bild nicht der Name gestanden, hätte Sandra sie wohl nicht wiedererkannt. Olivia war einst eine sehr hübsche Frau gewesen, auch wenn ihre Züge von der Tat und dem wochenlangen Prozess gezeichnet waren. Von zwei uniformierten Polizisten flankiert, die Hände in Handschellen vor dem Körper, stand Olivia auf dem obersten Treppenabsatz und sah direkt in die Kamera. Sandra wollte den Bericht gerade zur Seite legen und sich die nächste Kopie ansehen, als sie eine Person im Hintergrund erkannte, die vermutlich nur zufällig auf das Foto geraten war. Für einen Moment stockte ihr der Atem, dann sprang sie auf, lief zum Fahrer vor und rief: »Halten Sie an! Ich muss sofort aussteigen!«

»Die nächste Haltestelle ist in Cold Aston«, brummte der Fahrer.

»Bitte«, flehte Sandra, »es ist sehr wichtig!«

»Wissen Sie eigentlich, was Sie wollen?« Grimmig sah er Sandra an, bremste jedoch ab, hielt am linken Straßenrand und öffnete die Vordertür. Sandra sprang hinaus und rannte, so schnell sie konnte, nach Bourton-on-the-Water zurück. Es regnete wieder, sie nahm sich aber nicht die Zeit, den Schirm aufzuspannen. Ihre Lungen brannten, als sie eine halbe Stunde später erneut das Post Office betrat. Ms Saunders bediente gerade einen Kunden, zwei weitere warteten am Schalter. Ungeduldig trat Sandra von einem Fuß auf den anderen, bis sie mit Ms Saunders endlich allein war.

»O je, Sie haben den Bus verpasst!«, sagte Ms Saunders mitfühlend. »Ich glaube, jetzt können Sie doch einen heißen Tee vertragen, sonst erkälten Sie sich noch.«

Sandra ging auf das Angebot nicht ein, zog die Kopie aus der Tasche, legte diese auf den Tresen und deutete auf die Person auf der Fotografie.

»Ist das der Mann, der Olivia Pool besucht hat?« Ms Saunders setzte ihre Brille, die an einer zierlichen Goldkette vor der Brust baumelte, auf und betrachtete die Aufnahme, dann nickte sie.

»Tatsächlich, das ist er. Ist mir nie aufgefallen, dass er beim Prozess dabei war, aber ich habe die Artikel auch seit Jahren nicht mehr in Händen gehabt.«

Es kam Sandra so vor, als würde der Boden unter ihren Füßen schwanken. Haltsuchend klammerte sie sich an ein Regal und schloss die Augen. Ms Saunders kam hinter dem Tresen hervor und schloss Sandra in die Arme.

»Kommen Sie, setzen Sie sich, ich bereite schnell Tee zu. Keine Widerrede, so lasse ich Sie nicht gehen. Sie sehen ja aus, als wären Sie gerade einem Gespenst begegnet.«

Sandra nickte schwach, versuchte zu lächeln, ihre Lippen

schienen ihr aber nicht mehr zu gehorchen. Sie verschwendete keinen Gedanken daran, wie sie heute nach Cornwall zurückkommen sollte. Mit einem Schlag war alles unwichtig geworden, denn nun hatte sie die Wahrheit erkannt. Die Wahrheit über Olivia Pool und die Wahrheit darüber, weshalb Harris Garvey hatte sterben müssen.

Es war nach Mitternacht, als Sandra aus dem Taxi stieg. Die Fahrt vom Bahnhof außerhalb der Stadt Bodmin bis zum Hotel war ihr endlos erschienen, außerdem hatte der Taxifahrer die ganze Zeit über geredet: über das Wetter, das für Anfang Juni ungewöhnlich warm und sonnig war, über ein halbes Dutzend Delfine, die am gestrigen Tag in der Bucht von St Ives gesichtet worden waren, und über die britischen Surfmeisterschaften in Newquay, die in zwei Wochen stattfinden und an denen sein Sohn teilnehmen würde. Sandra hatte immer nur mit einem »Ach, ja? Das ist ja interessant« geantwortet. Ihr war klar, dass der Taxifahrer sich durch die Unterhaltung wachhalten wollte. Sie hatte Glück gehabt, mit öffentlichen Verkehrsmitteln Cornwall in dieser Nacht doch noch erreichen zu können, allerdings hatte sie viermal umsteigen müssen.

Das Haus lag im Dunkeln, nur der schwache Schein der Notbeleuchtung schimmerte durch die Fenster. Sandra schob ihre Karte in das Lesegerät, und die Tür sprang auf. Sie wusste, dass sie Chiefinspector Bourke und Alan Trengove über das, was sie heute erfahren hatte, informieren musste. Doch weder den einen noch den anderen wollte sie um diese Zeit aus dem Bett holen, und Olivia Pool würde kaum mitten in der Nacht verschwinden. Außerdem war sie schrecklich müde und sehnte sich nach ihrem Bett.

Als Sandra die Treppe hinaufgehen wollte, hörte sie ein Geräusch aus der Küche. Sie zögerte, entschloss sich dann aber doch, nachzusehen. In der Küche fand sie Olivia vor, die Teeblätter in eine Kanne schüttete. Die Küchenhilfe war vollständig angekleidet, sie trug sogar eine leichte Windjacke und ein buntes Tuch um den Hals.

»Olivia, was machen Sie hier?«

»Oh, Ms Flemming, ich hoffe, ich habe Sie nicht geweckt«, antwortete Olivia lächelnd. »Wenn die Arbeit erledigt ist, mache ich gern noch einen Spaziergang durch den Park, um abzuschalten und die Küchengerüche aus der Nase zu bekommen«, erklärte sie bereitwillig. »Danach trinke ich einen Tee, um zur Ruhe zu kommen. Möchten Sie auch eine Tasse?«

Sandra musterte Olivia, ihre Müdigkeit war verflogen. Sie fragte sich, ob sie mit ihrer Vermutung wirklich richtig lag, denn sie traute Olivia das alles einfach nicht zu. Sie bemerkte, dass die Tür zum Kühlraum geöffnet war, vielleicht hatte Olivia frische Milch geholt. Das Bild, wie Olivia Harris in die Kühltruhe gepackt hatte, stieg vor Sandras Augen auf.

»Ich war heute in Bourton-on-the-Water.« Die Worte waren heraus, bevor Sandra darüber nachdenken konnte. Die Tasse entglitt Olivias Hand und zerschellte klirrend auf den Fliesen. Wie erstarrt verharrte sie in der Bewegung. Einmal begonnen, sprach Sandra schnell weiter: »Harris Garvey war der Vater Ihrer Tochter, nicht wahr? Sie brauchen mir nicht zu erklären, dass er das Kind nicht wollte und auch kein liebevoller Vater gewesen war, dafür kenne ich Harris gut genug. Aber warum haben Sie das Mädchen getötet, Olivia? Was ist geschehen, das Sie zu einer solchen Kurzschlusshandlung getrieben hat?«

»Sie haben keine Ahnung!« Olivias Finger ballten sich zu

Fäusten. »Nicht die geringste Ahnung haben Sie! Meinen, etwas herausgefunden zu haben, etwas über mein Leben zu wissen, dabei liegen Sie völlig falsch.«

Sandra trat zu ihr, zögerte jedoch, Olivia zu berühren.

»Dann erzählen Sie es mir«, sagte sie sanft. »Haben Sie Harris getötet, weil er, als Sie in Haft waren, den Kontakt abgebrochen hat und nichts mehr von Ihnen wissen wollte? Ich vermute, Sie hatten nicht vor, ihn zu ermorden, sondern Sie gerieten in Streit, und dann haben Sie zugeschlagen und dann …«

»Sie wissen gar nichts!«, fauchte Olivia wie eine Wildkatze, rote Flecken auf den Wangen. »Ich gehe nicht wieder in den Knast! Nie wieder! Lieber sterbe ich!«

Mit erstaunlicher Kraft, die Sandra ihr nicht zugetraut hatte, umklammerte Olivia Sandras Oberarme. Sandra war derart perplex, dass sie sich einen Moment nicht bewegen konnte. Diese Sekunden reichten Olivia, um Sandra die wenigen Schritte zum Kühlraum zu zerren. Mit einem kräftigen Schubs wurde Sandra in den Raum gestoßen. Sie taumelte gegen ein Regal, Konservendosen fielen zu Boden, eine davon traf schmerzhaft ihren Fuß.

»Sind Sie verrückt?«, schrie Sandra und sprang zur Tür, Olivia jedoch war schneller. Die Tür schloss sich, und Sandra hörte, wie der Hebel außen vorgelegt wurde. Mit den Fäusten hämmerte Sandra gegen die Tür. »Lassen Sie mich raus! Olivia, Sie machen es nur noch schlimmer!«

Kein Laut war mehr zu vernehmen. Durch die dicke, isolierte Tür und durch die Wände aus Stahlbeton konnte sie nichts hören, ebenso wie niemand ihre Hilferufe auf der anderen Seite hören konnte. Dann erlosch das Licht, und Sandra kämpfte gegen die aufsteigende Panik an. Bereits nach wenigen Minuten fror sie erbärmlich. Die Temperatur im Kühlraum betrug um die zwei Grad Celsius. Bevor Edouard Peintré gegen sieben Uhr mit der Zubereitung des Frühstücks beginnen würde, wäre sie längst erfroren. Das Handy befand sich in ihrer Handtasche, und diese hatte sie in der Küche auf die Ablage gestellt. Doch auch wenn sie das Telefon bei sich gehabt hätte – im Kühlraum war sie vom Netz isoliert.

Mit dem Rücken an der Tür rutsche Sandra in die Hocke und schlug sich die zitternden Arme um den Oberkörper. Wahrscheinlich würde Olivia Pool gefasst und des Mordes an Harris und des Anschlages auf sie überführt werden. Bis das jedoch geschah, würde es für sie zu spät sein.

EINUNDZWANZIG

»Ja, ja, ich komme ja schon!« Seit Minuten klingelte jemand Sturm, und das Geräusch hallte durchs Haus. Eliza Dexter, aus dem Schlaf gerissen – in einem grün gestreiften Morgenmantel, an den Füßen Pantoffeln –, entriegelte die Tür, riss sie auf und blaffte: »Wissen Sie, wie spät es ist? Sie wecken alle Gäste auf!«

Chiefinspector Christopher Bourke und Constable Greenbow schoben sich an Eliza vorbei in die Halle.

»Was wollen Sie mitten in der Nacht?« Eliza stemmte die Hände in die Hüften und trat Bourke in den Weg. »Wenn Sie gekommen sind, um mich wieder zu verhaften ...«

»Das ist nicht der Grund«, unterbrach Bourke sie. »Es tut mir leid, Sie geweckt zu haben, aber die Angelegenheit duldet keinen Aufschub.«

»Um vier Uhr in der Früh?«, fragte Eliza spöttisch. »Dann hoffe ich, Sie kommen hier hereingepoltert, um mir mitzuteilen, dass Sie den Mörder endlich gefunden haben.«

»Leider nicht, Ms Dexter.« Bourke seufzte, und Constable Greenbow sagte: »Es handelt sich um Ihre Angestellte Olivia Pool.«

»Olivia?« Fragend zog Eliza eine Augenbraue hoch. »Hat Sie etwas angestellt?«

»Sie hatte einen Autounfall«, antwortete Bourke.

»Das ist unmöglich!«, rief Eliza. »Olivia hat keinen Wagen, ich weiß gar nicht, ob sie einen Führerschein besitzt.«

»Man muss nicht unbedingt eine Fahrerlaubnis besitzen, um mit einem Auto die Friedhofsmauer zu durchbrechen«, bemerkte Bourke trocken.

»Die Friedhofsmauer?«, wiederholte Eliza verwundert.

Bourke nickte und erklärte: »Heute Nacht gegen ein Uhr beobachtete ein Spaziergänger, der mit seinem Hund eine letzte Runde drehte, wie ein Wagen mit überhöhter Geschwindigkeit durch Lower Barton raste. In der Haarnadelkurve bei der Kirche verlor die Fahrerin die Kontrolle über das Fahrzeug. Das Auto schleuderte, krachte gegen die Mauer des Friedhofs und durchbrach diese. Der Passant informierte unverzüglich den Rettungsdienst und leistete Erste Hilfe. Da die Fahrerin keine Papiere bei sich hatte, wurden wir eingeschaltet. Sie sehen, Ms Dexter, auch der Constable und ich wurden aus dem Schlaf gerissen. Eine Krankenschwester des Hospitals in Bodmin übermittelte mir eine Fotografie der Verunfallten. Es handelt sich eindeutig um Ihre Angestellte Olivia Pool.«

»Ist sie tot?« Erschrocken presste Eliza die Hände auf ihre Brust.

»Ms Pool hat sehr viel Glück gehabt«, antwortete Bourke. »Sie ist nur leicht verletzt: Prellungen, ein Schleudertrauma und eine Gehirnerschütterung.«

»Gott sei Dank!« Eliza seufzte erleichtert. »So leid es mir tut, und obwohl es mir völlig schleierhaft ist, warum Olivia mitten in der Nacht das Hotel verlassen und diesen Unfall verursacht hat, denke ich, die Mitteilung hätte Zeit gehabt bis zum Morgen. Jetzt können wir ohnehin nichts ausrichten.«

»Es handelt sich um Ihren Wagen, Ms Dexter.«

»Wie bitte?« Eliza lief zum Fenster und sah hinaus. Tatsächlich – auf dem Parkplatz rechts vor dem Portal, der den Angestellten vorbehalten war, fehlte ihr Auto. »Davon hatte ich keine Ahnung! Warum hat Olivia meinen Wagen gestohlen?«

»Um das zu klären, sind wir hier«, antwortete Bourke. »Wo bewahren Sie die Schlüssel auf?«

»In meinem Zimmer natürlich«, erwiderte Eliza, dachte einen Moment nach und sagte dann: »Allerdings verschließe ich meine Tür nicht, und ich habe tief und fest geschlafen. Aber warum hätte sie das tun sollen?«

»Sehr leichtsinnig von Ihnen, Ms Dexter, besonders angesichts der Tatsache, dass in diesem Haus ein Mord geschehen ist«, sagte Bourke vorwurfsvoll. »Wären Sie so freundlich, ein paar Sachen für Ms Pool zusammenzupacken«, bat er nun. »Sie als Frau wissen besser, was im Hospital in den nächsten Tagen benötigt wird. Wir nehmen die Sachen mit, da wir nach Bodmin fahren werden, um mit Olivia Pool zu sprechen, sobald es der Arzt erlaubt.«

»Selbstverständlich«, murmelte Eliza und fragte dann: »Was ist eigentlich mit meinem Auto? Ist es sehr beschädigt?«

»Ich fürchte, es handelt sich um einen Totalschaden«, sagte Bourke mitfühlend.

»Das auch noch!«, stöhnte Eliza. »Olivia wird wohl kaum eine Versicherung haben, oder wie ist das mit den Kosten für einen neuen Wagen, wenn einem das Auto gestohlen wird?«

»Das entzieht sich unserer Kenntnis«, erwiderte Constable Greenbow. »Kommen Sie morgen Nachmittag ins Revier, dann nehmen wir die Anzeige wegen des Diebstahls auf.«

»Ms Flemming möchten wir dies ebenfalls mitteilen«, sagte Christopher Bourke. »Sie scheint von dem Klingeln nicht aufgewacht zu sein.«

»Und die Gäste glücklicherweise auch nicht«, bemerkte Eliza. »Allerdings werden Sie bei Sandra Pech haben, sie scheint die Nacht woanders zu verbringen.«

»Das heißt, Ms Flemming ist nicht im Haus?«, hakte Bourke nach.

»Tja, es sieht alles danach aus«, antwortete Eliza schnippisch. »Sandra hat sich gestern freigenommen, und um elf Uhr, als ich zu Bett ging, war sie noch nicht zurück. Ist mir auch egal, Hauptsache, sie tritt pünktlich um acht ihren Dienst an. Ich werde sie morgen früh über den Unfall informieren.«

»Dann können wir jetzt wohl gehen«, sagte Constable Greenbow, »und noch ein paar Stunden schlafen.«

Er wollte die Tür öffnen, als erneut die Klingel ertönte, nicht weniger nachdrücklich als zuvor.

»Was ist denn heute Nacht los?«, murmelte Eliza und öffnete. Alan Trengove eilte aufgeregt in die Halle, trotz der Uhrzeit korrekt mit Anzug und Krawatte gekleidet, das Kinn und die Wangen rasiert und das Haar nach hinten gegelt.

»Ich muss mit Ms Flemming sprechen!«, rief er, ohne die anderen zu grüßen.

»Die Dame scheint heute Nacht sehr beliebt zu sein«, sagte Eliza trocken.

Erst jetzt bemerkte Alan die Anwesenheit von Bourke und Greenbow und fragte den Chiefinspector: »Sie wissen es bereits? Wie haben Sie es erfahren?«

»Was erfahren, Mr Trengove?«, fragte Bourke verwirrt.

»Ich bin überrascht, dass man auch Sie informiert hat. Was

haben Sie als Anwalt mit dem Autounfall einer Küchenhilfe zu tun?«

Verständnislos sah Alan von einem zum anderen. »Ich fürchte, ich verstehe Sie nicht, Inspector. Ja, mein nächtlicher Besuch hat mit Olivia Pool zu tun, aber von welchem Unfall sprechen Sie?«

»Olivia hat mein Auto geklaut und es gegen die Friedhofsmauer gefahren«, erklärte Eliza grimmig, und Christopher Bourke berichtete Alan die Einzelheiten.

Verwirrt griff sich Alan an die Stirn, schüttelte den Kopf und fragte: »Weiß Ms Flemming schon Bescheid?«

»Du meine Güte, was haben Sie denn alle mit Sandra Flemming?«, schimpfte Eliza. »Für das Personal bin ich zuständig, Olivia untersteht mir, es ist mein Wagen, der gestohlen worden ist, und ich bin der Meinung, wir sollten Sandra damit nicht belästigen. Zumal Sie auch nicht im Haus ist«, fügte sie hinzu.

»Sind Sie sicher?«, fragte Alan. »Wir sollten in Ms Flemmings Zimmer nachsehen, denn ich muss unbedingt mit ihr sprechen.« Er sah zu Christopher Bourke und erklärte: »Auf keinen Fall möchte ich Sie außen vor lassen, Sir, ich will zunächst aber die Sachlage mit Sandra Flemming erörtern.«

»Was für eine Sachlage?«, fragte Bourke. »Es wäre nicht das erste Mal, dass Sie eine wichtige Information gegenüber der Polizei zurückhalten.« Er zwinkerte Alan jedoch zu, was dieser mit einem Lächeln erwiderte, und Eliza sagte mit einem Seufzer, der aus der Tiefe ihres Herzens zu kommen schien: »Also gut, gehen wir in Sandras Zimmer hinauf. Wenn Sie in der Nacht doch zurückgekommen ist, wird sie hocherfreut sein, von uns aus dem Schlaf gerissen zu werden.«

Auch Sandras Zimmertür war unverschlossen, und, wie von Eliza vermutet, war das Bett unberührt.

»Tja, sie wird wohl bei einem Liebhaber sein.« Diese Bemerkung konnte sich Eliza nicht verkneifen, und Christopher Bourke betrachtete plötzlich intensiv seine Schuhspitzen.

»Das gefällt mir nicht«, sagte Alan nachdenklich. »Mitten in der Nacht entwendet Olivia Pool ein Auto, und Ms Flemming ist spurlos verschwunden …«

»Davon kann nun wirklich keine Rede sein«, fiel Eliza Alan ins Wort. »Sandra ist erwachsen, sie muss sich bei niemandem abmelden, wenn sie die Nacht anderswo verbringt. Wenn Sie jetzt die Freundlichkeit hätten, wieder in die Halle zu gehen, bevor doch noch ein Gast gestört wird?« Mit sanfter Gewalt schob sie die Männer aus Sandras Zimmer hinaus. »Ich packe die Sachen für Olivia und bringe sie Ihnen gleich hinunter.«

Sie mussten nicht lange warten, dann drückte Eliza dem Constable eine kleine Reisetasche in die Hand, und der Chiefinspector bat Eliza: »Richten Sie Ms Flemming bitte aus, sie möge mich morgen im Laufe des Tages anrufen.«

»Mich ebenfalls«, warf Alan ein, schüttelte dann den Kopf und trat nervös von einem Fuß auf den anderen.

»Was zappeln Sie denn so herum?«, fragte Christopher Bourke, der den Anwalt bisher als sehr beherrscht erlebt hatte.

»Ich wiederhole – das gefällt mir nicht! Das alles scheint mir ein Zufall zu viel zu sein.« Alan Trengove nahm sein Handy aus der Innentasche des Jacketts. »Ich versuche, Sandra Flemming anzurufen.«

»Das würde ich mir gut überlegen«, sagte Eliza mit einem spöttischen Lächeln. »Sie könnte nicht allein sein, dann ein

Anruf eines anderen Mannes – Sie könnten sie in eine peinliche Situation bringen.«

Alan achtete nicht auf ihre Worte und wählte Sandras Nummer. Es klingelte mehrmals, niemand hob ab.

»I can't get no satisfaction«, erklang es jedoch aus der Küche.

»Wer hat denn jetzt das Radio in der Küche eingeschaltet?«, fragte Bourke verwirrt.

»Das ist Sandras Klingelton.« Eliza runzelte die Stirn. »Mr Trengove, lassen Sie es bitte weiter läuten.«

Christopher Bourke entdeckte die Scherben auf dem Boden, ebenfalls die Kanne mit den Teeblättern, die nicht aufgegossen worden war. Aus einer Tasche auf der Ablage erklangen nach wie vor die Stones.

»Sandras Handtasche!« Eliza öffnete sie und nahm das Handy heraus.

»Aber wo ist Ms Flemming?«, fragte Bourke und sah sich suchend in der Küche um, als hätte sich Sandra unter einem der Tische verborgen.

»Ich fürchte, das hängt mit Olivia Pool zusammen«, sagte Alan und wirkte äußerst besorgt.

»Wenn Sie die Freundlichkeit besäßen, endlich zu erklären, was Sie zu diesem Gedanken veranlasst, können wir Ihre Bedenken vielleicht teilen, Mr Trengove«, rief Bourke genervt. »Bisher sprechen Sie in Rätseln.«

Alan erwiderte mit einem Seufzer: »Ich glaube, Sie haben recht, Sir. Schließlich geht es aller Wahrscheinlichkeit nach um die Überführung des Mörders von Harris Garvey.«

Bourkes Interesse war geweckt, auch Eliza Dexter schien nun hellwach zu sein und rief: »Wenn auch Sie nun versuchen, mir etwas anzuhängen, dann ...«

328

»Der Verdacht richtet sich nicht gegen Sie, Ms Dexter«, schnitt Alan ihr das Wort ab, »auch nicht gegen Monsieur Peintré, denn es gibt jemand anderen, der guten Grund hatte, Harris Garvey umzubringen.«

»Ich brühe uns einen Tee auf«, sagte Eliza, offenbar beruhigt. »An Schlaf ist ohnehin nicht mehr zu denken.« Sie schaltete den Wasserkocher ein und schnupperte an den Teeblättern in der Kanne. »Darjeeling«, stellte sie fest. »Wer immer die Zubereitung unterbrochen hat – ich denke, wir können das Werk fortsetzen.«

»Warten Sie!« Alan trat vor und nahm Eliza die Kanne aus der Hand. »In Anbetracht der Tatsache, dass versucht worden war, Sandra zu vergiften, sollten Sie frischen Tee verwenden, und Ihnen, Sir« – er sah zu Bourke – »rate ich, die Blätter im Labor untersuchen zu lassen.«

»Mann, reden Sie endlich!« Bourke war kurz davor, die Geduld zu verlieren. »Was wissen Sie?«

»Vor Jahren waren Olivia Pool und Harris Garvey ein Paar und hatten ein gemeinsames Kind, das von Olivia getötet worden ist«, erklärte Alan. »Als Olivia und Garvey in diesem Hotel aufeinandertrafen – sei es zufällig oder absichtlich –, könnte es zu der Tat gekommen sein. Die exakten Hintergründe erschließen sich mir noch nicht, die bisher losen Fäden weben sich jedoch nach und nach ineinander.«

Wie eine Bombe schlug die Nachricht ein, für einige Minuten herrschte fassungsloses Schweigen. Eliza fasste sich als Erste und sagte: »Olivia soll eine Mörderin sein? Das kann ich nicht glauben!« »Die Beweise sind eindeutig«, erwiderte Alan mit Nachdruck. »Den letzten Beweis, dass Garvey der Vater von Olivias Kind war, habe ich heute Nacht erhalten, außerdem hat Garvey die Frau beim Prozess schwer belastet. Nein, Sir« – Alan grinste, als er Bourkes skeptischen Gesichtsausdruck bemerkte – »die Quelle, von der ich meine Informationen bezogen habe, werde ich Ihnen nicht preisgeben.«

»Solange Sie nichts Ungesetzliches getan haben«, murmelte Bourke.

Trotz der angespannten Situation lachte Alan. »Ich kann Ihnen versichern, dass ich niemals etwas tue, das meine Zulassung gefährden könnte.« Ernst fuhr Alan fort: »Aus diesem Grund bin ich heute Nacht gekommen, um die Neuigkeiten Sandra unverzüglich mitzuteilen. Ich vermute, sie hat sie selbst ebenfalls herausgefunden, daher befindet sie sich in großer Gefahr. Ich habe keinen Zweifel, dass Olivia Pool die Suppe vergiftet hat.«

»Sie haben also mal wieder hinter meinem Rücken ermittelt«, stellte Bourke nüchtern fest.

»Ich habe lediglich ein paar Erkundigungen eingezogen«, antwortete Alan, »da meine Mandantin Ihre Hauptverdächtige war und Sandra mich bat, Olivias Vergangenheit zu durchleuchten.«

»Warum hat Ms Flemming sich nicht an mich gewandt?«, fragte Bourke.

Alan zuckte mit den Schultern. »Das müssen Sie Sandra selbst fragen.«

»Was ich zu gern machen würde, wenn ich wüsste, wo sie sich aufhält«, antwortete der Chiefinspector. »Verflixt, sie muss doch hier im Hotel sein! Wie sonst kommt ihre Tasche in die Küche?«

»Wir werden das Haus von oben bis unten durchsuchen«, sagte Alan, aber Eliza rief sofort: »Aber nicht heute Nacht! Ich kann nicht riskieren, dass die Gäste gestört werden.«

»Machen Sie sich denn keine Sorgen um Sandra?«, fragte Bourke verwundert.

Eliza antwortete nicht, drehte sich um und füllte das inzwischen heiße Wasser in die Kanne. Der Duft des Tees zog durch die Küche, und Constable Greenbow fragte seinen Vorgesetzten: »Soll ich eine Fahndung nach Ms Flemming rausgeben?«

»Das ist wohl übertrieben«, rief Eliza. »Ich denke, Sandra hat ihre Handtasche einfach hier vergessen, bevor sie das Haus verließ. Die Sache mit Olivia schockiert mich allerdings zutiefst.«

Christopher Bourke stimmte ihr zu. »Ich hoffe, bald mit Ms Pool sprechen zu können. Dann werden wir hören, was sie zu den Anschuldigungen von Mr Trengove zu sagen hat. Wobei ich nicht erkenne, warum sie Garvey getötet haben sollte. Weil er sie beim Prozess belastet hat? Olivia hat die Tat doch eingestanden.«

»Das letzte Puzzleteil wird sich auch noch einfügen«, stellte Alan sachlich fest und nahm von Eliza die Tasse entgegen.

»Bei der Vorstellung, dass Olivia ihr eigenes Kind getötet hat, läuft es mir eiskalt über den Rücken«, sagte Eliza.

»Apropos eiskalt« – Alan grinste – »könnte ich bitte etwas kalte Milch für meinen Tee haben, wenn es keine Umstände macht?«

»Selbstverständlich, wie unaufmerksam von mir.« Eliza öffnete die Tür des Kühlschrankes und seufzte. »Es ist keine Milch mehr da, einen Moment, ich hole eine neue Flasche.«

Sie verließ die Küche und ging zum Kühlraum. Als Eliza laut aufschrie, hasteten Alan und Bourke ihr nach. Nur eine Sekunde später blickte Alan auf die leblos am Boden liegende

Sandra, dann kniete er sich nieder und tastete nach dem Puls an ihrem Hals.

»Sie lebt, ihr Puls ist aber sehr schwach. Wir müssen sie hier rausschaffen und aufwärmen.«

»Constable, rufen Sie den Notarzt! Die sollen sich beeilen!«, rief Bourke, und niemand brauchte Eliza zu bitten, Decken zu holen. Binnen weniger Minuten war sie zurück und hüllte Sandra, die von den Männern inzwischen in die warme Küche getragen worden war, sorgfältig darin ein, unter ihren Kopf schob sie ein Kissen. Sandra sah aus wie eine Tote. Alan murmelte: »Ich glaube, wir wissen nun, was Olivia Pool zu ihrer nächtlichen Autofahrt veranlasst hat.«

Das Erste, was Sandra sah, als sie die Augen aufschlug, war der sorgenvolle Ausdruck auf dem Gesicht von Ann-Kathrin Trengove.

»Was …?« Sie richtete sich ein wenig auf. »Ich lebe also noch …«

»Du bist in Sicherheit, Sandra.« Ann-Kathrin streichelte Sandras Handrücken, in der eine Braunüle steckte. »Ich hoffe, es wird nicht zur Gewohnheit, dass dich jemand im letzten Moment findet.«

»Das hoffe ich auch.« Mühsam versuchte Sandra zu lächeln. »Ich dachte, mein letztes Stündlein hätte geschlagen, als Olivia die Tür zusperrte. Hat man sie verhaftet?«

»Olivia Pool hatte einen Unfall, sie liegt nur ein paar Zimmer weiter«, erklärte Ann-Kathrin. »Ein Polizist hält vor ihrer Tür Wache, sie wird nicht entkommen.«

»Gut!« Sandra sank in die Kissen zurück. »Dann hat sie Harris also wirklich getötet und es bei mir mit der Suppe auch versucht«, sagte sie. »Wem habe ich es dieses Mal zu verdanken, dass ich noch nicht die Engel singen höre?«

Ann-Kathrin lachte und erwiderte: »Deinen Humor hast du glücklicherweise nicht verloren. Es war Eliza Dexter, beziehungsweise Alan, weil er Tee mit kalter Milch bevorzugt.«

»Ich glaube, ich verstehe nicht …«

»Später, Sandra, wirst du alles erfahren. Du warst unterkühlt, die Ärzte bekommen dich aber wieder hin. Du musst dich nur ausruhen.«

»Diesen Satz kann ich nicht mehr hören«, antwortete Sandra und schmunzelte, »und wieder kann ich nur erwidern, dass mir wohl nichts anderes übrig bleiben wird.«

Die Tür öffnete sich, und Alan trat an Sandras Bett. »Olivia Pool schweigt«, sagte er ernst. »Seit sie wieder bei Bewusstsein ist, hat sie kein Wort gesprochen, aber es war doch Olivia, die Sie in den Kühlraum gesperrt hat, nicht wahr?«

Sandra nickte und berichtete, was sie am Vortag in Bourton-on-the-Water herausgefunden hatte. »Als ich Harris auf dem Foto in der Zeitung erkannte, war es, als würde vor meinen Augen ein Vorhang zur Seite gezogen.«

»So erging es mir ebenfalls«, sagte Alan. »Aus diesem Grund wollte ich unverzüglich mit Ihnen sprechen, denn ich dachte mir, Sie könnten ebenfalls erfahren haben, dass Garvey seine Geliebte massiv belastet hat. Während des Prozesses schwieg Olivia beharrlich, es war Garveys Aussage, die zu dem Urteil wegen Mordes und nicht wegen Totschlages führte.«

»Und dann steht sie diesem Mann plötzlich wieder gegenüber«, fuhr Ann-Kathrin fort. »Ob zufällig oder ob sie bewusst nach Higher Barton gekommen war, wissen wir noch nicht, wenn Olivia aber weiterhin schweigt, wird es auf einen langwierigen Indizienprozess hinauslaufen.«

Flehend sah Sandra Alan an und fragte: »Aber jetzt ist es doch wirklich vorbei?«

Alan nickte beruhigend. »Inspector Bourke und seine Vorgesetzten sind von Olivias Schuld überzeugt, die Beweise sind eindeutig. Allein der erneute Anschlag auf Sie reicht aus, um sie für die nächsten Jahre hinter Gitter zu bringen.«

»Irgendwie tut mir Olivia leid«, murmelte Sandra.

Ann-Kathrin lachte kurz und kehlig auf und rief: »Die Frau wollte dich zweimal umbringen, Sandra, und du hast Mitleid mit ihr?«

Sandra zuckte die Schultern und erwiderte mit einem bitteren Unterton: »Jeder, der in die Fänge von Harris Garvey geraten ist, hat mein Mitleid verdient.«

Die Stunden im Kühlraum hatten Sandra zwar geschwächt, aber keine schwerwiegenden Schäden verursacht. Das Mittagessen, das in dieser Klinik erstaunlich schmackhaft war, aß sie mit gutem Appetit, dann stand sie auf und blickte aus dem Fenster auf den Innenhof des Krankenhauskomplexes. Sandra erinnerte sich an Ann-Kathrins Bemerkung, Olivia würde nur ein paar Zimmer weiter liegen. Sie schlüpfte in ihren Morgenmantel und trat auf den Korridor. Sie war zwar noch etwas wacklig auf den Beinen, fühlte sich aber ansonsten recht wohl. Sandra musste niemanden fragen, wo Olivia zu finden war, denn am Ende des Ganges saß Constable Greenbow vor einer Tür und las in einer Autozeitschrift.

Sandra trat zu ihm, räusperte sich und sagte: »Ich möchte mit Olivia sprechen.«

Greenbow schüttelte den Kopf. »Außer den Ärzten und dem Pflegepersonal darf ich niemanden hineinlassen.«

»Glauben Sie, ich würde ihr zur Flucht verhelfen?«, fragte Sandra. »Olivia Pool hat versucht, mich zu töten. Ich möchte nur ein paar Minuten mit ihr sprechen. Sie können gern dabei sein, wenn Sie befürchten, Olivia könnte aus dem Bett springen und mir an die Gurgel gehen, Constable.«

Nun lächelte Greenbow, zögerte noch einen Moment, sagte dann aber: »Also gut, Ms Flemming, ich glaube, der Chiefinspector würde keine Einwände erheben.«

Olivia lag auf dem Rücken, den Blick starr an die Zimmerdecke gerichtet. Sie trug eine Halskrause, hatte eine rote Schwellung über dem rechten Auge und einen Verband auf der Wange.

»Sie?«, flüsterte Olivia heiser, als Sandra zu ihr trat.

Sandra zog einen Stuhl heran und setzte sich, Constable Greenbow blieb dicht hinter ihr stehen.

»Warum ich, Olivia?«, fragte Sandra. »Ich glaube zu wissen, warum Harris sterben musste, warum wollten Sie aber meinen Tod?«

»Ich bin froh, dass man Sie rechtzeitig gefunden hat«, murmelte Olivia, und zu Sandras Erstaunen lief ihr eine Träne über die Wange. »Ich wollte das nicht, aber plötzlich … Ich wollte nicht mehr ins Gefängnis, nie wieder, doch ich erkannte, dass Sie die Wahrheit wussten.« Sie stockte, und als Sandra schwieg, fuhr Olivia fort: »Nachdem Sie das mit dem Tod meiner Tochter herausgefunden hatten, befürchtete ich, dass Sie nicht locker lassen und bald erfahren würden, dass Harris und ich ein Paar gewesen waren, und dass Sie auch die richtigen Schlüsse daraus ziehen. Dann hörte ich zufällig, wie Sie und Eliza Dexter über Peintré sprachen und darüber, was Harris ihm angetan hat.«

»Das nahmen Sie zum Anlass, die Suppe mit Maiglöckchen zu vergiften, um den Verdacht auf den Koch zu lenken«, schlussfolgerte Sandra. »Damit hätten Sie zwei Fliegen mit einer Klappe geschlagen: Ich hätte Ihre Vergangenheit nicht mehr verraten können, und der Mann, der Sie nach Strich und Faden schikanierte, wäre ebenfalls von der Bildfläche verschwunden.«

»Als Ms Dexter Holly bat, sie möge Ihnen am Abend die Suppe bringen, habe ich die Maiglöckchen gesammelt und gekocht und dann unter die Suppe in der kleinen Schüssel gerührt. Peintré hat davon nichts mitbekommen. In seiner Pause zwischen der Teatime und dem Dinner zieht er sich häufig auf sein Zimmer zurück.«

Mit einem Seufzer erwiderte Sandra: »Das zeugt von einer großen kriminellen Energie, Olivia, denn der Anschlag auf mich war von Ihnen kaltblütig geplant worden.«

Constable Greenbow trat näher und raunte: »Ms Flemming, vielleicht sollten Sie wieder gehen, das regt Sie nur zu sehr auf.«

»Ich möchte die Wahrheit wissen«, entgegnete Sandra entschlossen und fragte Olivia: »Hatten Sie den Mord an Harris ebenfalls geplant?«

Olivia schüttelte den Kopf, starrte geistesabwesend zur Decke und sagte dann unvermittelt: »Ich habe mein Kind nicht getötet. Ich hätte meinem kleinen Engel niemals etwas antun können.«

Ein schrecklicher Verdacht regte sich in Sandra. »Es war Harris, nicht wahr?« Als Olivia nickte, schauerte sie. »Warum haben Sie die Schuld auf sich genommen? Warum haben Sie nicht die Wahrheit gesagt?«

»Er wollte auf mich warten«, antwortete Olivia. »Harris wollte das Kind nicht. Als ich schwanger wurde, verlangte er, dass ich abtreibe, ich bestand aber darauf, das Kind zu behalten. Daraufhin verließ er mich, kehrte dann aber zurück, als unser Mädchen ein paar Tage alt war. Als er das Baby zum ersten Mal auf dem Arm hielt, schien er sich verändert zu haben, meinte, wir würden einen neuen Anfang wagen. Allerdings wollte er mich weder heiraten noch dauerhaft mit mir zusammenleben. Ich war zufrieden mit dem bisschen, das Harris mir anbot, auch in finanzieller Hinsicht. Er war in einem Hotel in Cheltenham beschäftigt und mietete für Melly und mich das Cottage in dem Dorf. Er bestand darauf, dass ich meinen Job kündigte, was ich gern tat, denn ich wollte ohnehin jede Minute mit Melly verbringen. In den ersten Monaten war ich glücklich wie nie zuvor in meinem Leben. Mein Kind war gesund und munter, Harris besuchte mich regelmäßig, und auch finanziell mangelte es meiner Tochter und mir an nichts. Dann geschah es immer öfter, dass er sich von dem Kind gestört fühlte. Ich brauche meine Ruhe!, schrie er, wenn Melly weinte oder einfach nur seine Aufmerksamkeit beanspruchte. Zuerst waren es nur harmlose Klapse, dann auch mal Tritte, und schließlich schlug Harris ihr mit der flachen Hand ins Gesicht oder auf den Po.«

»Warum haben Sie den Kontakt nicht abgebrochen?«, fragte Sandra fassungslos. »Sie hätten ihn anzeigen müssen!«

Olivias Lächeln wirkte müde, als sie antwortete: »Die Vorstellung, Harris zu verlieren, konnte ich nicht ertragen. Er brauchte mich nur anzusehen, mir nur sanft über die Wange zu streichen, dann ...« Sie schaute Sandra mit einem flehenden Blick an. »Er konnte sehr liebevoll sein, zärtlich, manchmal auch ... animalisch. Ich lebte nur noch für die

337

Augenblicke, in denen Harris und ich zusammen sein konnten.«

Sandra biss sich auf die Unterlippe, um nicht »Ich weiß« zu sagen. Durch Olivias Worte kehrten ihre eigenen Erinnerungen zurück: Erinnerungen an die Stunden größter Ekstase, an wilde Sexspiele, aber auch an liebevolle Zärtlichkeiten in Harris' Armen. Sie selbst war nahe daran gewesen, in körperliche Abhängigkeit von ihm zu geraten. Sandra war aber ein stärkerer Charakter als Olivia. Harris hatte zwar Narben hinterlassen, sie aber nicht zerstört. Olivia hingegen war ihm hörig gewesen.

»Ich glaube, ich verstehe nun alles«, flüsterte Sandra. »Eines Tages war es ein Schlag zu viel, den das Kind nicht überlebte.«

»Er schubste Melly von sich weg, als sie sich an seine Beine klammern wollte. Obwohl er sie kaum beachtete und ihm immer wieder die Hand ausrutschte, liebte Melly ihren Daddy über alles, weiß der Himmel, warum! Der Stoß war derart heftig, dass Melly die Treppe hinunterstürzte. Es ging so schnell, ich habe sie nicht mehr halten können. Uns war sofort klar, dass Melly nicht mehr zu helfen war, und Harris beschwor mich, ihn nicht zu verraten.

>Wenn ich ins Gefängnis gehe, dann stehst du ohne Geld und sonstigen Schutz da<, sagte er. >Man wird es als tragischen Unfall ansehen, im schlimmsten Fall als eine fahrlässige Tötung. Ich werde auf dich warten, Geld sparen, und dann gehen wir gemeinsam fort. Irgendwohin, wo uns niemand kennt und wo es warm und sonnig ist. Wir werden ein kleines Hotel eröffnen, in dem du die Chefin sein wirst.<« Ihre grünen Augen waren wie zwei tiefe, dunkle Seen. »Ich glaubte ihm«, fügte Olivia leise hinzu.

»Mit Worten konnte Harris immer sehr überzeugend umgehen«, erklärte Sandra. »Dann jedoch hat er Sie nicht nur im Stich gelassen, sondern Sie während des Prozesses stark belastet. Er behauptete, Sie hätten das Kind regelmäßig geschlagen und vernachlässigt.«

Olivia nickte, und Sandra rief aufgebracht: »Spätestens dann hätten Sie die Wahrheit sagen müssen, Olivia! Warum haben Sie weiterhin geschwiegen?«

»Es kam mir so vor, als geschehe das alles nicht mir, sondern einer Fremden, und ich war nur ein stiller Beobachter.« In Olivias Blick trat eine Leere, wie Sandra sie nie zuvor bei einem Menschen gesehen hatte.

»Sind Sie Harris auf Higher Barton zufällig begegnet, oder wussten Sie, dass Sie im Hotel auf ihn treffen werden, und haben sich deswegen für die Stelle in der Küche beworben?«

»Nachdem ich entlassen worden war, habe ich Harris gesucht«, erklärte Olivia tonlos, »und erfuhr, dass er in Cornwall die Leitung eines Hotels übernehmen wird. Es waren so viele Jahre vergangen, deswegen nahm ich den Job an, zuerst, um in seiner Nähe zu sein und zu sehen, was für ein Mensch er geworden war, und außerdem wollte ich wissen, warum er sich so schäbig verhalten hat. Harris erkannte mich aber nicht, es war, als hätte er mich nie zuvor gesehen.«

»Was geschah an dem Abend, als Harris starb?«, flüsterte Sandra und spürte, wie Constable Greenbow sich vorbeugte, um Olivia verstehen zu können, deren Stimme immer leiser geworden war.

»An diesem Abend – Sie, Sandra, waren gerade zu Bett gegangen – stellte ich ihn zur Rede, sagte ihm, wer ich bin und was er mir angetan hat, aber er lachte nur. Höhnisch, spöttisch, verächtlich, er machte sich auch über mein Hinken lustig. Ich drohte, allen die Wahrheit zu sagen, und er meinte, niemand würde mir glauben, nicht nach all den Jahren. Er nannte mich einen alten, nutzlosen Krüppel, schob mich zur Seite und ging davon. Ließ mich stehen, als würde ihn das alles nichts angehen. Ich war verzweifelt und gleichzeitig wütend. Ich wollte, dass er ebenso litt und büßte, wie ich es getan habe und immer noch tue, denn Melly ist allgegenwärtig. Jeden Tag, jede Stunde, jede Minute. In meinem Zimmer lief ich auf und ab und überlegte, was ich tun sollte. Würde man mir nach so vielen Jahren die Wahrheit glauben und Harris zur Rechenschaft ziehen? Dann ging ich in die Küche, hieb mit dem Fleischklopfer auf den Block ein, nahm Teller aus den Regalen und warf sie auf den Boden. In diesem Moment musste ich etwas zerstören, so, wie ich zerstört worden war.«

»Ich verstehe«, sagte Sandra leise. »Manchmal hilft es, seine Wut an etwas auszulassen.«

»Dann kam er zurück«, fuhr Olivia fort, als hätte sie Sandras Einwurf nicht wahrgenommen. »Er hatte die Geräusche gehört. Da … da … Ich hatte immer noch den Fleischklopfer in der Hand …«, stammelte Olivia. »Dann lag er vor mir. Der große, starke Mann lag auf dem Boden, ich hatte ihn besiegt! Zum ersten Mal in meinem Leben hatte ich über ihn gesiegt.«

»Und dann haben Sie ihn in die Kühltruhe gelegt«, fuhr Sandra mit belegter Stimme fort. »Wie ist Ihnen das gelungen? Selbst im bewusstlosen Zustand muss Harris sehr schwer gewesen sein.«

Sie zuckte mit den Schultern. »Es war sehr schwer, ja, aber in diesem Moment habe ich nicht nachgedacht. Hab nur daran gedacht, seine Leiche zu verstecken. Vielleicht gab mir die Gewissheit, dass er niemals wieder über mich triumphieren und mich verletzen würde, die Kraft dazu. Ich zog einen Tisch heran, hievte ihn erst auf diesen, dann konnte ich den Körper in die Kühltruhe hinunterrollen.«

»Bis zu diesem Zeitpunkt haben Sie im Affekt gehandelt«, sagte Sandra, »dann jedoch taten Sie alles, um den Mord zu vertuschen.«

»Zuerst lief ich in mein Zimmer hinauf, wo mir klar wurde, was ich getan hatte. Ich wusste, irgendwann würde man Harris in der Truhe finden, bis dahin wollte ich mir aber Zeit verschaffen, um ihn fortbringen zu können. Wenn alle davon ausgingen, er hätte das Haus freiwillig verlassen, würde niemand nach ihm suchen. Mit dem Generalschlüssel öffnete ich seine Zimmertür, packte seine Sachen, nahm seinen Wagen und versenkte diesen in dem See im Moor. Es war ein langer Fußmarsch zurück und bereits hell, als ich wieder in Higher Barton ankam. Es hat mich aber niemand gesehen. Später wusste ich allerdings nicht, wie ich es anstellen sollte, die Leiche wieder aus der Kühltruhe herauszuholen und aus dem Haus zu schaffen. Als er dann gefunden wurde, fiel ja erst auch kein Verdacht auf mich. Es wäre besser gewesen, Harris gleich mitsamt dem Auto im See zu versenken.«

Für heute hatte Sandra genug erfahren, sie ertrug das Gespräch auch nicht länger. Zwei Seelen stritten in ihrer Brust: Die eine konnte Olivia verstehen, was Harris betraf, die andere jedoch verurteilte die Frau und ihr kaltblütiges Vorgehen. Zudem hatte Olivia zweimal versucht, sie umzubringen!

Sandra stand auf und tauschte mit Constable Greenbow einen vielsagenden Blick. Er räusperte sich und sagte: »Ich muss Chiefinspector Bourke mitteilen, was ich gerade gehört habe. Bisher war Ms Pool zu keiner Aussage zum Tathergang bereit.«

»Tun Sie das.« Das Gespräch hatte Sandra erschöpft, sie wischte sich fahrig über die Augen. »Ich glaube, ich muss mich jetzt wieder hinlegen.«

ZWEIUNDZWANZIG

Zuerst sah Sandra in einen großen Strauß bunter, duftender Frühlingsblumen, dann tauchte Alastair Hendersons Gesicht dahinter auf.

»Mr Henderson!«, rief sie überrascht. »Wir haben Sie nicht erwartet.«

»Es war mir ein Bedürfnis, Ihnen die Entschuldigung des Vorstandes von Sleep and Stay Gorgeous persönlich zu überbringen.« Verlegen trat er von einem Fuß auf den anderen. »Ich dachte, das sind wir ... das bin ich Ihnen schuldig, Ms Flemming.«

»Das ist sehr freundlich, und ich freue mich über Ihren Besuch.« Sandra nahm ihm die Blumen ab. »Sie kommen gerade rechtzeitig, das Personal hat eine kleine Feier vorbereitet, jetzt, da der Fall endgültig aufgeklärt ist.«

»Ich bin zutiefst betroffen«, erklärte Alastair Henderson, »und entsetzt über die Vergangenheit von Harris Garvey. Wenn ich davon auch nur eine Ahnung gehabt hätte, wäre er niemals eingestellt und mit einer solch verantwortungsvollen Aufgabe betraut worden.«

»Gleichgültig, was er getan und wie schändlich er sich verhalten hat, ein solches Ende hat er nicht verdient«, sagte Sandra entschieden. »Kommen Sie, Mr Henderson, in der

Küche gibt es Champagner und köstliche Kanapees. Monsieur Peintré war es ein Bedürfnis, dies aus eigener Tasche zu bezahlen.«

»Einen Moment noch, Ms Flemming.« Alastair Henderson zögerte, sah sich um, aber er und Sandra waren allein in der Hotelhalle. »Werden Sie die Leitung des Higher Barton Romantic Hotels dauerhaft übernehmen? Ich würde es verstehen, wenn Sie nach all diesen schrecklichen Ereignissen lieber von hier fortgehen möchten. Sollte das so sein, dann kann der Vorstand Ihnen das Management eines Hauses in Yorkshire anbieten.«

»Ich bleibe sehr gern!« Sandra schmunzelte. »Es war zwar ein turbulenter Einstieg, aber ich denke, weitere Verbrechen werden sich wohl keine mehr ereignen. Außerdem habe ich mich inzwischen in Cornwall verliebt.«

Die Erleichterung stand Alastair Henderson ins Gesicht geschrieben, als er sagte: »Dann würde ich sehr gern mit einem Glas Champagner auf die Zukunft anstoßen.«

In der Küche hatten sich alle Angestellten sowie Alan Trengove, seine Frau Ann-Kathrin, das Ehepaar Penrose und DCI Bourke versammelt. In der Zeit zwischen zwei und drei Uhr am Nachmittag war es ruhig im Hotel, und sollte jemand die Klingel an der Rezeption betätigen, würden sie diese hören können. Über die Anwesenheit von Christopher Bourke hatte Sandra sich besonders gefreut.

»Gestern war der letzte Arbeitstag von May Finchmere«, hatte er ihr zugeraunt. »Ich glaube, sie wird an ihrem neuen Platz glücklicher sein, und Constable Greenbow hält heute Nachmittag die Stellung im Revier.«

Sie stießen miteinander an, die Gläser klirrten, und alle

genossen die Köstlichkeiten. Schließlich gab es nicht täglich Austern und Lachskanapees. Bei aller Freude, dass die Angelegenheit endgültig beendet war, fühlte Sandra sich auch ein wenig bedrückt. Der Prozess gegen Olivia Pool würde zwar erst in ein paar Wochen beginnen, dessen Ausgang stand aber außer Frage. Die Anklage lautete auf Mord und auf zweifachen Mordversuch. Dass Olivia Harris niedergeschlagen hatte, hätte eventuell als versuchter Totschlag gewertet werden können, die kriminelle Energie, mit der sie den Bewusstlosen versteckt und alles so dargestellt hatte, als hätte Harris das Hotel freiwillig verlassen, und der zweimalige Versuch, Sandra zu töten, ließen keinen Spielraum für mildernde Umstände. Olivia würde den Rest ihres Lebens im Gefängnis verbringen und daran endgültig zerbrechen. Bei einem der Verhöre hatte Olivia noch erwähnt, während ihrer langjährigen Haft sei sie von den Mitgefangenen ständig gequält und geschlagen worden und dabei sei es zu der massiven Verletzung gekommen, weswegen sie heute ein Bein nachzog. Damals hatte niemand von der Gefängnisleitung etwas bemerkt oder es nicht bemerken wollen. Für eine labile Frau wie Olivia Pool bedeutete die erneute Haft die Hölle.

»Sie hat sich alles selbst zuzuschreiben«, hatte Eliza Dexter gesagt, nachdem Sandra mit ihr darüber gesprochen hatte. »Das mag herzlos klingen, aber ich kann mit der Frau keinen Funken Mitleid empfinden.«

»Was geschieht mit den beiden Studenten?«, fragte Edouard Peintré und riss Sandra aus ihren Gedanken.

»Sie werden sich wegen Diebstahls vor Gericht verantworten müssen«, antwortete Christopher Bourke, und Alan ergänzte: »Ich kenne den Kollegen, der sie vertritt. Das ist ein ganz scharfer Hund. Wahrscheinlich werden sie mit einer milden Strafe davonkommen, weil sie nicht vorbestraft sind und das Geld zurückbringen wollten.«

Ann-Kathrin trat zu Sandra und sagte: »Wir müssen noch unseren Ausflug nachholen. Wie wäre es am kommenden Wochenende? Das heißt, wenn du hier freimachen kannst.«

»Ich werde es einrichten«, erwiderte Sandra, und Eliza erklärte: »Sie haben sich einen freien Tag verdient, Sandra.«

»Oh, was gibt es zu feiern?« Von allen unbemerkt, hatte Major Collins die Küche betreten. »Hat jemand Geburtstag?«

»Wir feiern das Leben im Allgemeinen und das Glück, das uns allen beschieden ist, gesund zu sein und in einem friedlichen Land leben zu können.« Sandra reichte dem Major ein Glas, der es gern entgegennahm. »Haben Sie einen Wunsch, Major?«

»In den letzten Tagen habe ich nachgedacht«, erwiderte Major Collins und lächelte. »Wie Sie wissen, habe ich keine Familie mehr, in meinem Haus oben im Norden ist es also ziemlich einsam, und ich muss mich um alles allein kümmern. Ich dachte, ich könnte in diesem hübschen, kleinen Hotel als Dauermieter bleiben, wenn Sie einverstanden sind.«

»Das wäre ganz wunderbar!«, rief Sandra überrascht. »Es freut mich, dass Sie unser Haus trotz allem, was in den letzten Wochen geschehen ist, derart schätzen gelernt haben.«

»Seit meiner Pensionierung ist es ziemlich langweilig geworden«, fuhr der Major fort und zwinkerte belustigt, »und hier ist wenigstens etwas los.«

»Das sich hoffentlich nicht wiederholen wird!«, warf

Christopher Bourke ein. »Ich bin zwar nicht gern arbeitslos, aber einen Mord brauche ich nun wirklich nicht so bald wieder.«

»Higher Barton und Mord, das gehört irgendwie zusammen.« Zum ersten Mal sprach Emma Penrose, was ihr ein empörtes »Wie kannst du das nur sagen!« ihres Mannes einbrachte. »Ist doch wahr«, beharrte Emma entschieden. »Das Haus hat schon so vieles gesehen und erlebt, ich fürchte, Ruhe wird hier niemals einkehren.«

Alastair Henderson schnappte nach Luft und sagte: »Das wollen wir alle nicht hoffen, gerade jetzt, wo das Hotel schwarze Zahlen schreibt.«

»Bitte, sprechen wir heute nicht mehr von Mord und Totschlag«, bat Sandra. »Ich möchte mich bei Ihnen allen herzlichst bedanken. Holly, Sophie, Imogen, Harry, David, Lucas – toll, wie ihr immer zur Stelle gewesen seid, und Monsieur Peintré: Wir werden so schnell wie möglich eine neue Hilfe für Sie einstellen.«

»Dürfte ich bei dieser Personalauswahl zugegen sein?«, bat der Koch. »Ich möchte die Person, die künftig meine Küche durcheinanderbringen wird, gern selbst in Augenschein nehmen.«

Sandra nickte schmunzelnd. »Diesen Wunsch kann ich Ihnen nicht abschlagen, wobei wir aber den wahren Charakter eines Menschen niemals auf den ersten Blick erkennen können.«

Die Klingel an der Rezeption schlug an. Eliza stellte ihr Glas ab und sagte: »Das werden die Gäste sein, die für heute Nachmittag angekündigt sind.«

»Ich begleite Sie, Eliza.«

Sandra hängte sich bei ihr ein, Seite an Seite verließen sie die Küche. Sandra hatte keinen Zweifel daran, mit Eliza künftig auf Augenhöhe zusammenarbeiten zu können. Freundinnen waren sie zwar noch keine, aber Sandra sah die Zukunft positiv.

Ein Familiengeheimnis überschattet das Leben auf dem Landsitz!

Tauchen Sie ein in die Vergangenheit von HIGHER BARTON!

Cornwall 1940: Um den Bombenangriffen auf London zu entgehen, bringt Robert Carlyon seine Familie nach Cornwall, wo sie auf dem Landsitz Higher Barton eine Bleibe finden. Während Roberts Frau und sein Sohn sich zunächst schwer in das Landleben einfügen, ist die siebzehnjährige Eve von dem Herrenhaus sofort begeistert. Doch nachts meint sie, jemanden ihren Namen rufen zu hören. Eve erfährt, dass Mitte des 19. Jahrhunderts die junge Evelyn Tremaine spurlos verschwunden ist. Seitdem soll ihr Geist in den Mauern umgehen.
Welches Geheimnis birgt Higher Barton und welche Rolle spielt der alte Lord Tremaine? Eve beginnt nachzuforschen und stößt auf eine unglaubliche Geschichte, die auch ihr eigenes Leben nachhaltig verändern wird.

Rebecca Michéle

Das *Flüstern* der Wände

*Dryas Verlag,
Taschenbuch,
368 Seiten,
ISBN 978-3-940855-61-9*

Rebecca Michéle

Die Tote von Higher Barton

Dryas Verlag, *Band 1*,
Taschenbuch, 356 Seiten,
ISBN 978-3-940258-14-4

Rebecca Michéle

Der Tod schreibt mit

Dryas Verlag, *Band 2*,
Taschenbuch, 304 Seiten,
ISBN 978-3-940258-19-9

Rebecca Michéle

Schatten über Allerby

Dryas Verlag, *Band 3*
Taschenbuch, 326 Seiten,
ISBN 978-3-940258-23-6

Rebecca Michéle

Ein tödlicher Schatz

Dryas Verlag, *Band 4*,
Taschenbuch, 320 Seiten,
ISBN 978-3-940258-38-0

Rebecca Michéle

Mord vor Drehschluss

Dryas Verlag, *Band 5*,
Taschenbuch, 304 Seiten,
ISBN 978-3-940258-46-5

Alle Fälle der Miss Mabel!

Rebecca Michéle

GESTORBEN WIRD FRÜHER

Dryas Verlag, *Band 6*,
Taschenbuch,
332 Seiten,
ISBN 978-3-940258-63-2

Elisabeth Bennett ist tot, gestorben in einem exklusiven Seniorenstift in St. Ives. Deren Freundin glaubt an einen Mord und bittet die ehemalige Krankenschwester Mabel Clarence um Hilfe.

Miss Mabels 6. Fall

Verdächtigt ist der Neffe und Alleinerbe der Toten. Unter falschem Namen mietet Mabel sich in der Seniorenresidenz ein. Welche Rolle spielen die Besitzer und das zum Teil undurchsichtige Pflegepersonal? Und dann ist da noch der vermögende und charmante Sir William, der Mabels Gefühle mächtig durcheinander wirbelt.
Als eine Bewohnerin kurz davor ist, Mabel ein Geheimnis zu verraten, wird sie tot aufgefunden.

Der 1. Fall von Capitaine Arnaud Serano

James Holin

TOD IN DEAUVILLE

Ein Normandie-Krimi

Dryas Verlag, Taschenbuch,
280 Seiten,
ISBN 978-3-940258-79-3

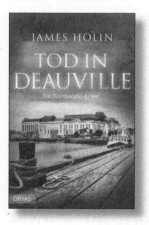

Im August herrscht in dem normannischen Badeort Deauville gelöste Stimmung: Das Filmfestival steht bevor, der malerische Küstenort erwartet Promis aus aller Welt. Plötzlich bricht Monsieur Bougival, der Buchhalter des Museums für zeitgenössische Kunst, während einer Vernissage zusammen und stirbt. Capitaine Serano vom Kommissariat Deauville – Frauenschwarm und leidenschaftlicher Surfer – ermittelt. An seine Seite gesellt sich die clevere Églantine de Tournevire. Gemeinsam mit der blaublütigen Rechnungsprüferin merkt Serano schnell: Bougival war nicht nur in einer unglücklichen Ehe gefangen, sondern auch dunklen Machenschaften auf der Spur.